D1315417

Henning Mankell, né en 1948, est romancier et dramaturge. Depuis une dizaine d'années, il vit et travaille essentiellement au Mozambique – « ce qui aiguise le regard que je pose sur mon propre pays », dit-il. Il a commencé sa carrière comme auteur dramatique, d'où une grande maîtrise du dialogue. Il a également écrit nombre de livres pour enfants couronnés par plusieurs prix littéraires, qui soulèvent des problèmes souvent graves et qui sont marqués par une grande tendresse. Mais c'est en se lançant dans une série de romans policiers centrés autour de l'inspecteur Wallander qu'il a définitivement conquis la critique et le public suédois. Cette série, pour laquelle l'Académie suédoise lui a décerné le Grand Prix de littérature policière, décrit la vie d'une petite ville de Scanie et les interrogations inquiètes de ses policiers face à une société qui leur échappe. Il s'est imposé comme le premier auteur de romans policiers suédois. En France, il a reçu le prix Mystère de la Critique, le prix Calibre 38 et le Trophée 813.

Henning Mankell

L'HOMME
QUI SOURIAIT

ROMAN

*Traduit du suédois
par Anna Gibson*

Éditions du Seuil

TEXTE INTÉGRAL

TITRE ORIGINAL
Mannen som log

ÉDITEUR ORIGINAL
Ordfront Förlag, Stockholm
© original : 1994, Henning Mankell

Cette traduction est publié en accord avec Ordfront Förlag, Stockholm
et l'agence littéraire Leonhardt & Høier, Copenhague

ISBN original : 91-7324-634-4

ISBN 2-02-086474-6
(ISBN 2-02-059324-6, 1ʳᵉ publication)

© Éditions du Seuil, février 2005, pour la traduction française

Ce qu'il faut craindre, ce n'est pas tant la vue de l'immoralité des grands que celle de l'immoralité menant à la grandeur.

ALEXIS DE TOCQUEVILLE,
De la démocratie en Amérique.

1

Le brouillard. Comme l'approche d'un prédateur silencieux.

Je ne m'y habituerai jamais, pensa-t-il. Bien que j'aie vécu toute ma vie en Scanie, où la brume entoure constamment les gens d'invisibilité.

Vingt et une heures, le 11 octobre 1993.

La nappe de brouillard avançait très vite, du côté de la mer. Il serait bientôt rentré à Ystad. Il venait de dépasser les collines de Brösarp lorsque sa voiture entra tout droit dans la blancheur.

Son angoisse devint intense.

Pourquoi ai-je peur du brouillard ? Je devrais plutôt craindre l'homme que je viens de quitter à Farnholm. Le châtelain aimable aux collaborateurs effrayants toujours discrètement postés dans l'ombre. Je devrais penser à lui et à ce qui se cache derrière son sourire, son intégrité de citoyen au-dessus de tout soupçon. C'est lui qui devrait me faire peur, pas le brouillard montant de la baie de Hanö. Maintenant que je sais qu'il n'hésite même pas à tuer ceux qui se mettent en travers de son chemin.

Il fit fonctionner les essuie-glaces pour chasser l'humidité collée au pare-brise. Il n'aimait pas conduire la nuit. Le reflet des phares l'empêchait de distinguer les lièvres sur la route.

Une fois, trente ans plus tôt, il avait heurté un lièvre. C'était un soir au début du printemps, en revenant de Tomelilla. Il se rappelait encore la sensation de son pied écrasant trop tard la pédale de frein, le choc mou contre la carrosserie. Il était sorti de la voiture. Le lièvre, qui gisait sur l'asphalte, les pattes arrière agitées de soubresauts et le reste du corps paralysé, le contemplait de ses yeux grands ouverts. Il s'était obligé à dénicher une pierre au bord de la route et il avait visé la tête. Il était remonté en voiture sans se retourner.

Il n'avait jamais oublié le regard de ce lièvre, ni la vision de ces pattes se débattant avec désespoir. L'image était gravée en lui et revenait l'agresser alors qu'il s'y attendait le moins. Il fit un effort pour penser à autre chose.

Un lièvre mort depuis trente ans peut vous hanter, mais il ne cause pas de dégâts. J'ai bien assez à faire avec les vivants.

Soudain il s'aperçut qu'il jetait des coups d'œil au rétroviseur plus souvent que d'habitude.

La peur, à nouveau. Il avait la sensation d'être en fuite. Je *suis* en fuite, pensa-t-il. Je fuis ce qui se cache derrière les murs de Farnholm. Ils savent que je sais. Mais quoi ? Assez pour les inquiéter ? Assez pour leur faire craindre que je n'aille rompre le serment que j'ai prêté autrefois, à une lointaine époque où ce serment représentait encore un devoir sacré ? Se peut-il qu'ils redoutent la conscience d'un vieil avocat ?

Toujours rien dans le rétroviseur. Il était seul au milieu du brouillard. Dans moins d'une heure, il serait chez lui.

Cela le tranquillisa brièvement. Ils ne l'avaient donc

pas suivi. Demain il déciderait quoi faire. Il parlerait à son fils, qui était aussi son associé. La vie lui avait enseigné qu'il existait toujours une issue. Il devait bien y en avoir une aussi dans cette situation.

Il tâtonna dans le noir et alluma la radio. L'habitacle s'emplit d'une voix d'homme détaillant les dernières découvertes de la recherche génétique. Les mots traversaient sa conscience sans y trouver de prise. Il jeta un regard à l'horloge du tableau de bord ; bientôt vingt et une heures trente. Toujours rien dans le rétroviseur. Le brouillard semblait encore plus compact qu'avant. Pourtant, il accentua la pression de son pied sur l'accélérateur. À chaque nouveau kilomètre qui le séparait du château de Farnholm, il se sentait un peu plus rassuré. Peut-être s'était-il fait des frayeurs pour rien...

Il s'obligea à réfléchir froidement.

Comment les choses avaient-elles commencé ? Par un banal coup de fil. Sa secrétaire avait laissé un mot sur son bureau : quelqu'un avait appelé au sujet d'un contrat d'affaires qu'il fallait collationner d'urgence. Il avait rappelé. Un petit cabinet de province ne pouvait se permettre de refuser des clients. Il se souvenait encore de la voix au téléphone, l'élocution soignée où perçait un accent du Nord, mais aussi l'intonation caractéristique de quelqu'un qui mesurait sa vie en temps précieux. L'interlocuteur avait présenté son affaire, une transaction complexe impliquant une société d'armateurs basée en Corse et une série de transports de ciment vers l'Arabie saoudite, où l'une de ses entreprises intervenait au titre d'agent de Skanska ; il avait fait allusion à une gigantesque mosquée en construction à Khamis Mushayt, ou peut-être était-ce une université à Djedda...

Ils s'étaient rencontrés quelques jours plus tard à l'hôtel Continental d'Ystad. Lui-même était arrivé de bonne heure au rendez-vous ; le restaurant était encore

désert. Attablé dans un angle près d'un serveur you-
goslave qui regardait d'un air morne par les hautes
fenêtres, il l'avait vu entrer. C'était à la mi-janvier, le
vent soufflait fort de la Baltique et la météo annonçait
de la neige. Mais l'homme qui s'avançait vers lui
– bronzé, relativement jeune, vêtu d'un costume bleu
nuit – paraissait étranger à la fois au mauvais temps et à
la ville d'Ystad. Quant à son sourire, il semblait ne pas
appartenir à son visage.

Tel était son premier souvenir de l'homme du château
de Farnholm. Un être dépourvu d'ancrage ; un univers à
lui tout seul, en costume bleu taillé sur mesures, avec
ce sourire magnétique autour duquel gravitaient les
deux ombres, tels des satellites éteints.

Les ombres avaient donc été là, dès ce premier rendez-vous. Les deux types ne s'étaient pas même pré-
sentés. Ils avaient simplement pris place de part et
d'autre de leur boss et s'étaient levés sans bruit en
même temps que lui à la fin de l'entretien.

Six mois plus tard, l'homme bronzé représentait à lui
seul la moitié du chiffre d'affaires du cabinet ; un an
plus tard, le bénéfice net avait doublé. Les honoraires
étaient payés rubis sur l'ongle ; jamais besoin d'envoyer une lettre de rappel. Ils avaient pu rénover de
fond en comble la maison qui abritait leurs bureaux.
L'homme de Farnholm semblait diriger son empire des
cinq continents à la fois. Le cabinet recevait des coups
de fil et des fax en provenance de villes aux noms exotiques qu'il peinait à situer sur le globe terrestre placé à
côté du canapé en cuir de son bureau. Mais bien que
nébuleuses, et malgré la complexité et le caractère souvent insaisissable des intérêts en jeu, toutes ses affaires
avaient toujours paru honorables.

La nouvelle époque, se disait-il. C'est à ça qu'elle
ressemble. En tant qu'avocat, je ne peux qu'être infini-

ment reconnaissant à l'homme de Farnholm d'être tombé sur mon nom dans l'annuaire.

Il fut interrompu dans ses réflexions comme s'il avait reçu une décharge électrique. Il crut d'abord avoir mal vu. Mais c'était bien une lumière de phares que lui renvoyait le rétroviseur.

Il ne les avait pas vus approcher.

La peur le rattrapa sur-le-champ. Ils l'avaient donc bien suivi. De crainte qu'il ne trahisse son serment d'avocat et ne se mette à parler.

Sa première impulsion fut d'accélérer afin de disparaître dans le brouillard. La sueur coulait sous sa chemise. Les phares étaient maintenant tout proches.

Les ombres tueuses. Il ne leur échapperait pas. Lui pas plus que les autres.

Puis la voiture le doubla. Il entrevit un visage gris. Un vieil homme. Le rougeoiement des feux arrière fut absorbé par la blancheur laiteuse.

Il sortit un mouchoir de la poche de son veston ; épongea son front et sa nuque.

Je serai bientôt à la maison. Il ne va rien m'arriver. Mme Dunér a noté dans mon agenda le rendez-vous de ce soir au château de Farnholm. Personne, pas même lui, n'envoie ses ombres pour tuer un vieil avocat qui rentre chez lui. Impossible. Ce serait trop risqué.

Il avait mis près de deux ans à comprendre que quelque chose allait de travers. Il s'acquittait alors d'une mission simple, l'examen d'une série de contrats impliquant le Conseil suédois à l'Exportation en tant que garant d'un important crédit. Il s'agissait d'une part de pièces de rechange destinées à des turbines polonaises et d'autre part de moissonneuses-batteuses commandées par la Tchécoslovaquie. Il venait de découvrir un détail insignifiant ; quelques chiffres qui, soudain, posaient problème. Il avait cru à une erreur de saisie, peut-être deux sommes interverties par mégarde. Mais en reprenant le document depuis le début, il avait découvert que l'erreur n'était pas fortuite. Rien ne manquait. Tout était correct. Et le résultat était effrayant. C'était un soir, tard, il s'en souvenait. Il avait fermé les yeux. Il refusait encore d'y croire. Il avait passé la nuit dans son fauteuil. À l'aube enfin il était parti à pied à travers la ville. Sur la place centrale d'Ystad, il avait formulé intérieurement le constat qui ne laissait plus aucune place au doute. Lourde escroquerie vis-à-vis du Conseil à l'Exportation ; fraude fiscale de grande envergure ; toute une chaîne d'actes falsifiés.

Par la suite, il avait systématiquement cherché les zones d'ombre dans les documents qui lui parvenaient de Farnholm. Et il les avait trouvées. Pas toujours, mais souvent. Peu à peu, il avait mesuré l'ampleur des détournements. Jusqu'au bout, il avait lutté contre l'évidence. Mais, pour finir, il n'avait plus eu le choix.

Pourtant, il n'avait pas réagi. Il n'avait même pas fait part de sa découverte à son fils. Pourquoi ? Refusait-il encore au fond de lui de croire que ce puisse être vrai ? Car, si c'était vrai, comment expliquer que personne, y compris le fisc, n'eût jamais flairé quoi que ce soit ?

Avait-il mis au jour un secret inexistant ?

Ou peut-être, plus simplement, était-il déjà trop tard ? Trop tard et cela depuis le début, lorsque l'homme du château de Farnholm était devenu de loin le plus gros client du cabinet.

Le brouillard paraissait impénétrable ; il se dissiperait sans doute un peu à l'approche d'Ystad.

Il savait qu'il ne pouvait plus continuer ainsi. Ce n'était plus possible. Maintenant qu'il venait de découvrir que l'homme de Farnholm avait aussi du sang sur les mains.

Il devait parler à son fils. Il existait malgré tout encore une justice en Suède, même si elle semblait se vider de sa substance à un rythme accéléré. Son propre silence avait contribué à ce délitement. Le fait d'avoir fermé les yeux si longtemps ne lui donnait pas le droit de continuer à se taire.

Le suicide était exclu ; il ne pouvait tout simplement pas l'envisager.

Il freina brutalement.

Il venait de capter une forme dans le halo lumineux des phares. Il crut que c'était un lièvre. Puis il vit qu'il y avait un objet sur la route.

Il s'arrêta complètement et alluma les feux de route.

C'était une chaise, posée sur l'asphalte. Une simple chaise à barreaux. Un mannequin était assis dessus. Son visage était blanc.

Ou alors c'était un être humain qui ressemblait à un mannequin.

Il sentit son cœur cogner douloureusement dans sa poitrine.

Le brouillard dérivait dans la lumière des phares.

La chaise et le mannequin étaient toujours là. Aussi impossibles à escamoter que sa propre terreur paralysante. Il jeta un coup d'œil au rétroviseur. Obscurité compacte. Il remit le contact et avança très lentement jusqu'à ce que la chaise ne soit plus qu'à quelques mètres. Puis il s'arrêta à nouveau.

C'était bien un mannequin. Avec une figure humaine. Rien à voir avec un épouvantail bricolé à la hâte.

Il est pour moi, pensa-t-il.

Il éteignit la radio d'une main tremblante et prêta l'oreille. Tout était très silencieux. Jusqu'au dernier instant, il hésita.

Pas à cause de la chaise ni du mannequin fantomatique mais d'autre chose, qu'il ne pouvait pas voir. Qui n'existait sans doute qu'à l'intérieur de lui.

La peur l'empêchait de raisonner.

Pour finir il défit tout de même sa ceinture et ouvrit la portière. L'air humide et froid le surprit.

Puis il sortit sur la route, le regard rivé à la chaise et au mannequin éclairés par la lueur des phares. Sa dernière pensée fut qu'il était sur une scène de théâtre où un acteur allait bientôt faire son entrée.

Il entendit un léger bruit dans son dos. Il ne se retourna pas.

Le coup l'atteignit à la base du crâne. Le temps de s'effondrer sur l'asphalte mouillé, il était mort.

Le brouillard se dressait à présent comme un mur de ouate.

Il était vingt et une heures cinquante-trois.

2

Le vent soufflait plein nord par rafales irrégulières. Le type qui avançait à l'autre bout de la plage gelée était obligé de se plier en deux pour pouvoir continuer. De temps en temps, il faisait une pause et tournait le dos au vent. Il restait alors immobile, la tête penchée vers le sable et les mains enfouies dans les poches. Puis il reprenait sa marche incertaine. Il finit par se confondre avec la lumière grise.

Elle, qui venait là tous les jours promener son chien dans les dunes, voyait avec une inquiétude croissante cet homme qui semblait passer ses journées sur la plage, depuis le lever du jour jusqu'au crépuscule, au milieu de l'après-midi. Il s'était matérialisé d'un coup quelques semaines plus tôt, tel un débris humain rejeté par la mer. En temps normal, les personnes qu'elle croisait au cours de ses promenades la saluaient. Mais en cette saison, bientôt novembre, on croisait rarement quelqu'un. Au début, elle l'avait cru timide ; puis elle l'avait jugé mal élevé – ou peut-être d'origine étrangère. Avec le temps, elle s'était prise à croire qu'un grand chagrin l'accablait, que ces errances au bord de l'eau étaient un pèlerinage loin d'une mystérieuse douleur. Il avait une façon bizarre de marcher. Parfois il

allait lentement, en se traînant presque, avant de se ressaisir d'un coup et de continuer au pas de course. Ce
n'étaient pas ses jambes qui le portaient, pensait-elle
alors, mais ses pensées inquiètes. Et elle croyait le voir
serrer les poings, bien que ses mains soient toujours
cachées dans ses poches.

Au bout d'une semaine, il lui sembla avoir une idée
assez précise de sa situation. Ce type solitaire qui avait
surgi de nulle part traversait tant bien que mal une
grave crise personnelle. Elle le voyait comme un navire
essayant de se frayer un chemin dans des eaux périlleuses
hérissées d'écueils. De là son caractère renfermé, ses itinéraires en zigzag. Elle en discuta le soir avec son mari,
que les rhumatismes avaient contraint à une retraite
anticipée. Il accepta de l'accompagner jusqu'à la plage,
alors que cela lui coûtait beaucoup physiquement et
qu'il préférait de façon générale ne pas quitter la maison. Il tomba d'accord avec elle. Mais à ses yeux, le
comportement du type était tellement anormal qu'il
décida d'appeler un ami policier à Skagen et de lui
communiquer en confidence leurs observations. Peut-
être l'homme était-il recherché, en fuite, échappé d'un
des rares hôpitaux psychiatriques encore en activité
dans le pays ? Mais l'ami, un flic expérimenté qui avait
vu bien des barjos faire le pèlerinage jusqu'à l'extrême
pointe de l'île de Jylland pour y trouver la paix, lui sug-
géra d'être raisonnable. Il fallait juste laisser le type
tranquille. La plage comprise entre les dunes et les
deux mers qui se rejoignaient à cet endroit de la côte
était un no man's land aux limites mouvantes qui
appartenait à ceux qui en avaient besoin.

La femme au chien et l'homme au pardessus noir
continuèrent donc à se croiser comme deux navires pendant une semaine encore. Mais un jour – le 24 octobre
1993 –, elle fut témoin d'un événement qu'elle mettrait

par la suite en relation avec la disparition subite du promeneur solitaire.

C'était par exception un jour de calme plat où le brouillard pesait immobile sur la plage et sur la mer. Les cornes de brume mugissaient au loin comme du bétail abandonné. Le singulier paysage tout entier retenait son souffle. Soudain, en apercevant le type au pardessus, elle se figea.

Il n'était pas seul. Il avait été rejoint par un homme de petite taille, vêtu d'un anorak clair et coiffé d'une casquette. Elle les contempla de loin. C'était le nouveau venu qui parlait, et il semblait à toute force vouloir persuader l'homme au pardessus de quelque chose. À certains moments, il sortait les mains de ses poches et gesticulait comme pour renforcer l'effet de son discours. Elle ne distinguait aucune parole, mais l'attitude du nouveau venu lui donna à penser qu'il était dans tous ses états.

Quelques minutes plus tard, les deux hommes reprirent leur promenade le long du rivage où le brouillard les ensevelit rapidement.

Le lendemain, l'homme au pardessus noir était à nouveau seul sur la plage. Mais, cinq jours plus tard, il disparut. Jusqu'à la fin du mois de novembre, elle y retourna tous les jours avec son chien, croyant qu'il serait à nouveau là. Mais il ne revint pas. Elle ne le revit jamais.

Pendant plus d'un an, le commissaire Kurt Wallander de la brigade criminelle d'Ystad était resté en congé maladie et complètement hors d'état de reprendre le travail. Au cours de cette période, une impuissance croissante en était venue à dominer sa vie et ses actes. Plusieurs fois, il avait pris le large dans l'espoir absurde d'aller mieux un jour et peut-être même de retrouver quelque chose qui ressemblerait à du courage de vivre si seulement il pouvait s'éloigner de la Scanie. Il commença par prendre un charter à destination des Caraïbes. Dans l'avion déjà, il s'était saoulé à mort et sur les quinze jours qu'il passa aux Barbades, il ne fut réellement sobre à aucun moment. Son état général, au cours de ce voyage, aurait pu être caractérisé au mieux comme une panique grandissante, avec la sensation horrible de n'être chez lui nulle part. Il s'était donc caché dans l'ombre des palmiers. Certains jours, il ne pouvait même pas quitter sa chambre d'hôtel, terrassé par une angoisse primitive à l'idée de se trouver en contact avec ses semblables. Une seule fois, il avait pris un bain de mer et cela uniquement parce qu'il était tombé à l'eau alors qu'il avançait en équilibre instable le long d'un ponton. Un soir très tard, alors qu'il s'était enfin résolu à sortir pour renouveler sa réserve d'alcool, il fut abordé par une prostituée. Il essaya de la repousser tout en la retenant, ou peut-être l'inverse. Puis son désespoir et son mépris de lui-même prirent le dessus. Pendant trois jours, dont il ne garda par la suite que des fragments d'images confus, il resta avec la fille dans une cabane qui puait le tord-boyaux, sur un lit aux draps moisis où les cafards frôlaient de leurs antennes son visage en sueur. Il ne se rappelait pas le nom de la fille ; il n'était même pas sûr qu'elle lui ait dit son nom. Il s'était vautré sur elle dans une sorte de défoulement enragé. Quand elle eut fini de lui soutirer son argent, deux types costauds – ses frères – surgirent et le jetèrent dehors. Il retourna alors à l'hôtel où il survécut en se remplissant les poches au buffet du petit déjeuner, compris dans le prix du séjour, avant de filer dans sa chambre jusqu'au lendemain. Il débarqua à Sturup dans un état encore pire qu'à son départ. Le médecin qui le suivait depuis sa mise en arrêt lui interdit formellement ce genre d'escapade à l'avenir, à cause du risque évident de le voir sombrer dans l'alcoolisme. Mais deux mois plus tard, début décembre, il renouvelait l'expérience après avoir emprunté de l'argent à son père sous le prétexte d'acheter de nouveaux meubles pour se remonter le moral. Jusque-là il avait soigneusement évité de rendre visite au vieux, qui venait de se remarier avec son ancienne femme de ménage qui avait trente ans de moins que lui. Dès qu'il eut empoché l'argent, il franchit la porte de l'agence de voyages de la ville et se décida pour un séjour de trois semaines en Thaïlande. L'histoire des Caraïbes se répéta, à la seule différence que la catastrophe fut stoppée in extremis par un pharmacien à la retraite qu'il avait eu pour voisin dans l'avion et qui descendait par hasard dans le même hôtel que lui. Le pharmacien, qui s'était pris de sympathie pour Wallander, intervint lorsque celui-ci se mit à boire dès le petit déjeuner et à se comporter de façon généralement étrange. Grâce à son entremise musclée, Wallander fut rapatrié une semaine avant la date prévue. Cette fois encore, il avait donné libre cours à son dégoût de lui-même en se jetant dans les bras de différentes prostituées plus jeunes les unes que les autres. Ce voyage fut suivi par un hiver de cauchemar où il vécut dans la terreur d'avoir contracté la maladie mortelle. Fin avril, alors qu'il était en congé maladie depuis presque un an, le test révéla qu'il avait échappé à la contagion. Mais la bonne nouvelle l'atteignit à peine et, à peu près au même moment, son médecin commença à se demander sérieusement si Kurt Wallander n'avait pas fait son temps en tant que policier, en tant que citoyen actif de manière générale, et s'il n'était pas plus que mûr pour un départ en préretraite assorti d'une pension d'invalidité.

Ce fut alors qu'il se rendit – s'enfuit serait peut-être un terme plus juste – à Skagen pour la première fois. À cette époque, il avait réussi à cesser de boire, en grande partie grâce à sa fille Linda qui était rentrée d'Italie à temps pour prendre la mesure de la misère qui régnait dans la tête de son père, pour ne rien dire de son appartement. Elle avait réagi comme il le fallait, en vidant dans l'évier toutes les bouteilles qui traînaient avant de lui passer un savon retentissant. Pendant les deux semaines où elle resta chez lui à Mariagatan, Wallander eut enfin quelqu'un à qui parler. Ensemble, ils tranchèrent dans le vif les sujets les plus douloureux, et Linda repartit convaincue qu'il tiendrait sa promesse de ne plus toucher à l'alcool. À nouveau seul, et incapable d'affronter l'appartement désert, il tomba par hasard sur une annonce signalant une pension bon marché à Skagen, sur l'île danoise de Jylland.

Bien des années plus tôt, à l'époque où Linda n'était encore qu'un nourrisson, il avait passé là-bas des vacances d'été avec sa femme Mona. Ces quelques semaines restaient dans son souvenir comme les plus heureuses de sa vie. Ils n'avaient pas un sou, ils campaient dans une tente où rentrait la pluie, mais ils partageaient un sentiment euphorique de se trouver au cœur de la vie, et du monde. Il appela le jour même pour réserver une chambre. Début mai, il s'installait à la pension. La propriétaire, une veuve polonaise, le laissa tranquille et lui prêta même un vélo avec lequel il put partir chaque matin vers les plages immenses. Il ficelait sur le porte-bagages un casse-croûte emballé dans un sac plastique et ne revenait à la pension qu'à la nuit tombée. Les autres clients étaient des gens âgés, seuls ou en couple, et le silence dans la salle à manger ressemblait à celui d'une bibliothèque. Pour la première fois depuis plus d'un an, il réussit à dormir de façon correcte ; et il crut sentir à quelques signes que son marécage intérieur commençait tout doucement à s'assécher.

Au cours de ce séjour à la pension de Skagen il écrivit trois lettres, dont la première fut pour sa sœur Christina. Pendant l'année écoulée, elle avait souvent téléphoné pour prendre de ses nouvelles. Bien que touché par sa sollicitude, il n'avait jamais trouvé la force de la rappeler. Le vague souvenir d'une carte postale embrouillée expédiée depuis les Caraïbes alors qu'il était ivre mort n'arrangeait pas les choses. Christina n'avait jamais fait de commentaire à ce sujet, il ne l'avait pas interrogée et il espérait secrètement qu'il avait été saoul au point d'oublier de coller le timbre. Mais un soir à Skagen avant de s'endormir, il prit un bloc de papier, le cala sur les couvertures, et commença à décrire à sa sœur le sentiment de vide, de honte et de remords qui le poursuivait depuis le jour, un an plus tôt, où il avait tué un homme. Même s'il avait agi en légitime défense et même si la presse, y compris dans sa variante la plus prédatrice et la plus haineuse, ne s'était pas emparée de l'affaire pour l'assassiner, il savait qu'il était coupable. Il ne se débarrasserait jamais de sa culpabilité. Peut-être un jour apprendrait-il à la supporter.

Je m'imagine, écrivait-il, *qu'une partie de mon âme a été remplacée par une prothèse. Et cette prothèse ne m'obéit toujours pas. Parfois, dans mes moments sombres, je crois qu'elle ne m'obéira jamais. Mais je n'ai pas encore abandonné tout espoir.*

La deuxième lettre était pour ses collègues du commissariat d'Ystad. Lorsqu'il la glissa enfin dans la boîte rouge du bureau de poste de Skagen, il pensa que l'essentiel de ce qu'il leur racontait n'était pas vrai. Pourtant, il devait l'envoyer. Il commençait par les remercier pour la chaîne stéréo qu'ils lui avaient achetée en se cotisant juste avant son départ. Il leur demandait de l'excuser d'avoir tant tardé à le faire. Jusque-là, c'était sincère. Mais lorsqu'il affirmait dans la foulée qu'il allait mieux et qu'il espérait reprendre bientôt le travail, ça relevait plutôt de la formule incantatoire dans la mesure où la réalité était tout autre.

La troisième lettre envoyée au cours de ce séjour à la pension de Skagen fut pour Baiba, à Riga. Pendant cette année, il lui avait écrit tous les deux mois environ et elle lui avait à chaque fois répondu. Il commençait à la voir comme son ange gardien attitré, et la crainte de l'inquiéter, peut-être au point qu'elle cesse de lui répondre, le poussait à dissimuler ses sentiments pour elle. Qu'il avait, ou qu'il croyait avoir. Avec cette impuissance qui le déformait peu à peu de l'intérieur depuis tant de temps, il n'était plus sûr de rien. Lors de brefs instants de lucidité absolue, qui survenaient en général pendant qu'il marchait sur la plage ou s'asseyait dans les dunes pour se protéger des rafales cinglantes, il se disait que tout cela était absurde. Il avait rencontré Baiba en Lettonie quelques jours seulement. Elle pleurait Karlis, son mari, capitaine de police assassiné, et pourquoi diable serait-elle subitement tombée amoureuse d'un policier suédois qui n'avait fait après tout que son travail, même si cela avait pris des formes peu réglementaires ? Mais il n'avait pas trop de mal à renier ces instants de clairvoyance ; comme s'il n'osait pas prendre le risque de perdre ce qu'il savait pourtant au fond de lui n'avoir jamais possédé. Baiba, le rêve qui avait pour prénom Baiba, était son ultime bastion. Son dernier retranchement, qu'il se croyait obligé de défendre même s'il était complètement illusoire.

Il resta dix jours à Skagen. Et il revint à Ystad avec l'idée de repartir le plus vite possible. Dès la mi-juillet, il était de retour à la pension, et la veuve lui donna son ancienne chambre. À nouveau, il lui emprunta le vélo et recommença à passer ses journées au bord de la mer. Mais la plage était à présent envahie par les vacanciers.

Il avait le sentiment de se mouvoir telle une ombre invisible parmi ces gens qui jouaient à s'éclabousser en riant. Comme s'il avait établi un district de surveillance absolument privé et inconnu de tous à cet endroit précis, où se rejoignaient les deux mers. Il y effectuait ses patrouilles solitaires, il y veillait sur sa propre personne, tout en cherchant fébrilement une issue à sa misère. Après le premier séjour à Skagen, son médecin avait cru observer une certaine amélioration de son état, mais les indices étaient encore trop faibles pour que l'on puisse parler de réel changement. Wallander lui avait demandé s'il pouvait cesser le traitement qu'il suivait depuis plus d'un an, dans la mesure où les cachets le laissaient somnolent, fatigué et lourd. Mais le médecin le lui avait déconseillé. Encore un peu de patience, avait-il dit.

Chaque matin au réveil, il se demandait s'il aurait la force de se lever ce jour-là encore. Mais il voyait bien que c'était plus facile à la pension de Skagen. Des instants d'apesanteur, de soulagement, où il lui semblait échapper au fardeau de l'année précédente, lui laissaient parfois entrevoir un avenir possible.

Sur la plage, où il marchait des heures d'affilée, il commença peu à peu à remonter en deçà de ces événements, dans l'espoir de trouver une manière de maîtriser sa souffrance et peut-être même une force capable de le faire redevenir policier, policier et homme.

Ce fut aussi au cours de ce deuxième séjour qu'il cessa d'écouter de l'opéra. Souvent, sur la plage, il emportait son baladeur. Mais un jour, il sentit qu'il en avait assez. En revenant à la pension le soir, il rangea toutes ses cassettes dans sa valise et enferma celle-ci dans la penderie. Le lendemain, il se rendit à vélo jusqu'au bourg et acheta quelques cassettes d'artistes pop dont les noms lui étaient vaguement familiers. Ce qui le surprit par la suite, c'est que pas un instant il ne regretta la musique qui l'avait accompagné pendant tant d'années.

Je n'ai plus de place à l'intérieur, pensa-t-il. Quelque chose en moi est rempli à ras bord, les murs vont bientôt craquer.

À la mi-octobre il revint encore à Skagen, cette fois dans l'intention expresse de décider de ce qu'il allait faire du reste de sa vie. Son médecin, qui croyait voir désormais des signes tangibles d'une sortie progressive et tâtonnante de cette longue dépression, l'avait encouragé à revenir dans cette pension danoise qui lui faisait apparemment du bien. Sans rompre le secret médical, il avait aussi laissé entendre au chef de police Björk, en tête-à-tête, qu'il existait peut-être un espoir que Wallander puisse un jour retrouver son poste au commissariat.

Il revint donc à Skagen et aux longues promenades sur la plage que l'automne avait rendue à sa solitude. Il croisait peu de monde, quelques retraités, un joggeur occasionnel qui suait sang et eau, et une femme pleine de curiosité qui venait tous les jours avec son chien. Il reprit ses patrouilles dans le district de surveillance connu de lui seul, arpentant d'un pas de plus en plus décidé la frontière imperceptible et mouvante où le sable rencontrait la mer.

Dans quelques petites années, il aurait cinquante ans. Il avait maigri au cours des derniers mois ; il avait pu ressortir de sa penderie, à Ystad, des habits trop étroits depuis sept ou huit ans. Et le fait d'avoir complètement cessé de boire, il le voyait bien, le laissait en meilleure forme physique que depuis très longtemps. C'était là pour lui le point de départ, la condition sine qua non pour envisager un avenir. Sauf imprévu, il vivrait encore au moins vingt ans. En dernier recours, son angoisse concernait le travail : aurait-il la force de reprendre sa place dans la police ou devait-il passer à autre chose ? Il refusait en bloc l'idée d'un départ en préretraite. Cette existence-là, il ne pensait pas pouvoir la supporter. Il restait toute la journée sur la plage, le plus souvent sous des bancs de brouillard à la dérive, remplacés à l'occasion par un ciel limpide, une mer scintillante et des mouettes qui planaient dans les courants d'air ascendants. Parfois, il se faisait l'effet d'un petit bonhomme mécanique qui aurait perdu sa clé dans le dos. Quelles étaient ses possibilités s'il décidait de quitter la police ? Peut-être trouverait-il un poste subalterne de responsable de la sécurité quelque part. Il ne savait pas trop à quoi pouvait servir l'expérience d'un policier, sinon à traquer les malfaiteurs. En fait, les possibilités étaient peu nombreuses, à moins de se résoudre à un virage radical, très loin de ses précédents états de service. Mais qui aurait envie d'embaucher un ancien flic de près de cinquante ans qui ne savait rien faire d'autre que décrypter des scénarios criminels plus ou moins confus ?

Quand la faim se faisait sentir, il quittait le bord de l'eau et retrouvait l'abri des dunes. Il déballait son casse-croûte et s'asseyait sur le sac plastique pour se protéger du sable humide et froid. Tout en mangeant, il essayait sans trop de succès de penser à autre chose qu'à son avenir. Derrière ses efforts pour réfléchir de façon raisonnable, il y avait sans cesse une série de rêves irréalistes qui guettaient la moindre occasion de se manifester.

Comme d'autres policiers, il lui arrivait de caresser l'idée de passer un jour *de l'autre côté*. Il s'était souvent étonné de voir que les collègues qui se lançaient effectivement sur cette voie semblaient rarement se servir de leurs connaissances concernant les habitudes les plus élémentaires du travail policier, qui leur auraient pourtant permis de ne pas se faire prendre. Parfois, il s'amusait à échafauder différents projets de crime, qui le rendraient d'un seul coup riche et indépendant. Mais, le plus souvent, ces mêmes idées ne lui inspiraient que du dégoût. Ce qu'il voulait surtout éviter, c'était de finir comme son collègue Hanson, qui consacrait l'essentiel de sa vie à miser sur des chevaux qui ne gagnaient presque jamais. Il y voyait non seulement une obsession maniaque assez effrayante, mais un gâchis qu'il ne pourrait jamais supporter pour sa part.

Il reprenait ensuite son errance le long de la plage. Il lui semblait que ses réflexions dessinaient toujours le même triangle, dont le troisième côté était la question de savoir s'il n'était pas, tout compte fait, obligé de reprendre son travail dans la police. Revenir, opposer une résistance compacte aux souvenirs de l'année précédente et peut-être un jour apprendre à composer avec eux. La seule possibilité réaliste qui s'offrait à lui, c'était de continuer comme avant. En plus c'était là, dans l'exercice de ce métier, qu'il percevait une ombre de justification à sa vie : contribuer à ce que ses concitoyens puissent vivre dans une sécurité relative, en retirant de la circulation les pires criminels. Un abandon de sa part ne reviendrait pas seulement à perdre un boulot dont il savait qu'il le maîtrisait peut-être mieux que certains de ses collègues. Ce serait aussi renoncer à un sentiment profondément enfoui en lui : celui de faire partie d'un tout plus vaste que sa propre personne, et qui donnait un sens à ce qu'il était.

Mais pour finir, alors qu'il se trouvait à Skagen depuis une semaine déjà et que l'automne penchait de plus en plus vers l'hiver, il comprit qu'il n'en aurait pas la force. Son temps dans la police était révolu ; les blessures laissées par les événements de l'année précédente l'avaient transformé sans recours possible.

Ce fut un après-midi, alors que la plage était entièrement masquée par un brouillard à couper au couteau, qu'il comprit qu'il avait épuisé les arguments dans un sens comme dans l'autre. Il parlerait à son médecin et à Björk. Il ne reprendrait pas le service.

Sur le moment, il en éprouva un vague soulagement. Voilà déjà une incertitude en moins. L'homme qu'il avait tué dans le champ de manœuvre au milieu des brebis invisibles venait d'obtenir sa vengeance.

Ce soir-là, il se rendit au bourg à bicyclette et se saoula dans un petit restaurant enfumé où le client était rare et la musique beaucoup trop forte. Il savait que, cette fois, la beuverie ne se poursuivrait pas le lendemain ; c'était juste une manière d'affermir sa découverte solitaire, d'enterrer pour ainsi dire sa vie de flic. En revenant vers la pension dans la nuit, il tomba de vélo et s'entailla la joue. La veuve, inquiète de ne pas le voir rentrer à l'heure habituelle, était restée éveillée pour l'attendre. Écartant ses protestations, elle nettoya la plaie et proposa de s'occuper de ses vêtements boueux. Puis elle l'aida à monter l'escalier jusqu'à sa chambre.

– Un homme est passé ce soir, dit-elle en lui rendant sa clé. Il voulait vous voir.

Wallander écarquilla les yeux.

– Personne ne veut me voir. Personne ne sait que je suis ici.

– Pourtant ce monsieur était très désireux de vous rencontrer.

– Il a dit son nom ?

– Non. Mais il était suédois.

Wallander secoua la tête. Il ne voulait rencontrer personne, et personne ne voulait le rencontrer ; il en était absolument certain.

Le lendemain, lorsqu'il se réveilla plein de contrition

et qu'il partit aussitôt pour la mer, il avait complètement oublié les paroles de la veuve. Le brouillard l'enveloppa. Il était éreinté. Pour la première fois, il se
demanda ce qu'il fabriquait sur cette plage. Après un
kilomètre de marche à peine, il se demanda s'il avait
vraiment la force de continuer. Dans son désarroi, il
s'assit sur la carcasse retournée d'une grande barque à
moitié ensevelie dans le sable.

Ce fut alors qu'il découvrit l'homme qui avançait
dans sa direction.

Comme si quelqu'un était entré à l'improviste dans
son bureau. Sur cette immense plage déserte.

Ce n'était encore qu'un inconnu aux contours flous
émergeant du brouillard, vêtu d'un anorak et coiffé
d'une casquette qui paraissait trop petite pour lui. Soudain, Wallander eut le sentiment de l'avoir déjà vu.
Lorsque l'homme s'immobilisa devant lui et qu'il dut
se lever pour lui faire face, il le reconnut enfin. Ils se
saluèrent, un salut assorti pour Wallander d'un grand
étonnement intérieur. Comment son lieu de séjour
avait-il été divulgué ? Il se demanda très vite à quand
remontait la dernière fois qu'il avait vu Sten Torstensson. Sans doute à l'occasion d'une arrestation lors du
funeste printemps de l'année précédente.

– Je suis passé hier à la pension, dit Sten Torstensson. Ça m'ennuie de venir te déranger comme ça. Mais
j'avais besoin de te parler.

Autrefois, pensa Wallander, j'étais policier et lui avocat, et c'était tout. On prenait place, pas trop souvent,
de chaque côté d'un prévenu et on discutaillait pour
savoir si l'inculpation était fondée ou non. On s'est rap-
prochés plus tard, à l'époque difficile où je lui avais
demandé de me représenter dans le divorce avec Mona.
Un jour on a vu qu'il s'était passé un truc qui pouvait
ressembler au début d'une amitié. Celle-ci surgit sou-

vent d'une rencontre où personne ne s'attend à un miracle. Mais l'amitié est un miracle ; la vie me l'a appris. Je me souviens d'un week-end, Mona venait juste de me quitter et il m'a invité à faire de la voile avec lui. Il y avait un vent terrible, la simple idée de remonter un jour sur un voilier me terrorisait. Et puis on a commencé à se fréquenter, de temps en temps, à intervalles socialement acceptables. Et maintenant il débarque ici et il veut me parler.

— On m'a dit que quelqu'un était venu. Comment as-tu fait pour me retrouver ?

Wallander était mécontent d'avoir été débusqué dans son bivouac de mer et de dunes, et il avait du mal à le cacher.

— Tu me connais, dit Torstensson. Je n'aime pas déranger. Ma secrétaire prétend que j'ai peur de me déranger moi-même, Dieu sait ce qu'elle entend par là. Mais j'ai appelé ta sœur à Stockholm. Plus exactement, j'ai pris contact avec ton père, qui m'a donné son numéro. Elle connaissait le nom et l'adresse de la pension. Je suis venu. J'ai passé la nuit à l'hôtel, à Skagen, près du musée des Beaux-Arts.

Ils s'étaient mis à marcher le long du rivage, côte à côte, avec le vent dans le dos. La femme qui semblait passer sa vie à promener son chien s'était immobilisée pour les observer, et Wallander devina sa stupeur de voir qu'il avait de la visite. Ils firent quelques pas en silence ; Wallander attendait la suite, conscient de l'effet étrange que produisait en lui la présence d'un être humain à ses côtés.

— J'ai besoin de ton aide, reprit enfin Sten Torstensson. En tant qu'ami et en tant que flic.

— En tant qu'ami, d'accord. Si je peux, ce dont je doute. En tant que policier, sûrement pas.

— Je sais que tu es en arrêt de travail.

– Il n'y a pas que ça. Tu seras le premier à l'apprendre : j'ai décidé de démissionner.

Sten Torstensson s'immobilisa de surprise.

– C'est comme ça, dit Wallander. Mais dis-moi plutôt pourquoi tu es venu.

– Mon père est mort.

Wallander connaissait le vieux Torstensson. Il avait très rarement eu affaire à lui en tant qu'avocat de la défense. Pour autant qu'il s'en souvenait, il s'occupait essentiellement de conseil juridique. Quel âge pouvait-il avoir ? Soixante-dix ans, par là ; un âge où beaucoup de gens étaient déjà morts depuis longtemps.

– Il a été tué dans un accident de la route il y a deux semaines. Au sud des collines de Brösarp.

– Désolé de l'apprendre. Comment est-ce arrivé ?

– Justement. C'est pour ça que je suis venu te voir.

Wallander le dévisagea sans un mot.

– Il fait froid, ajouta Sten Torstensson. Il y a une cafétéria au musée. On peut prendre ma voiture.

La bicyclette trouva place dans le coffre. Peu après ils firent leur entrée dans la cafétéria, déserte à cette heure matinale. La fille du comptoir fredonnait une mélodie que Wallander eut la surprise de reconnaître. Elle figurait dans une des cassettes qu'il s'était achetées pendant l'été.

– Ça s'est passé un soir, dit Sten Torstensson lorsqu'ils furent assis avec leurs cafés. Le 11 octobre, pour être précis. Papa avait rendu visite à un de nos plus gros clients. D'après la police, il conduisait trop vite. Il a perdu le contrôle de la voiture, qui a fait plusieurs tonneaux. Voilà.

– Il suffit de presque rien, dit Wallander. Une seconde d'inattention…

– Mon père ne conduisait jamais vite. Pourquoi l'aurait-il fait ce soir-là, alors qu'il y avait du brouillard en plus ? Il avait une peur panique d'écraser les lièvres.

Wallander le considéra, pensif.

– Tu as une idée en tête.

– C'est Martinsson qui s'est occupé de l'enquête.

– Il est compétent. S'il dit que ça s'est passé de telle manière, il n'y a pas de raison d'en douter.

– Je ne mets pas en cause les compétences de Martinsson. Je ne doute pas non plus du fait qu'on ait retrouvé mon père mort dans sa voiture, qui était retournée dans un champ et assez cabossée. Mais il y a trop de détails bizarres. Il s'est passé quelque chose.

– Quoi donc ?

– Autre chose.

– Quoi par exemple ?

– Je ne sais pas.

Wallander se leva pour remplir à nouveau leurs tasses.

Pourquoi ne lui dis-je pas la vérité ? pensa-t-il. Que Martinsson est un homme énergique et plein d'imagination, mais capable aussi de négligence parfois.

– J'ai lu le rapport de police, dit Sten Torstensson quand Wallander se fut rassis. Je l'ai même emporté dans le champ où on a retrouvé papa. J'ai lu le rapport d'autopsie, j'ai parlé à Martinsson, j'ai réfléchi et j'ai posé d'autres questions. Maintenant je suis ici.

– Que puis-je faire ? En tant qu'avocat, tu es bien placé pour savoir qu'il y a toujours des détails obscurs qu'on n'élucide jamais vraiment. Ton père était seul dans la voiture au moment de l'accident. Si j'ai bien compris, il n'y avait pas de témoins. Lui seul aurait pu nous dire ce qui s'est réellement produit.

– Il y a un truc, insista Sten Torstensson. J'en suis sûr. Je veux savoir ce que c'est.

– Je ne peux rien faire. Malgré toute ma bonne volonté.

Sten Torstensson semblait ne pas avoir entendu.

33

– La clé de contact, dit-il. Pour te donner un seul exemple. Elle n'était pas dans la serrure. On a retrouvé le trousseau sur le plancher de la voiture.

– Ça a pu se produire au moment de l'accident. Ces matériaux ne sont pas si solides que ça.

– La serrure était intacte. La clé n'était même pas tordue.

– Il y a sûrement une explication.

– Je pourrais te donner d'autres exemples. Il s'est passé quelque chose, je le sais. Mon père est mort dans un accident qui n'en était pas un.

Wallander réfléchit avant de répondre.

– Tu penses qu'il a pu se suicider ?

– J'ai envisagé cette idée. Mais je n'y crois pas. Je connaissais mon père.

– Les suicides surviennent en général de façon imprévue. Mais ce n'est pas à moi de te dire ça.

– Il y a une autre raison qui fait que je ne peux pas accepter la thèse de l'accident.

– Laquelle ?

– Mon père était un homme sociable. Si je ne l'avais pas si bien connu, je n'aurais peut-être pas remarqué son changement d'humeur au cours des six derniers mois.

– Tu peux être plus précis ?

– Quelque chose l'oppressait. Il était inquiet. Et il ne voulait absolument pas que je m'en aperçoive.

– Tu lui en as parlé ?

– Jamais.

Wallander repoussa sa tasse vide.

– Malgré tout le désir que j'en ai, je ne peux rien faire pour toi. Je peux t'écouter en tant qu'ami. Mais, professionnellement, je n'existe plus. Je ne suis même pas flatté que tu aies fait tout ce chemin pour me parler. Je suis juste lourd, fatigué, et triste.

Sten Torstensson ouvrit la bouche pour répondre, mais se ravisa.

– Je respecte évidemment ta décision, dit-il enfin, alors qu'ils étaient déjà dans la rue.

Wallander le raccompagna jusqu'à sa voiture et récupéra son vélo.

– Nous sommes démunis face à la mort, fit-il dans une tentative maladroite pour exprimer sa compassion. Malheureusement nous ne pouvons rien contre elle.

– Je n'en demande pas tant. Je veux juste savoir ce qui s'est passé.

– Reparles-en à Martinsson. Ce n'est pas la peine de préciser que la suggestion vient de moi.

Ils se dirent au revoir. Wallander suivit la voiture des yeux jusqu'à ce qu'elle eût disparu entre les dunes.

Il s'aperçut soudain qu'il était pressé. Cette attente ne pouvait pas se prolonger indéfiniment. L'après-midi même, il appela son médecin et Björk et leur annonça à tour de rôle son intention de démissionner.

Ensuite, il resta encore cinq jours à Skagen. Le sentiment de porter en lui un paysage de guerre calciné ne diminuait pas. Il était pourtant soulagé d'avoir enfin pris une décision.

Le dimanche 31 octobre, il revint à Ystad afin de signer les documents qui mettraient un terme officiel à sa carrière dans la police.

Lorsque la sonnerie retentit peu après six heures le lundi matin, il était déjà réveillé. En réalité, mis à part quelques intermèdes de sommeil inquiet, il n'avait pas fermé l'œil. Plusieurs fois pendant la nuit il s'était levé et il avait contemplé la rue par la fenêtre en pensant qu'une fois de plus dans sa vie, il avait fait le mauvais choix. Peut-être n'y avait-il plus aucun chemin évident pour lui ? Démoralisé et incapable de résoudre la question, il était allé s'asseoir dans le canapé du séjour et il avait écouté en sourdine la musique de nuit à la radio. Juste avant que le réveil ne sonne, il avait accepté le fait qu'il n'avait pas le choix. C'était un instant de résignation absolue, il était bien au clair là-dessus. Mais tôt ou tard, pensa-t-il, la résignation est le lot de chacun. Tout le monde finit terrassé par des forces invisibles. Personne n'y échappe.

Il se leva, alla ramasser l'*Ystads Allehanda* sur le tapis de l'entrée, mit un café en route et entra sous la douche. C'était étrange de reprendre ainsi les habitudes anciennes pour une seule journée. Tout en s'essuyant, il tenta de se remémorer son dernier jour au commissariat, presque un an et demi plus tôt. C'était l'été, cette fois-là, quand il avait mis de l'ordre dans son bureau avant d'aller s'asseoir à la terrasse du café du port pour écrire une lettre confuse à Baiba. Il ne savait plus si ce jour lui paraissait très lointain ou très proche.

Il retourna dans la cuisine et remua son café.

Ce jour-là avait été un « dernier jour » provisoire.

Celui-ci serait réellement le dernier.

Il avait passé près de vingt-cinq ans dans la police. Quoi que l'avenir lui réserve, ces vingt-cinq années seraient toujours la colonne vertébrale de son existence. C'était un fait indubitable, que rien ne pourrait changer. À moins d'exiger l'annulation de sa vie et la permission de relancer les dés, ce que personne n'avait jamais obtenu. Il n'y avait pas de retour. Mais y avait-il encore un aller ?

Il essaya de déterminer quel sentiment l'emportait sur les autres ce matin-là. Mais tout était enveloppé de vide. Comme si les brumes de l'automne s'étaient insinuées jusque dans son cerveau.

Avec un soupir, il ouvrit le journal et commença à le feuilleter. Son regard errait d'une page à l'autre ; il lui semblait avoir déjà lu ces articles et vu ces photographies des milliers de fois.

Il allait le refermer lorsque son attention fut captée par une annonce de décès. D'abord il ne comprit rien. Puis son estomac se noua.

Maître Sten Torstensson, né le 3 mars 1947, décédé le 26 octobre 1993.

Il n'en croyait pas ses yeux.

C'était pourtant le père qui était mort… ? N'avait-il pas vu Sten Torstensson une semaine auparavant sur la plage de Skagen ?

Ce devait être un homonyme. Ou alors une confusion entre deux noms. Il relut l'annonce. Mais il n'y avait pas d'erreur possible. Sten Torstensson, l'homme qui lui avait rendu visite quelques jours plus tôt, était mort.

Wallander resta un instant pétrifié sur sa chaise.

Puis il se leva, alla chercher son carnet d'adresses, composa un numéro et attendit.

– Martinsson ! répondit une voix alerte.

Wallander résista à l'impulsion de raccrocher.

– C'est Kurt. J'espère que je ne te réveille pas.

Il y eut un long silence.

– C'est toi ? articula enfin Martinsson. Je ne m'attendais pas à…

– Je sais. Mais j'ai un truc à te demander.

– Je ne peux pas croire que tu donnes ta démission.

– C'est comme ça. Ce n'est pas pour ça que je t'appelle. Je veux savoir ce qui est arrivé à Sten. Sten Torstensson, l'avocat.

– Tu n'es pas au courant ?

– Je suis rentré hier. Je ne suis au courant de rien.

Martinsson hésita. Il y eut un silence.

– Il a été assassiné, dit-il.

Wallander n'était pas vraiment surpris. Dès l'instant

où il avait assimilé le sens de l'annonce dans le journal, il avait compris que cette mort n'était pas naturelle.

– Il a été abattu dans son bureau mardi soir, poursuivit Martinsson. C'est incompréhensible. Et tragique. Son père s'est tué dans un accident de voiture il y a trois semaines. Ça aussi, tu l'ignorais peut-être ?

– Oui, mentit Wallander.

– Écoute-moi. On a besoin de toi sur cette affaire. Et sur d'autres.

– Non. Ma décision est prise. Je t'expliquerai quand on se verra. Ystad est une petite ville, on finit toujours par se croiser tôt ou tard.

En raccrochant, il comprit que ce qu'il venait de dire à Martinsson n'était plus vrai. En quelques instants, tout avait basculé.

Il resta cinq bonnes minutes immobile à côté du téléphone. Puis il finit son café, s'habilla et prit sa voiture. À sept heures trente, pour la première fois en un an et demi, il franchit les portes du commissariat. Il salua le planton de l'accueil et se dirigea directement vers le bureau du chef. Björk se leva pour l'accueillir. Wallander constata tout de suite qu'il avait maigri. Et qu'il ne savait pas trop comment gérer la situation.

Je vais lui faciliter les choses, pensa-t-il. Mais il ne va rien comprendre. Moi non plus, d'ailleurs.

– Tout le monde est très content que tu ailles mieux, commença Björk avec hésitation. Mais on aurait évidemment préféré que tu reviennes parmi nous.

Il balaya d'un geste son bureau encombré de dossiers.

– Rien qu'aujourd'hui, je dois prendre position sur une quantité de trucs, entre autres une proposition de changement d'uniforme et un nouveau projet pour modifier le système des districts, tout aussi incompréhensible que les précédents. Tu es au courant ?

Wallander secoua la tête.

– Je me demande où on va, poursuivit Björk sur un ton lugubre. Si le nouvel uniforme est adopté, le policier de l'avenir va ressembler à un croisement entre un menuisier et un cheminot.

Il jeta un regard impérieux à Wallander, qui garda le silence.

– L'autre projet, je ne veux même pas en parler. La police a été réorganisée dans les années soixante. Maintenant on va tout reprendre à zéro. Le Parlement veut supprimer les directions locales et créer un truc qui doit s'appeler «police nationale». Mais la police a toujours été nationale. Que serait-elle d'autre? Les lois provinciales ont cessé d'exister au Moyen Âge. Comment peut-on assurer le travail quotidien quand on est sans arrêt submergé par un raz-de-marée de mémos confus? En plus, je dois préparer un discours pour une conférence complètement inutile sur le thème des *techniques d'expulsion*. En langage courant, il s'agit de voir comment on doit se comporter au moment d'embarquer de force à bord de bus et de ferries des gens à qui on a refusé le droit d'asile, sans que ça fasse trop de grabuge.

– Je comprends que tu es très occupé.

Björk était vraiment fidèle à lui-même, pensa Wallander. Il n'avait jamais appris à maîtriser son rôle de chef. Son statut le dominait complètement.

– Tu le comprends peut-être, mais tu n'as pas l'air de saisir qu'on a besoin de tous les bons policiers disponibles.

Björk se laissa tomber lourdement dans son fauteuil.

– Bon, les papiers sont là. Il ne manque plus que ta signature. Même si ça ne me plaît pas, je suis bien obligé d'accepter ta décision. Au fait, j'ai prévu une conférence de presse pour neuf heures, j'espère que tu n'as pas d'objection. Tu es devenu célèbre, Kurt.

Même s'il t'arrive de te comporter de façon bizarre, il est clair que tu as contribué à notre réputation. Certains élèves de l'école de police prétendent même que c'est toi qui les inspires dans leur choix de carrière.

– Ce n'est sûrement pas vrai. Et tu peux laisser tomber la conférence de presse.

Björk s'énerva.

– Il n'en est pas question. C'est le moins que tu puisses faire pour les collègues. Et *Le Policier suédois* va faire un article sur toi.

– Je ne pars plus. Je suis venu ce matin pour reprendre le travail.

Björk le dévisagea sans un mot.

– Alors ce n'est pas la peine d'organiser une conférence de presse, enchaîna Wallander. Je vais appeler le médecin pour qu'il me fasse une attestation. Je vais bien. Je veux reprendre le travail.

– J'espère que tu n'es pas en train de te foutre de moi...

– Non. Il s'est passé un truc qui m'a fait changer d'avis.

– C'est très inattendu. Voilà le moins qu'on puisse dire.

– Pour moi aussi. Ça fait exactement une heure que j'ai pris ma décision. Mais j'ai une condition. Ou plutôt, un souhait à exprimer.

Björk hocha la tête, sur le qui-vive.

– Je veux être chargé de l'enquête sur Sten Torstensson. Qui la dirige pour l'instant ?

– Tout le monde est sur le coup, sous la direction de Svedberg et de Martinsson, en coordination avec moi. Du côté des procureurs, c'est Per Åkeson.

– Sten Torstensson était un ami.

Björk hocha la tête en silence. Puis il se leva.

– C'est vraiment vrai ? Tu as changé d'avis ?

– Puisque je te le dis.

Björk contourna son bureau et vint se planter devant Wallander.

– C'est la meilleure nouvelle qu'on m'ait annoncée depuis longtemps. Allez viens, on déchire ces papiers. Ce sont les collègues qui vont être surpris !

– Qui a repris mon bureau ? éluda Wallander.

– Hanson.

– J'aimerais bien le récupérer, si c'est possible.

– Bien sûr. Hanson est d'ailleurs en stage à Halmstad cette semaine. Alors tu peux le récupérer tout de suite si tu veux.

Björk escorta Wallander jusqu'à la porte de son ancien bureau. La plaque portant son nom avait disparu. Un court instant, cela le mit en colère.

– J'aurais besoin d'une heure tout seul, dit-il en se tournant vers Björk.

– La réunion du groupe d'enquête est prévue pour huit heures trente. Dans la petite salle. Tu es sûr de ta décision ?

– Pourquoi ? Tu en doutes ?

Björk hésita.

– Il t'est arrivé par le passé d'agir de façon, disons, capricieuse. Tu ne me contrediras pas sur ce point.

– N'oublie pas d'annuler la conférence de presse, répondit simplement Wallander.

Björk lui tendit la main.

– Je suis content que tu sois revenu.

– Merci.

Une fois la porte refermée, Wallander décrocha le téléphone et regarda autour de lui. La table était nouvelle. Sans doute apportée par Hanson. Mais son vieux fauteuil était toujours là.

Il ôta sa veste et s'assit.

L'odeur n'a pas changé, pensa-t-il. Le même produit d'entretien, le même air sec, le même relent des quantités astronomiques de café qu'on avale dans cette maison.

Il resta un long moment assis sans rien faire.

Pendant plus d'un an, il avait cherché avec angoisse la vérité sur lui-même et sur son avenir. Une décision avait pris forme et mûri peu à peu jusqu'à chasser enfin l'irrésolution. Puis il avait ouvert un journal et tout avait changé.

Pour la première fois depuis des mois il ressentit un frisson de bien-être.

Il avait fait son choix. Il ignorait si c'était le bon. Mais cela n'avait plus d'importance.

Il se pencha, attrapa un bloc-notes vierge, l'ouvrit au hasard et écrivit deux mots.

Sten Torstensson.

Il avait repris le travail.

3

Lorsque Björk referma la porte de la petite salle à huit heures trente, Wallander eut le sentiment qu'il n'avait jamais réellement quitté le commissariat. Les dix-huit mois qui le séparaient de sa dernière réunion d'enquête semblaient pulvérisés. Comme s'il se réveillait d'un long sommeil où le temps aurait cessé d'exister.

Ils étaient une fois de plus rassemblés autour de la table ovale. Björk n'avait encore rien dit ; les collègues s'attendaient sans doute à un bref discours de remerciement pour ces années de collaboration. Puis Wallander s'en irait et ils se pencheraient à nouveau sur leurs notes afin de reprendre la traque de l'inconnu qui avait assassiné Sten Torstensson.

Wallander s'aperçut qu'il avait repris sa place habituelle, à gauche de Björk. La chaise voisine était vide. Comme si les autres ne voulaient pas s'asseoir trop près de quelqu'un qui ne faisait plus vraiment partie du groupe. Martinsson, installé face à lui, se moucha bruyamment. Wallander se demanda en silence s'il l'avait jamais vu autrement qu'enrhumé. À côté, Svedberg se balançait sur sa chaise en se grattant le sommet du crâne avec un crayon.

Tout aurait donc été comme d'habitude, s'il n'y avait eu la femme en jean et chemise bleue assise toute seule à l'autre bout de la table. Il ne l'avait jamais rencontrée ; mais il savait qui elle était. Deux ans plus tôt, il avait été question de renforcer l'équipe d'Ystad en embauchant un enquêteur supplémentaire, et c'est alors que le nom d'Ann-Britt Höglund avait été cité pour la première fois. Elle était jeune – sortie de l'école de police depuis trois ans seulement – mais elle se distinguait déjà. À l'examen de fin d'études, elle avait décroché une mention spéciale pour ses excellents résultats et une autre mention pour son attitude exemplaire. Originaire de Svarte, en Scanie, elle avait grandi dans la région de Stockholm. Les différents districts du pays s'étaient battus pour l'avoir ; mais Ann-Britt Höglund avait fait savoir qu'elle souhaitait retourner dans sa région natale, et de préférence intégrer l'équipe d'Ystad.

Wallander croisa son regard ; elle lui fit un rapide sourire.

Autrement dit, rien n'est plus pareil, eut-il le temps de penser tandis que Björk se levait. Avec une femme parmi nous, rien ne pourra rester comme avant.

Wallander s'aperçut soudain qu'il était nerveux. Peut-être était-il trop tard ? Peut-être avait-il été congédié à son insu ?

– Le lundi matin est toujours un moment pénible, commença Björk. Surtout quand nous avons sur les bras un meurtre particulièrement désagréable, et qu'en plus il concerne quelqu'un que nous connaissions. Aujourd'hui, je peux cependant ouvrir la réunion sur une bonne nouvelle. Kurt ici présent s'est déclaré guéri et prêt à reprendre le travail aujourd'hui même. J'ai été le premier à te souhaiter la bienvenue – ou la re-bienvenue ou la bienrevenue parmi nous, je ne sais pas comment il faut dire. Mais les collègues, je le sais, partagent ma joie, y compris Ann-Britt que tu n'as pas encore eu l'occasion de rencontrer.

Il y eut un long silence. Martinsson fixait Björk d'un regard incrédule ; Svedberg pencha la tête pour dévisager Wallander. Quant à Ann-Britt Höglund, elle semblait ne pas avoir compris le sens de l'annonce de Björk.

Wallander sentit qu'il devait dire quelque chose.

– C'est la vérité. Je reprends le travail.

Svedberg abattit ses mains sur la table.

– C'est très bien ça, Kurt. Parce que je te jure qu'on n'aurait pas pu continuer un jour de plus sans toi.

Ce commentaire spontané suscita des rires autour de la table. À tour de rôle, les collègues se levèrent pour venir lui serrer la main, pendant que Björk commandait au téléphone des viennoiseries pour accompagner le café et que Wallander lui-même avait du mal à cacher son émotion.

Quelques minutes plus tard, c'était fini. Il n'y avait pas de temps à perdre en effusions personnelles ; et dans l'immédiat, ça l'arrangeait plutôt. Il ouvrit le bloc-notes qu'il avait emporté, où il n'y avait pour l'instant qu'un nom, celui de Sten Torstensson.

– Kurt a demandé à être intégré sans délai dans le groupe d'enquête, dit Björk. Il va sans dire que je suis d'accord. Je propose qu'on lui fasse un résumé général de la situation. Ensuite nous lui laisserons le temps d'assimiler les détails.

Il fit signe à Martinsson, qui avait apparemment repris le rôle de Wallander en tant que porte-parole du groupe.

– Je suis encore un peu sous le choc, dit Martinsson en feuilletant ses papiers. Mais voilà ce qu'il en est, pour l'essentiel. Le mercredi 27 octobre au matin, il y a donc cinq jours de cela, la secrétaire des deux avocats, Mme Berta Dunér, est arrivée au cabinet comme d'habitude, quelques minutes avant huit heures. C'est alors qu'elle a découvert le corps de Sten Torstensson étendu par terre dans son bureau, entre sa table de travail et la porte. Il avait été abattu de trois balles, toutes mortelles. Dans la mesure où personne n'habite dans le bâtiment – une vieille maison en pierre aux murs épais située à côté d'une route à grande circulation –, personne n'a entendu les coups de feu. Personne du moins ne s'est encore signalé. Selon les premiers résultats de l'autopsie, il serait mort la veille au soir, vers vingt-trois heures. Cela peut coïncider avec les déclarations de Mme Dunér, qui affirme qu'il travaillait souvent tard le soir, surtout depuis la mort de son père.

Martinsson leva la tête de ses notes et jeta un regard interrogateur à Wallander.

– Je sais que le père s'est tué en voiture, dit celui-ci.

Martinsson hocha la tête et poursuivit.

– Voilà où nous en sommes. En d'autres termes, nous n'avons presque rien. Aucun mobile, aucune arme, aucun témoin.

Wallander se demanda très vite s'il devait d'ores et déjà mentionner la visite de Sten Torstensson à Skagen. Trop souvent, il avait commis le péché mortel – pour un policier – de garder pour lui des informations qu'il aurait dû communiquer à ses collègues. Dans tous les cas où cela s'était produit, il considérait certes qu'il avait eu de bonnes raisons de se taire, même si ces raisons étaient éminemment fragiles.

C'est insensé, pensa-t-il. Je commence ma deuxième carrière dans la police en reniant tout ce que l'expérience m'a appris.

Quelque chose lui disait pourtant que, dans ce cas précis, c'était important.

Et il respectait son intuition. Qui pouvait être à la fois sa messagère la plus fiable et sa pire ennemie.

Il savait que, cette fois, il ne commettait pas d'erreur.

Un détail, dans ce que venait de dire Martinsson, avait fait mouche. Ou peut-être quelque chose qu'il avait omis de dire.

Il fut interrompu dans ses réflexions par le coup de poing de Björk sur la table. En général, cela signifiait que le chef était irrité ou impatient.

– J'avais commandé des viennoiseries, dit-il. Mais évidemment elles n'arrivent pas. Je propose donc qu'on abrège cette réunion et que vous mettiez Kurt au courant des détails de l'affaire. On se reverra cet après-midi. Avec un peu de chance, les viennoiseries seront arrivées.

Après le départ du chef, ils se resserrèrent autour de la chaise qu'il avait laissée vacante en bout de table. Wallander eut à nouveau le sentiment qu'il devait dire quelque chose. Il n'avait pas le droit de reprendre sa place comme ça, comme si de rien n'était.

– Je dois essayer de recommencer de zéro. Ça a été une période difficile. Je me suis longtemps demandé si je pourrais revenir. J'ai tué un homme. Même si c'était de la légitime défense, c'est lourd à porter. Je vais tenter de faire de mon mieux.

Un long silence suivit ces paroles.

– Ne va pas croire qu'on ne comprend pas, dit enfin Martinsson. On a beau être obligé de s'habituer à presque tout, dans ce boulot, comme si les horreurs ne devaient jamais prendre fin, on est chamboulé quand ça touche quelqu'un de proche. Si ça peut te réconforter, sache que tu nous as manqué autant que Rydberg il y a quelques années.

Rydberg, le vieux commissaire décédé au printemps 1991, avait été leur ange gardien. Par ses grandes compétences policières et par son comportement vis-à-vis de chacun, à la fois attentif et carré, il avait toujours représenté une référence, un point de stabilité au milieu de la confusion de ce travail par nature instable et difficile.

Wallander comprit le sens des paroles de Martinsson.

Il était le seul qui se fût rapproché de Rydberg jusqu'à devenir son ami. Derrière l'apparence austère, il avait découvert un être humain dont les précieuses connaissances s'étendaient bien au-delà des missions qu'ils partageaient.

J'ai reçu un héritage, pensa-t-il. Ce que dit Martinsson au fond, c'est qu'il me revient d'endosser la cape que Rydberg n'a jamais voulu porter officiellement. Mais les capes invisibles existent, elles aussi…

Svedberg se leva.

— Sauf objection, dit-il, je vais au bureau des Torstensson. Quelques représentants de l'Ordre des avocats ont commencé à éplucher les dossiers du cabinet. Ils veulent que la police soit présente.

Martinsson poussa une pile de documents vers Wallander.

— Le dossier de l'enquête, dit-il. Je suppose que tu préfères rester seul un moment pour le parcourir.

Wallander hocha la tête.

— L'accident, dit-il. Gustaf Torstensson.

Martinsson parut surpris.

— C'est une affaire classée. Le vieux a perdu le contrôle de sa voiture.

— J'aimerais tout de même voir le rapport si cela ne t'ennuie pas, dit Wallander avec prudence.

Martinsson haussa les épaules.

— Je le laisserai dans le bureau de Hanson.

— Ce n'est plus son bureau. Je l'ai récupéré.

— Tu disparais en coup de vent, et tu reviens en coup de vent. C'est normal qu'on s'emmêle les pinceaux.

Martinsson parti, il ne resta plus dans la salle de réunion que Wallander et Ann-Britt Höglund.

– J'ai beaucoup entendu parler de toi, commença-t-elle.

– Ce que tu as entendu est sûrement vrai. Hélas.

– Je crois que tu peux m'apprendre un tas de choses.

– J'en doute.

Wallander se leva très vite pour mettre un terme à la conversation et entreprit de rassembler les papiers transmis par Martinsson. Ann-Britt Höglund lui tint la porte.

De retour dans son bureau, il constata qu'il était en nage. Il ôta son veston, puis sa chemise, et s'essuya à un rideau. Martinsson entra au même instant sans frapper. Il sursauta en apercevant Wallander torse nu.

– Je venais juste apporter le rapport sur l'accident de Gustaf Torstensson. J'ai oublié que ce n'était plus le bureau de Hanson.

– Je suis un peu vieux jeu. Je préférerais que tu frappes avant d'entrer.

Martinsson posa le dossier sur le bureau et sortit. Wallander finit de s'essuyer, renfila sa chemise, s'assit à la table et se mit à lire.

Il était onze heures passées lorsqu'il repoussa enfin les papiers.

Tout cela lui semblait peu familier. Par quel bout fallait-il le prendre ?

Il repensa à Sten Torstensson, surgissant du brouillard sur la plage de l'île de Jylland.

Il m'a lancé un appel à l'aide. Il voulait que je découvre ce qui était arrivé à son père. Un accident qui n'en était pas un, sans être un suicide pour autant. Il a évoqué un changement d'humeur. Une inquiétude que son père n'aurait jamais manifestée avant. Mais lui-même n'était pas inquiet. Pourtant, il a été assassiné.

Pensif, Wallander ouvrit le bloc-notes à la page où il avait noté le nom de Sten Torstensson. Il en ajouta un autre. *Gustaf Torstensson.*

Puis il inversa les deux noms.

Il prit le combiné et composa de mémoire le numéro de poste de Martinsson. Rien, même pas une tonalité. Les lignes internes avaient dû être modifiées depuis le jour où il avait utilisé ce téléphone pour la dernière fois. Il alla dans le couloir. La porte de Martinsson était ouverte.

– Ça y est, dit-il en s'asseyant sur la chaise bancale destinée aux visiteurs. J'ai lu le rapport.

– Pas grand-chose, comme tu peux le voir. Un type, ou plusieurs, s'est introduit dans le bureau de Sten Torstensson en fin de soirée et l'a abattu. Rien ne semble avoir été volé. Son portefeuille était dans la poche intérieure de son veston. Mme Dunér, qui travaille au cabinet depuis plus de trente ans, affirme avec certitude que rien n'a disparu.

Wallander hocha la tête. Il ignorait toujours ce qui avait capté son intérêt un peu plus tôt dans ce qu'avait dit ou pas dit Martinsson.

– Tu es arrivé le premier ?

– Non. Peters et Norén y étaient avant moi. Ce sont eux qui m'ont appelé.

– On a une impression en général. Une première réaction. Qu'as-tu pensé ?

– Crime crapuleux, répondit Martinsson sans hésiter.

– Combien étaient-ils ?

– Rien ne permet de répondre à cette question. Mais on croit savoir que les balles provenaient toutes de la même arme. Il faut attendre les résultats définitifs du labo.

– Alors ? Un homme seul ?

– Je le crois. Mais c'est une hypothèse qui peut encore être contredite.

– Trois balles, reprit Wallander. Une dans le cœur, une dans le ventre sous le nombril et une dans le front. Ai-je raison d'imaginer un tireur qui maîtrise parfaitement son arme ?

– J'y ai réfléchi. Ce n'est pas sûr. Il paraît que les balles tirées au hasard tuent aussi sûrement que les autres. J'ai lu ça dans une étude américaine.

Wallander se leva.

– Pourquoi décide-t-on de s'introduire chez un avocat pour le tuer ? Il y a bien des rumeurs sur les honoraires exorbitants qu'ils pratiquent. Mais croit-on vraiment que l'argent est planqué dans les bureaux ?

– Ça, il n'y a qu'une ou peut-être deux personnes qui peuvent nous le dire.

– On va les retrouver. En attendant, je voudrais jeter un coup d'œil au cabinet.

– Mme Dunér est dans tous ses états, évidemment. En moins d'un mois, c'est toute son existence qui s'écroule. Imagine, elle a à peine le temps de s'occuper de l'enterrement du père que le fils se fait assassiner. Et pourtant, on n'a aucun mal à lui parler. Son adresse est notée dans la transcription de l'entretien que Svedberg a eu avec elle.

– Stickgatan 26, dit Wallander. C'est derrière l'hôtel Continental. J'ai l'habitude de laisser ma voiture dans cette rue.

– Je me demande si ce n'est pas interdit…

Wallander récupéra sa veste dans son bureau et quitta le commissariat. La fille de la réception lui était totalement inconnue. Il pensa qu'il aurait dû se présenter. Ne serait-ce que pour découvrir si la fidèle Ebba avait cessé de travailler, ou si elle avait simplement changé d'horaires. Il ne rebroussa pas chemin pour s'en assurer. Les heures qu'il venait de vivre au commissariat n'avaient guère été spectaculaires ; mais ces apparences ne correspondaient en rien à la pression qu'il ressentait intérieurement. Il avait besoin d'être seul. Pendant une longue période, il avait passé le plus clair de son temps sans aucune compagnie. Il lui fallait une période de désaccoutumance. En descendant vers l'hôpital, il eut un bref accès de nostalgie pour Skagen, son poste de surveillance solitaire et ses patrouilles qui n'aboutiraient jamais à la moindre interpellation.

Ce temps-là était révolu. Il avait repris le travail.

Manque d'habitude, pensa-t-il à nouveau. Ça va passer. Mais ça risque de prendre du temps.

Le cabinet des Torstensson se trouvait dans Sjömansgatan, pas très loin du vieux théâtre en cours de rénovation. Une voiture de police était garée devant la maison au badigeon jaune. Quelques badauds discutaient l'événement sur le trottoir opposé. Le vent soufflait de la mer; Wallander frissonna en sortant de sa voiture. En poussant la lourde porte d'entrée, il faillit entrer en collision avec Svedberg.

– J'allais acheter un truc à manger…

– Vas-y, répliqua Wallander. J'en ai pour un moment ici.

Dans le premier bureau il trouva une jeune juriste inquiète et désœuvrée. Il savait pour l'avoir lu dans le rapport d'enquête qu'elle s'appelait Sonja Lundin et qu'elle ne travaillait au cabinet que depuis quelques mois. Elle n'avait eu aucune information intéressante à communiquer aux enquêteurs.

Wallander lui serra la main et se présenta.

– Je viens juste jeter un coup d'œil, dit-il. Mme Dunér est là?

– Non. Elle est chez elle et elle pleure, répondit la fille avec simplicité.

Wallander ne sut soudain plus quoi dire.

– Elle ne survivra jamais à tout ça, ajouta Sonja Lundin. Elle va mourir, elle aussi.

– Allons, allons, il ne faut pas croire ça.

Il entendit combien ses paroles sonnaient creux.

Le cabinet des Torstensson était vraiment un fief de solitaires, songea-t-il ensuite. Le vieux était veuf depuis plus de quinze ans ; le fils était donc orphelin depuis autant de temps. Célibataire, en plus. Mme Dunér avait divorcé au début des années soixante-dix. Trois êtres seuls qui se fréquentaient jour après jour sur leur lieu de travail commun. À présent, deux d'entre eux avaient disparu. Et celle qui restait était plus seule que jamais.

Wallander pouvait vraiment comprendre que Mme Dunér soit chez elle en train de pleurer.

La salle de réunion était fermée. Il perçut des murmures de l'autre côté de la cloison. Sur les portes qui l'encadraient, les noms des deux avocats étaient gravés en lettres moulées sur des plaques de cuivre astiquées avec soin.

Mu par une impulsion, il entra d'abord dans le bureau de Gustaf Torstensson. Les rideaux étaient tirés. Refermant la porte derrière lui, il alluma le plafonnier. Une faible odeur de cigare flottait dans l'air. Wallander laissa errer son regard avec la sensation d'avoir pénétré dans une autre époque : lourds canapés en cuir, table en marbre, tableaux aux murs. Il n'avait pas envisagé l'hypothèse que le ou les tueurs cherchaient peut-être des objets d'art. Il s'approcha d'une toile et essaya d'en déchiffrer la signature, tout en se demandant si c'était un original ou une copie qu'il avait sous les yeux. Sans avoir résolu ces questions, il abandonna le tableau et il fit le tour de la pièce, examinant l'imposant globe terrestre, puis la grande table de travail qui était vide, en dehors de quelques stylos, d'un téléphone et d'un dictaphone. Il s'assit dans le fauteuil, très confortable, et continua à regarder autour de lui tout en repensant à ce qu'avait dit Sten Torstensson pendant qu'ils prenaient un café ensemble au musée des Beaux-Arts de Skagen.

Un accident qui n'en était pas un. Un homme qui, au cours des derniers mois de sa vie, avait tenté de dissimuler un sentiment d'inquiétude ou d'oppression.

Wallander réfléchit à ce que pouvait être au juste l'existence d'un avocat. Défendre un inculpé, agir en tant que conseiller juridique... Un avocat recevait toutes sortes de confidences. Un avocat était lié par le secret professionnel.

L'idée venait de le frapper pour la première fois : les avocats étaient des gens qui portaient de nombreux secrets.

Au bout d'un moment, il se leva et sortit.

Il était bien trop tôt pour tirer la moindre conclusion. Sonja Lundin était toujours à la même place, inactive sur sa chaise. En ouvrant la porte de l'autre bureau Wallander tressaillit, comme s'il s'attendait à voir le corps de Sten Torstensson étendu sur le tapis, tel qu'il l'avait vu sur les photographies du rapport d'enquête. Mais par terre il n'y avait plus qu'une bâche en plastique. Le tapis vert sombre avait été emporté par les techniciens de la police.

Ce bureau ressemblait beaucoup à celui qu'il venait de quitter. La seule différence tenait à quelques sièges modernes, de toute évidence destinés aux clients.

Il n'y avait aucun objet sur la table. Wallander évita cette fois de s'asseoir dans le fauteuil.

Pour l'instant, pensa-t-il, je n'effleure encore qu'une surface.

Il sortit et referma la porte derrière lui. Svedberg, qui était entre-temps revenu, tentait de persuader Sonja Lundin d'accepter un sandwich. En apercevant Wallander, il lui fit la même proposition. Wallander refusa et indiqua d'un geste la salle de réunion.

– Deux représentants de l'Ordre des avocats, dit

Svedberg. Ils sont en train de parcourir toute la pape-rasse. Ils classent, ils mettent des scellés, et ils réflé-chissent à la suite des événements. Les clients seront contactés, d'autres avocats prendront la relève. En pra-tique, le cabinet Torstensson a cessé d'exister.

– On doit avoir accès à ces papiers. La vérité peut fort bien se cacher dans les affaires qu'ils traitaient. Leur clientèle.

Svedberg fronça les sourcils.

– *Leur* clientèle ? Tu veux dire celle de Sten Tors-tensson ?

– Tu as raison. Je pense naturellement au fils.

– En fait, c'est dommage que ce ne soit pas l'inverse.

Wallander faillit laisser passer le commentaire de Svedberg.

– Pourquoi dis-tu cela ?

– Le vieux avait très peu de clients. Le fils, lui, était impliqué dans plein d'affaires.

Svedberg jeta un regard vers la salle de réunion.

– Ils pensent avoir besoin d'au moins une semaine encore.

– Alors je ne vais pas les déranger. Je crois que je devrais plutôt parler à Mme Dunér.

– Tu veux que je t'accompagne ?

– Ce n'est pas nécessaire. Je sais où elle habite.

Wallander reprit sa voiture. Il se sentait mal à l'aise, irrésolu. Puis il s'obligea à prendre une décision : il allait commencer par tirer sur le fil qu'il était seul à connaître. Celui que lui avait fourni Sten Torstensson lors de sa visite à Skagen.

C'est forcément lié, pensa-t-il en quittant la ville. Les deux morts sont liées. Le contraire n'est pas plausible.

Le paysage de l'autre côté du pare-brise paraissait tout gris. Une pluie fine s'était mise à tomber. Il monta le chauffage.

Comment peut-on aimer cette boue ? Pourtant je l'aime. Je suis un policier qui côtoie la boue en permanence. Et je ne voudrais pas échanger cette vie contre une autre.

Il lui fallut un peu plus d'une demi-heure pour parvenir à l'endroit où Gustaf Torstensson avait trouvé la mort au soir du 11 octobre. Il fourra dans la poche de sa veste le rapport de police qu'il avait pensé à emporter. Puis il alla chercher ses bottes en caoutchouc dans le coffre et les enfila. Le vent soufflait fort. Il avait froid. Une buse perchée sur une clôture pourrie l'observait avec une expression vigilante.

Le lieu était particulièrement désert, même à l'aune de la campagne scanienne. Pas une ferme à proximité, rien que des champs marron qui s'étalaient dans toutes les directions comme un océan de vaguelettes pétrifiées. La route était rectiligne. Cent mètres plus loin, elle gravissait une côte avant de décrire un virage abrupt. Wallander étala sur le capot le croquis contenu dans le rapport et le compara à la réalité. Quand on avait retrouvé la voiture, elle gisait retournée dans un champ à une vingtaine de mètres de la route. Pas de traces de freinage sur l'asphalte. Au moment de l'accident, il y avait eu un brouillard compact.

Wallander rangea le rapport. Puis il se plaça au milieu de la route et regarda une nouvelle fois autour de lui. Aucune voiture n'était passée depuis son arrivée. L'oiseau était encore perché au même endroit. Il commença à pleuvoir. Wallander franchit le fossé et s'enfonça dans la boue humide qui collait à ses semelles. Il mesura une distance de vingt mètres et se retourna vers la route. Un camion de boucherie passa, suivi peu après par deux automobilistes. Debout sous la pluie, il essaya d'imaginer ce qui avait pu se produire. Un vieil homme seul au volant, dans le brouillard. Soudain il perd le contrôle, la voiture quitte la route et fait deux ou trois tonneaux avant de s'immobiliser, les roues en l'air. Le conducteur est retenu par sa ceinture de sécurité. Il a quelques plaies au visage et une contusion à l'endroit où sa nuque a heurté une surface dure. La mort a dû être instantanée. À l'aube, un agriculteur conduisant son tracteur découvre la carcasse.

Il ne roulait pas nécessairement très vite, pensa Wallander. Il a pu écraser le champignon sous l'effet de la panique. La voiture a été propulsée dans le champ. Le rapport de Martinsson est probablement exhaustif et correct.

Il s'apprêtait à repartir lorsqu'il aperçut un objet à moitié enfoui dans la boue. En se penchant, il vit que c'était un pied de chaise ordinaire, peint en brun. Il le ramassa, l'examina, le rejeta; la buse s'envola lourdement de la clôture. Restait à jeter un coup d'œil à l'épave. Mais là non plus, il ne découvrirait sans doute rien qui aurait échappé à Martinsson.

Il retourna à sa voiture, essuya tant bien que mal la boue soudée à ses bottes et remit ses chaussures, en pensant qu'il pourrait profiter de l'occasion pour rendre visite à son père et à sa nouvelle épouse. Löderup était sur son chemin. Mais il renonça à ce projet. Il voulait parler à Mme Dunér, et de préférence aussi aller voir la voiture accidentée avant de retourner au commissariat.

Il s'arrêta à la station OK de l'entrée d'Ystad pour prendre un café et un sandwich. En observant la salle silencieuse, pendant qu'il mangeait, il pensa soudain que la solitude suédoise n'était nulle part aussi visible que là, dans les cafétérias des stations-service. Il se leva sans avoir presque touché à son café, mû par une inquiétude subite. Il traversa la ville sous la pluie, tourna à droite au coin de l'hôtel Continental puis à nouveau à droite dans la petite rue de Stickgatan, laissa sa voiture à cheval sur le trottoir devant la maison rose où vivait Berta Dunér et sonna. Il dut attendre presque une minute. Enfin la porte s'entrouvrit et Wallander aperçut un visage blême.

– Je m'appelle Kurt Wallander et je suis de la police, annonça-t-il tout en cherchant vainement sa carte pour la lui montrer. J'aimerais bien parler avec vous, si c'est possible.

Mme Dunér le fit entrer et lui tendit un cintre ; il se débarrassa de sa veste trempée. Puis elle le précéda dans un séjour au parquet brillant, avec une grande baie vitrée qui donnait sur un jardin, à l'arrière de la maison. Il regarda autour de lui en sentant que rien dans cet intérieur n'avait été choisi au hasard, et que la disposition des meubles et des bibelots avait été pensée dans ses moindres détails.

Elle devait gérer le cabinet exactement de la même manière, pensa-t-il. Tenir les agendas et arroser les plantes de façon impeccable, c'est sans doute deux aspects d'une même chose : une vie où il n'y a pas de place pour le hasard.

– Asseyez-vous, je vous en prie.

Son ton autoritaire le prit complètement au dépourvu. Il avait imaginé que cette femme grisonnante, d'une maigreur anormale, s'exprimerait à voix basse. Il choisit un vieux fauteuil en rotin qui gémit sous son poids.

– Puis-je vous proposer un café ?

– Non, merci.

– Un thé ?

– Non plus. Je veux juste vous poser quelques questions. Ensuite je partirai.

Elle se posa au bord d'un canapé fleuri de l'autre côté de la table basse dont le plateau était en verre. Wallander s'aperçut qu'il n'avait sur lui ni papier ni crayon.

Et il n'avait pas davantage, ce qui était pourtant autrefois une habitude fondamentale chez lui, préparé ses premières questions. C'était une chose qu'il avait apprise très tôt : dans une enquête pour meurtre il n'existait pas d'entretiens impromptus.

– Permettez-moi d'abord d'exprimer mes condoléances, commença-t-il avec hésitation. Je n'ai rencontré que deux ou trois fois Gustaf Torstensson. Mais je connaissais bien son fils.

– Oui. Il s'est occupé de votre divorce il y a neuf ans.

À l'instant, Wallander se souvint de Berta Dunér. C'était elle qui les accueillait au cabinet, Mona et lui, quand ils devaient voir l'avocat ; des rendez-vous qui prenaient toujours à un moment ou à un autre une tournure désespérée et chaotique. Ses cheveux étaient moins gris à l'époque, sa maigreur moins saisissante. Pourtant il s'étonna de ne l'avoir pas reconnue tout de suite.

– Vous avez bonne mémoire…

– J'oublie parfois les noms, dit Berta Dunér. Mais jamais les visages.

– Je crois que c'est pareil pour moi.

Il y eut un silence. Une voiture passa dans la rue. Wallander pensa qu'il aurait dû attendre avant d'accomplir cette visite. Il n'avait aucune idée de ce qu'il devait lui demander. Ni même par où commencer. Quant au souvenir lugubre de son divorce, il préférait ne pas le raviver.

– Vous avez déjà parlé à mon collègue Svedberg, dit-il enfin. Malheureusement il faut parfois revenir à la charge. Et ce n'est pas toujours le même policier qui le fait.

Il gémit intérieurement de sa maladresse ; il fut à un cheveu de se lever sous un prétexte quelconque et de partir. Puis il s'obligea à se ressaisir.

– Je n'ai pas besoin de vous interroger sur ce que je sais déjà, reprit-il. Le matin où vous avez découvert le corps de Sten Torstensson... À moins que quelque chose ne vous soit entre-temps revenu en mémoire ?

La réponse fusa sans aucune hésitation :

– Rien du tout. Ça s'est passé comme je l'ai dit à M. Svedberg.

– Parlons alors de la veille au soir. Quand avez-vous quitté le bureau ?

– Il était dix-huit heures, dix-huit heures cinq peut-être, pas plus. J'avais relu quelques lettres tapées par Mlle Lundin. Puis j'ai appelé M. Torstensson sur la ligne interne pour lui demander s'il avait besoin d'autre chose. Il m'a dit non et il m'a souhaité le bonsoir. Alors j'ai enfilé mon manteau et je suis partie.

– Sten Torstensson est donc resté seul au cabinet ?

– Oui.

– Savez-vous ce qu'il devait y faire ce soir-là ?

Elle parut surprise, presque choquée.

– Continuer à travailler, pardi ! Un avocat aussi demandé que M. Torstensson ne pouvait pas rentrer chez lui comme ça quand l'envie l'en prenait.

– J'ai bien compris qu'il travaillait. Je me demandais juste s'il avait ce soir-là une affaire particulièrement urgente à traiter.

– Tout était urgent. Dans la mesure où son père avait été tué deux semaines plus tôt, il avait une charge de travail énorme. C'est l'évidence même.

Wallander réagit au choix des termes.

– Vous pensez à l'accident de voiture ?

– Bien entendu, à quoi voulez-vous donc que je pense ?

– Vous avez dit que son père « avait été tué ». C'est une étrange façon de parler.

– Pourquoi ? Ou bien on meurt, ou bien on est tué.

On meurt dans son lit pour des raisons soi-disant naturelles. Mais si on trouve la mort dans un accident de voiture, vous devez admettre qu'on est tué.

Wallander hocha la tête. C'était logique. Pourtant il se demanda si elle n'avait pas voulu lui dire autre chose, ou si elle lui envoyait malgré elle un message dans la ligne du soupçon qui avait poussé Sten Torstensson à lui rendre visite à Skagen.

Une pensée le frappa soudain.

– Vous rappelez-vous l'emploi du temps de Sten Torstensson les jours précédant sa mort? Du 23 au 25 octobre?

– Il était en voyage.

Aucune hésitation, là non plus. Sten Torstensson n'était donc pas parti en cachette.

– Il a dit qu'il ressentait le besoin de prendre un bref congé. Il avait beaucoup de chagrin après la mort de son père. J'ai annulé tous ses rendez-vous pour ces jours-là, bien entendu.

Soudain, de façon complètement imprévue, elle fondit en larmes. Wallander se sentit aussitôt dépassé. Il voulut changer de position; le fauteuil en rotin grinça d'une façon inquiétante.

Berta Dunér se leva du canapé et disparut dans la cuisine. Il l'entendit se moucher. Puis elle revint.

– C'est tellement difficile, dit-elle. Terriblement difficile.

– Je comprends.

Elle eut un faible sourire.

– Il m'a même envoyé une carte postale.

Wallander crut qu'elle allait se remettre à pleurer. Mais elle parut au contraire retrouver un certain sang-froid.

– Voulez-vous la voir?

– Volontiers.

Elle se dirigea vers les rayonnages et prit dans un bol en porcelaine une carte postale, qu'elle lui tendit.

– La Finlande doit être un beau pays, dit-elle. Je n'y suis jamais allée. Et vous ?

Wallander n'en croyait pas ses yeux. La carte représentait un lac au coucher du soleil.

– Oui, dit-il lentement. Je suis allé en Finlande. C'est, comme vous dites, un très beau pays.

– Excusez mon accès de faiblesse de tout à l'heure. Mais cette carte est arrivée le jour même où j'ai trouvé M. Torstensson... sur le tapis de son bureau.

Wallander hocha distraitement la tête. Il avait soudain bien plus de questions que prévu à poser à Berta Dunér. Mais le moment n'était pas venu de le faire. Sten Torstensson avait donc dit à sa secrétaire qu'il partait en Finlande. Une carte postale avait été expédiée de là-bas, comme une preuve énigmatique. Mais qui l'avait envoyée ? Alors que Sten Torstensson se trouvait à la même date à Skagen, au Danemark ?

– L'enquête en cours m'oblige à la conserver pour le moment, dit-il. Mais je m'engage personnellement à vous la rendre.

– Je comprends.

– Une dernière question. Avez-vous remarqué quoi que ce soit de changé chez lui dans la période précédant sa mort ?

– Que voulez-vous dire ?

– Un comportement inhabituel.

– Il était très affecté par la mort de son père. Cela va de soi.

– Rien d'autre ?

Wallander perçut ce que cette question pouvait avoir de dissonant. Mais il attendit sa réponse en silence.

– Non, dit-elle enfin. Il était comme d'habitude.

Wallander s'extirpa du fauteuil en rotin.

– Je reprendrai certainement contact avec vous.

Elle resta assise sur le bord du canapé.

– Qui peut faire une chose aussi affreuse ? demanda-t-elle soudain. Entrer dans une pièce, tuer un homme et repartir comme ça, pfuit.

– C'est ce que nous essayons de découvrir. Savez-vous s'il avait des ennemis ?

– Ah bon ? Et ce serait qui ?

Wallander hésita avant de poser la question suivante.

– Que s'est-il passé, d'après vous ?

Elle se leva et demeura quelques instants silencieuse.

– Autrefois, dit-elle enfin, on pouvait tout comprendre, y compris ce qui paraissait incompréhensible au premier abord. Mais plus maintenant. Même ça, ce n'est plus possible dans notre pays.

Wallander récupéra sa veste, encore lourde de pluie. Dans la rue, il resta un moment indécis, en pensant à la formule d'exorcisme qu'il avait faite sienne à ses débuts de jeune policier, quand il s'était pris un coup de couteau dans un parc à Malmö.

La vie a son temps, la mort a le sien.

Il pensait aussi à la dernière réplique de Berta Dunér avec l'impression confuse qu'elle avait dit quelque chose d'important concernant la Suède. Quelque chose qui méritait réflexion. Mais là tout de suite, il n'avait pas le temps.

Je dois tenter de comprendre le raisonnement d'un mort... Cette carte postale postée en Finlande le jour même où il prenait le café avec moi au musée de Skagen m'apprend que Sten Torstensson ne disait pas toute la vérité.

Il s'assit dans sa voiture et essaya de prendre une décision. En tant que Kurt Wallander, il avait surtout envie de retourner chez lui à Mariagatan, de tirer les rideaux et de se cacher sous la couette. En tant que policier, il devait réfléchir autrement.

Il regarda sa montre. Treize heures quarante-cinq. Il devait être de retour au commissariat à seize heures au plus tard pour la réunion de l'après-midi. Après une courte hésitation, il mit le contact, retourna dans Hamngatan et choisit la file de gauche pour retrouver Österleden. Puis il continua le long de Malmövägen jusqu'à la sortie vers Bjäresjö. La pluie avait cessé, mais le vent soufflait encore. Quelques kilomètres plus loin, il bifurqua et s'arrêta devant un panneau de clôture rouillé qui informait les passants qu'ils étaient arrivés à la casse de Niklasson. Voyant que le portail était ouvert, il s'engagea au milieu des tas de ferraille. Combien de fois dans sa vie avait-il rendu visite à Niklasson ? Cet homme était une légende au commissariat d'Ystad. Soupçonné dans d'innombrables affaires de recel, et malgré des preuves souvent accablantes, il n'avait jamais été condamné. Chaque fois qu'ils croyaient enfin avoir réussi à le coincer, un élément invisible sabotait le patient échafaudage et Niklasson retournait une fois de plus libre comme l'air aux deux caravanes soudées qui lui tenaient lieu à la fois de domicile et de bureau.

Wallander coupa le contact et sortit de la voiture. Un chat galeux le contemplait du haut d'une vieille Peugeot au capot rouillé. Au même instant, Niklasson surgit de derrière un tas de pneus. Il portait un pardessus de couleur sombre. Sur la tête, un chapeau crasseux d'où pendaient ses longues mèches. Wallander ne se rappelait pas l'avoir jamais vu habillé autrement.

– Kurt Wallander ! sourit Niklasson. Ça fait un bail. Tu viens me chercher ?

– Pourquoi ? Je devrais ?

Niklasson éclata de rire.

– C'est à toi de le savoir.

– Je voudrais jeter un coup d'œil à une voiture. Une

Opel bleu foncé qui appartenait à Gustaf Torstensson. L'avocat.

– Ah oui… Elle est par là-bas. Et pourquoi veux-tu la voir ?

Il était reparti. Wallander le suivit.

– Parce qu'il y avait quelqu'un dedans au moment de l'accident et que ce quelqu'un est mort.

– Les gens conduisent comme des malades. La seule chose qui m'étonne, c'est qu'il n'y ait pas plus de morts sur les routes. Tiens, la voilà. Je n'ai pas encore commencé à la dépiauter. Elle est dans l'état où on me l'a amenée.

– Parfait, dit Wallander. Tu peux me laisser maintenant.

– Mais oui. Je me suis toujours demandé quel effet ça faisait de tuer quelqu'un.

La question était complètement inattendue.

– Un effet horrible, répondit Wallander. Qu'est-ce que tu croyais ?

Niklasson haussa les épaules.

– Rien du tout. Je me posais juste la question.

Resté seul, Wallander fit le tour de la voiture une première fois puis une deuxième, plus lentement. Il s'étonna de la voir si peu cabossée. Elle avait pourtant fait au moins deux tonneaux. Il s'accroupit et jeta un coup d'œil au siège du conducteur. Son attention fut tout de suite attirée par les clés qui étaient tombées sur le plancher, à côté de la pédale d'accélérateur. Avec quelque difficulté, il ouvrit la portière, ramassa le trousseau et essaya d'introduire la clé de contact dans sa serrure. Sten Torstensson avait raison. Ni la clé ni la serrure n'étaient endommagées. Pensif, il fit encore une fois le tour du véhicule. Puis il se faufila à l'intérieur et essaya de découvrir le point d'impact correspondant à la contusion signalée à la base du crâne du vieil homme. Il chercha longtemps. Il y avait bien quelques taches, du sang séché de toute évidence, mais il ne voyait absolument pas comment la chose avait pu se produire.

Il s'extirpa de l'Opel, les clés à la main. Sans vraiment savoir pourquoi, il ouvrit le coffre. Celui-ci contenait quelques vieux journaux et les débris d'une chaise cassée. Il se rappela l'objet qu'il avait ramassé dans le champ. Puis il prit un journal et lut la date, qui remontait à plus de six mois. Il referma le coffre.

Il comprit alors ce qu'il avait vu, sans réagir sur le moment.

C'était une phrase dans le rapport de Martinsson. Celui-ci avait été méticuleux au moins sur ce point précis. Toutes les portières de la voiture, sauf celle du conducteur, étaient verrouillées, ainsi que le coffre. Il resta parfaitement immobile.

Une chaise cassée est enfermée dans le coffre. Un pied de cette chaise traîne dans la boue. Un homme est mort dans la voiture.

Sa première réaction fut de se mettre en rogne contre cette enquête bâclée aux conclusions routinières. Puis il songea que pas plus Martinsson que Sten Torstensson n'avaient découvert le pied de chaise dans le champ. Il était donc normal qu'ils n'aient pas prêté attention au coffre verrouillé.

Il retourna lentement à sa voiture.

Sten Torstensson avait donc raison. Ce n'était pas un accident. Sans pouvoir encore échafauder une hypothèse cohérente, il savait maintenant qu'il s'était en effet produit quelque chose ce soir-là dans le brouillard, sur la route isolée. Il y avait eu au moins une autre personne présente. Mais qui ?

Niklasson sortit de sa caravane.

— Tu veux un café ?

Wallander refusa d'un geste.

– Ne touche pas à la voiture, dit-il. On aura besoin de l'examiner.

– Sois prudent, répondit Niklasson.

– Et pourquoi donc ?

– Comment s'appelait-il déjà, le fils ? Il est venu regarder la bagnole. Et maintenant il est mort. C'est tout.

Une idée frappa soudain Wallander.

– Quelqu'un d'autre est-il venu regarder cette voiture ?

– Personne.

Wallander retourna à Ystad. Il se sentait fatigué. Il n'avait pas encore la force de réfléchir sérieusement à ce qu'il venait de découvrir.

Sur le fond pourtant, il n'avait aucun doute. Sten Torstensson avait raison. L'accident masquait un autre scénario. Une histoire complètement différente.

Il était seize heures passées de sept minutes lorsque Björk referma la porte de la salle de réunion. Wallander comprit immédiatement que le groupe en était au point mort. Si on lui avait posé la question, il aurait pu affirmer d'emblée qu'aucun des enquêteurs présents n'avait quoi que ce soit d'important à communiquer. C'était un instant dans le quotidien du travail de police. Un de ces instants qui sont toujours éliminés dans les films, pensa-t-il. Pourtant, c'est précisément dans ces inter-mèdes muets où tout le monde est fatigué, voire hostile, que se prépare la suite du travail. Nous devons nous dire les uns aux autres que nous ne savons rien ; c'est ça qui nous oblige à avancer.

Sa décision fut prise à ce moment même. Tentative futile pour justifier son retour ? Peut-être. Quoi qu'il en soit, face à cette ambiance morose, il entrevit l'occasion de réoccuper le devant de la scène. C'était la toile de fond parfaite pour montrer qu'il était malgré tout encore un professionnel, et pas seulement une épave humaine qui aurait dû avoir la dignité de se retirer dans le silence et l'anonymat.

Il fut interrompu dans ses songeries par le regard impérieux de Björk. Mais il fit non de la tête. Il n'avait encore rien à dire.

— Qu'avons-nous ? fit alors Björk en se tournant vers le reste du groupe. Où en sommes-nous ?

— J'ai frappé aux portes, répondit Svedberg. Tout le voisinage, chaque cage d'escalier. Mais personne n'a entendu ou vu quoi que ce soit. Nous n'avons pas encore reçu le moindre appel. C'est bizarre, d'ailleurs. Bref, on piétine.

— Martinsson ?

— J'ai fait le tour de son appartement de Regementsgatan. Jamais de ma vie je n'ai été aussi peu certain de ce que je cherchais. Tout ce que je peux affirmer, c'est que Sten Torstensson aimait le bon cognac et les livres anciens. Il en a toute une collection, et elle est sûrement précieuse. Ensuite j'ai mis la pression aux techniciens de Linköping, pour l'analyse balistique. Mais ils m'ont demandé de rappeler demain.

Björk soupira.

— Ann-Britt ?

— J'ai essayé de me faire une idée de ses relations personnelles. Sa famille, ses amis… Là non plus, il n'y a rien qui nous permette d'avancer pour l'instant. Il ne fréquentait pas grand monde. J'ai eu l'impression qu'il vivait pour son travail. Autrefois, il faisait de la voile pendant l'été. Puis il a cessé, personne n'a pu me dire pourquoi. La famille se réduit à quelques tantes et à quelques cousins. Je crois qu'on peut affirmer que c'était un solitaire.

Wallander l'avait observée à la dérobée pendant

qu'elle parlait. Elle avait un côté circonspect et appliqué, à la limite du manque d'imagination peut-être. Mais il devait se garder de la juger trop vite. Il ne la connaissait pas encore. En fait, il ne connaissait d'elle que sa réputation. Celle d'une enquêteuse pleine d'avenir.

Moi qui me suis toujours demandé à quoi ressembleraient les policiers de la nouvelle génération, j'en ai peut-être une sous les yeux.

— Bref on stagne, dit Björk dans une tentative maladroite pour résumer les interventions des collègues. On sait que Sten Torstensson a été abattu, on sait où et quand. Mais pas pourquoi ni par qui. Je crois qu'il faut malheureusement se résigner à l'idée que ça ne va pas être facile. Une enquête longue, lourde et exigeante.

Personne ne commenta le verdict du chef. Wallander vit que dehors, il s'était remis à pleuvoir.

Son heure était arrivée.

— Concernant le meurtre de Sten Torstensson, dit-il, je n'ai rien à ajouter. Mais je crois que nous devons aborder cette enquête par un tout autre bout. Par ce qui est arrivé à son père.

Il y eut un regain de tension palpable autour de la table ovale.

— Gustaf Torstensson n'a pas été victime d'un accident. Il a été assassiné, comme son fils. Nous devons partir de l'idée que les deux meurtres sont liés. C'est la seule hypothèse plausible.

Il jeta un regard circulaire. Ses collègues semblaient médusés.

Les îles Caraïbes et les plages de Skagen étaient subitement très loin. Il s'était extirpé de sa coquille ; il était revenu à la vie qu'il pensait avoir définitivement abandonnée.

— Pour l'instant, je n'ai au fond qu'une chose à dire. Je peux prouver qu'il a été tué.

Silence autour de la table.

– Par qui ? demanda enfin Martinsson.

– Par quelqu'un qui a commis une drôle de bourde.
Wallander se leva.

Quelques minutes plus tard, ils partaient à bord de
trois voitures vers le tronçon de route isolé, non loin
des collines de Brösarp.

Lorsqu'ils y parvinrent, le crépuscule tombait déjà.

Le 1ᵉʳ novembre en fin d'après-midi, Olof Jönsson, agriculteur scanien, eut l'occasion de vivre un instant rare. Il était sorti sur ses terres pour préparer dans sa tête l'organisation des semailles de printemps lorsqu'il découvrit de l'autre côté de la route un groupe de gens rassemblés en demi-cercle dans la boue, comme autour d'une tombe. Grâce aux jumelles qu'il emportait toujours quand il allait inspecter ses champs – car il arrivait que des biches pointent leur nez à l'orée des bois voisins –, il put observer les visiteurs de près. Il lui sembla soudain reconnaître l'un d'eux. Son visage lui était familier, mais dans quelles circonstances... Au même instant, il s'aperçut que les quatre types et la femme se trouvaient précisément à l'endroit où un vieil homme s'était tué en voiture quelques semaines plus tôt. Gêné, il baissa ses jumelles. Il s'agissait sans doute de parents du défunt qui souhaitaient lui rendre un dernier hommage sur le lieu de sa mort. Il repartit sans se retourner.

En arrivant sur la scène de l'accident, Wallander crut l'espace d'une seconde qu'il avait tout imaginé. Ce n'était peut-être pas un pied de chaise qu'il avait ramassé et rejeté dans la boue le matin même. Il s'engagea seul dans le champ pendant que ses collègues attendaient au bord de la route. Il entendait leurs voix dans son dos, sans pouvoir discerner leurs paroles.

Au temps pour moi, pensa-t-il tout en farfouillant dans l'obscurité. Ils sont en train de se demander si je suis vraiment apte à reprendre le travail.

Au même instant, il découvrit l'objet marron. En l'examinant, il eut la certitude de ne pas s'être trompé. Il se retourna vers les autres et leur fit signe de le rejoindre. Quelques minutes plus tard, ils étaient rassemblés autour de la trouvaille.

– Ça peut coller, dit Martinsson avec hésitation. Je me rappelle la chaise cassée dans le coffre. Il se peut que ce soit la même.

– Tout ça me paraît très étrange, fit Björk. Kurt, s'il te plaît, pourrais-tu nous répéter ton raisonnement ?

– Il est très simple. J'ai lu le rapport de Martinsson, qui précisait que le coffre était verrouillé. Si le coffre s'était ouvert et refermé de lui-même au moment de l'accident, il aurait dû y avoir au moins une trace de choc à l'arrière. Mais il n'y en avait pas.

– Tu as vu la voiture ? demanda Martinsson, surpris.

– J'essaie juste de rattraper mon retard.

Wallander eut l'impression de se justifier, comme si sa visite à la casse impliquait une méfiance par rapport à la manière dont Martinsson s'était acquitté d'une simple enquête de routine. Ce qui était le cas, mais cela n'avait plus d'importance désormais.

– Je veux simplement dire, reprit-il, que quelqu'un qui vient de faire plusieurs tonneaux dans un champ ne va pas ensuite descendre de la voiture, ouvrir le coffre, en sortir un pied de chaise, refermer le coffre, jeter le pied de chaise, retourner dans la voiture, reboucler sa ceinture et mourir soudain d'un coup porté à la nuque.

Les collègues restèrent silencieux. Wallander avait vécu cet instant d'innombrables fois. Un voile qui tombe, révélant ce que personne ne s'attendait à voir.

Svedberg sortit un sac plastique de sa poche et y rangea délicatement l'objet.

— Je l'ai trouvé à cinq mètres d'ici, dit Wallander en leur indiquant l'endroit. Je l'ai ramassé et je l'ai rejeté dans la boue.

— Drôle de manière de traiter un indice, commenta Björk.

— À ce moment-là, je ne savais pas qu'il pouvait avoir un lien avec la mort de Gustaf Torstensson. Même maintenant, je ne sais pas dans quelle mesure ce pied de chaise constitue un indice.

— Si je t'ai bien compris, enchaîna Björk sans relever la remarque, cela signifie qu'un tiers était présent lors de l'accident. Mais cela ne veut rien dire en soi. Quelqu'un a pu repérer la voiture accidentée, jeter un œil dans le coffre pour voir s'il y avait quelque chose à prendre, et balancer le pied de chaise. Le fait qu'il ne nous ait pas appelés n'a rien d'étrange. Les détrousseurs de cadavres se signalent rarement à notre attention.

— C'est vrai.

— Mais tu as dit que tu pouvais prouver qu'il avait été assassiné.

— C'était un peu hâtif. Je veux simplement dire que cette découverte modifie en partie la situation.

Ils retournèrent vers les voitures.

— Il faut réexaminer l'épave, dit Martinsson. Les techniciens vont être surpris en voyant arriver un pied de chaise, mais tant pis.

Björk manifestait des signes de vouloir interrompre sans délai cette réunion improvisée au bord de la route. Il s'était remis à pleuvoir, et le vent soufflait toujours aussi fort.

– Nous déciderons demain de la marche à suivre, dit-il. Il faut étayer nos pistes ; elles ne sont malheureusement pas très nombreuses. En attendant, je crois que nous n'arriverons à rien de plus ce soir.

Ils se dispersèrent.

– Je peux rentrer avec toi ? demanda Ann-Britt Höglund à Wallander. La voiture de Martinsson est encombrée de sièges bébé et celle de Björk est pleine de matériel de pêche.

Il hocha la tête. Pendant la première partie du trajet, ils n'échangèrent pas une parole. Wallander n'avait pas l'habitude que quelqu'un soit assis si près de lui. Il songea qu'il n'avait réellement parlé à personne, à part Linda, depuis le jour, dix-huit mois plus tôt, où il s'était immergé dans son long silence.

Ce fut elle qui prit enfin l'initiative.

– Je crois que tu as raison, dit-elle. Il y a un lien entre la mort du père et celle du fils.

– En tout cas, il faut en chercher un.

La mer était visible dans l'ombre, sur leur gauche. Les vagues s'entrechoquaient, l'écume volait.

– Pourquoi devient-on policier ? demanda soudain Wallander.

– Je ne peux répondre que pour moi. À l'école, je me souviens qu'on avait tous des rêves complètement différents.

– Ah bon ? Parce que les policiers rêvent maintenant ? Elle le dévisagea.

– Bien sûr. Pas toi ?

Wallander ne sut que répondre. Très bien, pensa-t-il. Quels étaient mes rêves à moi ? Les rêves de jeunesse pâlissent ou se transforment en une volonté à laquelle on finit par obéir. Que me reste-t-il de tout ce que je croyais autrefois ? Mais Ann-Britt Höglund semblait avoir oublié sa question.

– Moi, dit-elle, je suis entrée dans la police parce que j'avais décidé de ne pas devenir pasteur. Mes parents sont pentecôtistes. Je croyais en Dieu. Mais un matin je me suis réveillée et… il ne restait plus rien. Après ça, pendant longtemps, je n'ai pas su ce que je voulais faire. Puis il s'est passé un truc. Et c'est là, tout de suite après, que j'ai pris ma décision.

Il lui jeta un regard.

– Raconte-moi. J'ai besoin de savoir pourquoi des gens veulent encore faire ce métier.

– Une autre fois.

Ils approchaient d'Ystad. Elle lui expliqua où elle habitait, vers la sortie ouest, dans un quartier de villas récentes en briques claires qui avaient vue sur la mer.

– Je ne sais même pas si tu as une famille, dit Wallander en s'engageant dans la rue qui n'était pas encore tout à fait achevée.

– J'ai deux enfants. Mon mari est monteur. Il installe et répare des pompes dans le monde entier et il n'est presque jamais là. Mais c'est lui qui a payé la maison.

– Ça me paraît un métier intéressant.

– Je t'inviterai un soir quand il sera là. Il pourra t'en parler lui-même.

Elle ouvrit sa portière.

– Je crois que tout le monde est content que tu sois revenu, dit-elle.

Wallander eut aussitôt l'intuition que ce n'était pas vrai ; que c'était tout au plus une tentative pour l'encourager. Mais il marmonna un vague merci.

Puis il rentra tout droit à Mariagatan, se débarrassa de sa veste mouillée et s'allongea sur son lit sans même enlever ses chaussures. Il s'assoupit et rêva qu'il dormait au milieu des dunes de Skagen.

En se réveillant une heure plus tard, il ne comprit pas où il était. Puis il ôta ses chaussures boueuses et alla se préparer un café à la cuisine. Par la fenêtre, il voyait le lampadaire osciller sous les bourrasques.

Bientôt l'hiver. La neige, le chaos, les tempêtes. Et je suis à nouveau policier. La vie bouge dans tous les sens. Que maîtrise-t-on, au juste ?

Il resta longtemps assis à contempler sa tasse. Lorsque le café eut fini de refroidir, il se leva pour prendre un bloc-notes et un crayon dans un tiroir.

On me paie pour avoir des pensées constructives. Pas pour méditer sur ma misère personnelle.

Il était plus de minuit lorsqu'il posa son crayon. Il s'étira. Puis il relut la synthèse qu'il venait de rédiger. Le sol de la cuisine était à ce stade jonché de feuilles de papier froissées.

Il ne voyait toujours pas d'image cohérente. Le lien entre l'accident qui n'en était pas un et l'assassinat deux semaines plus tard. La mort de Sten n'était pas nécessairement une conséquence de ce qui était arrivé à son père. En fait, c'était peut-être l'inverse.

Il se rappela une phrase de Rydberg dans sa dernière année de vie, alors qu'ils étaient plongés dans une enquête difficile sur une série d'incendies criminels. *La cause se produit parfois après l'effet. En tant que policier, tu dois toujours être prêt à réfléchir à l'envers.*

Il se leva et alla s'allonger sur le canapé du séjour. Un vieil homme est retrouvé mort dans sa voiture, en plein champ, un matin d'octobre. Il rentrait chez lui, la veille au soir, après un rendez-vous avec un client. Une enquête routinière conclut à l'accident. Mais son fils conteste cette version des faits. Ses arguments sont que son père n'aurait jamais conduit vite par temps de brouillard, et qu'il cachait depuis quelques mois un sentiment d'oppression ou d'inquiétude.

Soudain Wallander se redressa. Intuitivement, il venait de sentir qu'il tenait malgré tout une image, ou plus exactement une non-image ; une image falsifiée destinée à masquer le véritable enchaînement des faits.

Il poursuivit son raisonnement. Sten Torstensson n'avait jamais pu prouver qu'il s'agissait d'autre chose que d'un accident. Il n'avait pas vu le pied de chaise, dans le champ, il n'avait donc pas eu l'occasion de méditer sur la présence d'une chaise cassée dans le coffre de la voiture paternelle. C'était ce manque de preuves qui l'avait poussé à prendre contact avec lui, Wallander. Il s'était donné la peine de dénicher son lieu de séjour et de faire le voyage.

En même temps, il a construit un leurre sous la forme d'une carte postale expédiée de Finlande. Quelques jours plus tard, il est abattu dans son bureau. Là, il est évident pour tout le monde qu'il s'agit d'un meurtre.

Wallander s'aperçut qu'il avait perdu son fil conducteur. Ce qu'il croyait avoir deviné, une image superposée à une autre, se perdait dans le vide.

Il était fatigué. Il n'arriverait à rien de plus cette nuit. Par expérience, il savait aussi une chose : si son intuition était importante, elle reviendrait. Il retourna à la cuisine, lava sa tasse et ramassa les feuillets éparpillés.

Je dois commencer par le commencement. Alors, lequel est-ce ? Gustaf ou Sten Torstensson ?

Malgré l'épuisement, il eut du mal à s'endormir. Il se demanda vaguement quel événement avait bien pu pousser Ann-Britt Höglund à entrer dans la police.

La dernière fois qu'il se tourna vers le réveil, les aiguilles phosphorescentes indiquaient deux heures trente.

Il émergea du sommeil peu après six heures, pas du tout reposé, mais avec la sensation confuse d'avoir trop dormi. Il se leva tout de suite. À sept heures vingt-cinq, il eut le plaisir de découvrir Ebba assise à sa place habituelle dans le hall d'accueil du commissariat. En l'apercevant, elle se leva pour venir à sa rencontre. Il vit qu'elle était émue. Il eut aussitôt lui-même une boule dans la gorge.

– Je n'y ai pas cru quand on m'a annoncé la nouvelle ! Tu es vraiment de retour ?

– Eh oui, dit Wallander.

– Je crois que je vais fondre en larmes.

– Ah non ! Écoute, on se parlera plus tard.

Il disparut dans le couloir sans lui laisser le temps de réagir. En arrivant dans son bureau, il constata qu'on y avait fait un sérieux ménage. Il vit aussi sur la table un message l'informant qu'il devait rappeler son père. À en juger par le griffonnage, c'était Svedberg qui avait reçu l'appel la veille au soir. Il s'assit, garda la main quelques instants sur le combiné ; puis il résolut d'attendre. Il sortit de sa poche le résumé qu'il avait rédigé pendant la nuit et le relut dans l'espoir que son intuition referait surface, mais ce ne fut pas le cas. Il repoussa les papiers. C'était encore trop tôt. Il revenait au bout d'un an et demi, et il avait moins de patience que jamais. Exaspéré, il attrapa le bloc-notes et chercha une page vierge.

Il fallait reprendre depuis le début. Comme on ignorait où était ce début, il fallait organiser l'enquête de façon large et sans a priori. Pendant une demi-heure, il esquissa un plan de travail. Mais il avait sans cesse dans l'idée que Martinsson aurait dû conserver la direction de l'enquête. Il était revenu ; il ne voulait pas pour autant endosser immédiatement toute la responsabilité.

Le téléphone sonna. Il hésita avant de prendre l'appel.

– J'ai appris la grande nouvelle, dit la voix de Per Åkeson. Je dois dire que cela me réjouit énormément.

Per Åkeson était celui des procureurs avec lequel Wallander s'entendait le mieux. Au fil des ans, ils avaient souvent eu de vives discussions sur la manière d'appréhender les données de telle ou telle enquête. Wallander s'était parfois indigné du refus de Per Åkeson de procéder à une interpellation, alors que lui jugeait les preuves suffisantes. Mais, au fond, ils avaient toujours eu une vision commune du travail.

Ils détestaient autant l'un que l'autre la négligence sur le plan professionnel.

— J'ai un peu de mal à m'habituer, répondit Wallander.

— Il y a eu beaucoup de rumeurs comme quoi tu partais en préretraite. Quelqu'un devrait dire à Björk de contrôler cette tendance aux rumeurs dans la maison.

— Ce n'était pas une rumeur. J'avais décidé de démissionner.

— Peut-on savoir ce qui t'a fait changer d'avis ?

— Un événement.

Silence. Per Åkeson attendait la suite. Mais Wallander n'ajouta rien.

— Je suis content, répéta enfin le procureur. Et je crois pouvoir dire que mes collègues partagent ce sentiment.

Wallander commençait à se sentir mal à l'aise devant ces assauts d'amabilité auxquels il avait tant de mal à croire.

— Je suppose, poursuivit Åkeson, que c'est toi qui reprends l'enquête sur la mort de Torstensson. On devrait peut-être se voir dans la journée pour définir nos positions.

— Je ne reprends rien du tout. J'ai seulement demandé à faire partie du groupe.

— Ça ne me regarde pas. Je serai juste content de te revoir. Tu as eu le temps de prendre connaissance du dossier ?

— Pas vraiment.

— On n'a pas encore de résultats, si j'ai bien compris.

– Björk est d'avis que l'enquête sera longue.

– Et toi ? Qu'en penses-tu ?

Wallander réfléchit.

– Rien pour l'instant.

– Je crois que vous devez chercher du côté de sa clientèle. C'est une ouverture possible. Quelqu'un est peut-être plus mécontent qu'on ne le croit.

– On a déjà commencé.

Ils convinrent de se retrouver dans le bureau d'Åkeson à quinze heures. Wallander s'obligea à revenir au plan qu'il avait commencé à esquisser. Mais il avait du mal à se concentrer. Pour finir, il jeta son crayon et alla se chercher un café, à toute vitesse, car il ne voulait croiser personne. Il était huit heures un quart. Il but son café en se demandant combien de temps encore il faudrait attendre avant que cette peur des autres disparaisse. À huit heures trente il se leva, rassembla ses papiers et se rendit à la salle de réunion. Dans le couloir, il pensa que l'équipe avait réellement obtenu très peu de résultats, alors qu'il s'était malgré tout écoulé près d'une semaine depuis la mort de Sten Torstensson. Une affaire de meurtre ne ressemblait à aucune autre. Il le savait ; mais d'habitude, le groupe travaillait intensément pendant les premiers jours.

Quelque chose avait changé en son absence. Mais quoi ?

À neuf heures moins vingt ils étaient tous rassemblés, et Björk laissa tomber ses mains sur la table pour signaler qu'on pouvait démarrer. Il se tourna directement vers Wallander.

– Kurt ! Toi qui viens d'arriver et qui as encore un regard neuf. Comment devons-nous poursuivre ?

– Ce n'est pas à moi d'en décider. Je ne suis même pas au courant de tous les détails.

– Peut-être, répliqua Martinsson, mais tu es le seul

qui ait fait une découverte utilisable. Si je te connais, tu as passé la soirée d'hier à organiser la suite du travail, je me trompe ?

Wallander acquiesça en silence. Soudain il sentit que cela ne le dérangeait pas de reprendre les rênes.

— J'ai essayé de faire une synthèse. Mais je voudrais d'abord vous raconter un truc qui s'est passé il y a un peu plus d'une semaine, quand j'étais encore au Danemark. J'aurais dû vous en parler hier. Mais cette journée a été un peu chaotique pour moi.

Il rendit compte alors de la visite de Sten Torstensson à Skagen, en s'efforçant de ne rien oublier et de ne rien omettre.

Il y eut un long silence. Les collègues n'en croyaient pas leurs oreilles. Enfin Björk reprit la parole, sans chercher à cacher son énervement.

— C'est très étrange. Je ne comprends pas comment tu fais pour te retrouver toujours dans des situations qui échappent à nos méthodes habituelles.

— Je l'ai tout de suite renvoyé vers vous.

Wallander se défendait alors qu'il était exaspéré par le commentaire de Björk.

— On ne va pas se fâcher pour ça maintenant, répliqua Björk sur un ton dégagé. Mais tu dois tout de même admettre que c'est bizarre. En attendant, ça ne fait que confirmer qu'on doit rouvrir l'enquête sur l'accident de Gustaf Torstensson.

— Nous devons avancer sur deux fronts, approuva Wallander. Dans cette nouvelle hypothèse, ce sont deux personnes qui ont été assassinées, et non une seule. En plus il s'agit d'un père et de son fils. La solution peut se cacher dans leur vie privée. Mais elle peut aussi être liée à leur travail. N'oublions pas qu'ils étaient associés. Le fait que Sten Torstensson soit venu me voir pour évoquer l'« inquiétude » et le « sentiment d'oppression » de son père donne à penser que la clé se trouve du côté de Gustaf Torstensson. Mais ce n'est pas tout à fait certain. Il a tout de même fait envoyer à Mme Dunér une carte postale de Finlande alors qu'il se trouvait en réalité au Danemark.

– Cela nous apprend aussi autre chose, intervint Ann-Britt Höglund.

Wallander hocha la tête.

– Oui, dit-il. Sten Torstensson avait lui aussi des raisons de se sentir menacé. C'est ce que tu voulais dire ?

– Pourquoi sinon aurait-il cherché à faire diversion ?

Martinsson leva la main.

– Le plus simple, peut-être, c'est qu'on se divise en deux groupes. Les uns se concentrent sur le père, les autres sur le fils. On verra bien s'il y a des recoupements.

– Je suis d'accord. Mais je persiste à penser qu'il y a quelque chose d'extrêmement étrange dans toute cette affaire. Que nous aurions déjà dû découvrir.

– Toutes les affaires de meurtre sont étranges, dit Svedberg.

– Non, c'est autre chose. J'ai du mal à l'exprimer plus clairement que ça.

Björk l'exhorta à conclure.

– Bon, dit Wallander. Puisque j'ai commencé à m'occuper de Gustaf Torstensson, je peux peut-être continuer. À moins que quelqu'un n'ait une objection ?

– Parfait, répondit Martinsson. J'imagine que tu préfères travailler seul, au moins au début...

– Pas nécessairement. Mais si j'ai bien compris, les complications sont plus nombreuses dans le cas de Sten. Le père avait moins de clients. Sa vie paraît plus transparente.

– Alors on fait comme ça, décida Björk en refermant bruyamment son agenda. On se retrouve comme d'habitude à seize heures. À part ça, j'aurais besoin d'aide dans la journée, pour une conférence de presse.

– Pas moi, dit Wallander. Je n'en ai pas la force.

– Je pensais plutôt à Ann-Britt, que les gens s'habituent à elle, ça ne fera pas de mal.

– Volontiers, dit-elle à la surprise générale. J'ai envie d'apprendre.

Après la réunion, Wallander demanda à Martinsson de rester. Quand ils furent seuls, il referma la porte.

– On a besoin de parler, dit-il. J'ai l'impression de débarquer ici et de prendre le commandement alors que tout le monde s'attendait à me voir signer une lettre de démission.

– On est très surpris. C'est normal. L'embarras n'est pas que de ton fait.

– J'ai peur de marcher sur les pieds des uns ou des autres.

Martinsson éclata de rire. Puis il se moucha.

– La police suédoise est pleine de pieds sensibles et douloureux. Plus les enquêteurs se transforment en fonctionnaires, plus ils deviennent carriéristes. Sans compter les malentendus et la confusion entraînés par cette bureaucratie galopante. Parfois j'ai l'impression de comprendre l'inquiétude de Björk. Si ça continue à ce rythme, qui restera-t-il pour s'occuper du boulot de base ? Sur le terrain ?

– La police est un reflet de la société. Mais bon. Rydberg me disait déjà ce que tu es en train de me dire. Que dira Ann-Britt Höglund ?

– Elle est douée, répliqua Martinsson. Hanson et Svedberg ont peur d'elle. À cause de son talent. Je crois que Hanson, du moins, s'inquiète à l'idée d'être laissé en rade. C'est pour ça qu'il passe son temps en formation.

– La police de l'avenir, dit Wallander en se levant. C'est elle.

Il se retourna sur le seuil.

– Tu as dit hier un truc qui m'a frappé. Quelque chose à propos de Sten Torstensson. J'ai eu le sentiment que c'était plus important que ça n'en avait l'air.

– Je citais mes notes. Je peux t'en donner une copie.

– En fait, je crois que je m'imagine des choses.

De retour dans son bureau, après avoir refermé la porte, Wallander éprouva une sensation qu'il avait presque complètement oubliée. Comme s'il venait de redécouvrir qu'il possédait une volonté. Tout n'avait pas été perdu, apparemment, au cours de cette longue quarantaine.

Il s'assit et resta un long moment inactif, avec l'impression de pouvoir enfin se contempler à distance : l'homme titubant sur son île tropicale, le voyage désespéré en Thaïlande, ces jours et ces nuits où tout en lui semblait avoir cessé de fonctionner sauf les mécanismes physiques élémentaires, et encore. Cet homme-là, il ne le connaissait plus. Il avait été quelqu'un d'autre.

Il frissonna à l'idée des conséquences catastrophiques qu'auraient pu avoir certains de ses actes. Il pensa longuement à sa fille. À un moment donné, Martinsson frappa à la porte pour lui donner la copie de ses notes. De nouveau seul, il pensa que chaque être humain a en lui une chambre secrète où sont entreposés tous ses souvenirs. Pour sa part, il venait d'en condamner l'issue avec une barre de fer et un solide cadenas. Il se leva, se rendit aux toilettes, vida dans la cuvette le bocal d'antidépresseurs qu'il gardait toujours dans la poche de son pantalon et tira la chasse d'eau.

Puis il retourna dans son bureau et se mit au travail. Il était dix heures. Il relut attentivement les notes de Martinsson sans découvrir ce qui l'avait fait réagir la veille.

Il est trop tôt, pensa-t-il une fois de plus. Rydberg

m'aurait dit de prendre patience. Je n'ai plus qu'à me le
dire tout seul maintenant.

Il se demanda un court instant par où commencer.
Puis il dénicha l'adresse perso
tensson dans le rapport d'enquê

Timmermansgatan 12.

Cette rue se trouvait au-delà (
de Sandskogen, dans l'un des q
plus anciens et les plus huppé
cabinet. Sonja Lundin lui apprit
étaient effectivement au bureau.
sariat il vit que les lourds nu
s'étaient dispersés. L'air était l
premiers courants froids de l
Lorsqu'il freina devant la maiso
sortit pour lui remettre les clés.

Il se trompa de chemin à deux
cher l'adresse. L'imposante vill
au fond d'un grand jardin. Il ou
çait sur ses gonds et longea l'a
était calme; la ville semblait trè
un monde, pensa-t-il en regar
cabinet des Torstensson avait d
lucrative. Difficile de trouver à
chère que celle-ci. Le jardin éta
curieusement dépourvu de vie.
des buissons taillés ras, des ma
Un vieil avocat avait peut-être b
lignes droites, disposées en un
sans surprise ni improvisation. Il
avoir entendu dire que le vieu
homme qui avait transformé la plaidoirie en un can-
tique des cantiques de l'ennui. D'après ses détracteurs,
il était capable de faire acquitter un client simplement
parce que le procureur, confronté à cet adversaire ratio-

cinant et mou, finissait par jeter l'éponge de désespoir. Il résolut d'interroger Per Åkeson à ce sujet. Gustaf Torstensson et lui avaient bien dû se croiser, au fil des ans.

Il gravit les marches du perron et finit par trouver la bonne clé. C'était une serrure complexe, d'un modèle qu'il n'avait encore jamais vu. Il pénétra dans un vaste hall d'entrée au fond duquel s'arrondissait un imposant escalier. De lourds rideaux empêchaient la lumière d'entrer. Il en écarta un, pour découvrir que la fenêtre était équipée de barreaux. Un vieil homme seul, avec la peur caractéristique de la vieillesse ? Ou peut-être avait-il quelque chose à protéger, en dehors de sa propre personne… La peur avait-elle sa source à l'extérieur de ces murs ? Il commença à inspecter le rez-de-chaussée, qui comprenait une bibliothèque pleine de portraits d'ancêtres et une immense pièce qui faisait office à la fois de séjour et de salle à manger. Tout, depuis les meubles jusqu'aux papiers peints, était sombre et dégageait une impression de silence et de morosité. Pas un seul bout d'étoffe claire ou vive, ni quoi que ce soit qui donne envie de sourire.

Il monta au premier. Plusieurs chambres d'amis aux lits soigneusement bordés, abandonnés comme dans un hôtel fermé pour la saison. Il découvrit avec surprise que la porte de la chambre de l'ancien maître des lieux était doublée d'une grille. Il redescendit l'escalier. Cette maison le mettait franchement mal à l'aise. Il alla s'asseoir à la cuisine pour réfléchir, le menton dans la main. Le silence était absolu, en dehors du tic-tac d'une horloge murale.

Gustaf Torstensson avait soixante-neuf ans au moment de sa mort. Il avait passé seul les quinze dernières années de sa vie, depuis le décès de sa femme. Sten Torstensson était leur fils unique. À en juger d'après un des portraits à l'huile dans la bibliothèque – une copie – la famille descendait du chef d'armée Lennart Torstensson, qui s'était distingué de façon douteuse pendant la guerre de Trente Ans. Wallander avait un vague souvenir à son sujet, glané pendant un cours d'histoire à l'école ; l'homme s'était comporté avec une brutalité sans précédent vis-à-vis des paysans placés sous le contrôle de ses troupes.

Wallander se leva et descendit à la cave, où régnait le même ordre méticuleux. Derrière la chaufferie, tout au fond, il découvrit une porte métallique. Il essaya les clés à tour de rôle. La porte finit par s'ouvrir. Il chercha à tâtons un interrupteur.

Le cellier se révéla être d'une taille surprenante. Partout le long des murs, des rayonnages chargés d'icônes. Sans y toucher, Wallander fit le tour pour les examiner de près. Il n'était pas connaisseur, n'avait jamais eu de réel intérêt pour les antiquités, mais il devina que cette collection était d'une valeur considérable. Cela pouvait expliquer les barreaux et les serrures ; mais pas la grille de la chambre à coucher. Son malaise augmenta. Il lui semblait voir, sans l'avoir cherché, le paysage intime d'un vieil homme abandonné par la vie, enfermé dans sa maison, livré à une avidité qui avait pris la forme d'une série innombrable d'effigies de madones.

Soudain il sursauta en entendant un bruit de pas au-dessus de sa tête, suivi d'un aboiement. Il se dépêcha de fermer la porte et de remonter l'escalier. Dans la cuisine, il se retrouva nez à nez avec Peters en uniforme qui braquait sur lui son arme de service. Derrière, l'employé d'une société de surveillance retenait son chien par la laisse. Le chien grondait.

Peters baissa son arme. Le cœur de Wallander cognait à se rompre. La vue du pistolet avait soudain ravivé les souvenirs dont il essayait chaque jour de se débarrasser.

Puis il entra dans une rage folle.

— C'est quoi, ce bordel ? rugit-il.

— La société de surveillance a été alertée. Ils nous ont appelés. Je ne pouvais pas savoir que c'était toi.

Au même instant Norén, le collègue de Peters, apparut sur le seuil. La fureur de Wallander retomba aussi vite qu'elle était venue.

— Il y a une enquête en cours, dit-il. Maître Torstensson, celui qui s'est tué en voiture, habitait ici.

— Quand l'alarme se déclenche, on intervient, déclara l'homme au chien avec fermeté.

— Alors débranchez-la. Vous pourrez la remettre dans une heure.

— C'est le commissaire Wallander, expliqua Peters au type. Tu ne le reconnais pas ?

L'homme était très jeune. Il marmonna un vague assentiment. Mais Wallander vit bien qu'il ne l'avait pas du tout identifié.

— Emmenez votre chien, dit-il. On n'a plus besoin de vous.

Le type obéit et sortit, avec le berger allemand qui grondait toujours. Wallander serra la main de Peters et de Norén.

— J'ai appris que tu étais revenu, dit celui-ci. Alors je profite de l'occasion pour te souhaiter un bon retour parmi nous.

— Merci.

— Rien n'était plus pareil pendant ton absence, ajouta Peters.

— Bon, eh bien, je suis là, dit Wallander en cherchant un moyen de ramener la conversation vers l'enquête.

— L'information ne circule pas, dit Norén. On nous avait dit que tu démissionnais. Du coup, on ne s'attend pas vraiment à tomber sur toi quand l'alarme se déclenche dans une baraque.

– La vie est pleine de surprises.

– Je suis content que tu sois là, dit Peters en lui serrant à nouveau la main.

Pour la première fois, Wallander eut l'impression que cette gentillesse était authentique. Rien de forcé chez lui, ses paroles étaient simples et convaincantes.

– Ça a été une période difficile. Mais c'est fini maintenant. Enfin, je crois.

Il sortit de la villa avec Peters et Norén et agita la main pendant qu'ils démarraient. Puis il passa un moment à errer dans le jardin en essayant de tirer ses pensées au clair. Ses sentiments personnels se mêlaient aux hypothèses sur le sort des deux avocats. Pour finir, il résolut de rendre une deuxième visite à Mme Dunér. Il lui semblait avoir maintenant quelques questions importantes, auxquelles elle devait répondre.

Il était presque midi lorsqu'il sonna à sa porte. Cette fois, il accepta une tasse de thé.

– Je regrette de revenir vous déranger si vite. Mais j'ai besoin de votre aide. Alors voilà ce que je voudrais savoir. Qui était Gustaf Torstensson ? Qui était Sten Torstensson ? Vous avez travaillé avec eux pendant trente ans.

– Pour le père, oui. Dix-neuf ans pour Sten Torstensson.

– C'est long. On apprend à connaître les gens. Commençons par le père. Décrivez-le-moi.

Sa réponse le surprit.

– Je ne peux pas, dit-elle.

– Pourquoi ?

– Parce que je ne le connaissais pas.

Elle paraissait absolument sincère. Wallander résolut d'avancer avec lenteur – même si son impatience lui murmurait qu'il n'avait pas de temps à perdre.

– J'espère que vous comprendrez que cela me paraît

un peu étrange. Que vous affirmiez ne pas connaître un homme avec lequel vous avez travaillé pendant trente ans...

– Je travaillais *pour* lui, pas avec lui. Il y a une grande différence.

– D'accord. Même sans le connaître, vous devez pourtant en savoir long sur son compte. Il faut que vous me parliez de lui. Autrement nous ne pourrons jamais élucider le meurtre de son fils.

Elle continua à le surprendre.

– Vous n'êtes pas honnête avec moi, commissaire. Que s'est-il passé au juste ce soir-là sur cette route ?

Wallander hésita. Puis il résolut de lui dire la vérité.

– Nous ne le savons pas encore. Mais nous soupçonnons en effet qu'il s'est produit quelque chose. Soit avant, soit après l'accident.

– Il connaissait très bien cet itinéraire. Je dirais même qu'il le connaissait par cœur. Et il ne conduisait jamais vite.

– Si j'ai bien compris, il revenait chez lui après avoir rendu visite à un client.

– L'homme de Farnholm, oui.

Wallander attendit une suite qui ne vint pas.

– Qui est l'homme de Farnholm ?

– Alfred Harderberg. Le propriétaire du château.

Wallander savait où se trouvait le château de Farnholm : au sud de la crête de Linderöd, un peu à l'écart. Il était souvent passé devant le panneau signalant la sortie vers Farnholm, mais il n'avait jamais poussé jusque-là.

– C'était le principal client du cabinet, poursuivit Mme Dunér. Parmi les particuliers, je veux dire. Au cours des dernières années, c'était aussi le seul client de Gustaf Torstensson.

Wallander nota le nom sur un bout de papier qu'il avait découvert dans sa poche.

— Harderberg, ça ne me dit rien. C'est un propriétaire foncier ?

— On le devient forcément quand on possède un château. Mais en premier lieu, c'est un homme d'affaires.

— Je vais prendre contact avec lui. Il doit être un des derniers à avoir vu Gustaf Torstensson en vie.

Au même moment, quelques publicités tombèrent par la fente sur le tapis de l'entrée. Wallander remarqua le tressaillement de Mme Dunér.

Trois personnes qui ont peur. Mais peur de quoi ?

— Gustaf Torstensson, insista-t-il. Essayons encore. Décrivez-le-moi.

— C'est l'homme le plus réservé qu'il m'ait jamais été donné de rencontrer – Wallander crut déceler une nuance presque agressive dans sa voix. Il ne se laissait approcher par personne. Il était minutieux, pour ne pas dire maniaque, il ne modifiait jamais la moindre habitude. Il y a des gens dont on dit qu'on peut régler sa montre sur eux. Dans le cas de Gustaf Torstensson, c'était la stricte vérité. Il était comme une silhouette découpée dans du carton, à croire qu'il n'avait pas de sang dans les veines. Il n'était ni aimable ni désagréable. Il était juste ennuyeux.

— Selon son fils, c'était aussi un homme sociable, objecta Wallander.

— Ah bon ? Je ne m'en étais jamais aperçue.

— Comment s'entendaient-ils, tous les deux ?

Elle ne prit pas la peine de réfléchir, et répondit avec beaucoup d'assurance.

— Gustaf Torstensson s'exaspérait des tentatives de son fils pour moderniser le cabinet. Et de son côté, celui-ci trouvait évidemment que son père était un poids, par bien des côtés. Mais ils ne montraient rien. Ils étaient aussi tétanisés l'un que l'autre par les conflits ouverts.

– Sten Torstensson a affirmé que son père était inquiet, les derniers mois avant sa mort. Il a parlé d'un sentiment d'oppression. Avez-vous une opinion là-dessus ?

Cette fois, elle réfléchit avant de répondre.

– Peut-être... maintenant que vous le dites. Il y avait comme une absence chez lui, je parle des derniers mois de sa vie.

– Une explication ?

– Non.

– Il n'était rien arrivé de spécial ?

– Non, rien.

– Je veux que vous réfléchissiez. Cela peut être d'une importance extrême.

Elle se resservit du thé. Wallander attendit. Puis elle releva la tête.

– Je ne peux pas vous répondre. Je n'ai pas d'explication.

Au même instant, Wallander comprit qu'elle ne disait pas toute la vérité. Mais il choisit de ne pas lui mettre la pression. Tout était encore trop confus, et le moment n'était pas bien choisi.

Il repoussa sa tasse et se leva.

– Je ne vais pas vous déranger plus longtemps, dit-il en souriant. Merci pour cette conversation. Je dois cependant vous avertir que je risque de revenir.

– Bien sûr.

– Si vous pensez à quelque chose, appelez-moi. N'hésitez pas. Le moindre détail peut être précieux.

– Je m'en souviendrai.

Wallander remonta dans sa voiture sans mettre le contact. Un malaise l'avait envahi. Sans pouvoir vraiment se l'expliquer, il devinait quelque chose de lourd et d'effrayant à l'arrière-plan de la mort des deux avocats. Pour l'instant, il n'avait même pas encore commencé à gratter la surface.

On fait peut-être fausse route, pensa-t-il. La carte postale de Finlande n'est peut-être pas un leurre, mais la piste véritable. La piste de quoi ?

Il allait démarrer lorsqu'il s'aperçut que quelqu'un l'observait depuis le coin de la rue.

C'était une jeune femme d'une vingtaine d'années. D'origine asiatique. Elle dut se sentir repérée, car elle s'éloigna rapidement. Dans le rétroviseur, Wallander la vit tourner à droite vers Hamngatan.

Il était certain de ne l'avoir jamais vue auparavant.

Mais ça ne signifiait pas qu'elle, de son côté, ne l'avait pas reconnu. Au cours de sa carrière, il avait eu affaire à des émigrés, à des réfugiés et à des demandeurs d'asile dans toutes sortes de contextes.

Il résolut de retourner au commissariat. Le vent soufflait et un écran de nuages approchait de l'est. Il venait de s'engager dans Kristianstadvägen lorsqu'il pila net ; le chauffeur du poids lourd qui le suivait se mit à klaxonner comme un enragé.

Je réagis trop lentement ! Je ne vois même pas ce qui est sous mon nez.

Il fit une manœuvre interdite par le code de la route, laissa la voiture devant le bureau de poste de Hamngatan et se dépêcha de rejoindre la rue perpendiculaire qui rejoignait Stickgatan par le nord.

Il faisait froid. Wallander se mit à arpenter le trottoir tout en surveillant la maison rose.

Au bout d'une heure, il faillit laisser tomber. Mais il était certain d'avoir raison. Il continua de faire les cent pas. Per Åkeson l'attendait. Tant pis.

Soudain, la porte de la maison rose s'ouvrit. Wallander se rencogna sous une porte cochère.

Il avait eu raison. La jeune femme asiatique sortait de chez Berta Dunér.

Elle disparut au coin de la rue.

Au même instant, Wallander constata qu'il pleuvait une fois de plus.

La réunion du groupe d'enquête qui avait démarré à
seize heures dura en tout sept minutes. Wallander arriva
le dernier et s'affala sur sa chaise, hors d'haleine et en
sueur. Les collègues le dévisagèrent avec curiosité.
Mais aucun ne fit de commentaire.

Il fallut peu de temps à Björk pour établir que personne n'avait d'information décisive à rapporter au
groupe. C'était un moment de l'enquête où les policiers
se transformaient, selon leur propre terminologie, en
creuseurs de tunnel. Chacun s'essayait à tour de rôle à
un angle d'attaque possible, dans l'espoir d'atteindre le
filon. Un moment récurrent, au cours du travail, et qui
ne donnait jamais lieu à des échanges inutiles. À la fin
Wallander n'avait qu'une seule question. Il consulta le
bout de papier où il avait griffonné un nom.

— Qui est Alfred Harderberg ?

Björk parut extrêmement surpris.

— Je croyais que tout le monde le savait… C'est un
homme d'affaires, peut-être le plus riche de Suède. Il
habite ici, en Scanie. Quand il ne sillonne pas le monde
à bord de son jet privé.

— C'est lui qui a racheté le château de Farnholm, précisa Svedberg. Il paraît qu'il a là-bas un aquarium où le sable a été remplacé par des pépites d'or.

— Ah. Berta Dunér m'a expliqué que c'était le principal client de Gustaf Torstensson. Et aussi le dernier. Il lui avait rendu visite le soir de sa mort.

— Pour te donner le genre du bonhomme, dit Martinsson, il organise des collectes privées pour les victimes de guerre dans les Balkans. Mais ce n'est peut-être pas trop difficile quand on nage dans le pognon.

— Alfred Harderberg, coupa Björk, est un homme qui mérite le plus grand respect.

— Mais oui, répliqua Wallander en sentant venir l'agacement. Comme tout le monde. Et ce n'est pas ça qui va m'empêcher de lui rendre visite.

Björk se leva.

— Un conseil : appelle-le d'abord.

La réunion était close. Wallander alla se chercher un café et rejoignit son bureau. Il avait besoin de réfléchir seul à la raison pour laquelle Mme Dunér avait reçu la visite de cette jeune femme. Peut-être une raison tout à fait banale. Mais son instinct lui racontait autre chose. Il se carra dans son fauteuil et posa les pieds sur la table, sa tasse de café en équilibre sur un genou.

Le téléphone sonna. En voulant répondre, Wallander lâcha la tasse par mégarde ; le café se renversa sur son pantalon.

— Et merde ! cria-t-il en décrochant.

— Ce n'est pas la peine de jurer comme ça. Je voulais seulement savoir pourquoi tu ne donnes jamais de nouvelles.

Wallander se sentit aussitôt coupable, et cela le mit en colère. Sa relation à son père ne serait-elle donc jamais débarrassée de toutes ces tensions qui surgissaient sans cesse à la moindre occasion ?

– J'ai lâché ma tasse de café. Je me suis brûlé la jambe.

Son père parut ne pas l'entendre.

– Qu'est-ce que tu fabriques à ton bureau ? Tu es en arrêt de travail.

– Plus maintenant. J'ai repris le boulot.

– Quand ?

– Hier.

– *Hier ?*

Wallander comprit que l'échange risquait de s'éterniser s'il n'y mettait pas un terme, et vite.

– Je sais que je te dois une explication. Mais là, tout de suite, je n'ai pas le temps. Écoute, je passerai te voir demain soir. Je te raconterai tout.

– Ça fait longtemps que je ne t'ai pas vu, dit son père.

Puis il raccrocha.

Wallander resta assis, le combiné à la main. Son père, qui aurait soixante-quinze ans l'année suivante, le remplissait encore et toujours de sentiments contradictoires. Du plus loin qu'il s'en souvenait, leur relation avait toujours été conflictuelle. Il se rappelait encore le jour où il lui avait annoncé son intention d'entrer dans la police. Il s'était écoulé vingt-cinq ans depuis, et pendant tout ce temps le père n'avait jamais manqué une occasion de critiquer son choix. Wallander, de son côté, avait mauvaise conscience à l'idée qu'il ne se consacrait pas au vieux autant qu'il l'aurait dû. L'année précédente, quand il lui avait annoncé son intention d'épouser Gertrud – la femme envoyée par la commune pour faire son ménage trois fois par semaine, et qui avait trente ans de moins que lui –, une fois remis de sa surprise et de sa consternation Wallander s'était dit qu'au moins, maintenant, le vieux ne manquerait pas de compagnie. À présent, il comprenait que rien n'avait vraiment changé.

Il replaça le combiné sur son socle, ramassa la tasse et essuya son pantalon à l'aide d'une feuille arrachée à son bloc-notes. Puis il se rappela qu'il devait s'excuser auprès de Per Åkeson. Sa secrétaire le lui passa immédiatement. Wallander lui expliqua qu'il avait été retardé ; le procureur lui proposa un rendez-vous pour le lendemain.

Wallander alla se chercher un autre café. Dans le couloir, il tomba sur Ann-Britt Höglund chargée d'une brassée de dossiers.

— Comment ça va ? demanda-t-il.

— Lentement. J'en reviens sans cesse au sentiment qu'il y a un élément plus qu'étrange dans la mort de ces deux avocats.

— J'ai la même impression, dit Wallander, surpris. Comment l'expliques-tu ?

— Je ne sais pas.

— On en parlera demain. L'expérience m'a appris qu'il ne fallait pas sous-estimer les intuitions informulables.

Il retourna à son bureau, décrocha le téléphone et reprit son bloc-notes. En pensée, il retourna au sable froid de Skagen, à la silhouette de Sten Torstensson surgissant du brouillard. Cette enquête, pensa-t-il, a commencé pour moi à ce moment-là. Alors que Sten Torstensson était encore en vie.

Lentement, il récapitula ce qu'il savait sur les deux avocats. Il était comme un soldat battant en retraite, prudent, attentif à ce qui pouvait se dissimuler de part et d'autre de la route. Il lui fallut plus d'une heure pour rassembler et ordonner les trouvailles de ses collègues, en plus des siennes. Qu'est-ce donc que je vois sans le voir ? songea-t-il plusieurs fois au cours de cette opération. Mais lorsqu'il jeta enfin son crayon, mécontent, il lui sembla n'avoir réussi à esquisser qu'un point d'interrogation plein de boucles compliquées.

Deux avocats, pensa-t-il. Le premier trouve la mort dans un accident probablement mis en scène. Dans ce cas, on a affaire à un tueur de sang-froid. Souhaitant maquiller son crime et capable de le faire de façon adroite. Le pied de chaise était une erreur. Une erreur très étrange.

Soudain il s'aperçut que cette pierre devant laquelle il se trouvait pouvait être retournée sans attendre. Il chercha dans ses notes le numéro de Mme Dunér. Elle décrocha presque aussitôt.

– Désolé de vous déranger. C'est le commissaire Wallander. J'ai une nouvelle question à vous poser dès à présent.

– Si je peux, ce sera avec plaisir.

En fait j'en ai deux, pensa Wallander. Mais je garde la jeune Asiatique pour plus tard.

– Le soir où Gustaf Torstensson a trouvé la mort, il revenait du château de Farnholm. Combien de gens savaient qu'il devait rendre visite à son client ce soir-là ?

Elle réfléchit. Wallander se demanda si c'était pour mieux se souvenir ou pour formuler une réponse plausible.

– J'étais au courant, bien entendu. Il est possible que je l'aie dit à Mlle Lundin. Mais en dehors de nous deux, personne.

– Sten Torstensson ?

– Je ne le crois pas. Ils avaient des agendas distincts.

– Je résume : à l'exception éventuelle de Sonja Lundin, vous étiez seule à savoir qu'il devait se rendre au château de Farnholm ?

– Oui.

– Désolé de vous avoir dérangée.

Wallander retourna à ses notes. Gustaf Torstensson rend visite à un client. Sur le chemin du retour, il est victime d'un attentat. Seule sa secrétaire est informée de son emploi du temps.

Mme Dunér dit la vérité. Mais l'ombre de la vérité m'intéresse davantage. Ce qu'elle m'a raconté en fait, c'est qu'en dehors d'elle l'homme de Farnholm était seul à savoir ce que Gustaf Torstensson allait faire ce soir-là.

Il reprit sa battue. Le paysage de l'enquête changeait sans cesse d'aspect. La maison lugubre avec son système d'alarme raffiné qui se déclenchait sans bruit. La collection d'icônes planquée à la cave. Lorsqu'il lui sembla ne plus pouvoir avancer davantage, il tourna son attention vers Sten Torstensson. Le terrain devenait cette fois quasi impénétrable. L'irruption inattendue de Sten Torstensson dans son district venteux gardé par les cornes de brume, puis le café désert du musée des Beaux-Arts de Skagen... Aux yeux de Wallander, ces épisodes apparaissaient soudain comme les ingrédients d'une intrigue d'opérette. Mais il y avait des éléments graves. Wallander ne doutait pas que Sten Torstensson eût réellement perçu une inquiétude chez son père. Il ne doutait pas non plus que la carte postale finlandaise – qui ne pouvait avoir été expédiée que sur l'ordre de Sten Torstensson lui-même – impliquait une prise de position : il existait une menace, rendant nécessaire la mise en place d'un leurre. À moins que la fausse piste ne fût la bonne...

C'était le bazar. Mais ces éléments-là au moins, on pouvait les ranger dans des cases. Pas comme cette femme chinoise ou japonaise ou coréenne qui ne voulait pas être vue lorsqu'elle se rendait à la maison de Berta Dunér. Ou comme Berta Dunér elle-même, qui mentait bien, mais pas assez bien pour ne pas mettre la puce à l'oreille d'un commissaire d'Ystad.

Wallander se leva, s'étira, et alla à la fenêtre. Dix-huit heures, déjà. La nuit était tombée. Des sons lui parvenaient du couloir, bruits de pas qui approchaient, s'éloignaient. Il se rappela un commentaire du vieux Rydberg, à la fin de sa vie. *Au fond, un commissariat est construit comme une prison. Les policiers et les voleurs sont l'image inversée les uns des autres. En fait, on ne sait jamais qui est dedans et qui est dehors.*

Wallander se sentit soudain démoralisé et seul. À son habitude, il recourut alors à sa seule consolation et se mit aussitôt à inventer une conversation avec Baiba Liepa, comme si elle était là devant lui, et pas à Riga ; ou plutôt comme si ce bureau avait été transporté ailleurs, dans un immeuble gris à la façade rongée de larmes, pour redevenir la pièce dont il se souvenait dans l'appartement aux lumières tamisées, aux lourdes tentures toujours fermées. Mais l'image pâlit, se fendilla et fut vaincue, la Lettonie disparut, et Wallander se revit à quatre pattes dans la boue, au milieu du brouillard scanien, un fusil dans une main et un pistolet dans l'autre, parodie pathétique d'un héros de série B. Soudain le film se déchira et, dans l'accroc, la réalité fit irruption. Là, la mort et le fait de tuer n'étaient pas des lapins sortis du chapeau d'un prestidigitateur. Il se revit, impuissant, pendant qu'un homme se dressait, dans le champ noyé de brouillard, devant un autre homme à genoux, levait son arme et lui tirait une balle dans le front. Il se voit lui-même, en cet instant, qui se relève, et qui vise, et qui tire, et il sait avec certitude qu'à ce moment-là son seul espoir est que l'autre homme va mourir.

Je suis quelqu'un qui rit trop rarement, pensa Wallander. Sans que je m'en aperçoive, l'âge m'a entraîné vers une côte bourrée d'écueils sinistres.

Il quitta son bureau sans rien emporter. À l'accueil, Ebba était au téléphone. Elle lui fit signe d'attendre un instant mais il agita la main, comme s'il était très occupé ce soir encore.

Puis il rentra chez lui et se prépara un dîner qu'il aurait été incapable de décrire dix minutes plus tard. Il arrosa les cinq pots de fleurs qui ornaient les appuis des fenêtres, ramassa le linge sale éparpillé et prépara une machine avant de réaliser qu'il n'avait plus de lessive ; puis il s'assit dans le canapé pour se couper les ongles des pieds. De temps en temps il levait la tête et jetait un regard autour de lui comme dans l'espoir de découvrir qu'il n'était pas seul. Peu après vingt-deux heures il alla se coucher et s'endormit presque aussitôt. Dehors, la pluie n'était plus qu'un faible crachin.

Lorsque Wallander se réveilla au matin du mercredi 3 novembre, il faisait nuit. Les aiguilles phosphorescentes sur la table de chevet n'indiquaient que cinq heures. Il se retourna de l'autre côté pour se rendormir. Mais il resta éveillé. Il était inquiet. La longue période qu'il avait passée dans cette solitude glaciale le marquait encore de façon très puissante. Rien ne sera plus jamais comme avant, pensa-t-il. Quoi qu'il advienne, je compterai toujours deux mesures de temps, *avant* et *après*. Kurt Wallander à la fois existe et n'existe pas.

À cinq heures trente, il se leva, prépara un café, attendit que le journal tombe par la fente de la porte d'entrée et constata, en s'approchant du thermomètre de la fenêtre, qu'il faisait ce matin-là quatre degrés au-dessus de zéro. Poussé par une angoisse qu'il n'avait la force ni de décrire ni d'endurer davantage, il quitta son appartement. Il était six heures du matin. En démarrant, il pensa qu'il pouvait aussi bien prendre directement vers le nord, vers Farnholm. Il pourrait s'arrêter en route pour boire un café et prévenir le château de son arrivée. Il quitta la ville et, au moment de doubler le terrain de manœuvre où s'était livrée, dix-huit mois plus tôt, la dernière bataille de l'ancien Wallander, il évita de tourner la tête. Là-bas, dans le brouillard, il avait compris qu'il existait certaines personnes qui ne reculaient devant aucune forme de violence ; qui n'hésitaient pas à exé-cuter des gens de sang-froid si cela pouvait servir leurs intérêts. Là-bas, à genoux dans la boue, il s'était battu pour sa vie. Il avait tiré une balle qui avait contre toute attente atteint sa cible. Il avait tué un homme. C'était un point de non-retour ; un enterrement et une naissance, les deux à la fois.

Il prit la route de Kristianstad et ralentit à hauteur de l'endroit où Gustaf Torstensson avait trouvé la mort. Il décida de s'arrêter pour boire un café à la station-service de Skåne-Tranås. Un vent glacial soufflait, il aurait dû penser à prendre une veste plus chaude. Il aurait dû s'habiller mieux de façon générale, un vieux pantalon en tergal et un anorak pas très net ne consti-tuaient peut-être pas la tenue idéale pour rencontrer un châtelain. Il se demanda de façon fugitive comment Björk aurait choisi de s'habiller à sa place, même si c'était dans le cadre du service.

Il était le seul client. Il commanda un café et un sand-wich au fromage. Sept heures moins le quart. Il feuilleta un vieux magazine qui traînait sur la table. Après quelques minutes il en eut assez et essaya de penser plutôt à ce dont il parlerait avec Alfred Harderberg, ou du moins avec la personne qui pourrait lui en apprendre davantage sur le dernier rendez-vous professionnel de Gustaf Torstensson. Il attendit que l'horloge indique sept heures trente pour emprunter le téléphone posé sur le comptoir à côté de la caisse enregistreuse ancien modèle. Il commença par un coup de fil au commissa-riat. Le seul membre de l'équipe déjà présent était le matinal Martinsson. Il lui expliqua où il était, et qu'il ne serait pas de retour avant une heure ou deux.

– Tu sais quelle a été ma première pensée ce matin ? demanda Martinsson.

– Non.

– Que c'est Sten Torstensson qui a tué son père.

– Comment expliques-tu dans ce cas ce qui lui est arrivé après ?

– Je n'explique rien. Mais ce que je crois comprendre de plus en plus, c'est que la solution est à chercher du côté de leur travail. Pas dans leur vie privée.

– Ou alors dans un mélange des deux…

– Que veux-tu dire ?

– C'est juste un rêve que j'ai fait cette nuit, éluda Wallander. À tout à l'heure.

Il raccrocha avec un doigt et composa le numéro du château. La première sonnerie n'avait pas fini de résonner que quelqu'un décrocha.

– Château de Farnholm, dit une voix de femme où Wallander crut déceler une pointe d'accent.

– Ici le commissaire Wallander de la brigade criminelle d'Ystad, je voudrais parler à Alfred Harderberg.

– Il est à Genève.

Wallander se sentit pris de court. Il aurait évidemment dû prévoir cette éventualité.

– Quand doit-il revenir ?

– Il ne l'a pas précisé.

– Demain ? La semaine prochaine ?

– Je ne peux rien vous dire au téléphone. Ses déplacements ont un caractère strictement confidentiel.

– Je suis de la police, insista Wallander en sentant monter l'exaspération.

– Comment puis-je le savoir ?

– Je serai au château dans une demi-heure. Qui dois-je demander ?

– Ce sera au gardien d'en décider. J'espère que vous aurez une identification valable.

– Que signifie « valable » ?

– Il nous appartient d'en juger.

La communication fut interrompue. Wallander raccrocha brutalement. La grosse serveuse s'arrêta de ranger des gâteaux sur une assiette pour lui jeter un regard réprobateur. Il posa le montant de la note sur le comptoir et sortit sans un mot.

Quinze kilomètres plus loin, ayant tourné à gauche, il fut bientôt cerné par l'épaisse forêt du sud de la crête de Linderöd. Il freina à l'approche de la sortie vers Farnholm. Peu après, une plaque de granit au texte gravé en lettres d'or lui apprit qu'il était sur le bon chemin. Cette plaque, pensa Wallander, ressemblait à une coûteuse pierre tombale.

L'allée conduisant au domaine était asphaltée et bien entretenue. Soudain il aperçut une grande clôture qui serpentait discrètement entre les arbres. Il ralentit et baissa sa vitre pour mieux voir. Il découvrit alors que le grillage était double, formant un couloir d'un bon mètre de large. Il secoua la tête et remonta sa vitre. Un kilomètre plus loin, le chemin décrivait un virage abrupt. Peu après, il fut en vue des grilles du château. Une construction grise au toit plat s'élevait juste à côté. Il s'avança, attendit. Rien. Il klaxonna. Aucune réaction. Il sortit de la voiture et s'aperçut qu'il commençait à être énervé. Une humiliation confuse, face à tous ces grillages, ces clôtures, ces barrières hermétiques. Au même instant, un homme ouvrit la porte du bunker. Il portait un uniforme rouge sombre d'un modèle que Wallander n'avait encore jamais vu. Il ne s'était pas encore habitué à la prolifération des sociétés de surveillance dans ce pays.

Le type en uniforme s'avança vers lui. Il avait à peu près son âge.

Soudain il le reconnut. L'autre aussi, manifestement.

– Kurt Wallander ! Ça ne date pas d'hier…

– Non. Quinze ans ?

– Vingt, répondit le gardien. Peut-être plus.

Wallander avait retrouvé dans sa mémoire le nom de cet homme. Ström. Et son prénom : Kurt, le même que le sien. Ils avaient autrefois servi ensemble à Malmö, à l'époque où Wallander n'était encore qu'un jeune aspirant inexpérimenté. Ils n'avaient jamais eu de relations autres que professionnelles. Wallander avait rapidement déménagé à Ystad. Bien des années plus tard, il avait appris par hasard que Ström avait quitté la police. Il se souvenait de vagues rumeurs, une affaire qui aurait été étouffée, peut-être une agression contre un prévenu, ou une histoire de marchandise volée qui aurait mystérieusement disparu des locaux de la police. Il lui semblait que Ström s'était fait virer. Mais ce n'était pas une certitude.

– On m'a prévenu de ton arrivée, dit Kurt Ström.

– Alors j'ai de la chance. Une femme, au téléphone, m'a demandé si j'avais une « identification valable ». Ça veut dire quoi ?

– On ne plaisante pas avec la sécurité à Farnholm. Si tu crois qu'on laisse entrer n'importe qui, tu te trompes.

– Ah. Il y a un trésor planqué ?

– Non. Il y a un homme.

– Alfred Harderberg ?

– C'est ça. Et le trésor est dans son cerveau.

– Pardon ?

– Ce qu'il sait lui rapporte plus que s'il avait eu sa propre planche à billets.

Wallander hocha la tête, il comprenait. Mais la soumission qu'exprimait Ström vis-à-vis du grand homme lui déplaisait souverainement.

– Moi, dit-il, je suis encore flic, contrairement à toi. Tu devines peut-être la raison de ma venue ?

– Je lis les journaux. Je suppose que c'est lié au meurtre de l'avocat.

– Oui. Mais si j'ai bien compris, c'est plutôt son père qui connaissait Harderberg.

– Il passait souvent. Un homme aimable. Très discret.

– Il est venu au château pour la dernière fois le 11 octobre. Tu étais de service ce soir-là ?

– Mais oui.

– Je suppose que vous prenez note de toutes les allées et venues ?

Ström éclata de rire.

– Des *notes* ? Tu plaisantes ! Ça fait longtemps que tout est informatisé.

– Alors j'aimerais avoir une sortie papier qui couvre la soirée du 11 octobre.

– Il faudra que tu demandes l'autorisation au château. Je n'ai pas le droit de prendre des initiatives.

– Mais tu as peut-être le droit de te souvenir.

– Je sais qu'il est venu ce soir-là. Mais je ne me souviens pas de l'heure.

– Était-il seul ?

– Je ne peux pas te répondre.

– Parce que tu n'en as pas le droit ?

L'autre acquiesça en silence.

– J'ai parfois envisagé de proposer mes services à une boîte de surveillance privée, dit Wallander après réflexion. Mais je crois que j'aurais du mal à accepter qu'on m'interdise de répondre aux questions.

– Tout a un prix.

Wallander pensa que, sur ce point, il ne pouvait que tomber d'accord avec Ström. Il le considéra en silence.

– Alfred Harderberg… Comment est-il ?

La réponse le surprit.

– Je n'en sais rien.

– Tu dois tout de même avoir une opinion. À moins que ce soit défendu aussi ?

– Je ne l'ai jamais rencontré, dit Ström simplement.

Wallander comprit qu'il disait la vérité.

– Ça fait combien de temps que tu travailles pour lui ?

– Bientôt cinq ans.

– Et tu ne l'as jamais vu ?

– Non.

– Il n'a jamais franchi ces grilles ?

– Si. Mais derrière des vitres teintées.

– Ça fait sans doute partie du dispositif de sécurité ?

– Oui.

Wallander réfléchit.

– En d'autres termes, tu ne sais jamais avec certitude s'il est là ou non. Tu vois une voiture aux vitres teintées, mais tu ne sais pas s'il est à l'intérieur…

– C'est la sécurité qui veut ça.

– Bon. Alors, tu m'ouvres ?

Il retourna à sa voiture. Ström disparut dans le bunker. Quelques instants plus tard, les grilles s'ouvrirent en silence. Wallander eut le sentiment d'entrer dans un autre monde.

Au bout d'un kilomètre, la forêt s'éclaircit. Le château se dressait au sommet d'une colline entourée d'un immense parc soigneusement entretenu. Le bâtiment principal, comme les dépendances, était en briques rouge sombre. La façade s'ornait de tours et de tourelles, de balcons et de balustrades. Le seul détail cassant cette sensation d'un autre monde, d'une autre époque, était l'hélicoptère posé sur une dalle de béton. Wallander eut l'impression d'un grand insecte aux ailes repliées, un animal au repos susceptible de se réveiller d'un instant à l'autre.

Il remonta l'allée sans se presser. Autour de lui, des paons picoraient avec nonchalance. Il gara sa voiture derrière une BMW noire et sortit. Tout était très silencieux. Cela lui rappela sa visite de la veille à la villa de Gustaf Torstensson. Le silence… C'était peut-être cela, la marque la plus distinctive des gens riches. Pas les orchestres ni les fanfares, mais le silence.

Au même instant, il vit s'ouvrir un des battants de la porte qui fermait l'entrée principale du château. Une femme d'une trentaine d'années, vêtue avec une élégante simplicité qui, devina Wallander, avait dû coûter une fortune, apparut en haut des marches.

— Donnez-vous la peine d'entrer, dit-elle avec un bref sourire qui parut à Wallander aussi poli que glacial.

— J'ignore si j'ai des papiers valables à vos yeux. Mais Ström, le gardien, m'a reconnu.

— Je sais.

Ce n'était pas la femme à qui il avait parlé au téléphone. Il monta les marches en pierre et se présenta. Au lieu de serrer la main qu'il lui tendait, elle lui adressa à nouveau le même sourire absent. Il la suivit dans le hall. Des socles en pierre portaient plusieurs sculptures modernistes discrètement éclairées par des spots invisibles. À l'arrière-plan, de part et d'autre de l'escalier monumental conduisant aux étages, il devina deux silhouettes d'hommes immobiles. Ils n'étaient qu'une vague présence ; on ne pouvait discerner leurs traits. Le silence et les ombres, pensa-t-il. Le monde d'Alfred Harderberg ou ce que j'ai pu en voir jusqu'ici… Il la suivit dans une grande pièce ovale qui s'ouvrait sur la gauche. Là encore, des sculptures. Et, comme pour rappeler au visiteur que ce château plongeait ses racines dans le Moyen Âge, quelques armures. Au centre du parquet de chêne soigneusement astiqué il y avait une table de travail. Aucun papier, seulement un ordinateur et un central de communication sophistiqué pas plus grand qu'un téléphone ordinaire. La femme le pria de s'asseoir et se mit à pianoter sur l'ordinateur. Une imprimante cachée dans les profondeurs du bureau cracha un feuillet qu'elle lui tendit.

– Voici la transcription du contrôle de sécurité aux grilles pour le soir du 11 octobre, dit-elle. Vous trouverez ici l'heure d'arrivée et l'heure de départ de maître Torstensson.

Wallander prit le feuillet et le posa sur le parquet à ses pieds.

– Je ne suis pas venu que pour ça, dit-il. J'ai aussi quelques questions à vous poser.

– Je vous en prie.

La femme s'était assise derrière le bureau. Elle enfonça quelques touches. Wallander devina qu'elle venait de transférer d'éventuels appels à un poste situé dans un autre recoin du château.

– D'après mes informations, commença-t-il, Alfred Harderberg figurait parmi les clients de Gustaf Torstensson. On m'a dit qu'il était actuellement à l'étranger.

– Il est à Dubaï.

Wallander fronça les sourcils.

– Il y a une heure, il était à Genève.

– C'est tout à fait exact, répliqua la femme d'un air imperturbable. Mais il est entre-temps reparti pour Dubaï.

Wallander sortit son bloc et un crayon.

– Puis-je vous demander votre nom et votre titre ?

– Je suis une des secrétaires de M. Harderberg. Je m'appelle Anita Karlén.

– Il a beaucoup de secrétaires ?

– Ça dépend de la façon de compter. La question est-elle réellement pertinente ?

Wallander s'exaspéra une fois de plus de la manière dont on le traitait. S'il voulait éviter que cette visite à Farnholm ne soit une totale perte de temps, il fallait changer de tactique.

– C'est moi qui décide de la pertinence des questions, dit-il. Le château de Farnholm est une propriété privée, que vous avez le droit d'entourer de toutes les clôtures que vous voulez à condition d'avoir un permis de construire en bonne et due forme. Mais ce château se trouve en Suède, que vous le vouliez ou non. Vous avez le droit de choisir vos visiteurs, à une exception près. La police. C'est compris ?

– Il me semble que nous ne vous avons pas refusé l'accès du domaine, répondit-elle sur un ton toujours aussi dégagé.

– Alors je vais être encore plus clair.

En réalité, il était un peu déstabilisé par l'insouciance de cette femme. Et peut-être aussi par sa beauté.

Au même instant, une porte s'ouvrit et une autre femme entra avec un plateau. À la surprise de Wallander, elle était noire. Sans un mot, elle posa le plateau sur la table et disparut aussi silencieusement qu'elle était venue.

– Désirez-vous une tasse de café, commissaire ?

Il hocha la tête. Elle le servit, pendant qu'il observait la porcelaine du service.

– Laissez-moi poser une question sans pertinence. Qu'arriverait-il si je cassais cette tasse ? Je vous devrais combien ?

Pour la première fois, elle eut un sourire qui semblait spontané.

– Tout est assuré, ne vous inquiétez pas. Mais c'est un Rörstrand, édition limitée.

Wallander vida sa tasse et la posa avec précaution sur le parquet, à côté de la feuille de papier.

– Je vais donc m'exprimer clairement, dit-il. Le soir du 11 octobre, une heure à peine après son départ d'ici, Gustaf Torstensson a trouvé la mort sur la route.

Elle hocha la tête.

– Nous avons envoyé des fleurs. Une de mes collègues a assisté à l'enterrement.

– Mais pas votre patron ?

– M. Harderberg évite dans la mesure du possible d'apparaître en public.

– C'est ce que j'avais cru comprendre. Il se trouve que nous avons certaines raisons de penser que ce n'était pas un accident. Nous penchons plutôt pour la thèse de l'attentat. Le fait que son fils ait été abattu à son bureau deux semaines plus tard n'arrange pas les choses. Vous avez peut-être aussi envoyé des fleurs à l'enterrement du fils ?

Elle parut un instant déroutée.

– Nous ne traitions qu'avec Gustaf Torstensson, dit-elle.

– Maintenant vous savez pourquoi je suis ici. Et vous n'avez toujours pas répondu à la question du nombre de secrétaires.

– Je vous l'ai déjà dit. Cela dépend de la manière dont on compte.

– Je vous écoute.

– Ici au château, nous sommes trois. Deux autres secrétaires accompagnent le Dr Harderberg dans ses déplacements. Il a aussi des secrétaires à différents endroits dans le monde. Leur nombre varie. Mais elles sont rarement moins de six.

– Ça fait onze au total. Vous avez dit le *docteur* Harderberg. Pourquoi ?

– Il a plusieurs doctorats honoris causa. Si vous voulez, je peux vous en fournir la liste.

– Volontiers. Je voudrais aussi un compte rendu détaillé de ses activités professionnelles ; mais vous pourrez me le donner plus tard. Pour l'instant, je veux juste savoir ce qui s'est passé pendant le rendez-vous de maître Torstensson au château ce dernier soir. Parmi les secrétaires, qui peut me répondre ?

– Moi.

Wallander réfléchit.

– C'est donc pour ça qu'on vous a demandé de me recevoir. Mais que se serait-il passé si vous aviez été en congé ? Vous ne pouviez pas savoir que la police viendrait aujourd'hui…

– Bien sûr que non.

Wallander comprit au même instant qu'il se trompait. Il comprit aussi de quelle manière les gens du château avaient pu être renseignés. Et cela le mit en colère.

Il dut s'obliger à reprendre le fil de l'interrogatoire.

– Que s'est-il passé ce soir-là ?

– Maître Torstensson est arrivé peu après dix-neuf heures. Il s'est entretenu pendant une heure avec le Dr Harderberg et quelques-uns de ses collaborateurs. Puis il a pris un thé. Il a quitté Farnholm à vingt heures quatorze.

– De quoi ont-ils parlé ?

– Je ne peux pas répondre à cette question.

– Vous avez dit tout à l'heure que vous étiez présente ?

– Je n'assistais pas à l'entretien.

– Qui étaient les collaborateurs ?

– Pardon ?

– Vous avez dit que maître Torstensson s'était entretenu avec le Dr Harderberg et quelques-uns de ses collaborateurs.

– Je ne peux pas vous répondre.

– Pourquoi ? Vous n'y êtes pas autorisée ?

– Je ne le sais pas.

– Vous ne savez pas quoi ?

– Qui étaient les collaborateurs. Je ne les avais jamais vus. Ils sont arrivés le jour même et ils sont repartis le lendemain de bonne heure.

Wallander ne sut soudain comment poursuivre. Les

réponses qu'il obtenait semblaient toutes tomber à côté du sujet. Il décida de modifier son angle d'approche.

– Vous avez dit tout à l'heure que le Dr Harderberg avait onze secrétaires. Puis-je demander combien il a d'avocats ?

– Au moins autant, sans doute.

– Vous n'avez pas le droit de me dire leur nombre ?

– Je ne le connais pas.

Wallander hocha la tête. Nouvelle impasse.

– Depuis combien de temps Gustaf Torstensson travaillait-il pour M. Harderberg ?

– Depuis l'achat du château de Farnholm. Cinq ans, autrement dit.

– Torstensson a travaillé toute sa vie à Ystad. Soudain, il est jugé compétent pour conseiller un homme d'affaires d'envergure internationale. N'est-ce pas un peu étrange ?

– Il faudrait poser la question au Dr Harderberg.

Wallander referma son bloc-notes et prit le feuillet à ses pieds.

– Vous avez entièrement raison. Je veux que vous lui envoyiez un message à Genève, à Dubaï ou ailleurs pour l'informer que le commissaire Wallander souhaite lui parler le plus rapidement possible. En d'autres termes, le jour même de son retour.

Il se leva, ramassa la tasse et la replaça délicatement sur la table.

– La police d'Ystad n'a pas onze secrétaires, dit-il. Mais nos réceptionnistes sont excellentes. Vous pourrez les informer du rendez-vous qu'il voudra bien m'accorder.

Elle le raccompagna dans le hall. Sur une table en marbre placée à côté de la porte, il vit un épais dossier relié de cuir. Elle le prit et le lui tendit.

– Voici le compte rendu que vous avez demandé.

Quelqu'un a écouté notre conversation, pensa Wallander. La transcription est sans doute déjà en route vers Harderberg, où qu'il soit. Si cela l'intéresse. Ce dont je doute.

– N'oubliez pas de lui préciser que c'est urgent, dit-il en guise d'adieu.

Cette fois, Anita Karlén lui serra la main.

Wallander jeta un regard au grand escalier. Mais les ombres n'y étaient plus.

Le ciel dehors s'était éclairci. Il remonta dans sa voiture. Anita Karlén l'observait du haut des marches ; ses cheveux bougeaient dans le vent. Il démarra. Un coup d'œil au rétroviseur lui permit de constater qu'elle le suivait du regard. Cette fois, il n'eut pas besoin de s'arrêter aux grilles. Elles s'ouvrirent d'elles-mêmes à son approche, et se refermèrent sans bruit derrière sa voiture. Kurt Ström ne se montra pas. Wallander revint vers Ystad sans se presser, sous un ciel d'automne sans nuages. Il pensa qu'il ne s'était écoulé que soixante-douze heures depuis sa décision de reprendre le travail. Il lui semblait que cela faisait bien plus longtemps. Comme s'il allait quelque part, pendant que ses souvenirs disparaissaient à une vitesse vertigineuse dans une tout autre direction.

Peu après l'embranchement vers Ystad, il aperçut sur la route un lièvre écrasé. Il l'évita, en pensant qu'il n'avait toujours pas d'idée plus précise quant à ce qui était arrivé à Gustaf Torstensson et à son fils. Il lui paraissait invraisemblable qu'il puisse y avoir le moindre rapport entre les deux morts et les habitants du château retranchés derrière leur double clôture. Il allait néanmoins parcourir le dossier le jour même pour se faire, si possible, une image de l'empire d'Alfred Harderberg.

Le téléphone se mit à bourdonner.

– T'es où ? demanda la voix de Svedberg.

– À trois quarts d'heure d'Ystad.

– Martinsson m'a dit que tu allais au château de Farnholm.

– J'y suis allé. Ça n'a rien donné.

Grésillements sur la ligne. Puis à nouveau la voix de Svedberg.

– Berta Dunér a cherché à te joindre. Elle veut que tu la rappelles le plus vite possible.

– Pourquoi ?

– Elle ne l'a pas dit.

– Donne-moi son numéro.

– Il vaut mieux que tu passes chez elle. Elle paraissait un peu inquiète.

Wallander regarda l'horloge du tableau de bord. Neuf heures moins le quart déjà.

– Du nouveau à la réunion de ce matin ?

– Rien d'important.

– Alors je vais chez Mme Dunér.

Wallander raccrocha en se demandant ce qu'elle pouvait bien lui vouloir. La tension le fit accélérer malgré lui.

À neuf heures trente-cinq, il se garait à nouveau n'importe comment en face de la maison rose. Il se dépêcha de traverser la rue. Quand elle lui ouvrit, il vit que ça n'allait pas du tout. Elle paraissait effrayée.

– Vous avez cherché à me joindre… ?

Elle le fit entrer. Il s'apprêtait à enlever ses chaussures lorsqu'elle le saisit par le bras et l'entraîna dans le séjour.

– Quelqu'un est venu dans mon jardin cette nuit, dit-elle.

La peur qu'il lisait dans ses yeux était communicative. Wallander s'approcha de la baie vitrée et examina successivement la pelouse, les plates-bandes retournées en prévision de l'hiver et les plantes grimpantes qui escaladaient le mur chaulé séparant le jardin de Berta Dunér de celui du voisin.

— Je ne vois rien, dit-il en se retournant vers elle.

Elle se tenait en retrait, comme si elle n'osait pas approcher. Wallander se demanda de façon fugitive si les événements tragiques des derniers temps n'avaient pas un peu entamé sa jugeote.

Elle se décida enfin à le rejoindre.

— Là, dit-elle. Quelqu'un est venu creuser cette nuit.

— Vous l'avez vu ?

— Non.

— Vous avez entendu quelque chose ?

— Non. Mais je sais que quelqu'un est venu.

Wallander essaya de suivre la direction qu'elle lui indiquait. Effectivement, un endroit de la pelouse semblait avoir été piétiné.

— C'était peut-être un chat, dit-il. Ou une taupe. Ou même un rat…

Elle secoua la tête.

— Quelqu'un est venu cette nuit.

Wallander ouvrit la porte-fenêtre et sortit dans le jardin pour examiner l'endroit. De près, on aurait dit qu'une motte de gazon avait été pelletée puis remise en place. Il s'accroupit et l'effleura. Ses doigts rencontrèrent une épine dure, en plastique ou peut-être en métal. Il écarta prudemment les brins d'herbe. Un objet marron était enfoui à ras de terre.

Wallander se raidit d'un coup. Puis il retira sa main et se releva lentement. Un court instant, il crut qu'il devenait fou. Impossible. Ça ne pouvait pas être *ça*. C'était trop invraisemblable, trop incompréhensible pour être envisagé même à titre d'hypothèse.

Lentement il revint vers la porte-fenêtre, en prenant garde à marcher dans ses propres traces. Quand il fut à

nouveau dans le séjour, il se retourna. Il ne pouvait pas
y croire…

– Qu'est-ce que c'est ?

– Allez chercher un annuaire, répliqua Wallander
d'une voix tendue.

– Et pourquoi donc ? fit-elle, interloquée.

– Faites ce que je vous dis.

Elle disparut dans l'entrée et revint avec l'annuaire de
la région d'Ystad.

– Allez dans la cuisine, dit-il en le lui prenant des
mains. Et restez-y.

Elle obéit.

Wallander pensa que son imagination avait décidément
pris le dessus. Si d'un autre côté l'objet enterré dans le
jardin était bien ce qu'il croyait, l'action qu'il s'apprêtait à commettre était injustifiable. Il recula jusqu'au fond
du séjour et prit le temps de viser. Puis il balança l'annuaire vers l'épine qui pointait au ras du gazon.

L'explosion l'assourdit.

Puis il s'étonna que les vitres aient tenu le coup.

Il s'avança jusqu'à la porte-fenêtre et jeta un coup
d'œil au cratère qui s'était formé au milieu de la
pelouse. Puis il se dépêcha de rejoindre Mme Dunér
qu'il avait entendue crier. Il la trouva debout, pétrifiée
au milieu de la cuisine, les mains sur les oreilles. Il
l'empoigna par les épaules et l'assit sur une chaise.

– Ce n'est rien, dit-il. Je reviens tout de suite. Je dois
juste passer un coup de fil.

Il fut heureux d'entendre la voix d'Ebba au téléphone.

– C'est Kurt. J'aurais besoin de parler à Martinsson
ou à Svedberg.

Ebba, qui le connaissait bien, ne posa aucune question.

Quelques secondes plus tard, il eut Martinsson en
ligne.

– C'est Kurt. Écoute-moi bien. Vous allez recevoir une alerte d'un instant à l'autre concernant une explosion derrière l'hôtel Continental. Tout va bien. Alors n'envoyez pas le paquet. Je ne veux ni pompiers ni ambulances. Prends quelqu'un avec toi et viens. Je suis chez Mme Dunér, la secrétaire des Torstensson. Stickgatan 26. Une maison rose.

– Qu'est-ce qui se passe ?

– Tu verras sur place. Tu ne me croirais pas, de toute façon.

– Essaie quand même.

Wallander hésita.

– Si je te disais que quelqu'un a enterré une mine dans le jardin de Mme Dunér, tu me croirais ?

– Non.

– Je le savais.

Wallander raccrocha et retourna à la baie vitrée.

Le cratère était toujours là. Ce n'était pas un effet de son imagination.

6

Après coup, Kurt Wallander penserait à ce mercredi 3 novembre comme à un jour dont la réalité restait encore sujette à caution. Comment en effet aurait-il pu imaginer, même dans ses pires délires, qu'il serait un jour confronté à cela : une mine enterrée dans un petit jardin au cœur d'Ystad ?

Lorsque Martinsson et Ann-Britt Höglund débarquèrent chez Mme Dunér, il n'y croyait toujours pas. Mais Martinsson avait pris son appel au sérieux et avait déjà transmis le message à leur technicien en chef, Sven Nyberg. Celui-ci arriva à la maison rose après que Martinsson et Ann-Britt Höglund furent sortis à tour de rôle pour observer le cratère à distance respectueuse ; dans l'incertitude, ne sachant pas s'il y avait d'autres mines cachées dans l'herbe, Wallander les avait exhortés à ne pas s'éloigner de la maison. De sa propre initiative, Ann-Britt s'assit ensuite à la cuisine pour interroger Mme Dunér qui s'était entre-temps un peu calmée.

– Mais qu'est-ce qui se passe ? fit Martinsson, qui était resté dehors avec Wallander. Je n'y comprends rien.

– Je n'ai pas de réponse.

Ils continuèrent à contempler le trou en silence. Sven

Nyberg finit par arriver. En apercevant Wallander, il s'immobilisa net.

– *Kurt ? !* Qu'est-ce que tu fous là ?

Wallander eut l'impression d'avoir commis une faute impardonnable en reprenant ses fonctions.

– Je travaille, dit-il sur la défensive.

– Je croyais que tu démissionnais.

– Moi aussi. Puis j'ai compris que vous n'alliez pas vous en sortir sans moi.

Sven Nyberg ouvrit la bouche pour répondre, mais Wallander leva la main.

– Je suis moins important que ce trou que tu vois là-bas.

Il se souvint tout à coup que Sven Nyberg avait autrefois effectué des missions à l'étranger dans le contingent suédois des Casques bleus.

– Toi qui as été à Chypre et au Moyen-Orient, tu devrais pouvoir nous dire si cette explosion était bien due à une mine. Mais il faudrait commencer par vérifier qu'il n'y en a pas d'autres.

– Je ne suis pas un chien renifleur, répliqua Nyberg.

Puis il s'assit sans un mot contre le mur de la maison. Leur technicien en chef était célèbre pour son humeur lunatique qui n'avait d'égal que son talent. Sans relever le commentaire, Wallander s'accroupit à ses côtés pour lui parler de l'épine qu'il avait effleurée du bout des doigts et de l'annuaire qui avait ensuite provoqué l'explosion. Sven Nyberg hocha la tête.

– Il y a très peu de mélanges qui explosent au contact, dit-il. C'est justement à ça que servent ces engins. Pour une mine antipersonnel, il suffit d'une pression de quelques kilos, un pied d'enfant ou pourquoi pas un annuaire. Pour une mine antichar, il en faut un peu plus. Une centaine de kilos, par là.

Il se releva et considéra ses collègues d'un air songeur.

– Mais qui enterre des mines dans un jardin ?

– Tu es certain que c'en était une ?

– Je ne suis sûr de rien. Mais je vais appeler un démineur à la caserne. D'ici là, personne ne met le pied sur cette pelouse.

En attendant l'arrivée du démineur, Martinsson passa quelques coups de fil. Wallander s'assit dans le canapé pour tenter de réfléchir. La voix lente d'Ann-Britt Höglund lui parvenait de la cuisine ; questions patientes auxquelles Mme Dunér répondait avec plus de lenteur encore.

Deux avocats tués, pensa-t-il. Puis une mine enterrée dans le jardin de leur secrétaire avec l'intention manifeste qu'elle marche dessus et se fasse déchiqueter. Tout a beau être encore très confus, on peut risquer une déduction. Il paraît de moins en moins plausible que la solution se cache dans la vie privée de ces trois personnes.

Wallander fut interrompu dans ses réflexions par l'arrivée de Martinsson, qui faisait la grimace.

– Björk m'a demandé si j'avais perdu la boule. Je n'ai pas su quoi répondre. D'après lui, l'hypothèse de la mine est complètement exclue. Mais il veut un rapport le plus vite possible.

– Il l'aura quand on aura quelque chose à dire. Où est passé Nyberg ?

– Il est parti à la caserne.

Wallander regarda sa montre. Dix heures et quart. Il songea à sa visite au château de Farnholm. Il ne savait qu'en penser. Martinsson s'approcha de la baie vitrée et contempla une fois de plus le cratère dans le gazon.

– Tu te souviens d'une histoire au tribunal de Söderhamn il y a vingt ans ? dit-il.

– Très vaguement.

– C'était un vieux paysan qui pendant des années avait intenté des procès à tout le monde, ses voisins, sa famille, tous ceux qui croisaient son chemin. Petit à petit ça s'est transformé en psychose mais, hélas, personne ne s'en est aperçu à temps. Il se croyait persécuté, en particulier par le juge et par son avocat. Pour finir, il a craqué. Pendant une audience, il a sorti un fusil et il les a flingués tous les deux. Puis il s'est retranché dans sa maison qui était en pleine forêt. Au moment de l'assaut, on a découvert qu'il avait placé des charges de dynamite aux portes et aux fenêtres. Ça s'est mis à exploser de partout. C'est un pur coup de chance que personne n'ait été tué.

Wallander hocha la tête. Il se rappelait l'affaire.

– La maison d'un procureur de Stockholm a été plastiquée, poursuivit Martinsson. Les avocats subissent des menaces et des agressions. Pour ne rien dire de la police.

Wallander ne répondit pas. Ann-Britt Höglund ressortit de la cuisine avec son carnet. Wallander s'aperçut soudain que c'était une femme séduisante, chose à laquelle il n'avait curieusement pas songé jusque-là. Elle prit une chaise et s'assit en face de lui.

– Résultat nul. Mme Dunér n'a rien entendu cette nuit. Mais elle est certaine que la pelouse était intacte hier soir à la tombée de la nuit. Ce matin, elle s'est réveillée tôt comme d'habitude et elle a tout de suite vu qu'on s'était introduit dans son jardin. Elle n'a évidemment aucune idée de la raison pour laquelle quelqu'un voudrait attenter à ses jours. Ou du moins à ses jambes.

– Dit-elle la vérité ? intervint Martinsson.

– C'est toujours plus difficile à deviner quand les gens sont bouleversés. Mais je crois qu'elle pense réellement que la mine a été enterrée cette nuit. Et qu'elle ignore pourquoi.

– Il y a un truc qui me gêne, dit Wallander avec hésitation. Mais je ne suis pas certain de pouvoir le formuler.

– Essaie quand même.

– Ce matin au réveil, elle voit de sa fenêtre que quelqu'un a dérangé sa pelouse. Que fait-elle alors ?

Ann-Britt Höglund hocha la tête.

– Ou plutôt : que ne fait-elle *pas* ?

– Précisément. La réaction naturelle aurait été d'aller vérifier sur place.

– Au lieu de cela, dit Martinsson, elle appelle la police.

– Comme si elle soupçonnait qu'il pouvait y avoir un danger, ajouta Ann-Britt.

– Ou comme si elle le savait.

– Oui, acquiesça Martinsson. Elle était très inquiète quand elle a appelé le commissariat ce matin.

– Pareil quand je suis arrivé, dit Wallander. Et avant aussi, les deux fois où je lui ai parlé, elle était très nerveuse. Ça peut s'expliquer par tout ce qui s'est produit ces derniers temps. Mais je ne suis pas complètement convaincu.

La porte d'entrée s'ouvrit sur Sven Nyberg, suivi par deux militaires en uniforme portant un objet qui évoqua pour Wallander un aspirateur. Il fallut vingt minutes aux deux hommes pour faire le tour du jardin avec leur détecteur. Debout à la fenêtre, les policiers suivaient attentivement leur travail prudent et méthodique. Les démineurs revinrent enfin leur annoncer que le jardin était sûr. Wallander les raccompagna jusqu'à leur voiture.

– Que pouvez-vous dire concernant cette mine ? Sa taille, sa puissance, son origine… Tout est important.

Lundqvist, *capitaine*, lut-il sur le badge fixé à la veste du militaire le plus âgé, qui répondit à sa question.

– Ce n'était pas une mine très puissante. Quelques centaines de grammes d'explosif. Mais assez pour tuer un homme. On l'appelle une Quatre.

– Qu'est-ce que ça veut dire ?

– Quelqu'un marche sur la mine, répondit le capitaine Lundqvist. Il faut trois hommes pour l'évacuer. Au total, quatre soldats hors de combat.

Wallander hocha la tête. Le raisonnement était limpide.

– Les mines ne suivent pas les mêmes filières que les autres armes, poursuivit Lundqvist. Bofors en fabrique bien sûr, comme les autres grands armuriers. Mais tous les pays qui comptent ont leur propre production. Soit ouvertement sous licence, soit des copies pirates. Les groupes terroristes ont leurs propres modèles. Pour identifier une mine, on doit retrouver un fragment de la charge et de préférence aussi un débris de la mine elle-même, qui peut être en fer ou en plastique. Ou même en bois.

– On va le faire. On vous recontactera après.

– Ce genre d'engin n'a rien de sympathique, ajouta le capitaine. On a l'habitude de dire que c'est le soldat le plus fiable et le moins cher du monde. On le pose quelque part et il y reste, pendant cent ans si nécessaire, sans rien exiger en échange, ni eau, ni nourriture, ni solde. Il est là, il attend, c'est tout. Jusqu'à ce que quelqu'un lui marche dessus. Alors il frappe.

– Combien de temps une mine peut-elle rester active ?

– Nul ne le sait. On en voit encore exploser certaines qui ont été enfouies pendant la Première Guerre.

En revenant à la maison rose, Wallander vit que Sven Nyberg avait entamé l'investigation du cratère. Il le rejoignit.

– Un fragment de charge, annonça-t-il, et de préférence aussi un débris de la mine.

– Qu'est-ce qu'on cherche, à ton avis ? répliqua Nyberg. Des os enterrés ?

Wallander n'insista pas. Il hésitait à interroger

Mme Dunér tout de suite. Il valait sans doute mieux la laisser se calmer encore une heure ou deux. Mais son impatience reprenait le dessus, l'impatience de ne voir aucune ouverture, rien qui puisse lui fournir un départ solide dans cette enquête.

Il alla voir Martinsson et Ann-Britt.

– Je vous laisse faire le rapport à Björk. Mais cet après-midi, il faudra qu'on réunisse le groupe pour un point approfondi.

– Un point approfondi sur quoi?

– Svedberg a-t-il commencé à interroger les représentants de l'Ordre des avocats?

– Il est avec eux depuis ce matin, dit Martinsson. Mais je crois qu'il préférerait faire autre chose. Il n'aime pas trop la paperasse.

– Aidez-le. J'ai le sentiment qu'il y a urgence.

Une fois les collègues partis, il ôta sa veste et se rendit aux toilettes. Il sursauta en voyant son reflet dans le miroir. Mal rasé, les yeux rouges, complètement hirsute; il se demanda quelle impression au juste il avait laissée au château. Il se rinça le visage à l'eau froide. Comment devait-il s'y prendre pour faire admettre à Mme Dunér qu'elle retenait certaines informations pour des raisons qu'il ignorait, mais qu'il désirait connaître? L'amabilité, résolut-il. Sinon elle risque de se fermer.

En entrant dans la cuisine, il la trouva encore prostrée sur sa chaise. L'équipe des techniciens était arrivée et s'activait sous la férule de Nyberg, dont la voix exaspérée s'élevait par intermittence dans le jardin. Il lui sembla avoir déjà vécu ce moment: la sensation vertigineuse d'avoir décrit un grand cercle pour revenir à un point de départ situé dans un passé très lointain. Il ferma les yeux et prit une profonde inspiration. Puis il s'assit et regarda la femme qui était en face de lui. Un instant, elle lui rappela sa mère, qui était morte depuis long-temps. Les cheveux gris, le corps très maigre dont la peau semblait tendue sur un châssis invisible. Mais il pensa aussi qu'il ne se souvenait plus de son visage. Il était comme effacé.

– Je comprends que vous soyez encore sous le choc, dit-il. Mais nous devons parler malgré tout.

Elle hocha la tête sans répondre.

– Vous avez donc découvert ce matin que quelqu'un s'était introduit pendant la nuit dans votre jardin.

– Je m'en suis aperçue tout de suite.

– Qu'avez-vous fait alors ?

Elle leva la tête.

– Je vous l'ai déjà dit. Dois-je vraiment tout répéter ?

– Non, répondit Wallander avec patience. Vous devez juste répondre à mes questions.

– Le jour venait de se lever. Je suis très matinale. J'ai jeté un coup d'œil par la fenêtre. Quelqu'un était venu. J'ai appelé la police.

– Pourquoi avez-vous appelé la police ?

Il l'observait attentivement.

– Qu'auriez-vous fait à ma place ?

– Aller voir, par exemple.

– Je n'ai pas osé.

– Pourquoi ? Parce que vous saviez qu'il y avait un danger ?

Silence. Wallander attendit. Nyberg engueulait quel-qu'un dans le jardin.

– Je crois que vous n'avez pas été tout à fait sincère avec moi, reprit-il enfin avec douceur. Je crois qu'il y a certaines choses que vous devriez me dire.

Elle se couvrit les yeux d'une main, comme si la lumière de la cuisine la gênait. Wallander attendit. L'horloge indiquait onze heures.

– Ça fait tellement longtemps que j'ai peur, dit-elle

soudain en levant la tête et en le regardant comme si c'était lui, le responsable.

Elle se tut. Il attendit encore quelques instants, avant de poursuivre.

– Quand on a peur, en général, c'est qu'il y a une raison. Si vous voulez que nous découvrions ce qui est arrivé à Gustaf et à Sten Torstensson, vous devez nous aider.

– Je ne peux pas, dit-elle.

Wallander comprit qu'elle risquait de s'effondrer d'un instant à l'autre. Pourtant, il continua.

– Vous pouvez déjà répondre à mes questions. Commencez par me dire pourquoi vous avez….

– Savez-vous ce qui est le plus effrayant ? C'est de sentir la peur chez les autres. J'ai travaillé pendant trente ans pour Gustaf Torstensson. Je ne le connaissais pas. Mais j'ai vu la transformation. Comme une odeur étrangère, soudain, qui se dégageait de lui. Et c'était sa peur.

– Quand l'avez-vous remarquée pour la première fois ?

– Il y a trois ans.

– Y avait-il eu un événement particulier ?

– Non.

– C'est très important. Essayez de vous souvenir.

– Et que croyez-vous donc que je fais depuis tout ce temps ?

Wallander réfléchit. Il ne voulait pas perdre le contrôle de la situation ; elle semblait malgré tout prête à répondre maintenant à ses questions.

– Vous n'en avez jamais parlé avec lui ?

– Jamais.

– Et pas davantage avec son fils ?

– Non. Mais je crois qu'il ne s'était aperçu de rien.

Elle disait peut-être la vérité. Elle était en premier lieu la secrétaire de Gustaf Torstensson.

– Écoutez-moi. Vous auriez pu mourir si vous aviez marché sur cette mine. Vous soupçonniez quelque chose de ce genre, c'est pour cela que vous avez appelé la police. Et pourtant, vous n'avez aucune explication à me donner ?

– Ces derniers temps, il y avait des visites nocturnes au bureau. Gustaf le savait, et moi aussi. En arrivant le matin, on voyait un stylo qui avait changé de place, un fauteuil où quelqu'un s'était assis et qui n'avait pas été remis dans la même position que la veille.

– Vous avez dû le lui faire remarquer.

– Je n'en avais pas le droit. Il m'interdisait d'en parler.

– Ah ! Vous en aviez donc discuté avec lui !

– On voit bien à l'attitude de quelqu'un quels sont les sujets défendus. Il n'avait pas besoin de me dire quoi que ce soit.

Ils furent interrompus par un coup discret de Nyberg à la fenêtre de la cuisine.

– Je reviens tout de suite.

En arrivant au jardin, il vit que Nyberg avait quelque chose dans la main. Un objet calciné d'un demi-centimètre de long, pas plus.

– Une mine en plastique, annonça Nyberg.

Wallander approuva en silence.

– On va peut-être pouvoir déterminer le modèle. Peut-être même son origine. Mais ça risque de prendre du temps.

– Une question, dit Wallander. Peux-tu dire quoi que ce soit à propos de la personne qui l'a enterrée ici ?

– J'aurais pu. Si tu n'avais pas balancé l'annuaire.

– Elle était mal cachée, poursuivit Wallander avec patience.

– La dame a tout de suite découvert que quelqu'un avait creusé dans son jardin. Ce sont des amateurs.

Ou des gens qui veulent se faire passer pour tels, pensa Wallander. Mais il ne dit rien.

Il retourna à la cuisine. Il ne lui restait qu'une seule question.

– Hier après-midi, vous avez eu la visite d'une jeune femme d'origine asiatique. Qui est-ce ?

– Comment le savez-vous ?

– Aucune importance. Répondez.

– Elle s'occupe du ménage au bureau.

Tellement simple ! Wallander constata qu'il était déçu.

– Comment s'appelle-t-elle ?

– Kim Sung-Lee.

– Où habite-t-elle ?

– Je ne sais pas. Mais j'ai son adresse au bureau.

– Pourquoi est-elle venue vous voir hier ?

– Pour que je lui dise si elle devait continuer à travailler.

Wallander se leva.

– J'aimerais bien avoir son adresse dès que possible.

– Que va-t-il se passer maintenant ?

– Je vais demander qu'on surveille votre maison. Aussi longtemps que nécessaire, par précaution. Mais surtout pour que vous soyez rassurée.

Il retourna une dernière fois dans le jardin pour informer Nyberg qu'il rentrait au commissariat. En chemin, il s'arrêta au salon de thé Fridolfs Konditori et s'acheta un sandwich. Puis il s'enferma dans son bureau et se prépara à l'inévitable confrontation avec Björk. Mais lorsqu'il frappa à la porte du chef, celui-ci s'était absenté. La conversation attendrait.

Il était treize heures lorsque Wallander entra dans le bureau de Per Åkeson, situé à l'autre bout du bâtiment, dans l'aile des procureurs. Comme à chaque fois, il s'ébahit du chaos qui régnait là-dedans. Les piles de dossiers, sur la table, atteignaient un demi-mètre de haut ; d'autres dossiers s'entassaient sur le sol et sur les chaises. Contre le mur, il vit un haltère et un matelas roulé n'importe comment.

– Tu t'es mis aux haltères ?

– Pas seulement ça, répondit Åkeson avec satisfaction. J'ai pris la saine habitude de faire la sieste après manger. Tel que tu me vois, je viens juste de me réveiller.

– Tu dors par terre dans ton bureau ?

– Trente minutes de sieste. Après ça, quand je me remets au travail, je suis comme un homme neuf.

– Je devrais peut-être essayer, dit Wallander sans conviction.

Per Åkeson lui dégagea une chaise en déversant sur le sol les dossiers qui l'encombraient. Puis il s'installa dans son fauteuil et posa les pieds sur son bureau.

– J'avais presque abandonné l'espoir, dit-il avec un sourire. Mais, au fond de moi, je savais bien que tu reviendrais.

– Ça a été terrible. Une époque terrible.

Per Åkeson retrouva aussitôt sa gravité.

– Je crois que je ne peux même pas commencer à imaginer ce que c'est d'avoir tué quelqu'un. Même en cas d'archi-légitime défense. Ce doit être le seul acte dont on ne revient jamais. Je ne peux que deviner l'abîme que ça doit être.

Wallander hocha la tête.

– On ne s'en remet pas. Mais on peut peut-être apprendre à vivre avec.

Ils restèrent silencieux. Dans le couloir, quelqu'un se plaignit de ce que la machine à café était en panne.

– Nous avons le même âge toi et moi, dit Per Åkeson enfin. Il y a six mois, je me suis réveillé un matin en me disant : Merde alors ! Ce n'était donc que ça ? La vie ! Rien d'autre ? Je dois te dire que j'ai paniqué. Mais avec le recul, je vois bien que la panique avait du bon. J'ai fait un truc que j'aurais dû faire il y a très longtemps.

Il sortit du chaos une feuille de papier qu'il tendit à Wallander. C'était une annonce émanant de plusieurs officines onusiennes qui recherchaient des conseillers juridiques pour des missions à l'étranger, entre autres dans différents centres de réfugiés en Afrique et en Asie.

– J'ai posé ma candidature. Puis j'ai tout oublié. Mais il y a un mois, j'ai été convoqué pour un entretien à Copenhague. Il est possible qu'on me propose un contrat de deux ans. Un important camp de réfugiés ougandais qui attendent leur rapatriement.

– Saisis ta chance. Qu'en dit ta femme ?

– Elle n'est pas au courant. Honnêtement, je ne sais pas ce qui va se passer.

– Tu me raconteras.

Per Åkeson ôta ses pieds de la table et rangea quelques papiers sur son bureau. Wallander lui parla de la mine qui avait explosé dans le jardin de Mme Dunér.

– Ce n'est pas possible, dit Åkeson.

– Nyberg était assez sûr de son coup. Et comme tu le sais, il se trompe rarement.

– Quelle est ton opinion sur toute cette histoire ? J'ai parlé à Björk, et je suis évidemment d'accord pour que vous rouvriez le dossier de l'accident. Il m'a dit qu'on n'avait absolument aucune piste. C'est vrai ?

Wallander réfléchit.

– Ce dont nous pouvons être sûrs, c'est que ce n'est pas le hasard qui a tué les deux avocats et enterré une mine dans le jardin de leur secrétaire. Les trois choses se tiennent. Elles forment un tout.

– Ce n'était donc pas juste pour lui faire peur ?

– Non. Celui qui a placé cette mine à cet endroit en voulait à sa vie. Je veux que Mme Dunér soit placée sous protection. Le mieux serait peut-être même qu'elle quitte sa maison pendant quelque temps.

– Je vais en parler à Björk.

– Elle a peur, ajouta Wallander. Mais après lui avoir reparlé, j'ai le sentiment qu'elle-même ignore pourquoi. Je croyais qu'elle me cachait quelque chose. En fait elle en sait aussi peu que nous. À ce propos, je voulais te demander de me parler un peu de Gustaf Torstensson. Tu as bien dû le croiser, au fil des ans.

– Le vieux était un original. Et son fils était en bonne voie de le devenir, lui aussi.

– Gustaf Torstensson, dit Wallander. Ne me demande pas pourquoi, mais je crois que tout commence par lui.

– Je n'ai jamais eu affaire à lui. À mon arrivée, il ne travaillait déjà plus comme avocat de la défense. Ces dernières années, il avait la réputation de s'occuper exclusivement de conseil auprès d'une clientèle privée.

– Où figurait entre autres Alfred Harderberg, le châtelain de Farnholm. Cela me paraît d'ailleurs bien étrange. Un avocat de province insignifiant et un magnat d'envergure internationale. Drôle de combinaison, qu'en penses-tu ?

– Si j'ai bien compris, l'un des grands atouts de Harderberg est précisément sa faculté de s'entourer des meilleurs collaborateurs. Peut-être avait-il découvert chez Gustaf Torstensson des qualités qui avaient jusque-là échappé à tout le monde.

– Concernant Harderberg : pas d'ombre au tableau ?

– Pas à ma connaissance. Ce qui peut sembler curieux s'il est vrai, comme on le prétend, que toute grande fortune est bâtie sur un crime. Mais Alfred Harderberg fait figure de citoyen irréprochable. Patriote, qui plus est.

– Comment cela ?

– Ce n'est pas un adepte de la fuite des capitaux. Il

aurait même fermé des entreprises à l'étranger pour les
« relocaliser » en Suède. C'est suffisamment rare pour
qu'on le signale.

– Et Gustaf Torstensson ? Sa réputation ?

– Compétent, méticuleux, ennuyeux. D'une honnêteté scrupuleuse, à l'ancienne mode. Pas un génie, pas
un idiot. Discret. Il ne lui est certainement jamais arrivé
de se réveiller un matin en se demandant où sa vie
s'était enfuie.

– Pourtant il a été assassiné. Il y avait donc bien une
tache quelque part. Pas forcément chez lui ; peut-être
chez quelqu'un d'autre.

– Je ne suis pas certain de te suivre.

– Un avocat est comme un médecin. Il connaît les
secrets des gens.

– Sans doute. Il faut chercher dans la clientèle. Un
secret qui concernerait tout le monde, dans ce cabinet.
Y compris la secrétaire.

– On cherche, répliqua Wallander.

– Au sujet de Sten Torstensson, je n'ai pas grand-
chose à dire. Célibataire, un peu vieux jeu lui aussi.
Selon certaines rumeurs, il s'intéressait aux personnes
de son sexe. Mais c'est peut-être ce qu'on raconte
de tous les vieux garçons, passé un certain âge. Il y a
une trentaine d'années, on aurait pu imaginer un chantage.

– Ça vaut le coup de le noter, dit Wallander. Autre
chose ?

– Pas vraiment. Parfois, très rarement, il lui arrivait
de faire une plaisanterie. Ce n'était pas quelqu'un
qu'on aurait eu l'idée d'inviter à dîner. Mais c'était,
paraît-il, un bon marin.

Le téléphone sonna.

– C'est pour toi, dit Åkeson en lui tendant le combiné.

À la voix aiguë de Martinsson, Wallander comprit immédiatement qu'il y avait du nouveau.

– Je suis au cabinet des Torstensson. On a trouvé quelque chose.

– Quoi ?

– Des lettres de menaces.

– Adressées à qui ?

– À tous les trois.

– À Mme Dunér aussi ?

– Oui.

– J'arrive.

Wallander rendit le combiné à Per Åkeson et se leva.

– Martinsson a découvert des lettres de menaces au cabinet. Tu avais peut-être raison.

– Appelle-moi dès que tu sauras quelque chose.

Wallander sauta dans sa voiture sans prendre la peine de repasser par son bureau pour enfiler sa veste. Il ignora complètement les limites de vitesse. En entrant, il trouva Sonja Lundin sur sa chaise.

– Où sont-ils ?

Elle indiqua la salle de réunion. Wallander s'y précipita. Il avait complètement oublié la présence des avocats. Trois hommes graves d'une soixantaine d'années qui levèrent la tête à son entrée et le dévisagèrent avec reproche. Il se rappela le visage qu'il avait aperçu dans le miroir de Mme Dunér. Il ne devait pas être très présentable. Tant pis.

– Voici le commissaire Wallander, expliqua Svedberg.

– Un policier dont la réputation n'est plus à faire, répondit avec raideur un des avocats.

Wallander serra les mains et s'assit.

– Raconte, dit-il à Martinsson.

Mais ce fut un des hommes de Stockholm qui répondit, celui dont Wallander avait cru comprendre qu'il s'appelait Wrede.

– Je devrais peut-être commencer par décrire au commissaire le processus de liquidation d'un cabinet d'avocats.

– On pourra en parler plus tard. Vous avez donc trouvé des lettres de menaces ?

Le dénommé Wrede lui jeta un regard désobligeant. Mais il n'insista pas. Martinsson tendit à Wallander une pochette en papier kraft et Svedberg lui donna une paire de gants en plastique.

– On les a découvertes dans une armoire à dossiers, dit Martinsson, au fond d'une boîte. Leur existence n'est mentionnée nulle part. Elles étaient cachées.

Wallander enfila les gants et ouvrit la pochette. Elle contenait deux enveloppes. Il essaya de déchiffrer les cachets de la poste, sans résultat. L'une des deux portait une tache d'encre noire, comme si un élément de texte – un en-tête ? – avait été biffé. Wallander en sortit un feuillet rédigé à la main.

L'iniquité n'est pas oubliée, aucun d'entre vous ne sera autorisé à vivre dans l'impunité, vous allez mourir, Gustaf Torstensson, votre fils ainsi que Dunér.

Le second message était encore plus laconique. L'écriture était la même.

L'iniquité sera bientôt punie.

La première lettre était datée du 19 juin 1992, la seconde du 26 août de la même année. Toutes deux étaient signées «Lars Borman».

Wallander les reposa avec précaution et enleva ses gants.

– On a cherché, dit Martinsson. Ni Gustaf ni Sten Torstensson n'avaient de client du nom de Lars Borman.

– C'est exact, confirma Wrede.

– L'homme évoque une iniquité. Ce devait être sérieux, pour qu'il les menace ainsi tous les trois.

– Sûrement, répondit Wallander avec distraction.

Il avait à nouveau le sentiment qu'il aurait dû comprendre quelque chose, qui continuait de lui échapper.

– Montrez-moi où vous avez trouvé cette pochette, dit-il en se levant.

Svedberg le conduisit dans le bureau de Mme Dunér et lui indiqua le dernier tiroir d'une armoire à documents. Wallander l'ouvrit. Il était plein de classeurs suspendus.

– Va chercher Sonja Lundin.

Lorsqu'elle apparut, escortée par Svedberg, Wallander vit qu'elle était extrêmement tendue. Il était pourtant convaincu qu'elle n'avait rien à voir avec les mystérieux événements qui agitaient ce cabinet.

– Qui détenait la clé de l'armoire?

– Mme Dunér, murmura Sonja Lundin.

– Parlez plus fort s'il vous plaît.

Elle répéta.

– Et à part elle?

– Les avocats avaient leur propre clé.

– Cette armoire était-elle toujours fermée à clé?

– Mme Dunér l'ouvrait en arrivant le matin et la refermait à clé avant de partir le soir.

Le dénommé Wrede les avait rejoints entre-temps.

– Nous avions demandé une clé à Mme Dunér, dit-il. Elle nous a remis celle de Sten Torstensson. C'est nous qui avons ouvert l'armoire ce matin.

Wallander hocha la tête.

Il savait qu'il aurait dû lui poser une autre question. Mais il ne voyait plus laquelle.

– Que pensez-vous de ces lettres? lui demanda-t-il à brûle-pourpoint lorsqu'ils furent de retour dans la salle de réunion.

– Il faut arrêter cet homme.

– Ce n'était pas le sens de ma demande. Je voulais connaître votre opinion.

– Les avocats occupent une position exposée, éluda Wrede.

– Je suppose que vous recevez tous, tôt ou tard, ce genre de lettre ?

– L'Ordre peut éventuellement vous fournir des statistiques à ce sujet.

Wallander le considéra longuement avant de poser la question suivante.

– Vous est-il jamais arrivé personnellement de recevoir une lettre de menaces ?

– Oui.

– À quelle occasion ?

– Je ne peux malheureusement pas vous le révéler. Cela reviendrait à rompre le secret professionnel.

Wallander hocha la tête. Puis il rangea les lettres dans la pochette en papier kraft.

– Nous allons emporter ces documents, dit-il à l'intention des trois avocats.

– Ce n'est pas tout à fait aussi simple, réagit Wrede qui semblait servir de porte-parole au groupe.

Il s'était levé, et Wallander eut l'impression de se retrouver dans une salle d'audience face à un juge.

– Il est tout à fait possible que nos intérêts ne se recoupent pas, répliqua-t-il en s'exaspérant lui-même de ces formules ampoulées qu'il sortait malgré lui. Vous êtes ici pour prendre en main la succession du cabinet, si on peut appeler cela ainsi. Nous sommes ici pour retrouver un ou plusieurs meurtriers. J'emporte ces lettres.

– Nous ne pouvons pas accepter qu'un document quitte le cabinet sans en avoir auparavant averti le procureur en charge de l'enquête préliminaire.

– Dans ce cas, appelez Per Åkeson. Et saluez-le de ma part.

Il ramassa la pochette et quitta la pièce, suivi de Martinsson et de Svedberg.

– Il va y avoir du grabuge, dit Martinsson quand ils furent dans la rue.

L'idée ne semblait pas lui déplaire.

Wallander avait froid, il aurait dû prendre sa veste.

– Qu'est-ce qu'on fait ? Que fabrique Ann-Britt Höglund ?

– Elle est chez elle, dit Svedberg. Un de ses enfants est tombé malade. Hanson serait ravi de l'apprendre, il a toujours dit que les femmes flics ne valaient rien.

– Hanson affirme toujours un tas de choses, objecta Martinsson. Les flics qui sont sans arrêt en stage de formation ne valent pas grand-chose non plus.

– Écoutez-moi, dit Wallander. Ces lettres remontent à deux ans, avec un intervalle de deux mois entre elles. Nous avons un nom : Lars Borman. Et un petit indice : la première enveloppe a l'air de provenir d'une société quelconque. Nyberg pourra sûrement nous dire ce qu'il y a sous cette tache d'encre. Et d'où ces lettres ont été envoyées. Je ne sais pas ce qu'on attend.

Ils retournèrent au commissariat. Pendant que Martinsson appelait Nyberg, qui travaillait encore dans le jardin de Mme Dunér, Wallander s'assit pour tenter de déchiffrer les tampons des deux enveloppes.

Svedberg, de son côté, avait commencé à chercher Lars Borman dans les fichiers. Lorsque Sven Nyberg fit son apparition un quart d'heure plus tard dans le bureau de Wallander, il avait les lèvres bleues de froid et des taches vert sombre aux genoux de sa combinaison de travail.

– Comment ça va ?

– Lentement. Qu'est-ce que tu crois ? Une mine qui explose se décompose en un million de particules.

Wallander indiqua les deux enveloppes et la pochette marron posées sur la table.

– J'ai encore du travail pour toi. En premier lieu, je

veux savoir où ces lettres ont été postées. Deuxièmement, ce qui se trouve sous la tache d'encre que tu vois ici. Le reste peut attendre.

Sven Nyberg mit ses lunettes et orienta le faisceau de la lampe de travail.

– Pour les tampons, on peut essayer le microscope. La tache sur l'enveloppe n'est pas de l'encre, mais du feutre. Je vais gratter un peu. Je crois pouvoir le faire sans envoyer le tout à Linköping.

– C'est urgent, dit Wallander.

Sven Nyberg enleva ses lunettes.

– C'est toujours urgent. J'ai besoin d'une heure. C'est trop ?

– Prends le temps qu'il te faut. Je sais que tu travailles le plus vite possible.

Nyberg disparut avec les lettres. Martinsson et Svedberg arrivèrent peu après.

– Il n'y a pas de Borman dans les fichiers, commença Svedberg. J'ai trouvé quatre Broman et un Borrman, alors j'ai cru qu'il y avait peut-être une faute d'orthographe. Mais Evert Borrman se baladait dans la région d'Östersund avec un tas de faux chèques à la fin des années soixante. S'il vit encore, il devrait avoir dans les quatre-vingt-cinq balais.

Wallander secoua la tête.

– Laisse tomber. On attend des nouvelles de Nyberg. En même temps, je crois qu'on ne devrait pas fonder trop d'espoirs là-dessus. Je vous appelle dès que j'ai du nouveau.

À nouveau seul, Wallander résolut de s'attaquer enfin à l'élégant dossier relié de cuir qu'il avait reçu le matin même au château de Farnholm. Pendant près d'une heure, il se plongea dans les méandres de l'empire d'Alfred Harderberg. Il n'avait pas fini lorsqu'on frappa à la porte. Sven Nyberg entra. Wallander décou vrit avec surprise qu'il n'avait pas encore enlevé sa combinaison.

– J'ai ta réponse, dit Nyberg en se laissant tomber dans le fauteuil. Les lettres ont été postées à Helsingborg. Sous la tache de feutre, il y avait écrit : Hôtel Le Tilleul.

Wallander griffonna trois mots dans son bloc.

– Hôtel Le Tilleul, répéta Nyberg. Gjutargatan 12. Il y avait même un numéro de téléphone.

– C'est où ?

– Je croyais que c'était clair. Les lettres ont été postées à Helsingborg. L'hôtel se trouve là-bas.

– Bien.

– Je ne fais que ce qu'on me demande. Mais comme j'ai eu vite fini, j'en ai profité pour faire autre chose. Et je crois que tu auras des problèmes.

Wallander attendit.

– J'ai appelé ce numéro à Helsingborg. Il n'y a plus d'abonné. J'ai demandé à Ebba de se renseigner. Elle a découvert en dix minutes que l'hôtel est fermé depuis un an.

Nyberg se leva et épousseta son siège.

– Maintenant, dit-il, je vais déjeuner.

– Vas-y. Et merci pour ton aide.

Après le départ de Nyberg, Wallander réfléchit à ce qu'il venait d'apprendre. Puis il appela Svedberg et Martinsson. Quelques minutes plus tard ils étaient à nouveau réunis dans le bureau de Wallander, après être allés se chercher un café.

– Il doit exister un registre des hôtels. Un hôtel est une entreprise comme une autre, il a un propriétaire et ainsi de suite, il ne peut pas cesser son activité sans que ce soit enregistré quelque part.

– Qu'arrive-t-il aux registres des hôtels ? demanda Svedberg. On les brûle ? Ou on les archive ?

– Il faut trouver la réponse, dit Wallander. Tout de suite. En premier lieu, nous devons repérer l'ancien propriétaire. Si on se répartit le travail, on ne devrait pas en avoir pour plus d'une heure. On se revoit tout de suite après.

Wallander appela Ebba et lui demanda de chercher le nom de Borman dans l'annuaire de Scanie et du Halland. Le téléphone sonna alors qu'il venait de raccrocher. C'était son père.

– Tu n'as pas oublié que tu devais venir ce soir ?

– Mais non, dit Wallander en pensant qu'il était trop fatigué pour aller à Löderup, mais qu'il n'était plus temps de changer d'avis. Je serai là vers dix-neuf heures.

– On verra bien.

– Qu'est-ce qu'on verra ?

– Si tu es à l'heure.

Wallander s'obligea à ne pas entamer une discussion.

– J'y serai, dit-il simplement.

Son bureau lui paraissait soudain étouffant. Il alla à la réception.

– Il n'y a pas d'abonné au nom de Borman, annonça Ebba. Je continue à chercher ?

– Pas encore.

– Je voudrais t'inviter à dîner. Tu dois me raconter comment tu vas.

Wallander hocha la tête. Mais il ne dit rien.

Il retourna dans son bureau et ouvrit la fenêtre. Le vent soufflait toujours aussi fort. Il frissonna, referma la fenêtre et s'assit. Le dossier de Farnholm était ouvert. Mais il le repoussa. Il pensait à Baiba.

Quand Svedberg frappa à sa porte vingt minutes plus tard, il pensait encore à elle.

– Maintenant je sais tout sur les hôtels suédois. Martinsson arrive.

Lorsque Martinsson eut refermé la porte derrière lui,

Svedberg s'assit sur un coin du bureau de Wallander et se mit à réciter ses notes.

– Le Tilleul appartenait à un homme du nom de Bertil Forsdahl, commença-t-il. C'était un petit hôtel familial qui avait cessé d'être rentable. En plus Bertil Forsdahl est âgé, soixante-dix ans. Mais j'ai son numéro de téléphone. Il habite à Helsingborg.

Wallander composa le numéro pendant que Svedberg lui dictait les chiffres. Une femme décrocha après plusieurs sonneries.

– Je cherche Bertil Forsdahl, dit Wallander.

– Il ne rentrera que ce soir. C'est de la part de qui ?

Wallander réfléchit un instant.

– Mon nom est Kurt Wallander. Je vous appelle du commissariat d'Ystad. J'ai deux ou trois questions à poser à votre mari concernant l'hôtel qu'il dirigeait auparavant. Il ne s'est rien passé, rassurez-vous. Il s'agit d'un simple entretien.

– Mon mari est un homme honnête.

– Je n'en doute pas. Comme je le disais, il s'agit d'un simple entretien. Quand sera-t-il de retour ?

– Il est en excursion sur l'île de Ven avec un groupe de retraités. Ils doivent dîner à Landskrona, mais il sera sûrement rentré pour dix heures. Vous pourrez le rappeler à ce moment-là, il ne se couche jamais avant minuit. C'est une habitude qui lui est restée du temps de l'hôtel.

– Dites-lui que je rappellerai. Et qu'il n'a absolument aucun souci à se faire.

– Je ne me fais pas de souci, dit la femme. Mon mari est un homme honnête.

Wallander raccrocha.

– Je vais le voir ce soir chez lui.

– Pourquoi ? objecta Martinsson. Ça ne peut pas attendre demain ?

– Sûrement. Mais je n'ai rien de spécial à faire ce soir.

Une heure plus tard, le groupe au complet se réunit pour faire le point. Björk avait prévenu qu'il ne pourrait assister à la réunion car il avait été convoqué de façon urgente par le chef de la police régionale. Ann-Britt Höglund surgit à l'improviste ; son mari était rentré et il avait pris le relais auprès du petit malade.

Ils tombèrent d'accord sur le fait qu'il fallait se concentrer sur les lettres de menaces. Mais Wallander sentait que quelque chose clochait. Il ne pouvait se défaire de l'idée d'une bizarrerie entourant les deux avocats ; quelque chose qu'il aurait dû voir, sans pouvoir mettre le doigt dessus.

Il se rappela qu'Ann-Britt Höglund avait exprimé le même sentiment la veille. Et elle s'attarda après la réunion.

– Si tu vas à Helsingborg ce soir et si tu es d'accord, dit-elle, je t'accompagne.

– Ce n'est pas nécessaire.

– Quand même.

Il acquiesça en silence. Ils convinrent de se retrouver au commissariat à vingt et une heures.

Wallander prit sa voiture et quitta la ville en direction de Löderup.

En route, il s'arrêta pour acheter des viennoiseries. À son arrivée, il trouva son père dans l'atelier en train de peindre son éternel paysage d'automne.

Mon père a beau être un professionnel, pensa Wallander, il reste ce qu'on appelle un peintre du dimanche. Parfois je me fais l'effet d'un policier du dimanche.

L'épouse de son père, l'ex-employée de la commune, était en visite chez ses parents. Wallander avait cru que son père se mettrait en rogne en apprenant qu'il n'avait qu'une petite heure à lui consacrer. Mais à sa surprise, il se contenta de hocher la tête. Ils jouèrent aux cartes, et Wallander ne lui dit rien des raisons qui l'avaient poussé à reprendre le travail. Son père semblait d'ailleurs avoir oublié le sujet. Pour une fois, il n'y eut aucune dispute. En revenant vers Ystad, Wallander se demanda à quand remontait la dernière.

Il était vingt heures cinquante-cinq lorsqu'il repartit vers Malmö en compagnie d'Ann-Britt Höglund. Le vent soufflait encore ; Wallander s'aperçut que le joint du pare-brise laissait passer un courant d'air. Il perçut aussi le parfum discret que portait Ann-Britt. Lorsqu'il fut sur l'autoroute, il accéléra.

– Tu sauras te repérer, à Helsingborg ? demanda-t-elle.

– Non.

– On peut appeler les collègues là-bas.

– Je préfère pas.

– Pourquoi ?

– Quand on empiète sur le territoire des collègues, il y a toujours du grabuge. Ce n'est pas la peine d'attirer exprès les ennuis qu'on peut éviter.

Ils continuèrent en silence. Wallander pensa non sans malaise à l'inévitable entrevue avec Björk. À la sortie vers l'aéroport de Sturup, il quitta l'autoroute et prit la direction de Lund.

– Raconte-moi plutôt pourquoi tu es entrée dans la police, dit Wallander.

– Une autre fois.

Il n'y avait pas beaucoup de voitures sur la route. Le vent soufflait. Ils dépassèrent le rond-point de Staffanstorp et aperçurent les lumières de Lund. Il était vingt et une heures vingt-cinq.

– Tiens, dit soudain Ann-Britt.

Wallander nota le changement dans sa voix. Il distinguait son profil, faiblement éclairé par le reflet du tableau de bord. Son regard était fixé sur le rétro extérieur. Il y jeta un coup d'œil, mais ne vit qu'une lumière de phares.

– Qu'y a-t-il ?

– C'est la première fois que ça m'arrive.

– Quoi donc ?

– D'être suivie.

Il jeta un nouveau coup d'œil au rétroviseur.

– Comment peux-tu savoir que cette voiture nous suit ?

– Elle est derrière nous depuis le début du voyage.

– Tu en es sûre ?

– Certaine. Cette voiture nous suit depuis qu'on a quitté Ystad.

7

La peur ressemblait à un fauve.

Pour Wallander, elle était comme une patte griffue lui enserrant la nuque – une image qui lui paraissait à la fois puérile et fausse, mais qu'il avait fini par adopter faute de mieux. À qui l'avait-il décrite ? À sa fille Linda, peut-être aussi à Baiba, dans une des lettres qu'il expédiait régulièrement en Lettonie. Mais à personne d'autre. Il ne dit pas un mot à Ann-Britt Höglund de ce qu'il avait ressenti en cet instant dans la voiture ; elle ne lui posa pas la question et il ne sut jamais si elle s'en était aperçue. Mais la peur avait bondi sur lui, au point qu'il crut qu'il allait perdre le contrôle de la voiture et foncer droit dans le fossé, peut-être dans la mort. Après coup, il se souviendrait qu'il avait regretté de ne pas être seul ; cela aurait rendu les choses beaucoup plus simples. Une grande partie du poids du fauve, c'était l'idée qu'il arrive quelque chose à Ann-Britt. En apparence, il avait joué le rôle du policier expérimenté qui ne se laisse pas déstabiliser par un incident aussi insignifiant que le fait d'être suivi par une voiture sur la route de Staffanstorp. Mais il avait éprouvé une peur mortelle jusqu'à ce qu'ils arrivent à Lund. Elle l'informa alors qu'ils étaient toujours suivis. Wallander résolut de s'arrêter à une grande station-service ouverte le soir. Ils virent passer la voiture, une Mercedes bleu sombre, sans pouvoir déchiffrer la plaque ni voir combien il y avait de passagers.

— Je crois que tu te trompes, dit-il.

— Non, elle nous a suivis depuis Ystad. Je ne peux pas jurer qu'elle nous attendait devant le commissariat. Mais je l'ai repérée très vite, dès l'embranchement vers la E 65. À ce moment-là, ce n'était qu'une bagnole parmi les autres. Mais on a tourné deux fois, et elle ne nous a pas doublés. Elle nous suivait.

Wallander sortit de la voiture et dévissa le bouchon du réservoir. Il fit le plein. Ann-Britt était descendue à son tour.

— Qui pourrait avoir envie de nous suivre ? demanda-t-il en raccrochant le tuyau.

Elle attendit près de la voiture pendant qu'il allait payer. La peur, entre-temps, commençait à lâcher prise. Ann-Britt avait dû se tromper.

Ils traversèrent la ville déserte, où les feux semblaient changer de couleur après beaucoup d'hésitation. Après la sortie de Lund, quand Wallander accéléra sur l'autoroute du Nord, ils recommencèrent à surveiller les rétros. Mais la Mercedes avait disparu. À l'approche de Helsingborg, Wallander ralentit. Un poids lourd crasseux le dépassa, suivi par une Volvo rouge sombre. Wallander s'arrêta au bord de la route, défit sa ceinture et sortit. Il s'accroupit en feignant d'examiner la roue arrière droite. Il savait qu'Ann-Britt prendrait note des voitures qui passaient. Il attendit cinq minutes avant de se relever. Il avait alors compté quatre véhicules – dont un bus qui, à en juger par le bruit du moteur, avait un problème de cylindre. Il boucla sa ceinture et la regarda.

— Pas de Mercedes ?

– Une Audi blanche, dit-elle. Deux hommes à l'avant, et peut-être un à l'arrière.

– Pourquoi celle-là?

– Ce sont les seuls qui ne nous ont pas regardés en passant. En plus, ils ont accéléré.

– Appelle Martinsson, dit-il. Je suppose que tu as noté les numéros. Donne-les-lui. Dis-lui que c'est urgent.

Il lui récita le numéro du domicile de Martinsson tout en cherchant du regard une cabine téléphonique où il espérait trouver un annuaire qui lui fournirait un plan de la ville. Il entendit Ann-Britt parler d'abord à un des enfants de Martinsson, probablement sa fille qui avait douze ans. Puis elle lui communiqua les numéros d'immatriculation avant de tendre le téléphone à Wallander.

– Il veut te parler.

Wallander s'arrêta et prit l'appareil.

– Qu'est-ce que vous foutez? demanda Martinsson. Ces numéros ne peuvent pas attendre jusqu'à demain?

– Si Ann-Britt te dit que c'est urgent, c'est que ça l'est.

– C'est quoi, cette histoire?

– Ce serait trop long à t'expliquer maintenant. Quand tu auras la réponse, rappelle-nous dans la voiture.

Il raccrocha pour ne pas donner à Martinsson l'occasion d'insister. Il vit qu'Ann-Britt était blessée.

– Pourquoi ne me fait-il pas confiance? Pourquoi lui faut-il une confirmation de ta part?

Sa voix était méconnaissable. Parce qu'elle ne voulait pas contrôler sa déception, ou parce qu'elle ne le pouvait pas?

– Ne t'en fais pas, dit-il. Personne n'aime les changements. Tu es l'événement le plus bouleversant qui soit intervenu au commissariat d'Ystad depuis des années. Il faut que tu t'en rendes compte à la fin. Tu es entourée de vieux chiens qui n'ont pas envie de changer leurs habitudes.

– Y compris toi ?

– Sûrement.

Ils étaient parvenus au terminal des ferries lorsque Wallander dénicha enfin une cabine. Mais il n'y avait pas d'annuaire. L'Audi blanche restait invisible. Wallander s'arrêta devant la gare, où il découvrit dans le hall un plan mural en piteux état. Il s'avéra que Gjutargatan se trouvait à la périphérie est de la ville. Il mémorisa l'itinéraire et retourna à la voiture.

– Qui se donne la peine de nous suivre ? demanda-t-elle lorsqu'ils eurent tourné à gauche devant le théâtre peint en blanc.

– Je ne sais pas. J'ai l'impression qu'on n'arrête pas de foncer dans la mauvaise direction.

– Moi, j'ai l'impression qu'on est au point mort.

– Ou alors on tourne en rond. Sans même s'en apercevoir.

Aucune Audi blanche ne s'était encore signalée. Ils parvinrent à la rue, située dans un petit quartier résidentiel. Tout était silencieux. Wallander s'arrêta devant le numéro 12 et ils sortirent de la voiture. C'était une villa en briques rouges sur un seul niveau, flanquée d'un garage et d'un petit jardin. Wallander devina sous une bâche les contours d'un vieux bateau en bois.

La porte s'ouvrit avant même qu'ils ne sonnent. Un vieil homme en survêtement les considérait avec un petit sourire plein de curiosité.

Wallander lui présenta sa carte.

– Je m'appelle Wallander. Voici ma collègue Ann-Britt Höglund. Nous venons du commissariat d'Ystad.

L'homme prit la carte et l'examina à la façon des myopes. Sa femme apparut à son tour pour les saluer. Wallander eut le sentiment de se trouver sur le seuil d'une maison heureuse. On les fit entrer dans un séjour où les tasses et les biscuits étaient déjà disposés sur une table basse. Wallander allait s'asseoir lorsqu'il aperçut le tableau accroché au mur au-dessus du canapé. Il n'en crut pas ses yeux. Mais c'était bien une toile de son père. Paysage d'automne, de la série qui n'avait pas de coq de bruyère au premier plan. Ann-Britt Höglund avait suivi son regard, sans comprendre. Il secoua la tête et s'assit. C'était la deuxième fois qu'il entrait chez des inconnus pour y découvrir une œuvre du vieux. Quatre ans plus tôt, c'était dans un appartement de Kristianstad. Celui-là avait eu un coq de bruyère.

– Je regrette de vous déranger si tard, dit-il. Mais nous avons quelques questions qui ne peuvent attendre.

– Vous avez peut-être tout de même une minute pour boire un café ?

Ils acceptèrent. Wallander pensa qu'Ann-Britt Höglund l'avait sûrement accompagné pour voir de quelle manière il conduisait un entretien. Cela le mit immédiatement mal à l'aise. Il avait passé trop de temps à l'écart de tout ça. Je n'ai rien à lui apprendre, pensa-t-il. C'est plutôt à moi de réapprendre les réflexes de ce que je considérais jusqu'à il y a quelques jours à peine comme un chapitre révolu de ma vie.

Il repensa aux plages infinies de Skagen. Son district de surveillance solitaire. Un court instant, il regretta de l'avoir quitté. Mais il n'y avait plus rien. C'était fini.

– Jusqu'à l'année dernière, commença-t-il, vous dirigiez un hôtel, ici à Helsingborg. Le Tilleul.

– Pendant quarante ans, dit Bertil Forsdahl.

Wallander comprit à son ton que c'était pour lui un sujet de fierté.

– C'est une longue période.

– Je l'ai racheté en 1952. À l'époque, il s'appelait Le Pélican, il était dans un triste état et il avait une sale réputation. Il appartenait à un certain Markusson, qui était alcoolique et ne s'occupait plus de rien. La dernière année, les chambres avaient surtout servi à loger ses copains ivres morts. Je dois admettre qu'il me l'a vendu un bon prix. Markusson est mort l'année suivante. Coma éthylique à Helsingör. On a rebaptisé l'hôtel. En ce temps-là, il y avait un tilleul dehors. L'hôtel se trouvait à côté du vieux théâtre, qui est maintenant rasé lui aussi. Les comédiens logeaient parfois chez nous. Une fois, Inga Tidblad y a passé une nuit. Elle voulait du thé le matin.

– Je suppose que vous avez conservé le registre où figure son nom.

– J'ai conservé tous les registres, dit Bertil Forsdahl. Quarante années d'archives, toutes entreposées à la cave.

– Ça nous arrive d'y descendre et d'y passer la soirée, ajouta sa femme. On feuillette les registres et on se souvient. Quand on voit les noms, on se souvient des gens.

Wallander et Ann-Britt Höglund échangèrent un regard. Ils venaient d'obtenir la réponse à une de leurs principales questions.

On entendit un aboiement au-dehors.

– C'est le chien du voisin, expliqua Bertil Forsdahl avec un geste d'excuse. Il surveille toute la rue.

En goûtant le café, Wallander s'aperçut que la tasse portait une inscription gravée : « Hôtel Le Tilleul ».

– Je vais vous expliquer la raison de notre présence, dit-il. Le nom de l'hôtel ne figurait pas seulement sur vos tasses, mais aussi sur le papier à lettres et sur les enveloppes mis à la disposition des clients. En juin et en août de l'année dernière, deux lettres ont été postées ici à Helsingborg. L'une des deux enveloppes portait l'en-tête de l'hôtel. Ce devait être peu de temps avant la fermeture.

– Nous avons fermé le 15 septembre, dit Bertil Forsdahl. Les clients qui y ont passé la dernière nuit n'ont
rien payé.

– Puis-je vous demander pourquoi vous avez fermé
l'hôtel ? demanda Ann-Britt Höglund.

Wallander nota que l'homme était mécontent qu'elle
s'immisce dans la conversation. Il espéra qu'elle ne le
remarquerait pas. Comme s'il était normal qu'une
femme s'adressât à une autre femme, ce fut l'épouse
qui répondit.

– Que pouvions-nous faire ? La maison était condam-
née, elle allait être rasée, l'hôtel n'était plus rentable.
Nous aurions sans doute eu la force de continuer
quelques années encore, si on nous l'avait permis. Mais
ça n'a pas été le cas.

– Jusqu'à la fin, nous avons essayé de maintenir le
standing, ajouta Bertil Forsdahl. Mais c'était devenu
trop cher à la longue. La télé couleur dans chaque
chambre, ça coûte.

– C'était un triste jour, ce 15 septembre, enchaîna sa
femme. Il nous reste toutes les clés des chambres. On
en avait dix-sept. La maison a été remplacée par un
parking. Et le tilleul a disparu. Il est mort de maladie. À
moins que les arbres puissent mourir de chagrin.

Le chien dans la rue aboyait toujours. Wallander
pensa à l'arbre qui n'existait plus.

– Lars Borman, dit-il ensuite. Ce nom vous dit
quelque chose ?

La réponse le prit complètement au dépourvu.

– Pauvre homme…

– C'est une histoire terrible, compléta Mme Forsdahl.
Pourquoi la police s'intéresse-t-elle à lui maintenant ?

– Vous savez donc de qui il s'agit.

Wallander vit qu'Ann-Britt Höglund avait discrètement sorti un calepin de son sac.

– Un homme agréable, dit Bertil Forsdahl. Tranquille. Toujours aimable et prévenant. Il en reste peu dans le monde.

– Nous aimerions entrer en contact avec lui.

Bertil Forsdahl et sa femme échangèrent un regard. Wallander eut le sentiment qu'ils étaient brusquement mal à l'aise.

– Lars Borman est mort, dit enfin Bertil Forsdahl. Je croyais que vous le saviez.

Wallander garda le silence quelques instants avant de reprendre.

– Nous ne savons rien de lui. Sinon qu'il a écrit l'année dernière deux lettres dont une était glissée dans une enveloppe provenant de votre hôtel. Nous comprenons maintenant qu'il est impossible de lui parler. Mais nous aimerions apprendre ce qui s'est produit. Et qui il était.

– Un client régulier pendant de nombreuses années, répondit Bertil Forsdahl. Il descendait chez nous tous les quatre mois environ, et il restait généralement deux ou trois jours.

– Quelle était sa profession ? D'où venait-il ?

– Lars Borman travaillait pour le conseil général, répondit Mme Forsdahl. Il s'occupait d'économie.

– Il était auditeur, expliqua Bertil Forsdahl. Un fonctionnaire consciencieux et honnête du conseil général de Malmöhus Län.

– Il habitait Klagshamn, précisa sa femme. Marié, père de famille. C'est une tragédie terrible.

– Que s'est-il passé ?

– Il s'est suicidé, répondit Bertil Forsdahl.

Il avait à l'évidence beaucoup de réticence à en parler.

– S'il y a quelqu'un de la part de qui nous n'aurions jamais envisagé une chose pareille, c'est bien Lars Borman. Mais il faut croire qu'il portait un secret que nul d'entre nous ne pouvait imaginer.

– Que s'est-il passé ? insista Wallander.

– Il était venu chez nous à Helsingborg, quelques semaines avant la fermeture. Il travaillait la journée et restait le soir dans sa chambre. Il lisait beaucoup. Le dernier matin, il a payé sa note et il nous a dit au revoir en promettant de nous donner de ses nouvelles malgré la fermeture imminente de l'hôtel. Puis il est parti. Quelques semaines plus tard nous avons appris la tragédie. Il s'était pendu dans un petit bois près de Klagshamn, à quelques kilomètres de chez lui. Il avait pris son vélo, un dimanche matin de bonne heure. Il n'a rien laissé, aucun mot d'explication, aucune lettre, ni pour sa femme ni pour ses enfants. Rien du tout. Ça a été un choc pour tout le monde.

Wallander hocha lentement la tête. Il avait grandi à Klagshamn. Il se demanda dans quel petit bois Lars Borman avait mis fin à sa vie. Peut-être celui où il avait lui-même joué dans son enfance.

– Quel âge avait-il ?

– Dans les cinquante-cinq ans.

– Il habitait donc à Klagshamn, dit Wallander, et il travaillait en tant qu'auditeur au conseil général de Malmöhus Län. Cela me paraît un peu curieux qu'il ait pris l'habitude de descendre à l'hôtel. Helsingborg n'est pas loin de Malmö.

– Il n'aimait pas conduire, répondit Bertil Forsdahl. En plus, je crois que ça lui plaisait bien d'être ici. Il pouvait s'enfermer dans sa chambre le soir et lire ses livres. Nous le laissions tranquille. C'est un détail qu'il appréciait.

– Son adresse doit figurer dans vos registres ?

– Bien sûr. Mais nous avons appris que sa veuve avait vendu la maison. Elle n'avait pas la force d'y rester après ce qui s'était produit. Et ses enfants sont adultes maintenant.

– Savez-vous où elle a déménagé ?

– En Espagne. Je crois que ça s'appelle Marbella.

Wallander jeta un regard à Ann-Britt Höglund, qui notait tout scrupuleusement.

– Puis-je poser une question ? demanda Bertil Forsdahl. Pourquoi la police veut-elle savoir toutes ces choses ?

– C'est lié à une enquête en cours. Je ne peux malheureusement pas vous en dire plus. En tout cas, feu Lars Borman n'est absolument pas soupçonné de quoi que ce soit.

– C'était un homme intègre, dit Bertil Forsdahl avec force. D'après lui, il fallait vivre simplement et assumer ses responsabilités. Nous avons pas mal discuté, au fil des ans. Il était toujours indigné dès qu'on abordait le sujet de la malhonnêteté grandissante dans ce pays.

– Il n'y a jamais eu d'explication à son geste ?

Bertil Forsdahl et sa femme eurent le même mouvement de dénégation.

– Dans ce cas, dit Wallander, nous aimerions juste jeter un coup d'œil au registre de l'année dernière, si c'est possible.

– Il est à la cave, dit Bertil Forsdahl en se levant.

– Martinsson risque d'appeler, intervint Ann-Britt Höglund. Je ferais peut-être bien d'aller chercher le téléphone dans la voiture.

Wallander lui remit ses clés et Mme Forsdahl accompagna Ann-Britt dans l'entrée. Il entendit claquer la portière de la voiture sans que le chien des voisins se remette à aboyer. Quand elle fut de retour, ils descendirent à la cave. Dans une pièce qui lui parut d'une taille surprenante pour un sous-sol, les registres s'alignaient sur plusieurs étagères. Il vit aussi, accrochés au mur, l'enseigne de l'hôtel et un tableau portant dix-sept clés à breloque suspendues à des crochets. Un musée, pensa Wallander en sentant monter l'émotion. Souvenir d'une longue vie laborieuse. Souvenir d'un petit hôtel insignifiant qui avait fini par ne plus être rentable.

Bertil Forsdahl prit le dernier registre de la rangée et l'ouvrit sur une table. Il le feuilleta jusqu'au mois d'août 1992, trouva la date du 26 et indiqua une colonne. Wallander et Ann-Britt Höglund se penchèrent. Wallander reconnut immédiatement l'écriture. Il eut aussi l'impression que c'était le même stylo-bille qui avait servi à compléter le registre et à rédiger la lettre. Lars Borman était né le 12 octobre 1937. Sous la rubrique « profession », il avait écrit : auditeur du conseil général. Ann-Britt Höglund nota l'adresse à Klagshamn. Mejramsvägen 23. « Rue de la Marjolaine. » Cela n'évoquait rien à Wallander. Ce devait être dans l'une des nombreuses zones résidentielles qui avaient vu le jour après son départ, où les rues portaient toutes des noms d'oiseaux ou de fleurs. Wallander feuilleta le registre jusqu'au mois de juin. Il retrouva le nom de Lars Borman, le jour de l'envoi de la première lettre.

– Tu y comprends quelque chose ? demanda Ann-Britt Höglund à voix basse.

– Franchement non.

Au même instant, le téléphone se mit à bourdonner. Wallander lui fit signe de répondre. Elle s'assit sur un tabouret et commença à prendre des notes. Wallander referma le registre. Bertil Forsdahl le rangea à sa place sur l'étagère.

Lorsque Ann-Britt eut raccroché, ils remontèrent au rez-de-chaussée. Wallander lui demanda dans l'escalier ce qu'avait dit Martinsson.

– Ça concernait l'Audi, dit-elle. On en parlera après.

Il était plus de vingt-trois heures. Wallander et Ann-Britt Höglund s'apprêtèrent à repartir.

– Nous sommes vraiment désolés de vous avoir dérangés si tard. Mais parfois, ça ne peut pas attendre.

– J'espère que nous avons pu vous être utiles, dit Forsdahl, même si c'est douloureux pour nous de reparler du pauvre Lars Borman.

– Je comprends. Si vous pensiez à quelque chose, je vous serais reconnaissant d'appeler le commissariat d'Ystad.

– Ah bon ? Mais à quel sujet ?

– Je ne sais pas, dit Wallander en lui serrant la main.

Ils quittèrent la maison et s'installèrent une fois de plus dans la voiture. Wallander alluma la petite lumière de l'habitacle. Ann-Britt Höglund avait sorti son calepin.

– J'avais raison, dit-elle. La plaque était volée. Elle aurait dû se trouver sur une Nissan neuve qui est pour l'instant chez un concessionnaire de Malmö.

– Et les autres voitures ?

– Rien à signaler.

Wallander mit le contact. Vingt-trois heures trente. Le vent n'était toujours pas retombé. Ils quittèrent la ville. Peu de monde sur l'autoroute. Et aucune voiture ne s'attardait derrière eux.

– Tu es fatiguée ? demanda-t-il.

– Non.

Il y avait au sud de Helsingborg une station-service avec cafétéria qui restait ouverte toute la nuit. Wallander s'y arrêta.

– Dans ce cas, dit-il, on va prendre un café. Une petite réunion nocturne, toi et moi, pour essayer de comprendre ce que nous avons appris ce soir. Et aussi pour voir quelles voitures s'arrêteront. La seule dont nous n'aurions pas à nous préoccuper serait une Audi blanche.

– Pourquoi ?

– S'ils reviennent, ils auront changé de bagnole.

Ils entrèrent dans la cafétéria. Wallander commanda un hamburger. Ann-Britt Höglund ne prit rien. Ils s'as-

sirent à un endroit d'où ils avaient vue sur le parking.
Deux routiers buvaient un café à une table ; le reste de
la salle était désert.

– Raconte-moi ce que tu penses, dit Wallander. D'un
auditeur du conseil général qui écrit des lettres de
menaces à deux avocats et à leur secrétaire avant de
prendre son vélo et d'aller se pendre dans un bois.

– C'est difficile de se faire une opinion.

– Essaie.

Ils restèrent silencieux, plongés dans leurs pensées.
Un camion de louage s'arrêta près des pompes. La serveuse du comptoir appela le numéro de Wallander. Il
alla chercher son hamburger et revint s'asseoir.

– Dans les lettres de Lars Borman, l'accusation porte
sur une « iniquité », dit Ann-Britt. En quoi consiste-t-
elle, nous l'ignorons. Lars Borman n'était pas un client
des deux avocats. Nous ignorons quelle relation il pouvait avoir avec eux. En d'autres termes, nous ne savons
rien du tout.

Wallander posa sa fourchette et s'essuya la bouche
sur une serviette en papier.

– Tu as sûrement entendu parler de Rydberg. Un
vieux commissaire qui est mort il y a quelques années.
C'était un homme sage. Il disait à peu près ceci : les
policiers ont une tendance invétérée à toujours prétendre qu'ils ne savent rien. En réalité, on en sait toujours plus qu'on ne le croit.

– On dirait un des proverbes dont on nous gavait à
l'école de police. On les notait et on les oubliait le plus
vite possible.

Wallander faillit s'énerver. Il supportait mal qu'on
remette en cause les compétences de Rydberg.

– Ce que vous notiez ou non à l'école ne m'intéresse
pas. Par contre, tu devrais écouter ce que j'ai à te dire.
Ce que Rydberg a à te dire, plutôt.

– Tu es fâché ? demanda-t-elle, surprise.

– Je ne me fâche jamais. Mais je trouve que ton résumé de ce que nous savons sur Lars Borman est insuffisant.

– Tu peux faire mieux ?

Sa voix était redevenue aiguë. Elle est susceptible, pensa-t-il. C'est sans doute plus difficile qu'on ne le croit d'être la seule femme au milieu des vieux chiens d'Ystad.

– Ce n'est pas ce que je voulais dire. Mais je crois que tu as oublié deux ou trois choses.

– Je t'écoute. Pour ça au moins, je suis douée.

Wallander repoussa son assiette et alla se chercher un café. Les deux routiers danois avaient quitté le local. Ils étaient seuls. Une radio bourdonnait dans la cuisine.

– Il est évidemment impossible de tirer la moindre conclusion, dit Wallander quand il se fut rassis. Mais on peut émettre quelques hypothèses. On dispose les pièces du puzzle et on voit si ça peut coller. Ou si on peut du moins entrevoir une image.

– Jusque-là, je te suis.

– Nous savons que Lars Borman était auditeur. Nous savons aussi que c'était quelqu'un d'intègre. Les Forsdahl l'ont spontanément décrit ainsi. En dehors du fait qu'il était tranquille et qu'il aimait lire. Dans mon expérience, il est assez rare qu'on choisisse d'emblée ce mot-là pour caractériser quelqu'un. Cela semble indiquer que l'honnêteté était une passion chez lui.

– Un auditeur honnête…

– Soudain cet homme intègre écrit deux lettres de menaces aux Torstensson. Il signe de son nom. Mais il biffe l'en-tête de l'hôtel sur l'enveloppe. Nous pouvons en déduire deux choses.

– Il ne veut pas rester anonyme. Mais il ne souhaite pas impliquer l'hôtel.

– Ce n'est pas seulement qu'il ne veut pas rester anonyme. Je crois que les Torstensson savaient qui était Lars Borman.

– Un homme intègre qui s'indigne d'une iniquité… Mais en quoi consistait-elle ?

– C'est là qu'intervient mon avant-dernière déduction. Il manque un maillon de la chaîne. Lars Borman n'était pas un client du cabinet. Mais il peut y avoir eu quelqu'un d'autre, qui était lié à la fois à Lars Borman et aux avocats.

Elle hocha la tête et réfléchit avant de répondre.

– De quoi s'occupe un auditeur ? Il vérifie que l'argent va où il doit aller. Il épluche les factures, il garantit que tout s'est passé selon les règles. C'est à cela que tu penses ?

– Gustaf Torstensson s'occupait de conseil. Un auditeur s'occupe de faire respecter la loi. Autrement dit, ils font presque la même chose. Du moins ils le devraient.

– Et ta dernière déduction ?

– Lars Borman envoie ces deux lettres. Il peut d'ailleurs en avoir écrit d'autres, mais nous n'en avons pas connaissance. Ce que nous savons, c'est que ces lettres ont simplement été rangées dans une pochette et cachées au fond d'une armoire à dossiers.

– Mais les deux avocats sont morts. Et quelqu'un a essayé de tuer Mme Dunér ce matin.

– Et Lars Borman s'est suicidé. Je crois que nous devons commencer là. Par son suicide. Il faudra contacter les collègues de Malmö. Ils ont quelque part un rapport qui classe l'affaire en écartant l'hypothèse de l'homicide. Il doit y avoir aussi un rapport d'autopsie.

– Il y a une veuve en Espagne.

– Et des enfants qui sont peut-être restés en Suède. Il faudra aller les voir.

Ils se levèrent.

– On devrait faire ça plus souvent, dit Wallander. C'est agréable de causer avec toi.

– Même si je ne comprends rien ? Et que je résume mal ?

Wallander haussa les épaules.

– Je parle trop, dit-il.

Ils remontèrent une fois de plus en voiture. Bientôt une heure du matin. Wallander pensa avec ennui à l'appartement vide qui l'attendait à Ystad. Quelque chose dans sa vie semblait avoir pris fin il y avait très longtemps, bien avant l'instant où il s'était retrouvé à genoux dans le brouillard du champ de manœuvre. Mais il ne s'en était pas aperçu. Il songea au tableau de son père qu'il avait vu dans la villa de Gjutargatan. Jusqu'ici, l'art de son père lui avait paru presque honteux, une surenchère sur le marché du mauvais goût. Il se demanda soudain si ce n'était pas tout autre chose qui était en jeu. Son père peignait des toiles qui donnaient aux gens le sentiment d'équilibre qu'ils cherchaient partout, mais qu'ils ne trouvaient finalement que dans ses paysages immobiles. Il se rappela sa propre réflexion, plus tôt dans la soirée : qu'il était un policier du dimanche. Ce mépris était peut-être inutile.

– À quoi penses-tu ?

– Je ne sais pas, mentit Wallander. Je suis fatigué.

Il avait pris la direction de Malmö. C'était un détour, mais il voulait rester sur l'autoroute. Il y avait peu de circulation, personne ne semblait les suivre. Le vent malmenait la voiture.

– Je ne pensais pas que cela pourrait arriver par ici, dit-elle soudain. De se faire suivre par des inconnus.

– Jusqu'à ces dernières années, c'était vrai. Puis il y a eu un changement. On dit que la Suède a changé de visage de façon insidieuse. Alors qu'avant, tout restait déchiffrable et lisible pour qui voulait bien s'en donner la peine.

– Raconte, dit-elle. Comment c'était. Et ce qui a changé.

– Je ne sais pas si je peux, répondit-il après un instant de silence. Ce sont des opinions tout à fait personnelles. Mais dans le travail quotidien, même dans une petite ville insignifiante comme Ystad, on a pu constater la différence. Les crimes sont devenus plus nombreux, plus brutaux, plus complexes. Et on a commencé à découvrir des criminels parmi des gens qui étaient jusque-là des citoyens irréprochables. Mais pourquoi tout cela a commencé à arriver, je n'en sais rien.

– Ça n'explique pas nos mauvais résultats. La police suédoise a l'un des pires taux de résolution d'Europe.

– Parles-en à Björk ! Ça l'empêche de dormir la nuit. Parfois je crois qu'il a l'ambition secrète qu'on remonte à nous seuls l'image de toute la corporation.

– Il doit bien y avoir une explication, insista-t-elle. Ce ne peut pas être juste cette histoire de sous-effectifs chroniques et de ces ressources qui nous manquent, soi-disant, mais que personne n'arrive à identifier.

– C'est comme si deux mondes étaient en train de se rencontrer, dit Wallander. Beaucoup de policiers pensent, et moi aussi, que nous avons appris le métier à une époque où tout était différent. Les crimes étaient plus transparents, la morale était claire, l'autorité de la police indiscutable. Aujourd'hui, pour être aussi bons, il nous faudrait avoir de tout autres connaissances. Mais nous ne les avons pas. Et ceux qui viendront après, toi par exemple, vous n'avez pas encore la possi-bilité d'influencer le travail, de fixer les priorités. On a souvent l'impression que les criminels creusent leur avance en toute impunité, sans la moindre résistance de notre part. Et la société répond en manipulant les statistiques. Au lieu de permettre à la police de résoudre les crimes commis, on les classe sans suite. Ce qui constituait un crime il y a dix ans passe aujourd'hui au mieux pour un délit. Ce déplacement s'opère tous les jours. Ce qui était hier passible de prison peut aujourd'hui aboutir à un non-lieu. Tout au plus, on rédige un rapport qui disparaît ensuite dans un gigantesque broyeur à papier invisible. Après, il ne reste qu'un truc qui ne s'est au fond jamais produit.

– Ça ne peut pas bien finir.

Wallander lui jeta un regard.

– Qui a dit que ça finirait bien ?

Ils avaient dépassé Landskrona et approchaient de Malmö. Une ambulance les doubla à toute vitesse, gyrophare allumé. Wallander se sentait épuisé. Sans vraiment savoir pourquoi, il eut un élan de pitié pour la femme assise à côté de lui. Au cours des années à venir, elle serait sans cesse obligée de réévaluer son travail. À moins qu'elle ne soit quelqu'un d'exceptionnel, elle connaîtrait une chaîne continue de déceptions, et très peu de sujets de réjouissance.

Il en était certain.

Mais il pensa aussi que la réputation d'Ann-Britt semblait se confirmer. Il se rappela Martinsson, quand il était arrivé à Ystad après sa sortie de l'école de police. À l'époque il ne leur avait pas été d'un grand secours ; aujourd'hui c'était un de leurs meilleurs enquêteurs.

– Demain nous allons faire un point approfondi de tout ce que nous avons, dit-il dans une tentative pour lui remonter le moral. On arrivera bien à franchir le mur.

– J'espère que tu as raison. Mais un jour, on en sera peut-être au stade où certains types de meurtres seront classés sans suite.

– Alors il sera temps que la police fasse la révolution.

– Le grand patron ne sera jamais d'accord.

– On profitera d'un moment où il sera en voyage officiel à l'étranger.

– Dans ce cas, on ne manquera au moins pas d'occasions.

La conversation s'éteignit. Wallander se concentra complètement sur la conduite et ne pensa plus que de façon vague aux événements de cette longue journée.

Ce fut un peu plus tard, alors qu'ils avaient laissé derrière eux les lumières de Malmö et qu'ils fonçaient sur la E 65 vers Ystad, que Wallander eut brusquement une intuition désagréable. Ann-Britt Höglund fermait les yeux ; sa tête avait glissé sur son épaule. Aucune lumière de phares dans le rétroviseur.

Wallander fut soudain complètement en alerte. Je n'arrête pas de réfléchir de travers ; au lieu de constater qu'aucune voiture ne nous suit, je devrais me demander pourquoi. Si Ann-Britt a raison, si quelqu'un nous a effectivement suivis à l'aller, alors c'est peut-être simplement le signe que ce quelqu'un n'estime plus nécessaire de nous filer.

Il pensa à la mine qui avait explosé le matin même dans le jardin de Mme Dunér.

Il freina brutalement, se rangea sur la bande d'arrêt d'urgence et alluma les warnings. Ann-Britt Höglund, réveillée par l'arrêt de la voiture, lui jeta un regard désemparé.

– Sors, ordonna Wallander.

– Pourquoi ?

– Fais ce que je te dis ! rugit-il.

Elle arracha sa ceinture et se retrouva dehors avant lui.

– Éloigne-toi !

– Qu'est-ce qui se passe ? demanda-t-elle pendant

que, réfugiés au bord de la route, ils contemplaient le clignotement des warnings.

Le vent soufflait fort, et il faisait froid.

– Je ne sais pas. Peut-être rien. Ça m'a inquiété tout à coup que personne ne nous suive.

Il n'eut pas besoin de s'expliquer. Elle avait saisi sur-le-champ. En cet instant, Wallander comprit qu'elle était d'ores et déjà un bon flic. Elle était intelligente, elle savait faire face à des associations d'idées inattendues. Mais aussi, pour la première fois depuis très longtemps, il sentit qu'il avait quelqu'un avec qui partager sa peur. Là, au bord de la route, peu avant la sortie vers Svedala, il eut le sentiment que ses interminables errances sur la plage de Skagen étaient enfin terminées.

Il avait eu la présence d'esprit d'embarquer le téléphone.

– Martinsson va croire que je suis cinglé, dit-il en composant son numéro.

– Que risque-t-il d'arriver à ton avis ?

– Je n'en sais rien. Mais des gens capables d'enterrer des mines dans des jardins suédois sont sûrement capables aussi de faire quelque chose à une voiture.

– Si ce sont les mêmes, dit-elle.

– Oui. Si ce sont les mêmes.

Martinsson décrocha enfin. Wallander entendit à sa voix qu'il l'avait réveillé.

– C'est Kurt. Je suis sur la E 65 juste avant la sortie vers Svedala. Ann-Britt est avec moi. Je veux que tu appelles Nyberg et que tu lui demandes de venir.

– Qu'est-ce qui se passe ?

– Je veux qu'il jette un coup d'œil à ma voiture.

– Si tu es en rade, tu peux appeler un dépanneur.

– Je n'ai pas le temps, répliqua Wallander avec impatience. Fais ce que je te dis. Et dis à Nyberg d'emporter de quoi vérifier si je me balade avec une bombe sous les pieds.

– Une quoi ?

– Tu m'as entendu.

Wallander raccrocha et secoua la tête.

– Il a raison. C'est délirant d'être là sur l'autoroute en pleine nuit en croyant qu'il y a une bombe dans la voiture.

– Il y en a une ?

– Je ne sais pas. J'espère que non. Mais je n'en suis pas sûr.

Nyberg mit une heure à arriver. Wallander et Ann-Britt Höglund étaient complètement gelés. Wallander s'attendait à voir un Nyberg de très mauvaise humeur d'avoir été tiré du lit pour des raisons qui avaient dû lui sembler éminemment douteuses. Mais, à sa surprise, Nyberg se montra aimable et tout disposé à prendre la situation au sérieux. Wallander envoya Ann-Britt, malgré ses protestations, se réchauffer dans sa voiture.

– Il y a un Thermos sur le siège avant, dit Nyberg. Je crois que le café est encore chaud.

Puis il se tourna vers Wallander, qui s'aperçut à ce moment-là seulement que Nyberg portait une veste de pyjama sous son pardessus.

– Alors ? Qu'est-ce qu'elle a, cette voiture ?

– J'espère que tu pourras nous le dire. Il y a de grandes chances qu'elle n'ait rien du tout.

– Que dois-je chercher ?

– Je ne sais pas. Tout ce que je peux te dire, c'est que nous l'avons laissée sans surveillance pendant une demi-heure. Les portières étaient verrouillées.

– Tu as une alarme ?

– Je n'ai rien du tout. C'est une vieille bagnole. Je n'ai jamais pensé que quelqu'un pourrait avoir envie de la voler.

– Continue.

– Une demi-heure sans surveillance, pas plus. En démarrant, je n'ai rien constaté d'anormal. On s'est arrêtés en route pour prendre un café. J'avais fait le plein à l'aller. Il s'est écoulé trois heures environ depuis le moment où la voiture s'est trouvée sans surveillance. Et on a fait une centaine de kilomètres depuis la pause.

– En fait, dit Nyberg, je ne devrais pas la toucher.

– J'ai toujours cru que ça se passait quand on mettait le contact.

– De nos jours, on contrôle les explosions comme on veut. Il peut y avoir un mécanisme de retardement inclus, ou un système de télécommande.

– Alors il vaut mieux la laisser tranquille.

– Peut-être. Mais j'aimerais quand même vérifier. Disons que je le fais de mon plein gré. Tu ne m'en as pas donné l'ordre.

Nyberg alla chercher dans sa voiture une lampe torche puissante. Ann-Britt en profita pour sortir et donner à Wallander un gobelet de café. Ils virent Nyberg s'allonger sur le bitume et éclairer par-dessous la vieille Peugeot de Wallander. Puis il fit deux fois le tour du véhicule, lentement.

– Dis-moi que je rêve, murmura Ann-Britt.

Nyberg s'était arrêté devant la portière côté conducteur, qui était restée ouverte. Il ajusta le faisceau de la lampe. Un combi Volkswagen aux plaques polonaises les dépassa, en route vers le ferry d'Ystad. Nyberg éteignit sa torche et les rejoignit.

– J'ai peut-être mal compris. Mais il me semble que tu m'as dit que tu avais fait le plein à l'aller ?

– Oui. À Lund. Je n'ai pas ajouté une goutte d'essence depuis.

– Ensuite vous êtes allés jusqu'à Helsingborg ? Puis de Helsingborg jusqu'ici ?

– Oui. Ça doit faire cent cinquante kilomètres au maximum.

Nyberg fronça les sourcils.

– Qu'y a-t-il ?

– Est-ce que tu as déjà eu des problèmes avec ta jauge ?

– Jamais.

– Quelle est la contenance du réservoir ?

– Soixante litres.

– Explique-moi alors pourquoi la jauge n'indique qu'un quart de plein.

Wallander ne comprit d'abord rien. Puis il réagit.

– Quelqu'un a vidé le réservoir. Ma voiture consomme moins de dix litres aux cent.

– Éloignez-vous, ordonna Nyberg. Je vais déplacer ma bagnole.

Nyberg recula sa voiture d'une dizaine de mètres. Les warnings continuaient à clignoter, le vent soufflait par rafales cinglantes. Un autre véhicule polonais surchargé passa sur l'autoroute. Nyberg les rejoignit. Ensemble ils contemplèrent la voiture de Wallander.

– Si on enlève du carburant, dit Nyberg, c'est pour faire de la place à autre chose. Par exemple une charge d'explosif avec un mécanisme de retardement qui est progressivement rongé par l'essence. Tôt ou tard ça pète. L'aiguille de la jauge a-t-elle l'habitude de chuter quand le moteur tourne à vide ?

– Non.

– Alors je crois qu'on va laisser cette voiture ici jusqu'à demain. En réalité, on devrait barrer tout ce tronçon d'autoroute.

– Björk ne sera jamais d'accord, dit Wallander. On ne sait pas s'il y a quelque chose dans ce réservoir.

– Il faut tout de même faire venir du monde et installer des barrages. C'est le district de Malmö, n'est-ce pas ?

– Hélas. Je vais téléphoner.

– Mon sac est resté dans la voiture, dit Ann-Britt Höglund. Je peux aller le chercher ?

– Non, réagit Nyberg, rien à faire. Et on laisse tourner le moteur.

Ann-Britt Höglund retourna dans la voiture de Nyberg. Wallander composa le numéro de la police de Malmö. Nyberg s'était posté au bord de la route pour pisser. Wallander leva les yeux vers le ciel en attendant que quelqu'un veuille bien décrocher. Le ciel était plein d'étoiles.

Malmö répondit enfin. Wallander vit Nyberg remonter la fermeture éclair de sa braguette.

Puis la nuit explosa dans une gerbe de lumière blanche.

Le téléphone lui fut arraché des mains.

Il était trois heures passées de quatre minutes.

8

Un calme insupportable.

Après coup, c'est ainsi que Wallander se rappellerait l'instant de l'explosion. Comme un espace sous vide, subitement privé d'oxygène, une vacuité étrange en pleine autoroute, en pleine nuit de novembre, un trou noir où même le vent avait pendant quelques secondes été réduit au silence. Tout s'était passé très vite, mais la mémoire a la faculté de se rendre élastique et il lui sembla pour finir que l'explosion avait été faite d'une série d'événements, fugitifs certes, mais parfaitement distincts.

Ce qui le surprit le plus fut de voir le téléphone sur l'asphalte mouillé, à plusieurs mètres de lui. C'était ça, l'incompréhensible, et non sa voiture qui semblait fondre et se racornir à toute allure, léchée par des flammes gigantesques.

Nyberg avait immédiatement réagi et tiré Wallander en arrière. Peut-être redoutait-il une nouvelle explosion. Ann-Britt Höglund avait sauté de la voiture de Nyberg et traversé l'autoroute en courant. Wallander avait cru l'entendre crier. Mais ce pouvait aussi bien être lui ou Nyberg ou personne, une simple illusion.

En tout cas, il pensa qu'il aurait dû le faire. Il aurait

dû hurler, pousser un énorme rugissement et tout maudire en bloc, qu'il ait repris le travail, que Sten Torstensson soit apparu sur la plage de Skagen pour l'entraîner dans une histoire qui ne le concernait plus. Il n'aurait pas dû revenir, il aurait dû signer les papiers préparés par Björk, répondre aux questions des journalistes, se faire interviewer pour un article dans *Le Policier suédois*, sans doute à la dernière page, et en rester là.

Mais, au milieu de la confusion, il y avait donc eu cet instant de calme affreux où Wallander avait pu réfléchir très clairement, tout en contemplant le téléphone abandonné sur l'asphalte et sa vieille Peugeot qui brûlait sur la bande d'arrêt d'urgence. Ses idées s'enchaînaient sans difficulté, sans ambiguïté aucune ; il avait pour la première fois le sentiment que le double meurtre, la mine enterrée et enfin cet attentat dirigé contre lui laissaient de fait entrevoir un scénario, bien que vague encore et hérissé d'impasses.

La conclusion qui s'imposait d'elle-même, de façon terrifiante, était que quelqu'un croyait qu'il savait quelque chose qu'il n'aurait pas dû savoir. L'individu qui avait placé la charge d'explosif dans le réservoir ne cherchait pas à tuer Ann-Britt Höglund, Wallander en était absolument certain. Cela le renseignait au passage sur un autre aspect des gens qui se cachaient dans l'ombre de cette affaire : la vie humaine leur était indifférente.

Wallander pensa avec terreur et désespoir que ces gens se trompaient. Il aurait pu faire une déclaration complètement sincère en jurant qu'il ne savait rien. Rien sur ce qui avait pu provoquer le meurtre des deux avocats, la présence de la mine chez Mme Dunér et peut-être aussi le suicide de l'auditeur du conseil général Lars Borman, à supposer qu'il s'agisse bien d'un suicide.

Il ne savait rien. Mais pendant que sa voiture continuait à brûler et que Nyberg et Ann-Britt Höglund s'occupaient de faire circuler les automobilistes curieux et d'appeler les pompiers et la police, et qu'il restait lui-même planté au bord de la route, il avait poussé le raisonnement jusqu'à son terme. Ces gens n'avaient qu'un seul motif de croire qu'il puisse être au courant de quelque chose. Ce motif, c'était la visite de Sten Torstensson à Skagen. La carte postale expédiée de Finlande n'avait pas suffi à faire diversion. Ils l'avaient suivi sur l'île de Jylland ; ils avaient été là au milieu des dunes, dans le brouillard, et ensuite à la cafétéria du musée – mais pas à portée de voix, sinon ils auraient appris que Wallander ne savait rien, pour la simple raison que Sten Torstensson ne savait rien lui non plus, il n'avait eu que de vagues soupçons. Mais ils n'avaient pas voulu prendre de risques. Voilà pourquoi sa vieille Peugeot brûlait maintenant au bord de l'autoroute, et pourquoi le chien des voisins avait aboyé si fort pendant qu'Ann-Britt et lui prenaient le café chez M. et Mme Forsdahl.

Je peux en tirer encore une conclusion, pensa-t-il, peut-être la plus importante de toutes. Car elle signifie que nous tenons enfin un point de départ dans cette enquête.

J'ai eu raison d'inverser la chronologie. Tout part du champ boueux où Gustaf Torstensson a été retrouvé mort il y a bientôt un mois. Le reste, y compris l'exécution de son fils, doit dépendre de ce qui s'est passé sur la route ce soir-là, alors qu'il revenait du château de Farnholm. Maintenant on le sait. Et ça va nous permettre de choisir un cap.

Il se pencha et ramassa le téléphone. Le numéro d'urgence de la police de Malmö brillait sur le display. Il l'éteignit et réalisa seulement alors que l'appareil n'avait pas été endommagé par sa chute.

Les pompiers étaient arrivés. Il les vit enrober de mousse blanche la voiture en flammes. Nyberg surgit soudain à ses côtés. Il était en sueur et n'en menait visiblement pas large.

– On a été à deux doigts d'y passer, dit-il.

– Oui. Mais à deux doigts quand même.

Nyberg lui jeta un regard surpris. Un collègue de Malmö approcha. Ils s'étaient déjà croisés, mais Wallander ne se souvenait plus de son nom.

– J'ai cru comprendre que c'est ta voiture qui brûlait là-bas. D'après la rumeur, tu avais arrêté le travail. Maintenant tu reviens et ta voiture explose.

Wallander se demanda si le type faisait de l'ironie ; il préféra penser que c'était une réaction naturelle. Il ne voulait pas provoquer d'esclandre.

– J'étais en route vers Ystad avec une collègue, dit-il.

– Ann-Britt Höglund. Je l'ai saluée. Elle m'a renvoyé vers toi.

Très bien, pensa Wallander. Moins on est nombreux à parler, plus on reste cohérents. Elle apprend vite.

– J'ai eu un mauvais pressentiment, dit-il. On s'est arrêtés, j'ai appelé Nyberg. Puis la voiture a explosé.

Le policier de Malmö le dévisagea d'un air sceptique.

– Je suppose que c'est ta version officielle.

– Il faudra évidemment examiner la voiture. Mais personne n'a été blessé. En attendant, pour ton rapport, tu devras te contenter de ce que j'ai dit. Je vais demander à Björk de prendre contact avec toi. Excuse-moi, mais je ne me souviens pas de ton nom.

– Roslund.

Wallander hocha la tête. C'était bien cela.

– Je vais barrer ce tronçon d'autoroute, dit Roslund. Et je laisse une voiture sur les lieux.

Wallander regarda sa montre. Quatre heures et quart du matin.

– Alors je propose qu'on aille dormir, dit-il.

Ils rentrèrent à Ystad dans la voiture de Nyberg. Aucun des trois ne dit un mot de tout le trajet. Ils déposèrent Ann-Britt Höglund devant chez elle. Puis Nyberg reconduisit Wallander à Mariagatan.

– Il faudra s'en occuper au plus vite, dit Wallander en ouvrant la portière. Ça ne peut pas attendre.

– Je serai au commissariat à sept heures.

– Huit heures, ça suffira. Merci pour ton aide.

Wallander prit une douche rapide et s'étendit entre les draps.

Une heure plus tard, il n'avait toujours pas fermé l'œil.

Il se releva peu avant sept heures. Il savait que la journée serait longue. Il se demanda où il puiserait la force de l'affronter.

Le jeudi 4 novembre débuta par un événement sensationnel.

Björk arriva au commissariat mal rasé. Cela ne s'était encore jamais vu. Mais lorsque les portes de la salle de réunion se refermèrent à huit heures cinq, chacun put constater que le chef avait un système pileux nettement plus développé qu'on n'aurait pu le prévoir. Wallander pensa qu'aujourd'hui encore, il n'aurait guère l'occasion de parler à Björk de ce qui s'était produit avant sa visite au château de Farnholm. Mais cela pouvait attendre ; il y avait dans l'immédiat des priorités bien plus urgentes.

Björk les regarda à tour de rôle.

– Qu'est-ce qui se passe ? Je me fais réveiller à cinq heures trente par un collègue de Malmö qui me demande s'il doit envoyer ses techniciens pour examiner la voiture de Wallander qui a explosé sur l'autoroute près de Svedala, ou si nous préférons y envoyer Nyberg et ses hommes. Et me voilà, dans ma cuisine, à cinq heures trente, le combiné à la main, sans savoir quoi lui dire parce que je ne suis au courant de rien. Kurt a-t-il eu un accident ? Est-il blessé ? Est-il mort ? Je ne sais absolument rien. Heureusement, Roslund, de Malmö, est un type sensé et doué de parole, lui. Je sais à peu près maintenant de quoi il retourne. Mais sur le fond, j'aimerais bien qu'on me dise ce qui s'est passé ici hier soir.

– Nous avons sur les bras un double meurtre, répondit Wallander. Plus l'attentat contre Mme Dunér. Jusqu'à hier nous disposions de très peu d'éléments. L'enquête piétinait, je crois que tout le monde ici est d'accord là-dessus. Puis on découvre des lettres de menaces. Celles-ci nous donnent un nom, Lars Borman, et un lien avec un hôtel de Helsingborg. J'y vais avec Ann-Britt. Ça aurait pu attendre aujourd'hui, je l'admets. Bref, pendant le trajet vers Helsingborg, Ann-Britt constate que nous sommes suivis. Nous nous arrêtons et nous parvenons à noter un certain nombre de numéros d'immatriculation. Martinsson s'occupe de retracer rapidement ces numéros. Pendant que nous sommes chez M. et Mme Forsdahl, ex-propriétaires de l'ex-hôtel Le Tilleul, qui connaissaient bien Lars Borman et qui nous communiquent des informations précieuses, quelqu'un place une charge d'explosif dans le réservoir de ma voiture. Par un pur hasard, cette possibilité m'effleure alors que nous sommes sur le chemin du retour. Je m'arrête, j'appelle Sven Nyberg. La voiture explose. Personne n'est blessé. Cela se passe aux environs de Svedala, sur le territoire de la police de Malmö. Voilà ce qui s'est produit.

Personne ne prit la parole. Wallander pensa qu'il pouvait aussi bien poursuivre. Il leur dirait tout, tout ce à quoi il avait réfléchi sur l'autoroute pendant que la voiture brûlait sous ses yeux, dans la nuit.

Une fois de plus, il repensa à l'étrange expérience de se trouver dans un espace vide, d'où le vent s'était brusquement absenté.

L'instant du calme insupportable.

Mais aussi l'instant de la clairvoyance.

Il rendit compte de son raisonnement de façon détaillée, et constata très vite que ses collègues le suivaient. C'étaient des gens d'expérience, capables de distinguer entre des théories présomptueuses et des enchaînements factuels plausibles quoique fantastiques.

– Je vois trois angles d'attaque, conclut Wallander. Tout d'abord Gustaf Torstensson et sa clientèle. Nous devons plonger vite et profond dans les affaires dont il s'occupait depuis cinq ans, c'est-à-dire depuis qu'il se cantonnait dans le rôle d'avocat-conseil. Pour gagner du temps, nous nous limiterons d'abord aux trois dernières années, où Mme Dunér a cru remarquer un changement chez lui. Je veux aussi que quelqu'un parle à la femme de ménage du cabinet. Elle s'appelle Kim Sung-Lee, Mme Dunér a son adresse. Elle peut avoir vu ou entendu quelque chose.

– Comprend-elle le suédois ? demanda Svedberg.

– Dans le cas contraire, il faudra dénicher un interprète.

– Je m'occupe d'elle, dit Ann-Britt Höglund.

Wallander goûta son café refroidi et poursuivit.

– Le deuxième front, c'est Lars Borman. Bien qu'il soit mort, je crois qu'il peut nous mener vers une piste.

– Là, il faudra demander l'aide des collègues de Malmö, coupa Björk. Klagshamn fait partie de leur territoire.

– Je préfère pas, dit Wallander. Comme tu le fais souvent remarquer toi-même, quand on collabore avec les autres districts, on se heurte à un tas de problèmes administratifs.

Pendant que Björk réfléchissait à ce qu'il devait répondre, Wallander continua :

– La troisième piste consiste évidemment à identifier nos poursuivants. L'un d'entre vous a-t-il déjà eu l'impression d'être suivi ?

Martinsson et Svedberg firent non de la tête.

– Il y a toutes les raisons du monde d'être prudent, reprit Wallander. Je peux me tromper, mais il n'y a peut-être pas que moi qui les inquiète.

– Mme Dunér bénéficie d'une protection, dit Martinsson. À mon avis tu en aurais besoin aussi.

– Non. Ce n'est pas nécessaire.

– Je ne suis pas d'accord, protesta Björk avec énergie. Premièrement tu ne dois pas être seul sur le terrain. Deuxièmement, tu dois être armé.

– Jamais.

– C'est moi qui décide.

Wallander ne prit pas la peine d'argumenter. Il n'avait de toute façon aucune intention d'obéir.

Ils se répartirent les tâches. Martinsson et Ann-Britt Höglund se rendraient au cabinet et commenceraient à parcourir les dossiers des clients de Gustaf Torstensson. Svedberg s'occuperait de l'Audi blanche qui les avait suivis jusqu'à Helsingborg la veille au soir.

Wallander se chargerait de feu Lars Borman.

– Depuis lundi, j'ai le sentiment qu'une évidence nous échappe. Je ne sais pas pourquoi. Mais faisons au plus vite.

La réunion était terminée. Ils se dispersèrent. Tous paraissaient pleins de détermination, et Ann-Britt Höglund, constata Wallander, résistait bien à la fatigue.

Il alla se chercher un café et rejoignit son bureau pour décider de la marche à suivre. Nyberg passa la tête par l'entrebâillement de la porte et l'informa qu'il retournait examiner les restes de la voiture, à Svedala.

– Je suppose que tu veux que je découvre s'il y a des ressemblances avec le truc qui a explosé dans le jardin de Mme Dunér ?

– Oui.

– Ça m'étonnerait que j'y arrive. Mais je vais essayer.

Nyberg parti, Wallander appela Ebba à la réception.

– On s'aperçoit que tu es revenu ! dit-elle. C'est terrible, ce qui se passe.

– Ça s'est bien fini, c'est l'essentiel.

Il enchaîna rapidement :

– Je veux que tu me trouves une voiture. Je dois partir pour Malmö dans un moment. Ensuite je me demandais si tu pouvais appeler le château de Farnholm et leur demander de me renvoyer une autre copie du dossier d'Alfred Harderberg. Celle que j'avais a brûlé dans ma voiture.

– Ça, dit Ebba, je ne vais pas le leur préciser.

– Peut-être pas. Mais dis-leur que je la veux immédiatement.

En raccrochant, une pensée lui traversa l'esprit. Il alla frapper à la porte de Svedberg. Celui-ci parcourait les notes de Martinsson concernant l'Audi blanche et la Mercedes noire.

– Kurt Ström. Ça te dit quelque chose ?

Svedberg réfléchit.

– Un collègue de Malmö, dit-il avec une certaine hésitation. Mais je me trompe peut-être.

– C'est ça. Je veux que tu fasses un truc pour moi, quand tu en auras fini avec les voitures. Kurt Ström a quitté la police il y a longtemps. D'après la rumeur, il aurait été contraint à démissionner. Je veux que tu essaies d'apprendre ce qui s'est passé. En toute discrétion bien sûr.

Svedberg prit note.

– Je peux savoir pourquoi ?

– Kurt Ström travaille comme gardien au château de Farnholm. D'où revenait Gustaf Torstensson quand il est mort.

– Je m'en occupe, dit Svedberg.

Wallander retourna dans son bureau. Il était épuisé. Il n'avait même pas la force de comprendre à quel point Ann-Britt et lui étaient passés près de la mort.

Plus tard, pensa-t-il. Pas maintenant. Lars Borman est pour l'instant plus important que Kurt Wallander.

Il chercha dans l'annuaire le numéro du conseil général de Malmöhus Län, dont le siège se trouvait à Lund. Il demanda à parler à un responsable du département financier.

– Ils ne sont pas disponibles aujourd'hui.

– Vous devez tout de même pouvoir me passer quelqu...

– Ils sont en conférence budgétaire toute la journée, dit la standardiste patiemment.

– Où donc ?

– Au centre de séminaires de Höör. Mais ça ne vaut pas le coup d'appeler là-bas.

– Comment s'appelle votre auditeur en chef ? Est-ce qu'il est là-bas, lui aussi ?

– Thomas Rundstedt. Il est là-bas. Mais vous pouvez peut-être rappeler demain.

– Merci de votre aide, dit Wallander.

Il n'avait aucune intention d'attendre le lendemain. Il alla se chercher un autre café et revint en réfléchissant à ce qu'il savait de Lars Borman. Il fut interrompu par un coup de fil d'Ebba disant qu'une voiture l'attendait devant le commissariat.

Il était neuf heures et quart.

Journée d'automne limpide, ciel bleu, un vent qui avait molli au cours des petites heures. Wallander se réjouit soudain à la perspective de cette petite excursion.

Il arriva au centre de séminaires de Höör peu après dix heures et laissa sa nouvelle voiture sur le parking. Dans le hall d'accueil, un écriteau informait les visiteurs que la grande salle était réservée pour la réunion budgétaire annuelle du conseil général. Le réceptionniste, un type aux cheveux roux, l'accueillit avec un sourire aimable.

– Je cherche un participant à la conférence, dit Wallander.

– Ils viennent de reprendre après la pause-café. La prochaine interruption sera à midi trente, pour déjeuner. D'ici là, on ne peut malheureusement pas les déranger.

Wallander montra sa carte.

– Parfois, dit-il, on ne peut malheureusement pas faire autrement.

Il demanda du papier et se mit à écrire.

– Il est arrivé quelque chose ? demanda le réceptionniste, inquiet.

– Rien de grave. Mais ça ne peut pas attendre.

Il lui tendit le message.

– Pour Thomas Rundstedt, auditeur en chef. J'attends ici, dit-il en s'asseyant sur une banquette.

Le réceptionniste disparut. Wallander bâilla. La porte de la salle à manger était ouverte. Il avait faim. En se levant, il aperçut sur une table un panier rempli de petits pains au fromage.

Il en prit un et le dévora. Puis un autre. Puis il retourna à sa banquette.

Deux minutes plus tard, le réceptionniste reparut, suivi par un homme qui devait être Rundstedt.

Un type grand et costaud. Wallander s'était toujours imaginé les auditeurs petits et maigrichons. Mais celui qui se tenait en face de lui aurait pu être boxeur. Entièrement chauve, en plus. Et le regard froid. Wallander lui tendit la main.

– Commissaire Kurt Wallander, de la brigade criminelle d'Ystad. Je suppose que vous êtes Thomas Rundstedt.

Le type hocha la tête.

– De quoi s'agit-il ? Nous avons pourtant donné l'ordre de ne pas être dérangés. Les finances du conseil général ne sont pas un sujet de plaisanterie par les temps qui courent.

– Sûrement pas. Et je ne vais pas vous retenir longtemps. Si je vous dis *Lars Borman*, que me répondez-vous ?

Thomas Rundstedt haussa les sourcils.

– C'était avant mon époque. Lars Borman était un auditeur. Mais il est mort. Pour ma part, je ne travaille pour le conseil que depuis six mois.

Et merde, pensa Wallander. Je suis venu jusqu'à Höör pour rien.

– Vouliez-vous savoir autre chose ? demanda Thomas Rundstedt.

– À qui avez-vous succédé ?

– À Martin Oscarsson. Il est parti à la retraite.

– C'était donc lui, le chef de Lars Borman ?

– Oui.

– Où est-il ?

– Il habite à Limhamn, une belle maison face au détroit. Möllevägen, je ne me souviens pas du numéro. Je suppose qu'il est dans l'annuaire.

– Désolé de vous avoir dérangé pour rien. Au fait, savez-vous comment Lars Borman est décédé ?

– On a parlé d'un suicide.

Wallander fit un signe de tête.

– Bonne chance pour le budget. Est-ce que les impôts vont augmenter ?

– Si je le savais…

Thomas Rundstedt retourna à son travail. Wallander salua le réceptionniste, remonta dans la voiture prêtée, appela les renseignements et obtint l'adresse de Martin Oscarsson à Limhamn. Möllevägen 32.

Peu avant midi, il freinait devant une villa en pierre du début du siècle. La date « 1912 » était gravée au-dessus du portail. Il remonta l'allée et sonna à la porte. Un homme âgé en survêtement lui ouvrit. Wallander se présenta et fut autorisé à entrer après avoir montré sa carte. Par contraste avec l'austérité de la façade, l'intérieur révélait des meubles clairs, des rideaux pastel, de grandes surfaces dégagées. Il y avait de la musique. Wallander crut reconnaître la voix de l'artiste de variétés Ernst Rolf. Martin Oscarsson l'invita à passer dans le séjour et lui proposa un café. Wallander refusa.

– Je suis venu pour parler avec vous de Lars Borman. C'est Thomas Rundstedt qui m'a donné votre nom. Lars Borman est mort il y a un an, peu avant votre départ du conseil général.

– Pourquoi voulez-vous parler de Lars Borman ?

Wallander fut immédiatement alerté par la défiance du ton.

– Son nom a surgi dans le cadre d'une enquête.

– Quelle enquête ?

Autant dire ce qu'il en est, pensa-t-il.

– Vous avez peut-être appris par les journaux qu'un avocat d'Ystad avait été assassiné. C'est de cela qu'il s'agit.

Martin Oscarsson le considéra longuement avant de réagir.

– Je suis un vieil homme plutôt fatigué, mais pas au point d'avoir perdu toute curiosité. Je vais répondre à vos questions, si je le peux.

– Lars Borman travaillait comme auditeur interne au

conseil général. En quoi exactement consistait sa mission ? Et depuis combien de temps travaillait-il pour le conseil ?

– Un auditeur est un auditeur. Sa mission est indiquée par son titre. Il audite un bilan, dans ce cas précis celui du conseil général. Il vérifie que tout est conforme aux règles de droit et que les dépenses inscrites au budget ne sont pas dépassées. Mais il vérifie aussi que les salaires sont correctement versés. Il faut savoir qu'un conseil général est comme une très grande entreprise, ou plutôt comme un empire constitué de plusieurs empires plus petits. Le plus important concerne les services de santé. Mais il y a bien d'autres secteurs d'activité, formation, culture, et j'en passe. Lars Borman n'était évidemment pas notre seul auditeur. Il est arrivé chez nous au début des années quatre-vingt.

– Était-il compétent ?

– C'était le meilleur auditeur que j'aie jamais connu.

– Pourquoi ?

– Il travaillait vite, sans rien céder pour autant sur la minutie. Il était profondément impliqué dans son travail et il pro-posait sans cesse des solutions pour nous aider à faire des économies.

– On me l'a décrit comme un homme intègre.

– Bien sûr. Mais cela n'a rien de sensationnel en soi. Les auditeurs sont en général honnêtes. Il y a des exceptions évidemment, mais elles ne peuvent pas survivre au sein d'une organisation comme la nôtre.

Wallander réfléchit rapidement avant de poser la question suivante.

– Voilà soudain que cet homme intègre se suicide. Avez-vous été surpris ?

– Bien entendu. Un suicide n'est-il pas toujours surprenant ?

Après coup, Wallander ne parvint jamais à élucider ce

qui se produisit à cet instant. Un changement dans l'inflexion de Martin Oscarsson, comme une hésitation, ou peut-être une réticence dans sa manière de répondre. Pour Wallander la conversation changea de cours à ce moment-là, son attention s'aiguisa, la routine céda la place à la vigilance.

– Vous travailliez en étroite collaboration avec Lars Borman. Vous deviez bien le connaître. Comment était-il, en tant qu'homme ?

– Nous ne nous fréquentions pas en dehors du conseil. Il vivait pour son travail, et pour sa famille. C'était quelqu'un de respecté. Et aussi quelqu'un qui ne se laissait pas approcher.

– Aurait-il pu être atteint d'une maladie grave ?

– Je l'ignore.

– Vous avez dû beaucoup réfléchir à son suicide.

– Oui. Ça a été très dur. Cela a beaucoup assombri mes derniers mois au conseil, avant mon départ à la retraite.

– Pouvez-vous me raconter sa dernière journée de travail ?

– Il est mort un dimanche. Je l'ai donc vu pour la dernière fois le vendredi après-midi, qui était consacré à une réunion avec les différents responsables financiers du conseil. Une réunion assez houleuse malheureusement.

– Pourquoi ?

– Nous avions un problème. Les avis divergeaient quant à la manière de le résoudre.

– Quel problème ?

Martin Oscarsson le considéra pensivement.

– Je ne suis pas persuadé de devoir répondre à cette question.

– Pourquoi ?

– D'abord je suis à la retraite. Deuxièmement il

existe des affaires – comment dire – confidentielles.

– Ah ? Nous avons pourtant un principe de transparence dans ce pays.

– Oui. Sauf pour les affaires qui, pour une raison ou pour une autre, ne sont pas jugées aptes à être portées à la connaissance du public.

Wallander réfléchit avant de poursuivre.

– Je reprends. La dernière journée de travail de Lars Borman a donc été consacrée à une réunion avec les responsables financiers du conseil général.

Martin Oscarsson acquiesça en silence.

– Au cours de cette réunion « houleuse », il est question d'un problème qui n'est « pas jugé apte à être porté à la connaissance du public ». Cela signifie-t-il que le procès-verbal de séance a été classé secret ?

– Pas vraiment. Il n'y a pas eu de procès-verbal.

– Dans ce cas, ce n'était pas une réunion ordinaire de gestion.

– C'était une concertation confidentielle, dit Martin Oscarsson. Le chapitre est clos. Je ne crois pas devoir répondre à d'autres questions. Je suis un vieil homme. J'ai oublié l'affaire.

Pas du tout, pensa Wallander. Tu n'as rien oublié. De quoi avez-vous donc parlé entre vous ce vendredi-là ?

– Je ne peux évidemment vous contraindre à répondre. Mais je peux me tourner vers le procureur. Je peux m'adresser à la commission de contrôle de gestion du conseil général. Bref, je peux faire beaucoup de choses pour découvrir l'enjeu de cette séance.

– Je ne répondrai pas à d'autres questions, dit Martin Oscarsson en se levant.

Wallander n'avait pas bougé.

– Rasseyez-vous. J'ai une proposition à vous faire.

Martin Oscarsson hésita. Puis il obéit.

– Faisons comme ce vendredi-là. Je ne prends

aucune note. Disons que c'est une conversation confidentielle. Aucun témoin ne pourra affirmer qu'elle a eu lieu. Je vous donne ma parole que je ne ferai jamais référence à ce que vous m'aurez dit. Et je vous rappelle que je suis en mesure de me procurer les mêmes informations par d'autres voies.

Martin Oscarsson réfléchit.

– Thomas Rundstedt est au courant de votre visite chez moi.

– Il ignore pourquoi je suis venu.

Il attendit pendant que son interlocuteur débattait intérieurement. L'issue lui semblait acquise. Il ne doutait pas que Martin Oscarsson fût un vieil homme sage.

– J'accepte, dit-il enfin. Mais je ne suis pas sûr de pouvoir répondre à toutes vos questions.

– De le pouvoir ou de le vouloir ?

– Ce sera à moi d'en décider.

Wallander hocha la tête. Ils étaient d'accord.

– Alors, dit-il, ce problème. Quel était-il ?

– Le conseil général de Malmöhus Län venait d'être exposé à une escroquerie de grande envergure, commença Martin Oscarsson. À l'époque, nous ne savions pas encore quelles étaient les sommes en jeu. Maintenant nous le savons.

– Combien ?

– Quatre millions de couronnes. L'argent des contribuables.

– Que s'était-il produit ?

– Pour que vous compreniez bien, je dois d'abord vous expliquer comment fonctionne un conseil général. Nous gérons chaque année plusieurs milliards de couronnes au travers d'une série d'activités. La gestion financière est évidemment primordiale. Elle est entièrement informatisée, avec des systèmes de contrôle à différents niveaux pour empêcher les détournements et autres irrégularités. Ce contrôle concerne tous les employés, y compris au sommet de la hiérarchie ; je n'ai pas besoin de m'étendre là-dessus. Ce que je dois souligner en revanche, c'est que tous les ordres de paiement sont contrôlés en continu. Si quelqu'un a l'intention de détourner quelque somme que ce soit, il doit auparavant être parfaitement informé de la manière dont l'argent circule d'un compte à l'autre. Voilà pour la toile de fond.

– Jusque-là je vous suis, dit Wallander qui attendait la suite.

– Cet incident a révélé que notre dispositif de sécurité était insuffisant, poursuivit Martin Oscarsson. Il a été radicalement modifié depuis. Une telle escroquerie ne serait plus possible aujourd'hui.

– Prenez votre temps, dit Wallander. J'aimerais que vous me décriviez « l'incident » avec le plus de détails possible.

– Il reste encore des lacunes. Mais nous connaissons l'essentiel. Comme vous le savez peut-être, commissaire, la gestion de l'État suédois dans son ensemble a connu de grands bouleversements au cours des dernières années. Par bien des côtés, ça a été comme une opération sans anesthésie. Nous autres fonctionnaires élevés dans une tradition plus ancienne avons eu du mal à nous y adapter. La mutation n'est pas achevée et il faudra encore attendre avant de pouvoir en évaluer toutes les conséquences. L'idée de base était que le public devait être géré comme le privé, selon les règles de l'économie de marché, de la concurrence, etc. Certaines unités ont été converties en entreprises, d'autres ont été soumises à des appels d'offres. L'exigence de rentabilité s'est partout accrue. Entre autres, on nous a demandé de créer une entreprise chargée de gérer de façon professionnelle les achats annuels du conseil général. C'est un poste très important; le fait d'avoir un conseil général parmi ses clients représente une opportunité exceptionnelle pour n'importe quel fournisseur, qu'il fabrique de la lessive ou des tondeuses. Dans le cadre de cette création d'entreprise, nous avons loué les services d'un cabinet de consultants, chargé notamment d'évaluer les candidatures pour les postes dirigeants à pourvoir. C'est alors que nous avons été victimes de l'escroquerie.

– Quel était le nom de ce cabinet de consultants?

– STRUFAB. Je ne me souviens plus de ce que signifiait le sigle. En tout cas, le cabinet appartenait à une division de Smeden, qui est à son tour, comme vous le savez peut-être, une société d'investissement cotée en Bourse.

– Pas vraiment, répondit Wallander. Y a-t-il un actionnaire principal?

– À ma connaissance, Volvo et Skanska avaient à l'époque une participation importante dans Smeden. Cela a pu changer depuis.

– On pourra en reparler tout à l'heure. Revenons à l'escroquerie. Que s'est-il passé?

– À la fin de l'été et au début de l'automne, nous avons consacré un certain nombre de réunions à la constitution de cette nouvelle entreprise. Les consultants travaillaient de façon efficace; nos juristes en étaient extrêmement satisfaits, tout comme les responsables financiers. Nous avons alors envisagé de lier STRUFAB au conseil sur la base d'un contrat à long terme.

– Comment s'appelaient les consultants?

– Egil Holmberg et Stefan Fjällsjö. Un troisième homme a assisté à l'une des séances. J'ai malheureusement oublié son nom.

– Et ces gens se sont révélés être des escrocs?

La réponse fut déconcertante.

– Je l'ignore. C'était tellement bien organisé qu'on n'a pu inculper personne. Il n'y avait pas de coupable. Mais l'argent avait bel et bien disparu.

– Cela paraît pour le moins étrange. Racontez-moi.

– Pour ça, il faut que je remonte à l'après-midi du 14 août 1992. Un vendredi, là encore. C'est là que le raid a été mis en scène et exécuté en très peu de temps. Par la suite, nous avons compris que le coup avait été minutieusement préparé. Nous étions en réunion avec les consultants dans une salle de conférences du département financier. Nous avions commencé à treize heures, et nous pensions avoir fini pour dix-sept heures. Au début de la réunion, Egil Holmberg nous a informés qu'il était obligé de partir dès seize heures ; ça ne posait pas de problème. À quatorze heures, la secrétaire du directeur financier est arrivée pour informer Stefan Fjällsjö d'un coup de fil important ; si je ne m'abuse, elle a dit que l'appel venait du ministère de l'Industrie. Il s'est excusé et l'a suivie dans son bureau. Elle nous a raconté par la suite qu'elle s'était absentée pour le laisser prendre son appel tranquillement ; il lui avait dit qu'il en avait pour au moins dix minutes. Elle a donc quitté le bureau. La suite n'est pas connue avec précision ; mais nous savons l'essentiel. Stefan Fjällsjö a posé le combiné sur la table – nous ignorons qui était l'interlocuteur, mais ce n'était évidemment pas le ministère. Puis il s'est rendu tout droit dans le bureau du directeur financier, voisin de celui de la secrétaire, et il a rédigé un ordre de virement de quatre millions de couronnes sur un compte d'entreprise chez Handelsbanken à Stockholm. Le virement était désigné comme « paiement d'honoraires de consultants ». Dans la mesure où le directeur financier disposait de la signature, il n'y avait pas de problème. L'ordre de virement se référait à un numéro de contrat avec un cabinet de consultants fictif qui portait, il me semble, le nom de SISYFOS. Stefan Fjällsjö a rédigé une confirmation manuscrite. Il a imité la signature du directeur financier, il s'est servi du formulaire ad hoc, et il a validé le tout dans l'ordinateur. Quant à l'attestation manuscrite, il l'a placée dans la pile du courrier interne. Puis il est retourné dans le premier bureau, où il a continué à parler avec son complice au téléphone jusqu'au retour de la secrétaire. Le premier volet de l'opération venait d'être mené à bien. Stefan Fjällsjö est revenu dans la salle de conférences. Il s'était écoulé moins de quinze minutes en tout.

Wallander écoutait attentivement. Comme il ne prenait aucune note, il craignait d'oublier certains détails.

– Peu avant seize heures, poursuivit Martin Oscarsson, Egil Holmberg s'est levé et a quitté comme convenu la salle de conférences. Après coup, nous avons compris qu'au lieu de quitter les locaux du conseil général, il est descendu à l'étage du dessous, où se trouve le bureau du chef comptable. Je dois peut-être préciser que celui-ci participait exceptionnellement à la réunion, à la demande expresse des deux consultants. Tout était donc en place. Egil Holmberg s'est introduit dans les fichiers informatiques du chef comptable et il y a glissé le contrat imaginaire, avant de rédiger et d'antidater un ordre de virement de quatre millions de couronnes. Ensuite il a appelé les bureaux de Handelsbanken à Stockholm pour les en informer. Puis il a tranquillement attendu. Dix minutes plus tard, Handelsbanken rappelait afin de vérifier l'origine de l'appel. Il en a profité pour valider la transaction. Il ne restait plus alors qu'une chose à faire : confirmer l'ordre de paiement auprès de la banque du conseil général. C'est ce qu'il a fait avant de s'en aller. Le lundi matin à la première heure, quelqu'un s'est présenté à l'agence de Handelsbanken à Stockholm pour récupérer l'argent. Un certain Rikard Edén, signataire autorisé de la société SISYFOS. Nous avons des raisons de croire que c'est Stefan Fjällsjö en personne qui a encaissé l'argent sous cette identité d'emprunt. Il nous a fallu à peu près une semaine pour découvrir la supercherie. Nous avons porté plainte, et nous avons compris assez vite de quelle manière ils avaient dû procéder. Mais il n'y avait bien entendu aucune preuve. Stefan Fjällsjö et Egil Holmberg ont nié en bloc, avec la plus grande indignation. Nous avons naturellement rompu le contact avec eux. Mais nous ne pouvions rien faire de plus. Le dossier a finalement été classé sans suite. Tout le monde était d'accord pour étouffer l'affaire, sauf une personne.

– Lars Borman ?

Martin Oscarsson hocha lentement la tête.

– Il était bouleversé. Nous l'étions tous, bien sûr. Mais chez Lars Borman, c'était plus que cela. Comme s'il se sentait humilié, lui personnellement, de notre réticence à presser davantage le procureur et la police. C'était vraiment un coup dur pour lui. Il a sans doute estimé que nous avions trahi.

– Y a-t-il de quoi justifier un suicide ?

– Je le crois.

Nous avons fait un pas, pensa Wallander. Mais l'arrière-plan reste obscur. Où intervient le cabinet des Torstensson dans cette histoire ? Il est forcément impliqué, puisque Lars Borman a envoyé ses lettres de menaces.

– Savez-vous ce que sont devenus Egil Holmberg et Stefan Fjällsjö ?

– Leur boîte a changé de nom. Je n'en sais pas plus. Nous avons évidemment contacté les autres conseils généraux pour les avertir, en toute discrétion.

Wallander réfléchit.

– Vous disiez qu'ils appartenaient à une société d'investissement. Qui est le président du conseil d'administration de Smeden ?

– D'après ce que j'ai pu lire dans les journaux, cette société a complètement changé de caractère au cours de l'année écoulée. Elle a été démantelée, certaines unités ont été vendues, d'autres se sont ajoutées. Il n'est pas exagéré de dire que sa réputation a beaucoup souffert. Volvo a vendu ses actions. Je ne sais plus qui était l'acheteur. Mais un employé de la Bourse pourra sûrement vous renseigner là-dessus.

– Votre aide m'a été très précieuse, dit Wallander en se levant.

– Vous n'oubliez pas les termes de notre accord ?

– Je n'oublie rien.

Puis il s'aperçut qu'il avait encore une question.

– Avez-vous jamais envisagé que Lars Borman ait pu être assassiné ?

Martin Oscarsson le dévisagea avec surprise.

– Non. Jamais. Pourquoi aurais-je pensé une chose pareille ?

– C'était juste une interrogation de ma part. Encore merci pour toutes ces précisions. Je vous referai peut-être signe.

Lorsqu'il quitta la villa en pierre, Martin Oscarsson le suivit du regard, du haut de son perron. Wallander avait beau être si épuisé qu'il se serait volontiers endormi dans la voiture, il s'obligea à réfléchir encore un peu. La suite naturelle aurait été de retourner à Höör, de déranger Thomas Rundstedt une fois de plus et de lui poser des questions sans commune mesure avec celles de la première fois.

Il prit la route de Malmö en laissant mûrir sa décision. Puis il se rangea sur le bas-côté, fit le numéro de la police de Malmö, et demanda à parler à Roslund, en précisant que c'était urgent. La standardiste mit moins d'une minute à localiser Roslund.

– C'est Wallander, d'Ystad. On s'est croisés cette nuit.

– Je n'ai pas oublié. On m'a dit que c'était urgent.

– Je suis à Malmö. Je voudrais te demander un service.

– Je t'écoute.

– Il y a environ un an, début septembre, le premier ou le deuxième dimanche du mois, un homme du nom de Lars Borman s'est pendu dans ton secteur, plus précisément dans un bois de Klagshamn. Il doit y avoir un rapport à ce sujet. J'aimerais que tu me le retrouves, ainsi que le rapport de l'autopsie. J'aimerais aussi parler à un des collègues qui sont intervenus sur les lieux. C'est possible ?

– Tu peux me redire le nom ?

Wallander l'épela.

– Je ne sais pas combien de suicides on a chaque année, enchaîna Roslund. Ce cas précis ne me dit rien. Mais je vais chercher les rapports et voir si je peux dénicher un des policiers qui sont allés le dépendre.

Wallander lui laissa le numéro du téléphone de voiture.

– En attendant, dit-il, je vais faire un tour à Klagshamn.

Il était treize heures trente. Il avait de plus en plus de mal à chasser l'épuisement. Pour finir il céda, s'engagea sur un chemin conduisant à une carrière de calcaire abandonnée comme il y en avait beaucoup dans le coin. Il coupa le moteur et s'enveloppa dans sa veste. Quelques minutes plus tard il dormait profondément.

Il se réveilla en sursaut en se demandant où il était. Il

avait froid. Quelque chose l'avait ramené à la surface, quelque chose qu'il avait rêvé, mais quoi ? Il eut une sensation d'oppression en contemplant le paysage gris par le pare-brise. Il était quatorze heures vingt. Il n'avait dormi qu'une demi-heure, mais il avait l'impression d'avoir été arraché à un long coma.

Personne, pensa-t-il, n'est plus proche que moi de la grande solitude. Seul au monde. Le dernier homme. Les autres l'ont oublié. Ils l'ont laissé tomber en route, et ils ne s'en sont même pas aperçus.

Il fut interrompu dans ses méditations par la sonnerie du téléphone. C'était Roslund.

– Tu dormais dans ta bagnole ? On dirait que je te réveille.

– Pas du tout, dit Wallander. Je suis juste un peu enrhumé.

– En tout cas, j'ai trouvé ce que tu m'as demandé. Les papiers sont sur la table devant moi. Et il y a ici un dénommé Magnus Staffansson, qui était dans la voiture au moment de l'alerte. Quelques adeptes de la course d'orientation étaient tombés par hasard sur le corps. Il pourra t'expliquer comment on fait pour se pendre à un bouleau, parmi tous les arbres possibles. Où allez-vous vous retrouver ?

Wallander sentit la fatigue s'envoler.

– À la sortie vers Klagshamn.

– Il y sera dans un quart d'heure. Au fait, j'ai eu Sven Nyberg au téléphone. Il n'a rien trouvé dans ta voiture.

– Je comprends.

– Tu n'auras pas à voir l'épave au retour, dit Roslund. On est en train de la charger.

– Merci pour tout.

Wallander se rendit tout droit à Klagshamn et se gara à l'endroit convenu. Quelques minutes plus tard une voiture de police s'arrêta derrière lui. Magnus Staffansson était en uniforme. En apercevant Wallander, il se mit au garde-à-vous. Wallander, décontenancé, agita vaguement la main. Puis ils s'assirent dans la voiture de Wallander et Magnus Staffansson lui tendit une pochette plastique contenant des photocopies.

— Je vais y jeter un coup d'œil. Pendant ce temps, tu peux essayer de te rappeler ce jour, il y a un an.

— Les suicides, on préfère en général les oublier.

Staffansson avait un accent de Malmö à couper au couteau. Wallander, amusé, se rappela qu'il avait eu le même avant que les années passées à Ystad ne transforment son dialecte.

Il parcourut rapidement le bref rapport d'enquête, le rapport d'autopsie et la décision de clore l'enquête préliminaire. Il n'y avait pas eu le moindre soupçon de crime.

À voir, pensa Wallander. Il rangea la pochette sur le tableau de bord et se tourna vers Magnus Staffansson.

— Je propose qu'on y aille. Tu te souviens de l'endroit ?

— Oui. C'était à quelques kilomètres du bourg.

— Alors je te suis.

Ils quittèrent Klagshamn et prirent vers le sud en longeant la côte. Un cargo traversait le détroit. De l'autre côté, un banc de nuages suspendu, immobile, au-dessus de Copenhague. Les zones résidentielles se succédaient, de plus en plus clairsemées ; bientôt il n'y eut plus que les champs. Un tracteur solitaire traversait lentement l'un d'eux.

Ils étaient arrivés : un bois de feuillus sur leur gauche. Wallander s'arrêta derrière la voiture de police et sortit. La route était mouillée, et il pensa qu'il fallait mettre les bottes. En se dirigeant vers le coffre, il se rappela qu'elles avaient brûlé dans sa voiture la nuit d'avant.

Magnus Staffansson le précéda dans le bois et lui désigna un bouleau plus costaud que les autres.

– C'était là.

– Raconte.

– Tout est dans le rapport.

– Il vaut mieux utiliser tes propres mots.

– C'était un dimanche matin, commença Magnus Staffansson. Un peu avant huit heures. On revenait de Limhamn après avoir calmé un passager du premier ferry de Dragör qui prétendait avoir été empoisonné par le petit déjeuner qu'on lui avait servi pendant la traversée. C'est alors qu'on a reçu l'alerte. Un homme était pendu à un arbre. On nous a dit où c'était, on y est allés. Deux types qui s'entraînaient pour une course d'orientation l'avaient trouvé par hasard. Ils étaient sous le choc. Mais l'un des deux avait tout de même eu la présence d'esprit de courir jusqu'à la maison que tu vois là-haut pour nous appeler. Voilà. On a fait ce qu'on est censés faire dans ces cas-là. On l'a détaché, puisqu'il arrive des fois qu'ils vivent encore. Puis l'ambulance est arrivée, la crim' a pris le relais et on a classé l'affaire. Suicide. C'est tout, je crois. Ah oui, il était venu à bicyclette. Elle était à côté des buissons là-bas.

Wallander écoutait tout en observant l'arbre.

– C'était quoi, comme corde ?

– Ça ressemblait à une drisse. Grosse comme mon pouce.

– Tu te souviens du nœud ?

– Un nœud coulant ordinaire.

– Comment a-t-il fait ?

Magnus Staffansson parut ne pas comprendre.

– Ce n'est pas si simple de se pendre, explicita Wallander. S'était-il juché sur quelque chose ? Avait-il grimpé dans l'arbre ?

Le policier indiqua un nœud du tronc.

– Il a dû prendre appui là-dessus. C'est ce qu'on s'est dit. Il n'y avait rien d'autre à proximité.

Wallander hocha la tête. Dans le rapport d'autopsie il était écrit que Lars Borman avait été étranglé. Aucune fracture d'une vertèbre cervicale. À l'arrivée de la police, il était mort depuis une heure, pas davantage.

– Autre chose ? demanda-t-il.

– Ce serait quoi ?

– Il n'y a que toi qui peux le savoir.

– On a fait ce qu'on est censés faire, répéta Magnus Staffansson. On a rédigé un rapport et on s'est dépêchés d'oublier l'histoire.

Wallander savait ce que c'était. Les suicides suscitaient un climat d'oppression qui ne ressemblait à rien d'autre. Il repensa à toutes les occasions où il avait dû s'occuper de gens morts de leur propre main.

Il réfléchit à ce que venait de lui apprendre Magnus Staffansson. Ses paroles étaient comme un calque posé sur le rapport qu'il venait de lire.

Pourtant, quelque chose clochait.

Il pensa à la description qu'on lui avait faite de Lars Borman. Elle avait beau être lacunaire, il lui semblait évident que ce type était un homme sensé. Or, une fois sa résolution prise, voilà qu'il était parti à vélo dans la forêt et qu'il avait choisi un arbre qui ne se prêtait pas du tout à son dessein.

Déjà là, il y avait un élément suspect dans la mort de Lars Borman.

Mais ce n'était pas le seul. Il y avait aussi… Tout d'abord il ne comprit pas ce que c'était. Puis il s'immobilisa, le regard rivé au sol à quelques mètres de l'arbre.

Le vélo ! pensa-t-il. Le vélo raconte une tout autre histoire.

Magnus Staffansson avait allumé une cigarette et bougeait pour se réchauffer.

– Le vélo, dit Wallander. Il n'est pas décrit avec précision dans le rapport.

– C'était un bel engin. Dix vitesses, bien entretenu. Je me souviens qu'il était bleu foncé.

– Montre-moi l'endroit exact où vous l'avez trouvé.

Magnus Staffansson le lui indiqua sans hésiter.

– Comment était-il couché ?

– Comment était-il… Il avait été jeté par terre, voilà tout.

– Il n'était pas tombé ?

– La béquille n'était pas dépliée.

– Tu en es sûr ?

Le policier réfléchit avant de répondre.

– Oui. J'en suis sûr.

– Tu veux donc dire qu'il aurait jeté son vélo comme ça ? Comme le font les enfants pressés ?

Magnus Staffansson hocha la tête.

– Exactement. Le vélo avait été jeté comme ça. Comme si le type était pressé d'en finir.

Wallander acquiesça pensivement.

– Une seule chose encore. Demande à ton collègue s'il peut confirmer le coup de la béquille.

– C'est si important que ça ?

– Oui. Appelle-moi s'il a une opinion différente de la tienne.

– La béquille était rentrée. J'en suis sûr.

– Appelle-moi quand même, dit Wallander. On peut y aller maintenant. Merci pour ton aide.

Il reprit la route d'Ystad en pensant à Lars Borman.

Un auditeur auprès du conseil général. Un homme qui n'aurait jamais jeté son vélo comme ça, pas même sous le coup de l'émotion.

J'ai fait un pas supplémentaire. Je me rapproche de quelque chose, et je ne sais pas ce que c'est. Entre Lars Borman et le cabinet des Torstensson, il manque un maillon de la chaîne. C'est lui que je dois trouver.

Il s'aperçut après coup seulement qu'il avait dépassé l'endroit où sa voiture avait brûlé. Il s'arrêta à l'auberge de Rydsgård pour un déjeuner tardif. Il était seul dans la salle. Il pensa que le soir même, malgré sa fatigue, il appellerait Linda. Ensuite il écrirait une lettre à Baiba.

Peu avant dix-sept heures il était de retour au commissariat. Ebba lui apprit qu'il n'y aurait pas de réunion du groupe d'enquête. Tout le monde préférait gagner du temps et continuer à travailler. Ils se retrouveraient le lendemain matin à huit heures.

– Tu m'as l'air dans un état terrible, dit-elle.

– Cette nuit, je vais dormir.

Wallander alla dans son bureau et referma la porte. Il y avait quelques Post-it sur la table. Mais rien qui ne puisse attendre jusqu'au lendemain.

Il ôta sa veste et consacra une demi-heure à rédiger un résumé de ses activités du jour. Puis il jeta le crayon sur la table et s'enfonça dans son fauteuil.

Maintenant, il faut faire une percée. Nous devons trouver le chaînon manquant dans cette enquête.

Il venait de remettre sa veste pour rentrer chez lui lorsqu'on frappa à sa porte. Svedberg entra, l'air inquiet. Wallander comprit tout de suite qu'il y avait du nouveau.

– Tu as un instant ?

– Qu'est-ce qui se passe ?

Svedberg se tortillait sans répondre. Wallander sentit que sa patience était à bout.

– Je suppose que tu veux me dire quelque chose puisque tu viens me voir. Je m'apprêtais à rentrer.

– Je crois qu'il faut que tu ailles à Simrishamn, lâcha Svedberg.

– Pourquoi ?

– Ils ont appelé.

– Qui a appelé ?

– Les collègues.

– De Simrishamn ? Que voulaient-ils ?

Svedberg parut prendre son élan.

– Ils ont été obligés d'arrêter ton père.

Wallander écarquilla les yeux.

– La police de Simrishamn a arrêté mon père ? Et pourquoi donc ?

– Il aurait été impliqué dans une bagarre.

Wallander le dévisagea longuement sans rien dire. Puis il se rassit derrière son bureau.

– Recommence. Lentement.

– Ils ont appelé il y a une heure. Vu que tu étais sorti, ils m'ont raconté l'affaire. Ils ont arrêté ton père, parce qu'il était en train de se battre dans un dépôt de Systemet[1] à Simrishamn. Ce n'était pas beau à voir, à ce qu'il paraît. Puis ils se sont aperçus que c'était ton père et ils ont appelé ici.

Wallander hocha la tête sans un mot. Puis il se leva lourdement.

– J'y vais.

– Tu veux que je t'accompagne ?

– Non, merci.

Wallander quitta le commissariat. Il était sans voix. Une heure plus tard à peine, il déboulait dans le poste de police de Simrishamn.

---

1. Chaîne de magasins d'État détenant en Suède le monopole de la vente d'alcool. (NdT)

9

Sur la route, Wallander avait pensé aux Chevaliers de la Soie.

Leur image lui était revenue alors qu'il les avait presque oubliés ; ces hommes avaient pourtant eu autrefois une réalité indiscutable.

La dernière fois que son père avait été arrêté par la police, Kurt Wallander avait onze ans. Son souvenir de l'événement était très net. Ils habitaient alors encore près de Malmö, et il avait réagi avec un curieux mélange de honte et de fierté.

Cette fois-là, la bagarre n'avait pas eu lieu dans les locaux de Systemet mais dans le parc du centre-ville. C'était un samedi soir au début de l'été 1956, et Wallander avait été autorisé à accompagner là-bas son père et ses amis.

Ces amis du père, qui débarquaient chez eux de façon irrégulière et toujours inattendue, avaient été à ses yeux pendant toute son enfance les hommes de la Grande Aventure. Ils arrivaient à bord de leurs voitures américaines étincelantes, vêtus de costumes de soie. Souvent, ils portaient un chapeau à larges bords sur la tête et des anneaux d'or aux doigts. Ils entraient dans le petit atelier qui sentait la térébenthine et les couleurs à l'huile pour inspecter les tableaux peints par son père et, éventuellement, les acheter. Il lui arrivait de se glisser à l'intérieur ; il se cachait derrière le bric-à-brac entassé dans le recoin le plus sombre, de vieilles toiles grignotées par les rats, et il écoutait, tremblant d'effroi, les marchandages toujours scellés par des coups de cognac au goulot. Il avait compris que c'était grâce à eux – les Chevaliers de la Soie, ainsi qu'il les appelait dans ses journaux secrets – que la famille avait de quoi manger. C'était un instant sacré dans son existence, quand une affaire avait été conclue et que les hommes inconnus aux doigts chargés de bagues sortaient de leurs poches d'énormes liasses de billets de banque et en détachaient un mince paquet que son père recueillait avec une courbette.

Il se rappelait encore leurs échanges : des répliques courtes, qui avaient pour ainsi dire la faculté de rebondir, souvent suivies par de vaines protestations paternelles et une sorte de ricanement de la part des étrangers.

Sept paysages sans coq et trois avec, disait l'un. Et le père farfouillait parmi les toiles achevées, en choisissait quelques-unes qu'il soumettait à leur approbation et l'argent valsait sur la table. Il avait onze ans, il se terrait dans le noir, un peu étourdi par l'odeur de la térébenthine, en pensant que ce à quoi il assistait en cet instant était la vie d'adulte qui l'attendait lui aussi, de l'autre côté de la frontière marquée par le brevet d'études. Puis il sortait de l'ombre au bon moment, lorsqu'il était temps de porter les toiles jusqu'à la voiture ; il fallait les ranger dans le coffre et parfois aussi sur la banquette arrière. C'était un instant décisif, car il arrivait qu'un Chevalier découvre alors le garçon qui portait les toiles et lui glisse discrètement un gros billet de cinq couronnes. Debout côte à côte derrière le portail, son père et lui regardaient la voiture s'éloigner tel un navire magnifique. Mais lorsque le véhicule avait disparu, le père changeait du tout au tout. L'amabilité servile s'était envolée, il crachait par terre à l'intention des hommes qui venaient de partir et disait avec mépris qu'il s'était fait rouler une fois de plus.

Cela faisait partie des grandes énigmes de son enfance : comment son père pouvait-il s'estimer floué alors qu'il recevait chaque fois un paquet entier de billets en échange de ses tristes peintures qui se ressemblaient toutes, avec leur soleil toujours suspendu au-dessus du paysage immobile, ce soleil qui ne recevait jamais la permission de se coucher…

Une seule fois il avait assisté à un dénouement inattendu. Cette fois-là, les Chevaliers étaient venus à deux. Il ne les avait encore jamais vus, et d'après la conversation qu'il écoutait dans l'ombre, planqué derrière les débris d'un vieux traîneau, il comprit que ces hommes étaient de nouvelles relations d'affaires de son père, que c'était un moment important et qu'il n'était pas du tout acquis d'avance que ceux-ci apprécieraient les tableaux. Puis il avait porté les toiles comme d'habitude, jusqu'à une Dodge cette fois, et il avait appris les différentes manières dont s'ouvraient les coffres de diverses marques de voitures. Ensuite les deux hommes avaient proposé à son père d'aller dîner avec eux. L'un des deux s'appelait Anton, il s'en souvenait, et l'autre portait un nom étranger, peut-être polonais.

Son père et lui avaient été fourrés sur la banquette arrière parmi les toiles, pendant que les hommes fantastiques prenaient place à l'avant. Ils avaient même un gramophone dans leur voiture, et ils avaient écouté Johnny Bode sur la route. Une fois au parc, le père s'était installé avec les deux Chevaliers sur la terrasse du restaurant et lui avait été envoyé dehors avec plusieurs pièces d'une couronne que lui avait glissées le

Polonais. C'était un jour chaud du début de l'été, une brise agréable soufflait du détroit et il avait calculé avec soin ce qu'il pourrait s'offrir avec l'argent. Il avait bien compris que ce ne serait pas juste de les garder ; on lui avait donné les pièces pour qu'il les utilise. Il avait fait quelques tours de manège et deux tours de grande roue – du sommet de laquelle on pouvait voir jusqu'à Copenhague. De temps à autre il vérifiait que le père, le Polonais et le dénommé Anton étaient toujours à leur place. Il les voyait de loin, installés à une table où l'on apportait des verres et des bouteilles, des assiettes chargées de nourriture et des serviettes blanches que les hommes glissaient dans leur col. Cette fois il pensa que lorsqu'il aurait franchi la frontière fatidique du brevet d'études, il deviendrait comme ces hommes qui débarquaient dans une voiture de rêve et bénissaient les peintres du dimanche en prélevant dans une liasse un petit nombre de billets qu'ils déposaient sur les tables d'ateliers crasseux.

Le soir tombait ; il y aurait peut-être de la pluie pendant la nuit. Il avait pris la décision de faire un dernier tour de grande roue. Mais il n'en eut jamais l'occasion. Car soudain il se produisit un événement. La grande roue, les manèges et les stands de tombola perdirent d'un coup tout leur attrait et les gens se mirent à converger vers la terrasse du restaurant. Il suivit le flot, se faufila en jouant des coudes jusqu'à un spectacle qu'il n'oublierait jamais. Cet instant-là signa le passage de la frontière de façon complètement imprévue et lui enseigna que la vie consiste en de nombreuses frontières dont nous ne découvrons l'existence qu'à l'instant de les franchir.

Quelque chose s'était effectivement produit. Et c'était l'univers lui-même qui venait d'exploser. Car, lorsqu'il arriva aux premières loges, il trouva son père, son propre père, violemment aux prises avec un Chevalier et avec un certain nombre de serveurs et d'autres gens qui lui étaient complètement inconnus. La table était renversée, les bouteilles et les verres avaient été fracassés ; un bifteck dégoulinant de sauce brune et de bouts d'oignons frits s'était accroché à la manche de son père, qui saignait du nez et continuait à se battre avec une frénésie inconcevable. Tout était allé très vite, il s'était frayé un chemin en jouant des coudes, peut-être dans sa panique avait-il crié le nom de son père. Mais soudain tout fut fini, des gardiens imposants au visage congestionné arrivèrent sur les lieux, quelques policiers surgirent de nulle part et son père fut emmené en compagnie d'Anton et du Polonais. Il ne restait sur place qu'un chapeau à larges bords piétiné. Il essaya de rattraper son père et de s'accrocher à lui, mais on le repoussa et il se retrouva seul devant le restaurant. Les larmes lui montèrent aux yeux. Il vit son père disparaître dans un fourgon de police.

Il entama alors à pied le long trajet jusqu'à chez lui ; il était loin d'être arrivé lorsqu'il se mit à pleuvoir. Tout n'était que chaos, l'univers s'était déchiré et, s'il l'avait pu, il aurait effacé la scène dont il venait d'être témoin. Mais il était impossible de découper la réalité selon ses désirs ; alors il se hâta sous la pluie en se demandant si son père reviendrait un jour. Il attendit la nuit entière dans l'atelier, assommé par l'odeur de la térébenthine. Chaque fois qu'une voiture passait sur la route, il courait jusqu'au portail. La pluie tombait toujours. Il finit par se rouler en boule par terre en se couvrant avec un morceau de toile vierge.

Il fut réveillé par la présence de son père au-dessus de lui. Son père ! Du coton dans une narine, l'œil gauche tuméfié et puant l'alcool. Il se redressa d'un bond et l'entoura de ses bras.

– Ils ne m'ont pas écouté, dit son père. Ils n'ont rien voulu entendre. Je leur ai répété que j'avais mon fils avec moi. Mais ils ne m'ont pas écouté. Comment es-tu rentré ?

Il lui dit la vérité, qu'il était revenu à pied sous la pluie.

– Je suis désolé, dit son père. Mais j'étais tellement en colère. Ils ont dit un truc qui n'était pas vrai.

Il prit une toile et l'examina de l'œil qui n'était pas enflé. C'était une de celles qui avaient un coq de bruyère au premier plan.

– J'étais en colère, répéta-t-il. Ces salauds ont dit que c'était une gélinotte. Ils ont prétendu que je peignais tellement mal qu'on ne voyait pas la différence. C'est normal qu'on se mette en rogne. Ma dignité ne les touche pas.

– Bien sûr que c'est un coq de bruyère ! N'importe qui peut voir que c'est pas une gélinotte.

Son père lui sourit. Il lui manquait deux dents. Ils lui avaient cassé son sourire.

Puis ils burent un café ensemble pendant que son père laissait lentement refroidir la rage provoquée par l'insulte. Dehors, il pleuvait toujours.

– Ne pas être capable de voir la différence entre une gélinotte et un coq de bruyère, répétait-il. Prétendre que je suis incapable de peindre un oiseau tel qu'il est. C'est dingue.

Wallander se souvint de tout cela pendant qu'il roulait vers Simrishamn. Il se rappelait aussi que les deux hommes, le prénommé Anton et le Polonais, étaient revenus lui acheter des tableaux au cours des années suivantes. La bagarre, les trop nombreux cognacs, le subit accès de rage étaient devenus des épisodes comiques qu'ils se racontaient en riant. Anton avait même payé le remplacement des deux dents. L'amitié, pensa-t-il. Au-delà de la bagarre, il y avait eu autre chose, de plus important. L'amitié entre les colporteurs d'art et l'homme qui peignait son éternel motif afin qu'ils aient des toiles à vendre.

Il pensa au tableau accroché au mur de l'appartement de Helsingborg. Il pensa à tous les autres murs qu'il n'avait pas vus, mais où le coq de bruyère se détachait sur son fond de paysage immobile, au-dessus duquel le soleil ne se couchait jamais. Pour la première fois il eut l'impression de comprendre quelque chose qui lui avait jusqu'alors échappé. Toute sa vie, son père avait empêché le soleil de se coucher. Cela avait été à la fois son moyen de subsistance et son exorcisme. Il avait peint ces tableaux pour que les gens qui les accrocheraient chez eux puissent voir qu'il était possible de garder le soleil captif.

Il arriva à Simrishamn et laissa la voiture devant le commissariat. En entrant, il reconnut Torsten Lundström – un homme aimable, un policier de la vieille école, qui ne voulait que du bien à ses semblables. Bientôt à la retraite. En apercevant Wallander, il hocha la tête et posa le journal qu'il était en train de lire. Wallander s'assit sur une chaise en face de lui.

– Qu'est-ce qui se passe ? On me dit que mon père s'est retrouvé pris dans une bagarre à Systemet. Je n'en sais pas plus.

– Alors je vais te donner les détails, dit Torsten Lundström avec gentillesse. Ton père est arrivé à Systemet en taxi peu avant seize heures. Il est entré, il a pris son numéro d'attente et il s'est assis pour patienter. Il aurait apparemment manqué son tour. Alors il s'est avancé jusqu'au comptoir en exigeant d'être servi quand même. Le vendeur a mal réagi, il lui a demandé de prendre un autre numéro. Ton père refuse, un autre client dont le numéro vient d'être appelé intervient et lui dit de s'écarter. À la surprise générale, ton père entre dans une rage folle et commence à se battre avec l'autre client. Le vendeur s'en mêle, ton père lui balance un coup de poing, tu peux t'imaginer la suite. Je te rassure, personne n'a été blessé. Ton père a peut-être un peu mal au poing droit. Il a l'air très costaud, malgré son âge.

– Où est-il ?

Torsten Lundström indiqua une porte dans son dos.

– Et maintenant ?

– Tu peux le ramener chez lui. Il sera sans doute inculpé pour coups et blessures. À moins que tu ne parviennes à régler l'affaire à l'amiable avec le vendeur et l'autre client. Je vais en toucher deux mots personnellement au procureur.

Il glissa à Wallander un papier où étaient notés deux noms.

– Le vendeur ne te posera aucun problème. Je le connais. Le client, c'est un peu plus épineux. Il s'agit d'un certain Sten Wickberg, propriétaire d'une entreprise de transports, qui habite à Kivik. Il a apparemment décidé de faire rendre gorge à ton vieux. Mais tu peux toujours l'appeler. J'ai noté le numéro. Ah oui, ton père doit aussi deux cent trente couronnes au taxi de Simrishamn. Dans le chaos qui a suivi, son trajet n'a jamais été payé. Le chauffeur s'appelle Waldemar Kåge. Je lui ai parlé. Il sait qu'il récupérera son argent.

Wallander rangea le papier dans sa poche.

– Comment va-t-il ? demanda-t-il en indiquant la porte.

– Je crois qu'il est calmé. Mais il pense encore qu'il n'a rien fait de mal. Il dit qu'il avait le droit de se défendre.

– Se *défendre* ? C'est pourtant lui qui a commencé…

– Il entend par là qu'il avait le droit de défendre sa place dans la file de Systemet.

– Je rêve !

Torsten Lundström se leva.

– Tu peux aller le chercher. Dis donc, c'est quoi cette histoire de voiture qui a brûlé ?

– Il y a peut-être eu un court-circuit, éluda Wallander. C'est une vieille bagnole.

– Ah. Bon, je vais faire un tour. Ne t'inquiète pas pour la porte, elle se referme toute seule.

– Merci.

– Merci de quoi ? dit Torsten Lundström en mettant sa casquette.

Il sortit. Wallander frappa à la porte. Pas de réponse. En ouvrant, il trouva son père assis sur un banc de la cellule, en train de se curer les ongles avec un clou. En reconnaissant Wallander, il se leva. Il paraissait hostile.

– Tu n'as pas pu venir plus tôt, évidemment. Combien de temps comptais-tu me laisser moisir ici, si on peut le savoir ?

– Je suis venu dès que j'ai pu. Allez viens, on y va.

– Il faut d'abord que je paye le taxi. Je n'aime pas avoir des dettes.

– On s'en occupera après.

Ils quittèrent le poste de police de Simrishamn et prirent la voiture. Son père semblait avoir oublié l'incident. Wallander rompit le silence alors qu'ils approchaient déjà de la sortie vers Glimmingehus.

– Qu'est-il arrivé à Anton et au Polonais ? demandat-il.

– Quoi ? Tu te souviens d'eux ?

– Là aussi, il y avait eu du grabuge.

– Je croyais que tu avais oublié. Je ne sais pas ce qui est arrivé au Polonais. La dernière fois que j'ai eu de ses nouvelles, il y a vingt ans, il s'était lancé dans un nouveau business qui lui paraissait plus lucratif. Les magazines cochons. Je ne sais pas ce que ça a donné.

Quant à Anton, il est mort. Il avait trop bu. Ça doit bien faire vingt-cinq ans de ça.

– Qu'allais-tu faire à Systemet ?

– Ce qu'on y fait en général. J'allais acheter du cognac.

– Mais tu n'aimes pas ça !

– Ma femme boit volontiers un petit verre le soir.

– Gertrud boit du cognac ?

– Et pourquoi pas ? Si tu crois que tu vas pouvoir la contrôler comme tu as essayé de me contrôler moi, tu te trompes.

Wallander n'en croyait pas ses oreilles.

– Je n'ai jamais essayé de... Qu'est-ce que tu racontes ? Si quelqu'un a essayé de contrôler quelqu'un, c'est bien toi. Tu t'es toujours mêlé de mes affaires, et d'ailleurs...

– Si tu m'avais écouté, dit son père calmement, tu ne serais jamais devenu flic. Et vu toutes les histoires de ces dernières années, crois-moi, ça aurait été un avantage.

Wallander réalisa qu'il valait mieux changer de sujet.

– C'est une bonne chose que tu n'aies pas été blessé, dit-il.

– On doit défendre sa dignité. Sa dignité et sa place dans la file de Systemet. Sinon il n'y a plus qu'à mettre la clé sous le paillasson.

– J'espère que tu te rends compte que tu risques des poursuites.

– Je vais nier.

– Nier quoi ? Tout le monde sait que c'est toi qui as commencé. Tu ne peux pas nier les faits.

– J'ai défendu ma dignité, voilà tout. On va en prison pour ça de nos jours ?

– Tu n'iras pas en prison. Au pire tu devras payer des dommages et intérêts.

– C'est hors de question.

– Je paierai. Tu as cassé le nez d'un transporteur. Ça se paie.

– On doit défendre sa dignité.

Wallander n'ajouta rien. Peu après il freinait dans la cour gravillonnée de la maison de Löderup.

– Ne dis rien à Gertrud, dit son père lorsqu'ils furent sortis de la voiture.

Wallander fut surpris de son ton presque implorant.

– Je ne dirai rien.

Gertrud était à l'origine la femme envoyée par la commune pour s'occuper de son ménage, à l'époque où il commençait à perdre son autonomie. Mais cet élément nouveau dans son existence solitaire – elle venait trois fois par semaine – avait transformé le vieux, et tous les signes de sénilité avaient disparu comme par enchantement. Ensuite le père avait résolu de l'épouser. Le fait qu'elle eût trente ans de moins que lui importait peu. Wallander, qui n'avait rien compris tout d'abord à ce projet, s'était peu à peu aperçu que Gertrud était sincèrement décidée à se marier avec lui. Wallander ne savait pas grand-chose d'elle, sinon qu'elle était du coin, qu'elle avait deux enfants adultes et qu'elle avait divorcé bien des années plus tôt. Ils semblaient bien s'entendre tous les deux, et Wallander s'était plusieurs fois surpris à être vaguement jaloux. Lui-même aurait eu le plus grand besoin d'une auxiliaire de vie payée par la commune. Son intérieur laissait beaucoup à désirer. Sur tous les plans.

Lorsqu'ils entrèrent, ils la trouvèrent en train de préparer le repas à la cuisine. Elle fut comme toujours heureuse de le voir, et lui proposa de rester dîner avec eux. Il s'esquiva en prétextant du travail. Puis il suivit son père dans l'atelier et but le café que le vieux avait fait réchauffer sur son réchaud crasseux.

– J'ai vu un de tes tableaux chez des gens à Helsingborg l'autre soir, dit-il.

– Ah oui. C'est vrai que j'en ai peint un sacré paquet, depuis tout ce temps.

La question intéressait Wallander.

– Combien ?

– Si je voulais, je pourrais sans doute faire le calcul. Mais je ne veux pas.

– Il doit y en avoir des milliers.

– Je préfère ne pas y penser. Ce serait comme d'inviter la mort chez moi.

Wallander fut désarçonné par ce commentaire. Il n'avait jamais entendu son père évoquer le sujet ; même la vieillesse était apparemment à ses yeux un thème qui ne le concernait pas. Au fond, pensa-t-il soudain, il ne savait rien du rapport qu'entretenait son père avec la mort, ni de la crainte éventuelle qu'il pouvait en avoir. Après toutes ces années, je ne sais toujours rien de lui. Et il en sait probablement aussi peu sur mon compte.

Son père le contemplait avec ses yeux de myope.

– Alors comme ça, tu vas mieux. Tu as repris le travail. À ta dernière visite, avant que tu partes pour cette pension au Danemark, tu as dit que tu donnerais sans doute ta démission. Tu as donc changé d'avis.

– Il s'est passé un truc.

Il préférait ne pas s'engager dans une discussion portant sur son travail. Ces discussions-là se terminaient toujours en dispute.

– J'ai cru comprendre que tu étais un bon flic, dit soudain son père.

– Qui a dit ça ?

– Gertrud. On parle de toi dans les journaux. Je n'ai pas lu les articles. Mais d'après elle, il paraît que tu es un bon flic.

– Les journalistes écrivent plein de choses.

– Je te répète juste ce qu'elle a dit.

- Et toi alors ? Qu'en dis-tu ?

– Que j'ai essayé de te dissuader. Que je pense encore que tu devrais changer de métier.

– Je ne le ferai sans doute pas, dit Wallander. J'aurai bientôt cinquante ans. Je resterai dans la police toute ma vie.

Gertrud appela de la maison. Le dîner était servi.

– Je n'aurais jamais cru que tu te souviendrais d'Anton et du Polonais, dit son père en le raccompagnant jusqu'à sa voiture.

– C'est un de mes souvenirs d'enfance les plus forts. Sais-tu quel nom j'avais donné en secret à ces types bizarres qui venaient t'acheter tes tableaux ?

– C'étaient des colporteurs d'art.

– Je sais. Mais pour moi c'étaient des chevaliers en costume de soie. Je les appelais les Chevaliers de la Soie.

Le père s'immobilisa et le regarda. Puis il éclata de rire.

– Excellent ! C'est exactement ce qu'ils étaient. Des chevaliers en costume de soie !

Wallander monta dans la voiture.

– Tu es sûr que tu ne veux pas rester ? Il y en a assez pour trois.

– Je dois travailler.

Il reprit la route d'Ystad, à travers le paysage d'automne plongé dans le noir. Il essayait de comprendre ce qui, dans la manière d'être de son père, lui donnait le sentiment de se reconnaître lui-même.

Mais il ne trouva pas la réponse.

Le vendredi 5 novembre à sept heures, Wallander arriva au commissariat reposé et plein d'énergie. Il alla se chercher un café et commença à préparer la réunion du groupe d'enquête qui devait débuter une heure plus tard. Il fit un tableau chronologique de tous les faits dont ils disposaient et essaya d'organiser la suite du travail. En même temps, il pensait que ses collègues avaient sans doute obtenu au cours de la veille des résultats qui risquaient de présenter l'enquête sous un jour nouveau.

Son sentiment d'urgence ne l'avait pas quitté. Pas plus que la conscience d'une ombre effrayante à l'arrière-plan de la mort des deux avocats. Et l'impression déprimante de n'en être encore qu'à gratter la surface d'une histoire qui leur échappait totalement.

Il posa son crayon et ferma les yeux.

Aussitôt il se retrouva à Skagen. La plage enveloppée de brouillard s'étendait devant lui. Sten Torstensson était présent quelque part dans l'image. Wallander essayait de voir au-delà de lui pour découvrir ceux qui avaient dû le suivre en secret jusqu'à son entrevue avec le policier. Ils avaient dû être très proches, vigilants mais invisibles.

Il se rappela la femme qui venait chaque jour promener son chien dans les dunes. Était-ce elle ? Ou alors la fille qui les avait servis à la cafétéria du musée ? La réponse devait être tout autre. Il y avait eu quelqu'un dans le brouillard, que ni l'un ni l'autre n'avaient eu la présence d'esprit de repérer.

Il regarda sa montre. La réunion allait commencer. Il rassembla ses papiers et se leva.

La réunion dura plus de quatre heures. Après coup, Wallander pensa qu'ils venaient d'abattre un mur. Ils semblaient enfin discerner un scénario, même si tout était encore très confus et même si les soupçons ne pouvaient être dirigés dans une direction précise. Pourtant, ils avaient pu constater ensemble, d'une manière qui semblait définitive, qu'il ne s'agissait pas d'une série d'événements fortuits. Il existait effectivement un lien, même si sa nature demeurait mystérieuse. Ce fut finalement Wallander – alors que tout le monde était fatigué, que l'air devenait irrespirable et que Svedberg commençait à se plaindre d'avoir mal à la tête – qui résuma au mieux le sentiment général.

– Maintenant, il n'y a plus qu'à trimer et à creuser. Il est possible et même vraisemblable que cette enquête prendra beaucoup de temps. Mais, tôt ou tard, les détails s'assembleront. Dans l'immédiat, il s'agit surtout de ne pas faire preuve de négligence. Nous avons déjà eu affaire à une mine enterrée. Il peut y en avoir d'autres, pour s'exprimer de façon symbolique.

Pendant quatre heures, ils avaient donc passé au crible les éléments en leur possession, discuté, évalué, discuté encore, retourné différents détails dans tous les sens, envisagé diverses interprétations, pour s'accorder enfin sur de possibles recoupements. C'était un moment critique de l'enquête. Un exercice de jonglage périlleux, où il suffisait de laisser tomber par mégarde une balle décisive pour faire capoter tout le travail. Chaque contradiction relevée devait être considérée comme un point de départ constructif et non un prétexte pour simplifier et porter des jugements hâtifs. C'est le stade des échafaudages, pensa Wallander. Nous assemblons un grand nombre de modèles et nous devons faire très attention à ne pas les démanteler trop vite.

Ces modèles provisoires avaient tous le même fondement.

Cela ferait bientôt un mois que Gustaf Torstensson avait trouvé la mort dans le champ de boue près des collines de Brösarp et dix jours que Sten Torstensson s'était matérialisé sur la plage de Skagen avant d'être assassiné à son tour. Ils revenaient sans cesse à ce triple point de départ.

Le premier à rendre son rapport ce matin-là fut Martinsson, soutenu par Nyberg.

– On a reçu les résultats du labo concernant l'arme et les munitions qui ont tué Sten Torstensson. Il y a au moins un élément remarquable.

Sven Nyberg enchaîna.

– Sten Torstensson a été touché par trois balles de neuf millimètres de type standard. En revanche, les experts croient que l'arme était un pistolet italien, un Bernadelli Practical. Ou alors éventuellement un Smith & Wesson 3914 ou 5904. Mais ils penchent plutôt pour le Bernadelli. Je ne m'étendrai pas sur les détails techniques qui motivent cette conclusion. L'intéressant, c'est qu'il s'agit d'une arme peu répandue dans ce pays. Il n'en existe qu'une cinquantaine d'exemplaires répertoriés. Quant à celles qui circulent illégalement, on ne peut que risquer une estimation. Je dirais une trentaine peut-être.

– Qu'est-ce que cela signifie ? intervint Wallander. Qui peut être susceptible de se servir d'un pistolet italien ?

– Quelqu'un qui s'y connaît, répondit Nyberg. Quelqu'un qui a choisi son arme de façon délibérée.

– Par exemple un tueur professionnel d'origine étrangère ?

– Peut-être, répondit Martinsson. Ce n'est pas impossible. On s'occupe du fichier. Aucun propriétaire légitime d'un Bernadelli n'a signalé que son arme aurait été volée.

Ils continuèrent leur tour de table.

– La plaque de la voiture qui vous a suivis, dit Svedberg, a effectivement été volée sur une Nissan neuve. Les collègues de Malmö nous aident sur ce point. Ils ont découvert des empreintes. Mais il ne faut pas placer trop d'espoirs de ce côté.

Wallander hocha la tête en silence.

– Autre chose ?

– Tu m'avais demandé de me renseigner sur Kurt Ström.

Wallander raconta aux autres collègues sa visite à Farnholm et sa rencontre avec l'ex-policier devant les grilles du château.

– Ce type n'était pas franchement un atout pour la profession, reprit Svedberg lorsqu'il eut fini. On a pu établir qu'il était lié à plusieurs receleurs. Ce qu'on n'a jamais réussi à prouver en revanche, bien que ce soit une quasi-certitude, c'est qu'il a à plusieurs occasions laissé filtrer des infos sur des descentes qui se préparaient. Il a été viré et on a étouffé l'affaire.

Pour la première fois depuis le début de la réunion, Björk prit la parole.

– C'est extrêmement regrettable. La police ne peut pas se permettre d'abriter dans son giron des gens comme Kurt Ström. Ce qui m'inquiète, c'est que ces individus puissent ensuite sans problème ressurgir dans des boîtes de surveillance privées. Les procédés de filtrage et de contrôle sont tout à fait insuffisants, autrement dit.

Wallander évita de commenter la digression de Björk. Il ne voulait pas s'engager dans une discussion qui n'avait aucun lien direct avec l'enquête en cours.

– Je ne sais pas qui a essayé de faire exploser ta voiture, dit Nyberg. En l'occurrence cette méthode, où l'essence est utilisée comme un mécanisme de retardement, se rencontre à ma connaissance surtout en Asie.

– Un pistolet italien, dit Wallander. Et une bombe asiatique. Où cela nous mène-t-il?

– Dans le pire des cas à une conclusion fausse, répondit Björk sans hésiter. Nous n'avons pas nécessairement affaire à des étrangers. La Suède d'aujourd'hui est un carrefour où tout est possible.

Wallander savait que Björk avait raison sur ce sujet.

– On continue, dit-il. Qu'avez-vous trouvé au cabinet ?

– Rien de décisif pour l'instant, répondit Ann-Britt Höglund. Ça va prendre du temps d'éplucher la doc. Ce qui est sûr, c'est que la clientèle de Gustaf Torstensson s'est réduite de façon spectaculaire au fil des ans. Il s'occupait exclusivement de conseil juridique portant sur des créations d'entreprises et des élaborations de contrats. Je me demande si nous ne devrions pas faire appel à un spécialiste de la délinquance financière. Il n'y a peut-être aucun délit, mais les affaires dont s'occupait Torstensson sont tellement complexes qu'il est très difficile d'en comprendre les enjeux.

– Posez la question à Per Åkeson, dit Björk. Il est calé dans ce domaine. S'il estime ses compétences insuffisantes, il vous le dira. Dans ce cas, nous demanderons des renforts.

Wallander hocha la tête et cocha sa liste de notes.

– La femme de ménage ?

– Je dois la rencontrer, dit Ann-Britt Höglund. Je l'ai eue au téléphone. Elle parle assez bien le suédois, il n'y aura pas besoin d'interprète.

Le tour de Wallander arriva. Il rapporta soigneusement sa visite chez Martin Oscarsson et son excursion au petit bois de Klagshamn. Comme tant de fois auparavant, il eut le sentiment de découvrir de nouveaux liens par le fait même de rendre compte de son travail à ses collègues attentifs. Le récit de vive voix aiguisait son attention.

Lorsqu'il se tut, l'atmosphère de la salle de réunion s'était tendue. On est sur le point d'accomplir une percée, pensa-t-il. En tout cas, on n'en est pas loin.

Il ouvrit la discussion en leur présentant brièvement ses propres conclusions.

– Nous devons trouver le chaînon manquant, dit-il. De quelle manière Lars Borman était-il lié au cabinet des Torstensson ? Qu'est-ce donc qui a pu l'indigner au point d'envoyer des lettres de menaces aux deux avocats et même à Mme Dunér ? Il les rend responsables d'une grave « iniquité ». Nous ne pouvons être certains que ce soit lié à l'escroquerie du conseil général. Mais à mon avis, c'est tout de même l'hypothèse que nous devons retenir pour le travail des jours à venir. C'est ça, le trou noir de cette enquête. Que nous devons explorer.

La discussion s'engagea à tâtons. Tout le monde avait besoin de temps pour réfléchir à ce que venait de leur apprendre Wallander.

– Ces deux lettres de menaces, dit Martinsson. Je persiste à les trouver naïves. Enfantines, presque innocentes. Je n'arrive pas à saisir le caractère de ce Lars Borman.

– Nous devons en apprendre plus sur lui. En premier lieu, nous devons parler à ses enfants. Et appeler sa veuve à Marbella, poursuivit Wallander.

– Je m'en charge volontiers. Lars Borman m'intéresse.

– Il faut s'occuper à fond de cette embrouille de la société d'investissement, intervint Björk. Je propose qu'on prenne contact avec la brigade financière de Stockholm. Mieux encore, que Per Åkeson le fasse. Il y a là-bas des gens aussi forts que les meilleurs analystes boursiers.

– Je m'en charge, dit Wallander. Je vais parler à Per.

Ils passèrent le reste de la matinée à écumer dans tous les sens le matériau de l'enquête. À la fin, ils se retrouvèrent tous fatigués, abattus, sans la moindre idée neuve à proposer. Björk avait alors déjà quitté la salle pour une de ses innombrables réunions avec le chef de la police régionale. Wallander prit la décision de conclure.

– Nous avons le meurtre des deux avocats. Et le suicide de Lars Borman, à supposer que c'en soit un. Ensuite nous avons la mine dans le jardin de Mme Dunér. Et l'explosion de ma voiture. Nous avons affaire à des gens dangereux, qui sont au courant de tous nos faits et gestes. Nous devons donc observer la plus grande prudence.

Ils se séparèrent après avoir rassemblé leurs papiers. Wallander prit sa voiture et alla déjeuner au restaurant. Il avait besoin d'être seul. Peu après treize heures, il était de retour au commissariat. Il consacra le reste de la journée à prendre contact avec la brigade financière de Stockholm. Peu avant seize heures, il se rendit dans l'aile des procureurs et eut une longue conversation avec Per Åkeson. Puis il retourna dans son bureau, qu'il ne quitta que vers vingt-deux heures.

Il avait besoin de prendre l'air. Les interminables promenades de Skagen lui manquaient. Il choisit donc de laisser sa voiture sur le parking et de rentrer à pied à Mariagatan. La soirée était douce, il traversa la ville en flânant et en regardant les vitrines. Peu avant vingt-trois heures il était chez lui.

Trente minutes plus tard, le téléphone sonna à l'improviste. Il venait alors de se servir un whisky et de s'asseoir pour regarder un film à la télévision. Il alla répondre dans l'entrée.

– Je te dérange ? fit la voix d'Ann-Britt Höglund.

– Pas du tout.

– Je suis au commissariat. Je crois que j'ai découvert quelque chose.

Il ne prit même pas la peine de réfléchir. Ann-Britt n'aurait jamais appelé à moins que ce ne soit d'une importance extrême.

– J'arrive.

De retour au commissariat, il se dirigea tout droit vers le bureau de sa collègue. Elle l'attendait dans le couloir.

– Je veux un café, dit-elle. Il n'y a personne à la cafétéria. Peters et Norén ont disparu depuis un moment. Un
accident au rond-point de Bjäresjö.

Ils prirent place à un coin de table avec leurs tasses.

– J'avais un copain à l'école de police qui finançait
ses études en spéculant en Bourse, commença Ann-
Britt.

Wallander haussa les sourcils d'étonnement.

– Je lui ai passé un coup de fil, poursuivit-elle presque
sur un ton d'excuse. Les contacts personnels, c'est parfois plus rapide quand on veut savoir quelque chose.
Bref, je lui ai parlé de STRUFAB, de SISYFOS et de
Smeden. Je lui ai donné les noms de Fjällsjö et de Holmberg. Il m'a promis de se renseigner. Il m'a rappelé chez
moi il y a une heure. Je suis revenue ici tout de suite.

– Alors ?

– J'ai tout noté par écrit. La société d'investissement
Smeden a connu de grands changements ces dernières
années. Les équipes dirigeantes se sont succédé, la
cotation boursière a été interrompue plusieurs fois à
cause de soupçons de délit d'initié et autres transgres-
sions des règles boursières. Les principaux actionnaires
ont joué aux chaises musicales sur un rythme effréné.
Bref, cette boîte est devenue un laboratoire de l'irres-
ponsabilité grandissante dans le monde de la finance.
Jusqu'au jour où – il y a maintenant quelques années
de ça – trois courtiers, un Anglais, un Belge et un Espa-
gnol, ont commencé à racheter discrètement des
actions. Au départ, rien ne semblait désigner un acteur
unique. Tout s'est passé très progressivement, comme
dans le souci de ne pas attirer l'attention. Il faut dire
qu'à cette époque tout le monde en avait par-dessus la
tête de Smeden. Chaque fois que le directeur de la
Bourse recevait des journalistes, il commençait par leur
demander de ne plus l'interroger là-dessus, tellement ça

lui sortait par les yeux. Les médias eux-mêmes ne prenaient plus Smeden au sérieux. Mais soudain, les trois courtiers avaient acquis une participation si importante qu'on s'y est intéressé malgré tout. Il est alors apparu que Smeden était tombé entre les mains d'un Anglais pas précisément inconnu. Robert Maxwell.

– Ça ne me dit rien. Qui est-ce ?

– Il est mort, répondit Ann-Britt. Il est tombé de son yacht de plaisance sur la côte espagnole, il y a quelques années de cela. La rumeur a couru qu'il avait peut-être été assassiné. Il circulait une histoire impliquant le Mossad, le service de renseignements israélien, et une grosse affaire de ventes d'armes. Officiellement, Maxwell était un magnat de la presse et de l'édition, qui dirigeait ses affaires depuis le Liechtenstein. À sa mort, son empire s'est dissous comme un château de sable à marée haute. Il n'y avait que des dettes, des dettes et des fonds de pension dilapidés. La faillite a été immédiate, énorme. Mais les fils de Maxwell auraient continué dans la voie tracée par leur père.

– Un Anglais, dit Wallander, abasourdi. Qu'est-ce que cela signifie ?

– Que l'affaire ne s'arrêtait pas là. Les actions devaient être revendues à quelqu'un d'autre.

– À qui ?

– Robert Maxwell avait agi pour le compte d'un tiers qui souhaitait rester invisible. Ce tiers était suédois. L'étrange boucle était bouclée.

Elle le dévisagea attentivement.

– Peux-tu imaginer de qui il s'agit ?

– Non.

– Devine.

Wallander comprit au même instant.

– Alfred Harderberg.

Elle hocha la tête.

– L'homme du château de Farnholm, dit Wallander lentement.

– Par l'intermédiaire de Smeden, il contrôlait donc aussi STRUFAB.

– Bien. Très bien.

– Tu peux remercier mon copain. Il est maintenant policier à Eskilstuna. Mais il y a encore autre chose.

– Quoi donc ?

– Je ne sais pas si c'est important. Mais pendant que je t'attendais, j'ai pensé à un truc. Gustaf Torstensson est mort en revenant du château de Farnholm. Lars Borman s'est pendu. Peut-être avaient-ils tous deux, par des biais différents, découvert une seule et même chose. Ne me demande pas quoi.

Wallander hocha la tête.

– Tu as peut-être raison. Mais je crois que nous pouvons tirer une autre conclusion. Sans aucune preuve, bien sûr. Mais elle me paraît incontournable. Lars Borman ne s'est pas suicidé.

Il y eut un nouveau silence.

– Alfred Harderberg, dit-elle ensuite. Est-ce possible ?

Wallander regardait fixement sa tasse. L'idée était complètement inattendue. Pourtant il sentit sur-le-champ que c'était la bonne. Et qu'il s'en doutait depuis un moment déjà.

– Bien sûr que ça peut être Alfred Harderberg, dit-il. Bien sûr que ça peut être lui.

10

Plus tard, Wallander repenserait toujours à la semaine qui suivit comme une période où le groupe s'était employé à dresser autour de l'enquête des barricades invisibles. Pendant un temps très court, et soumis à une pression intense, ils avaient préparé à l'abri de ces murs une offensive militaire complexe. Cette métaphore n'avait rien d'absurde puisqu'ils avaient désigné comme leur ennemi Alfred Harderberg, qui n'était pas seulement un monument vivant, mais aussi un homme au pouvoir immense, une sorte de prince au sens classique du terme, bien qu'il n'eût pas cinquante ans.

Tout avait commencé le vendredi soir, lorsque Ann-Britt Höglund lui avait parlé de l'intermédiaire anglais Robert Maxwell, qui avait servi d'homme de paille. Que le châtelain de Farnholm fût le propriétaire de la société d'investissement Smeden était une révélation, le faisant passer en un clin d'œil de la périphérie au cœur même de l'enquête. Rétrospectivement, Wallander penserait aussi avec une certaine angoisse qu'il aurait dû soupçonner Alfred Harderberg bien plus tôt. Pourquoi ne l'avait-il pas fait ? Quels que fussent les prétextes qu'il se donnât intérieurement, ce n'étaient jamais que des prétextes, des excuses pour avoir accordé au

Dr Harderberg, dans la première phase de l'enquête, une immunité imméritée, comme si le château de Farnholm était un territoire souverain protégé par les conventions diplomatiques.

La semaine suivante allait transformer tout cela. Mais ils furent contraints d'avancer prudemment, non seulement à cause des mises en garde de Björk, partiellement soutenu par Per Åkeson, mais surtout parce que les faits dont ils disposaient restaient extrêmement succincts. Ils savaient que Gustaf Torstensson avait joué un rôle de conseiller auprès de l'homme de Farnholm, mais ils ignoraient en quoi consistait exactement sa mission; d'autre part rien n'indiquait que Harderberg eût enfreint la loi. Mais ils venaient de découvrir un nouveau lien: Lars Borman et l'affaire de l'escroquerie contre le conseil général qui avait été étouffée un an plus tôt; enterrée comme un lourd secret, loin du regard public. En cette nuit du 5 novembre, où Wallander s'attarda au commissariat avec Ann-Britt Höglund jusqu'aux petites heures, ils se livrèrent surtout à des conjectures. Mais ce fut au cours de cette nuit qu'ils mirent au point un modèle pour la suite de l'enquête. En effet, Wallander était d'emblée convaincu qu'il fallait procéder avec une prudence et une discrétion extrêmes. Au cas où Harderberg était effectivement impliqué – et Wallander ne cessa, au cours de la semaine suivante, de marteler ce *au cas où* –, cet homme avait partout des yeux et des oreilles capables de les suivre de jour comme de nuit, quoi qu'ils fassent et où qu'ils soient. Et le lien avéré entre Lars Borman, Harderberg et l'un des deux avocats ne signifiait pas automatiquement que la solution fût à portée de main.

Wallander se montrait aussi réservé pour de tout autres raisons. Il avait partagé toute sa vie la confiance collective inconditionnelle vis-à-vis de la tradition qui faisait de l'industrie suédoise une institution insoupçonnable. Les hommes et les femmes des grandes entreprises étaient les piliers du miracle économique suédois. L'industrie exportatrice, fondement de la prospérité nationale, ne pouvait tout simplement pas être mise en cause. Maintenant encore moins qu'avant, alors que le miracle vacillait comme un édifice au plancher grouillant de termites affamés. Les piliers devaient être protégés des attaques irresponsables, d'où qu'elles viennent. Mais, en dépit de ces réserves, il savait qu'il avait sans doute formulé la bonne hypothèse, si invraisemblable qu'elle puisse paraître au premier regard.

– Nous ne savons presque rien encore, dit-il à Ann-Britt Höglund au cours de cette nuit. Nous avons un lien. Nous devons l'examiner, et nous allons le faire avec toute notre énergie. Mais il n'est pas dit que nous trouvions notre homme pour autant.

Ils s'étaient enfermés dans le bureau de Wallander avec leurs tasses. Il s'était étonné de la voir rester, au lieu de rentrer chez elle. Il était très tard et, contrairement à lui, elle avait une famille qui l'attendait.

Ils ne pourraient rien faire cette nuit de toute façon, il valait mieux revenir reposés le lendemain matin. Mais elle voulait poursuivre la discussion, et il eut une vision fugitive de lui-même tel qu'il avait été à son âge ; dans le travail souvent désespérant d'un enquêteur de police, il y avait des instants de fièvre, d'inspiration, une envie presque enfantine de jouer avec les hypothèses.

– Je sais que ça ne signifie rien, dit-elle. Mais un gros truand comme Al Capone a été démoli par un auditeur.

– La comparaison est hors de propos. Tu parles d'un gangster dont la fortune était notoirement construite sur le vol, la contrebande, le chantage, la corruption et le meurtre. Ici, tout ce que nous savons, c'est qu'un entrepreneur suédois détient la majorité des parts d'une société d'investissement de réputation douteuse, propriétaire entre autres d'un cabinet de consultants dont quelques représentants ont escroqué un conseil général. Nous n'avons rien d'autre.

– Dans le temps, on disait que toute grande fortune est bâtie sur un crime. Pourquoi ne le dit-on plus ? Alors qu'il suffit d'ouvrir le journal pour avoir l'impression que l'exception est quasiment devenue la règle.

– La vie est pleine de citations. On en trouve toujours une qui s'adapte. Les Japonais prétendent que l'esprit d'entreprise s'apparente à une forme de guerre. Mais ça ne justifie pas qu'on tue des gens en Suède pour truquer un bilan. Si c'est ce genre de chose qu'on cherche.

– Ce pays est plein de vaches sacrées, dit Ann-Britt. Par exemple, on n'aime pas trop inquiéter les gens qui ont des noms à rallonge et des châteaux en Scanie hérités de leurs ancêtres. On hésite à les traîner en justice, même quand ils ont piqué dans la caisse.

– Pas moi, dit Wallander.

Il savait que c'était un mensonge. Après coup, il se demanda ce qu'il avait voulu défendre au juste. Cherchait-il même à défendre quoi que ce soit ? N'était-ce pas plus simplement qu'Ann-Britt, qui était non seulement une femme, mais aussi plus jeune que lui, ne pouvait pas être autorisée à avoir raison, en tout cas pas si vite ni sur toute la ligne ?

– Je crois que c'est vrai pour tout le monde, s'obstina-t-elle. Les policiers réagissent comme les autres. Les procureurs aussi. Les vaches sacrées doivent pouvoir brouter en paix, c'est la règle.

Ils avaient navigué entre les écueils, dans cette discussion, sans pour autant trouver un chenal commun. Leurs opinions divergeaient, suivant en cela la vieille marotte de Wallander : l'idée qu'un fossé des générations de plus en plus infranchissable était en train de se creuser au sein de la corporation. Ce n'était pas tant le fait qu'Ann-Britt soit une femme, conclut-il. C'est plutôt qu'elle véhiculait des expériences très différentes. Nous n'avons pas la même image du monde. Le monde est peut-être le même. Mais son image, non.

Il lui vint aussi une autre pensée cette nuit-là, qui ne lui plaisait pas du tout. Il constata soudain que ce qu'il racontait à Ann-Britt Höglund aurait tout aussi bien pu être dit par Martinsson. Ou par Svedberg, ou même par l'éternel candidat à la formation Hanson. Cela l'exaspéra, et intérieurement il en rejeta la faute sur Ann-Britt, qui était trop sûre d'elle, trop déterminée dans ses opinions. Il n'aimait pas qu'on lui rappelle sa propre indolence, ses avis éminemment faibles et mal informés sur l'époque où il vivait.

À croire qu'elle lui décrivait un pays étranger, inconnu de lui. Une Suède qu'elle n'inventait pas, hélas, qui existait bel et bien à l'extérieur des murs du commissariat, peuplée de gens tout à fait réels.

La discussion finit pourtant par s'éteindre, après que Wallander eut versé suffisamment d'eau sur le feu. En allant se chercher un autre café à la cafétéria, ils se virent proposer un sandwich par un agent de la circulation épuisé ou peut-être juste mort d'ennui qui traînait là, le regard vide. Puis ils retournèrent dans le bureau de Wallander. Pour éviter que la discussion sur les vaches sacrées ne s'enflamme à nouveau, il prit les devants et proposa un moment de raisonnement constructif.

– Quand ma voiture a brûlé, il y avait à l'intérieur un élégant dossier en cuir gracieusement offert lors de ma visite au château de Farnholm. J'avais commencé à le lire. Une ode à Harderberg – ses multiples activités, ses titres honorifiques, ses bonnes œuvres. Le mécène Harderberg. L'humaniste Harderberg. L'ami des jeunes Har-

derberg. Le sportif Harderberg. Le défenseur du patri-
moine Harderberg ; l'ami de la restauration des anciens
bateaux de pêche de l'île d'Öland, le docteur honoris
causa en archéologie qui soutient généreusement les
fouilles sur le site de possibles habitations de l'âge de fer
à Medelpad ; l'ami de la musique, qui paie le salaire et
les charges patronales de deux violonistes et d'un bas-
soniste de l'orchestre symphonique de Göteborg ; l'ins-
tigateur du prix Harderberg, décerné chaque année au
plus prometteur des jeunes chanteurs lyriques suédois ;
le généreux contributeur à l'association des pacifistes
scandinaves. Et bien d'autres choses que j'ai oubliées.
Ce type est une espèce d'académie suédoise à lui tout
seul. Bref, j'ai demandé à Ebba de me procurer un nouvel
exemplaire du dossier. Il faut le lire à fond. Nous devons
obtenir en toute discrétion les bilans et rapports d'activité
de toutes ses entreprises. Nous devons découvrir combien
de sociétés il possède, où elles se trouvent, ce qu'elles
fabriquent, ce qu'elles achètent, ce qu'elles vendent. Nous
devons examiner sa situation par rapport au fisc. Sur ce
point, je te donne raison au sujet d'Al Capone. Nous
devons apprendre dans quels dossiers Gustaf Torstensson était autorisé à glisser un œil. Nous devons nous
demander : pourquoi lui ? Nous devons fouiller toutes
les planques secrètes. Nous devons nous insinuer dans le
cerveau de Harderberg, pas seulement dans son portefeuille. Nous devons parler à ses onze secrétaires sans
qu'il s'en aperçoive. Car s'il s'en aperçoit, il y aura un
tremblement de terre. Un sacré raffut, quand toutes les
portes se refermeront d'un coup. N'oublions pas ça :
quelles que soient les ressources que nous mobiliserons,
il est capable d'en mobiliser plus encore. Et il est toujours plus facile de claquer une porte que de la rouvrir.
Plus facile de surveiller un mensonge ingénieusement
construit que de découvrir une vérité imprécise.

Ann-Britt écoutait son exposé avec ce qui semblait un intérêt sincère. Il avait parlé pour formuler sa propre position. Mais aussi, impossible de le nier, pour lui clouer le bec. Dans l'immédiat, c'était encore lui le policier. Elle devait comprendre qu'elle n'était qu'une morveuse. Morveuse de talent, mais morveuse quand même.

— Voilà ce qu'on doit faire, conclut-il. Si ça se trouve, on ne découvrira absolument rien. Mais le plus important, là, tout de suite, et le plus difficile, c'est de le faire sans attirer l'attention. Si nous avons raison de penser que c'est sur l'ordre de cet homme qu'on nous surveille, qu'on essaie de nous faire sauter, qu'on piège le jardin de Mme Dunér – si c'est bien cet individu qui est à l'origine de toutes ces initiatives, nous devons sans cesse nous rappeler qu'il voit et qu'il entend tout. Nous devons déplacer nos pions de façon invisible. Nous devons mettre en scène un brouillard capable de le désorienter, sans pour autant nous égarer nous-mêmes. À quoi ressemble un tel travail d'enquête ? C'est la question que nous devons nous poser. Et il faudra répondre avec talent.

— Nous devons donc travailler à l'envers.

— Précisément. Nous devons émettre un signal comme quoi Alfred Harderberg ne nous intéresse pas plus que cela.

— Et si ce signal est trop voyant ?

— Ce serait une erreur. Nous devons donc hisser un drapeau supplémentaire, pour faire savoir qu'Alfred Harderberg figure bien entendu dans le cadre de l'investigation et que, sur certains points, il attire même notre intérêt.

— Comment savoir si ça marche ?

— Impossible. Mais nous pouvons hisser un troisième drapeau. Faire état d'une piste qui nous oriente dans une direction précise, tellement plausible que Harderberg croira que nous sommes effectivement en train de nous fourvoyer.

– Il va prendre ses précautions.

– Nous devrons les déceler à temps. Mais sans que cela se remarque. Il ne s'agit pas de nous faire passer pour des flics sourds, aveugles et incompétents. Il faudra les interpréter de façon intelligente, mais un peu faussée. Placer un miroir en vis-à-vis de notre stratégie et en déchiffrer le reflet.

Elle le considéra pensivement.

– Je me demande si on y arrivera. Björk sera-t-il d'accord ? Comment va réagir Per Åkeson ?

– Ce sera notre premier grand problème : nous convaincre que nous raisonnons juste. Björk a une qualité qui compense pas mal de ses faiblesses. C'est que si nous ne sommes pas nous-mêmes convaincus de ce que nous proposons comme stratégie, il s'en aperçoit tout de suite. Et il réagit fort. C'est une bonne chose.

– Et une fois que nous nous serons convaincus nous-mêmes ?

– Alors il s'agira de ne pas trop se planter. Nous devons nous perdre dans le brouillard de façon suffisamment habile pour que Harderberg y croie.

Ann-Britt se leva pour aller chercher son calepin dans son bureau. Wallander écouta un chien policier qui aboyait quelque part dans le commissariat. Lorsqu'elle revint, il pensa à nouveau que c'était une femme attirante, malgré son teint un peu brouillé et ses cernes.

Ils reprirent une fois de plus leur raisonnement. Ann-Britt Höglund faisait sans cesse des remarques pertinentes, découvrait des failles dans les conclusions de Wallander, réagissait à la moindre contradiction. Il constata malgré lui que sa présence l'inspirait, et qu'elle avait l'esprit extrêmement clair. Il était deux heures du matin lorsqu'il pensa soudain qu'il n'avait pas eu de semblable conversation depuis la mort de Rydberg. Il imagina alors que le vieux était revenu mettre sa vaste expérience à leur disposition par l'intermédiaire de cette jeune femme pâle.

Ils se retrouvèrent enfin dans la cour du commissariat. La nuit était froide et l'air pur, le gel craquait sous leurs pas.

– La réunion de demain sera longue, dit Wallander. Nous rencontrerons beaucoup de résistance. Mais j'aurai parlé à Björk et à Per Åkeson avant. Je vais demander à Per de venir. S'ils ne sont pas avec nous, nous perdrons trop de temps à chercher des éléments nouveaux susceptibles de les convaincre.

Elle parut surprise.

– Ils devront pourtant bien se rendre à l'évidence ?

– Pas sûr.

– Parfois j'ai le sentiment que la police suédoise est comme une espèce de grosse masse récalcitrante.

– Ce n'est pas la peine d'avoir fait l'école de police pour s'en apercevoir. Björk a calculé qu'avec l'accroissement, au rythme actuel, des administratifs et autres qui ne se consacrent pas au travail sur le terrain, contrairement par exemple aux enquêteurs ou aux agents de la circulation, l'activité policière telle que nous la connaissons devrait disparaître aux alentours de 2010. À ce moment-là, il n'y aura plus que des policiers assis dans des bureaux en train d'envoyer de la paperasse à d'autres policiers.

Elle éclata de rire.

– Je me suis sans doute trompée de métier après tout.

– De métier, non. Mais peut-être d'époque.

Ils se séparèrent, et chacun reprit sa voiture. Wallander surveilla le rétroviseur jusqu'à Mariagatan ; personne ne semblait le suivre. Il était épuisé, mais excité en même temps par cette porte qui venait inopinément de s'ouvrir dans l'enquête. Les jours à venir seraient mouvementés.

Le lendemain, samedi 6 novembre, Wallander appela Björk dès sept heures du matin. Ce fut sa femme qui répondit, et qui le pria de rappeler plus tard car son mari était dans son bain. Wallander en profita pour téléphoner à Per Åkeson qui, il le savait, se levait rarement après cinq heures. Åkeson décrocha aussitôt. Wallander lui rendit compte brièvement du lien qui venait d'être découvert et qui présentait Alfred Harderberg sous un éclairage inédit. Per Åkeson l'écouta en silence. Lorsque Wallander eut fini, il ne posa qu'une seule question.

– Tu crois vraiment que ça peut tenir le coup?

Wallander répondit sans hésiter.

– Oui. Je crois que ça nous donnera la réponse.

– Alors je n'ai pas d'objection. Mais il faudra s'y prendre discrètement. Et aucune confidence aux médias sans concertation préalable avec moi. S'il y a une chose dont nous n'avons pas besoin à Ystad, c'est d'un cas Palme.

Wallander comprit tout de suite où Åkeson voulait en venir. Le meurtre du Premier ministre, cette énigme qui remontait à bientôt dix ans, avait traumatisé non seulement la police, mais une grande partie de la population. Trop de gens, dans la corporation et ailleurs, savaient que ce drame était resté non résolu à cause d'un chef de police autoproclamé et incompétent qui avait dominé et scandaleusement négligé la phase préliminaire de l'enquête. Tous les postes de police de Suède bruissaient, sous des formes tantôt agitées, tantôt méprisantes, d'un seul et même sujet de discussion : comment le meurtrier et le mobile avaient-ils pu s'évanouir si facilement en fumée ? L'une des pires erreurs, dans cette enquête catastrophique, avait été la piste imposée d'emblée par la direction centrale, pourtant incapable dans le même temps de justifier ses priorités. Wallander était donc d'accord avec Åkeson. Un crime devait être pratiquement élucidé avant que la police se croie autorisée à déposer tous ses œufs dans le même panier.

– J'aimerais que tu sois présent demain matin, dit-il. Nous devons être parfaitement au clair sur ce que nous cherchons. Je ne veux pas que le groupe s'éparpille. C'est la condition sine qua non pour que cette situation nouvelle ne nous échappe pas.

– Je serai là. Je devais jouer au golf aujourd'hui. Mais vu le temps, j'y renonce volontiers.

– Il doit faire chaud en Ouganda. Ou était-ce le Soudan ?

Per Åkeson baissa la voix.

– Je n'en ai même pas encore parlé à ma femme.

Wallander but un autre café avant de rappeler Björk, qui décrocha cette fois en personne. Wallander avait alors pris la décision de ne rien lui dire de l'incident qui avait précédé sa première visite au château de Farnholm. Il voulait lui en parler face à face, pas au téléphone. Il s'expliqua donc en peu de mots.

– On a besoin de se voir pour discuter d'une situation nouvelle. Qui risque de modifier l'orientation de l'enquête.

– Que se passe-t-il ?

– Je préfère ne pas en parler au téléphone.

– Pourquoi, tu crois qu'on nous écoute ? Il faut tout de même garder le sens de la mesure.

– Ce n'est pas ça.

Wallander n'avait même pas envisagé cette possibilité. Il était trop tard pour y remédier de toute façon : il avait déjà raconté l'essentiel à Per Åkeson.

– J'ai besoin de te voir avant la réunion.

– Je serai là dans une demi-heure, dit Björk. Je ne comprends pas très bien la raison de ces cachotteries.

– Je ne fais pas de cachotteries. Mais parfois il vaut mieux parler de vive voix.

– Tout cela me paraît très dramatique. Je me demande si on ne devrait pas contacter Åkeson.

– C'est déjà fait. Il sera à la réunion.

Sur le parking du commissariat, Wallander s'attarda un moment dans la voiture pour rassembler ses idées. Il eut un bref accès de faiblesse, en se disant qu'il valait mieux laisser tomber, qu'il y avait pour l'instant d'autres priorités. Mais non ; il était obligé d'expliquer à Björk que ce qui s'était produit ne devait pas se reproduire. Autrement, ils aboutiraient à une crise de confiance qui ne pourrait se résoudre que par une démission. La sienne.

Il songea à la vitesse avec laquelle les événements s'étaient précipités. Dix jours plus tôt, il errait parmi les dunes de Skagen en préparant ses adieux au policier Wallander. Et maintenant il avait le sentiment qu'il devait défendre non seulement son poste, mais son intégrité en tant que flic. Il fallait qu'il parle très bientôt de tout cela à Baiba, dans une lettre.

Comprendrait-elle pourquoi tout avait changé ? Le comprenait-il lui-même ?

Puis il sortit de la voiture, se rendit dans le bureau du chef et se laissa tomber sur le canapé des visiteurs.

– Vas-y, dit Björk. Raconte-moi ce qui se passe.

– Avant de parler de l'enquête, il y a une chose que je dois te dire, commença Wallander sur un ton hésitant.

– Tu n'as tout de même pas redécidé de démissionner ?

– Non. Je dois savoir pourquoi tu as prévenu le château de Farnholm de ma venue. Ou plutôt pourquoi tu ne m'as pas informé de cette initiative.

Björk prit un air à la fois embarrassé et irrité.

– Alfred Harderberg n'est pas n'importe qui, répliqua-t-il. Il n'est soupçonné de rien. C'était un pur geste de courtoisie de ma part. Puis-je te demander comment il se fait que tu sois au courant de cet appel ?

– Ils étaient un peu trop bien préparés.

– Je ne vois pas de mal à cela. Vu les circonstances.

– C'était pourtant inopportun, dit Wallander. À plusieurs titres. De plus, ce genre d'incident peut créer une mauvaise ambiance dans le groupe. Nous avons besoin de transparence au sein de cette équipe.

– Je dois dire que j'ai un peu de mal à accepter cette critique, surtout venant de toi.

Björk ne prenait plus la peine de dissimuler sa colère.

– Mes défaillances ne peuvent excuser celles des autres, dit Wallander. Surtout pas celles de mon chef.

Björk se leva. Il était cramoisi.

– Je n'admets pas qu'on me parle sur ce ton. C'était un geste de pure courtoisie, rien de plus. Dans les circonstances, celles d'un simple entretien de routine, cela ne pouvait avoir aucune influence négative.

– Ces circonstances ont changé.

Wallander avait compris qu'il n'obtiendrait rien de plus. Il était plus urgent de faire part à Björk des révélations d'Ann-Britt.

Le chef le considéra. Il était toujours debout.

– Tu pourrais être plus clair ?

– Nous disposons d'informations qui mettent en cause Harderberg. Tu dois admettre que cela modifie pas mal les « circonstances ».

Björk se rassit lentement.

– Quelles informations ?

– Nous avons des raisons de penser qu'Alfred Harderberg est impliqué, au moins indirectement, dans le meurtre des deux avocats. Et dans la tentative de meurtre contre Mme Dunér. Et dans l'attentat contre moi.

Björk le dévisageait d'un air sceptique.

– Tu veux vraiment que je prenne ça au sérieux ?

– Oui. Per Åkeson le fait.

Sans entrer dans les détails, il lui fit un résumé. Lorsqu'il eut fini, Björk resta longtemps à contempler ses mains avant de répondre.

– Si cela devait se révéler exact, dit-il enfin, c'est extrêmement désagréable.

– Les meurtres et les attentats sont des réalités désagréables.

– Nous devons être prudents, poursuivit Björk comme s'il n'avait pas entendu le commentaire de Wallander. Nous ne pouvons rien envisager à moins de preuves absolument irréfutables.

– C'est toujours le cas, dit Wallander. Pourquoi cette affaire-ci ferait-elle exception ?

– Je suis convaincu que tout ceci ne nous conduira à rien.

Björk se leva pour signaler que l'entretien était clos.

– C'est possible, dit Wallander. Le contraire l'est aussi.

Il était huit heures dix lorsqu'il quitta le bureau de Björk. Il alla se chercher un café et jeta au passage un œil dans le bureau d'Ann-Britt ; elle n'était pas encore arrivée. Puis il se rendit dans son propre bureau pour appeler Waldemar Kåge, le chauffeur de taxi de Simrishamn. Il réussit à le joindre dans sa voiture et lui expliqua son affaire. Kåge lui donna son numéro de compte postal. Wallander griffonna sur un Post-it qu'il devait lui envoyer deux cent trente couronnes. Il envisagea brièvement d'appeler dans la foulée le transporteur que son père avait molesté à Systemet pour le convaincre, si possible, de ne pas traîner le vieux en justice. Mais il laissa tomber. La réunion était prévue pour huit heures trente. D'ici là, il avait besoin de se concentrer.

Il alla se planter devant la fenêtre. Il faisait un temps gris, humide et froid. Déjà la fin de l'automne, bientôt l'hiver. Et me voici, pensa Wallander. Je me demande bien où se trouve Alfred Harderberg en cet instant. Au château de Farnholm ? Ou à bord de son jet, à dix mille mètres d'altitude, entre deux rendez-vous ? Qu'aviez-vous donc découvert, Gustaf Torstensson et Lars Borman ? Que s'était-il passé ? Et si Ann-Britt et moi avions raison ? Et si elle et moi, deux policiers accrochés à leur vision du monde de part et d'autre du fossé des générations, étions parvenus à une conclusion univoque qui se révélerait correcte ?

À huit heures trente précises, Wallander fit son entrée dans la salle de réunion. Björk s'était déjà installé en bout de table ; Per Åkeson regardait par la fenêtre pendant que Martinsson et Svedberg étaient engagés dans une vive discussion qui portait, crut comprendre Wallander, sur une question de salaire. Ann-Britt Höglund s'était assise à sa place habituelle, à l'écart, face au chef. Martinsson et Svedberg ne semblaient prêter aucune attention à la présence de Per Åkeson. Il s'approcha d'Ann-Britt.

– Ça va se passer comment, à ton avis ? demanda-t-il à voix basse.

– En me réveillant ce matin, j'ai cru que j'avais tout rêvé. Tu as parlé à Björk et à Åkeson ?

– Åkeson sait déjà presque tout. Björk ne connaît que les grandes lignes.

– Qu'a dit Åkeson ?

– Il est prêt à nous suivre.

Le chef donna quelques coups de crayon sur la table et ceux qui étaient encore debout s'assirent.

– Je n'ai rien à dire, commença Björk, sinon que je

laisse la parole à Kurt. Mais si j'ai bien compris, l'enquête vient de connaître un tournant spectaculaire.

Wallander acquiesça tout en se demandant par où commencer. Il avait soudain la tête complètement vide. Puis il retrouva le fil de ses idées et prit la parole. Il rendit compte en détail des informations fournies par l'ex-camarade d'Ann-Britt Höglund et poursuivit en résumant les idées qui avaient germé au cours de la nuit sur la manière d'entreprendre la chasse à l'ours sans le réveiller. Son exposé dura plus de vingt-cinq minutes. Ann-Britt avait-elle quelque chose à ajouter ? Elle se contenta de secouer la tête, il avait tout dit.

– Voilà où nous en sommes, conclut Wallander. Étant donné que ces découvertes entraînent de nouvelles priorités, j'ai demandé à Per d'être présent ce matin. La question est de savoir si nous n'aurions pas d'ores et déjà besoin de renforts. Il ne va pas être facile de pénétrer dans le monde d'Alfred Harderberg, surtout si nous voulons le faire à son insu.

Wallander se tut sans savoir s'il avait réussi à transmettre l'essentiel. Ann-Britt Höglund lui souriait mais, en voyant les visages fermés autour de la table, il eut comme un doute.

– Cela nous donne incontestablement du grain à moudre, dit Per Åkeson lorsque le silence se fut prolongé un peu trop longtemps. Nous devons garder présent à l'esprit qu'Alfred Harderberg est une icône de l'industrie suédoise. Si nous devions remettre en cause cette image, on peut s'attendre à d'énormes résistances. D'un autre côté, j'admets qu'il y a suffisamment de raisons de nous intéresser à lui. J'ai naturellement beaucoup de mal à croire qu'Alfred Harderberg en personne soit impliqué dans les meurtres et les autres événements qui nous occupent. Mais il peut y avoir dans son entourage des éléments qu'il ne contrôle pas.

– J'ai toujours rêvé de coincer un de ces messieurs, dit soudain Svedberg.

– Une attitude très regrettable de la part d'un policier, répliqua aussitôt Björk sans cacher son mécontentement. Je ne devrais pas avoir à vous rappeler notre statut de fonctionnaires et la neutralité qu'il implique.

– Restons-en aux faits, coupa Åkeson. Nous devons peut-être aussi nous rappeler qu'en tant que serviteurs de la loi, nous sommes payés pour étendre nos soupçons partout où nous le jugeons légitime.

Wallander s'impatientait.

– On a donc le feu vert pour se concentrer sur Harderberg ?

– À certaines conditions, dit Björk. Je suis d'accord avec Per, nous devons faire preuve de prudence et de vigilance. Je tiens aussi à souligner une chose : si la moindre information devait filtrer hors de ces murs, je considérerais cela comme une faute professionnelle. Aucune déclaration aux médias sans mon accord préalable.

– On avait compris, dit Martinsson qui intervenait pour la première fois dans la discussion. Je suis plus curieux de savoir comment on peut prétendre avoir la moindre chance d'éplucher l'empire Harderberg alors qu'on est si peu nombreux. Comment allons-nous coordonner notre enquête avec les brigades financières de Stockholm et de Malmö ? Comment allons-nous travailler avec l'administration fiscale ? Je me demande si nous ne devrions pas nous y prendre tout autrement.

– Comment ? s'enquit Wallander.

– En renvoyant toute l'affaire à Stockholm. Ils pourront collaborer avec toutes les brigades et autorités qu'ils veulent. Je crois que nous devons admettre que nous sommes trop petits.

– J'ai eu la même pensée, dit Per Åkeson. Mais à ce stade, alors que l'investigation n'a pas même démarré, ils risquent de refuser. Je ne sais pas si vous en êtes conscients, mais ils sont si possible encore plus débordés que nous. Chez eux, la question des sous-effectifs frise la pure catastrophe. Jusqu'à nouvel ordre, nous devons nous y atteler nous-mêmes. De notre mieux. Je vais bien entendu leur demander de nous aider. Qui sait, ça marchera peut-être.

Wallander pensa toujours par la suite que ce fut cette remarque d'Åkeson concernant la situation désespérée de la police nationale qui détermina une fois pour toutes leur cadre de travail. Ils allaient concentrer l'enquête autour d'Alfred Harderberg et de l'hypothétique lien de celui-ci avec Lars Borman et les deux avocats. Et ils seraient seuls pour mener l'entreprise à bien. Ils avaient déjà été confrontés, à Ystad, à différentes formes de délinquance financière. Mais cette affaire était d'une ampleur inédite. Et ils ignoraient même encore si leurs soupçons avaient le moindre fondement.

Ils devaient donc, en d'autres termes, commencer par définir ce qu'ils cherchaient.

Lorsque Wallander écrivit à Baiba Liepa quelques jours plus tard en lui parlant de la *battue secrète* – nom qu'il avait donné en son for intérieur aux recherches en cours et pour la traduction duquel il avait dû longuement consulter son dictionnaire suédois-anglais – il lui décrivit pourtant l'opération comme une entreprise concertée et de grande envergure. Ses collègues se révélaient aussi déterminés que lui. *Il y a un chasseur en chaque policier*, écrivit-il. *La battue s'entoure rarement de trompettes. Mais il nous arrive de capturer des renards. Sans nous, le poulailler suédois serait rasé et déserté depuis longtemps. Il ne resterait que quelques plumes ensanglantées en train de voltiger dans le vent d'automne.*

Ils se mirent donc à l'œuvre avec enthousiasme. Björk souleva le couvercle de la boîte où il gardait enfermées les heures sup'. Il les aiguillonnait, tout en leur ressassant la consigne de ne laisser filtrer aucune information. Per Åkeson avait ôté son veston et défait le nœud serré de sa cravate pour se transformer en membre de l'équipe à part entière, sans pour autant lâcher son autorité de chef.

Mais sur le terrain, c'était Wallander qui décidait; il le sentait très concrètement, et cela lui procurait par instants des frissons de bien-être. Des circonstances inattendues, jointes à la bienveillance imméritée de ses collègues, lui donnaient enfin la possibilité de réparer une partie de sa dette vis-à-vis de Sten Torstensson. Son ami lui avait lancé un appel de détresse, mais il était à l'époque si absorbé par sa misère personnelle qu'il ne lui avait pas laissé la moindre chance. Son abattement égoïste avait été une véritable muraille.

Au cours de cette période, il écrivit une autre lettre à Baiba qui ne fut jamais envoyée. Il y essayait de lui expliquer, et par la même occasion de s'expliquer à lui-même, ce qu'était devenu son remords d'avoir tué un homme maintenant qu'il ressentait aussi une culpabilité pour la mort de Sten Torstensson et pour le refus qu'il lui avait opposé. La conclusion à laquelle il crut parvenir, bien qu'au fond de lui il s'en défiât, était que la mort de Sten Torstensson avait commencé à le tourmenter bien plus que les événements de l'année précédente dans le champ de manœuvre enseveli sous le brouillard, entouré par les brebis invisibles.

À l'extérieur, rien ne filtrait de son angoisse. Pendant les pauses à la cafétéria, ses collègues commentaient d'homme à homme la guérison subite de Wallander, qui leur paraissait aussi miraculeuse que s'il avait été paralysé sur un brancard dont il se serait simplement levé à leur appel. Martinsson, qui ne refrénait pas toujours ses commentaires cyniques, exprima la chose ainsi:

– Ce qu'il fallait à Kurt, c'était une bonne affaire saignante. Pas un bête coup de feu tiré dans un moment de panique, non. Deux avocats assassinés, une mine qui explose dans un jardin et une bombe asiatique dans son réservoir, c'est ça qu'on aurait dû lui prescrire. En tout cas, c'est ça qui l'a guéri.

Personne ne doutait du bien-fondé de cette analyse.

Il leur fallut un peu plus d'une semaine pour se faire une idée précise de la situation. Au cours de cette période, aucun d'entre eux ne dormit plus de cinq heures par nuit. Après coup, ils pensèrent avoir démontré qu'une souris est capable de rugir au besoin. Per Åkeson lui-même, pourtant peu impressionnable, ne put que lever son chapeau invisible devant la prestation des policiers.

– Ce résultat doit rester confidentiel, dit-il à Wallander tard un soir, alors qu'ils étaient sortis devant le commissariat pour chasser la fatigue et respirer l'air frais de l'automne.

Wallander ne comprit pas tout d'abord à quoi il faisait référence.

– Autrement, poursuivit Åkeson, la direction centrale et le ministère de la Justice vont commander une enquête qui conduira tôt ou tard à la diffusion du «modèle Ystad», ou comment parvenir à de grands résultats avec des moyens minimes. On en profitera pour conclure que la police suédoise ne souffre pas du tout d'être en sous-effectifs. On se servira de nous pour affirmer qu'il y a en réalité beaucoup trop de flics. Si nombreux qu'ils gênent le travail et gaspillent les ressources, avec pour résultat les statistiques d'élucidation en chute libre que l'on connaît.

– Mais on n'a encore obtenu aucun résultat, protesta Wallander.

– Je te parle de la direction centrale. Je te parle du monde mystérieux des politiciens. Où derrière les interminables parlottes on ne fait que passer au tamis les moustiques tout en avalant des chameaux. Où chacun va se coucher le soir en priant pour que le lendemain il soit possible de transformer l'eau en vin. Je ne dis pas qu'on a identifié l'assassin des Torstensson. Je dis juste qu'on a réussi à découvrir en très peu de temps qu'Alfred Harderberg n'était pas le citoyen irréprochable qu'on imaginait.

C'était vrai. Au terme de cette semaine d'activité frénétique, ils étaient parvenus à dresser un diagramme de l'empire Harderberg qui, sans être exhaustif, contenait suffisamment de trous noirs pour indiquer que l'homme du château de Farnholm ne devait pas être lâché de sitôt.

Devant le commissariat ce soir-là, le vendredi 12 novembre, ils en étaient au point où il devenait possible de tirer certaines conclusions. La première étape s'achevait, la battue avait eu lieu, rien n'avait filtré au-dehors, et ils commençaient à entrevoir l'image d'un empire financier étonnant, où Lars Borman et surtout Gustaf Torstensson avaient dû découvrir quelque chose qu'ils n'auraient pas dû voir.

Restait à savoir quoi.

Le travail s'était poursuivi sans relâche. Mais Wallander avait bien organisé ses troupes et il n'hésitait pas à endosser lui-même les tâches les plus ennuyeuses, qui se révélaient souvent aussi les moins fructueuses. Ils avaient épluché l'histoire personnelle d'Alfred Harderberg depuis sa naissance à Vimmerby sous le nom d'Alfred Hansson, fils d'un négociant en bois alcoolique, jusqu'à sa position actuelle de détenteur d'un impressionnant trousseau de clés ouvrant les portes d'un groupe international dont le chiffre d'affaires s'élevait à plusieurs milliards de couronnes. À un certain moment, au cours du travail harassant consistant à éplucher les rapports d'activité, les bilans, les déclarations d'impôts et les prospectus d'offres publiques d'achat, Svedberg avait dit :

– Il n'est tout simplement pas possible qu'un type aussi riche soit un type honnête.

Mais ce fut pour finir Sven Nyberg, le taciturne et susceptible chef de la brigade technique, qui leur fournit l'information dont ils avaient besoin. Comme souvent, ce fut un pur hasard qui lui fit découvrir la minuscule lézarde, la faille à peine visible de l'impeccable façade qui avait pour nom Alfred Harderberg. Et si Wallander n'avait pas prêté attention, malgré sa fatigue, au commentaire fait par Nyberg alors qu'il s'apprêtait à quitter son bureau, l'occasion leur aurait glissé entre les mains pour ne peut-être jamais revenir.

Il était près de minuit ce mardi soir, et Wallander était penché sur un énième rapport d'Ann-Britt concernant les biens terrestres d'Alfred Harderberg, lorsque Nyberg frappa à sa porte. Nyberg n'était pas un homme discret, il se déplaçait tel un mammouth dans les couloirs du commissariat et cognait aux portes comme s'il venait ordonner l'arrestation d'un collègue. Ce soir-là, il en avait enfin terminé avec ses propres recherches et celles du laboratoire concernant d'une part la mine et d'autre part la voiture incendiée de Wallander.

– Je suppose que tu veux connaître les résultats sur-le-champ, dit-il lorsqu'il se fut affalé dans le fauteuil.

– Alors ? fit Wallander en considérant Nyberg de ses yeux rougis.

– Alors rien.

– Rien ?

– Tu m'as entendu, merde. C'est un résultat en soi. On ne peut pas affirmer avec certitude par qui la mine a été fabriquée. On croit que c'est une boîte belge qui s'appelle Poudres réunies de Belgique. On n'a pas retrouvé d'éclats, ce qui veut dire que la mine n'agissait que verticalement, d'où l'hypothèse belge. Mais ce n'est pas sûr, elle peut aussi venir d'ailleurs. En ce qui concerne ta voiture, on ne sait toujours pas s'il y avait quelque chose dans le réservoir. On ne peut donc rien affirmer avec certitude. Par conséquent le résultat est : rien.

– Je te crois, dit Wallander en fouillant la paperasse sur son bureau à la recherche d'une question qu'il avait notée sur un Post-it à l'intention de Nyberg.

– Au sujet du pistolet italien, le Bernadelli, on ne sait rien non plus, continua Nyberg, pendant que Wallander, renonçant à retrouver le Post-it, se remettait à prendre des notes. Aucun vol n'a été signalé, les propriétaires ont tous été en mesure de présenter leur arme. Alors maintenant, c'est à toi et à Per Åkeson de décider si vous voulez qu'on les fasse venir pour des exercices de tir.

– Tu crois que ça vaut le coup ?

– Oui et non. Personnellement, je pense qu'on devrait s'occuper d'éventuels Smith & Wesson volés avant de convoquer les autres. Ça prendra quelques jours.

– Très bien, fit Wallander en prenant note de cette décision.

– On n'a pas découvert d'empreintes au cabinet, poursuivit Nyberg. Le meurtrier de Sten Torstensson n'a pas eu la gentillesse d'appuyer son pouce contre la vitre. L'examen des lettres de Lars Borman n'a rien donné non plus. Sinon qu'il s'agirait bien de son écriture. Svedberg a parlé à ses enfants.

– Qu'ont-ils dit du style ? J'ai oublié de poser la question à Svedberg.

– Quel style ?

– Les lettres étaient bizarrement formulées.

– Il me semble que Svedberg a dit à une réunion que Lars Borman était dyslexique.

Wallander fronça les sourcils.

– Tiens, je n'en ai aucun souvenir.

– Tu étais peut-être parti te chercher un café.

– Peut-être. Je vais en reparler à Svedberg. Autre chose ?

– J'ai examiné la voiture de Gustaf Torstensson. Pas d'empreintes là non plus. J'ai aussi examiné la serrure du contact et celle du coffre. Et j'ai parlé au médecin légiste de Malmö. Nous sommes d'accord sur le fait que la mort n'a pas été provoquée par un choc contre le toit de l'habitacle. On n'a trouvé aucune surface correspondant à la plaie. Il semble donc bien qu'il ait été frappé. Il devait être hors de la voiture à ce moment-là. À moins qu'il n'ait eu un passager sur la banquette arrière.

– J'y ai réfléchi, dit Wallander. Mon hypothèse est qu'il est descendu de la voiture. On l'a frappé par-derrière. L'accident a été mis en scène après. Mais pourquoi s'est-il arrêté dans le brouillard ? Pourquoi est-il sorti sur la route ?

– Je n'ai pas de réponse.

Wallander posa son crayon et se carra dans son fauteuil. Il avait mal au dos et pensa qu'il devrait rentrer dormir.

– La seule chose remarquable qu'on ait trouvée dans la voiture, ajouta Nyberg, c'est une boîte en plastique fabriquée en France.

– Que contenait-elle ?

– Rien.

– Alors en quoi est-elle remarquable ?

Nyberg haussa les épaules et se leva.

– J'ai vu la même une fois, il y a quatre ans. Pendant une visite d'étude à l'hôpital de Lund.

– Dans un hôpital ?

– J'ai bonne mémoire. C'était la même.

– À quoi servait-elle ?

– Comment veux-tu que je le sache ? Mais celle qui se

trouvait dans la voiture de Torstensson était propre.
Propre comme ne peut l'être qu'une boîte qui n'a jamais
rien contenu.

Nyberg sortit. Wallander entendit son pas lourd résonner dans le couloir.

Il repoussa la paperasse et se leva pour rentrer. Mais
alors qu'il s'apprêtait à enfiler sa veste il s'immobilisa,
pensif.

Quelque chose que venait de dire Nyberg. Juste avant
de quitter le bureau.

Quelque chose à propos de cette boîte en plastique.

Il se rassit, sa veste à la main.

Une boîte vide. Propre. Inutilisée. D'un modèle très
spécial.

Il entrevit une explication possible.

Lorsque Gustaf Torstensson s'était rendu au château
de Farnholm, la boîte ne se trouvait pas encore dans sa
voiture.

Wallander regarda sa montre. Un peu plus de minuit.
Il attendit un quart d'heure. Puis il appela Nyberg à son
domicile.

– Qu'est-ce que c'est encore ? dit celui-ci en reconnaissant la voix de Wallander.

– Reviens. Maintenant, tout de suite.

Il pensa que Nyberg exploserait de rage.

Mais Nyberg se contenta de raccrocher sans un mot.

À une heure moins vingt, il refaisait son entrée dans
le bureau de Wallander.

11

Cette conversation nocturne avec Nyberg marqua un tournant pour Wallander. Une fois de plus, il crut avoir la confirmation que, dans les enquêtes complexes, les percées décisives se produisaient souvent à des moments inattendus. Ses collègues auraient dit que même les policiers ont parfois besoin d'un petit coup de pouce de la chance. Wallander, lui, aurait plutôt dit que Rydberg avait raison de répéter qu'un bon policier doit savoir écouter son intuition. Et l'intuition de Wallander lui disait que cette boîte en plastique était importante. Malgré sa fatigue, il avait senti qu'il ne pouvait attendre jusqu'au lendemain pour en savoir plus, et c'est pour cela qu'il avait rappelé Nyberg. La crise de rage attendue n'avait pas eu lieu. Nyberg s'était rassis sans un mot et Wallander avait alors découvert qu'il était une fois de plus en pyjama sous son pardessus. Et il avait glissé les pieds dans des bottes en caoutchouc.

— Désolé, dit-il. Si j'avais su que tu étais déjà couché, je ne t'aurais pas rappelé.

— Tu veux me dire que tu m'as fait revenir pour rien ?

Wallander fit non de la tête.

— Cette boîte en plastique. Tu peux m'en dire un peu plus ?

– Je t'ai tout dit.

Wallander s'assit derrière son bureau et considéra son collègue. Nyberg n'était pas seulement un bon technicien. Il avait aussi de l'imagination et une mémoire exceptionnelle.

– Tu m'as dit que tu avais déjà vu une boîte semblable.

– Pas semblable. La même.

– Peux-tu me la décrire ?

– Dans ce cas, il vaudrait mieux que j'aille la chercher.

– Allons y jeter un coup d'œil ensemble, proposa Wallander en se levant.

Ils traversèrent les couloirs du commissariat désert. Une radio était branchée quelque part. Nyberg choisit une clé et ouvrit la porte de la pièce où étaient entreposées les pièces à conviction des affaires en cours.

Il prit la boîte sur une étagère et la lui tendit. Elle était rectangulaire ; Wallander pensa immédiatement à une glacière. Il la posa sur une table et voulut soulever le couvercle.

– Il est vissé, dit Nyberg. Cette boîte est hermétique. Il y a une fenêtre, là, sur le côté. Je ne sais pas à quoi elle sert. Mais je suppose qu'un thermomètre est monté à l'intérieur.

– Tu as vu la même à l'hôpital de Lund, dit Wallander en contemplant l'objet. Dans quel service était-elle rangée ?

– Elle était en mouvement.

Wallander haussa les sourcils.

– Une infirmière la transportait dans le couloir. Je crois me souvenir qu'elle était pressée. C'était près du bloc opératoire.

– Autre chose ?

– Non.

– Je trouve que ça ressemble à une glacière.

– Moi aussi, répondit Nyberg. Peut-être pour le sang.

– Je voudrais que tu te renseignes. J'aimerais bien savoir ce que faisait cet engin dans la voiture de Gustaf Torstensson.

Ils retournèrent dans le bureau de Wallander. Il pensa soudain à une remarque qu'avait faite Nyberg, plus tôt dans la soirée.

– Tu as dit qu'elle était fabriquée en France ?

– C'est écrit *made in France* sur la poignée.

– Ah bon ?

– Le texte n'est pas très lisible, tu es excusé.

Wallander s'était assis ; Nyberg resta debout près de la porte.

– Je me trompe peut-être, dit Wallander. Mais la présence de cette boîte dans la voiture de Gustaf Torstensson m'intrigue. Que faisait-elle là ? Tu es certain qu'elle n'a jamais servi ?

– En dévissant le couvercle, j'ai constaté que j'étais le premier à le faire depuis que cette boîte avait quitté l'usine. Tu veux que je t'explique ?

– Ta certitude me suffit. Je n'y comprendrais rien de toute façon.

– Je trouve souvent des objets inattendus dans les voitures des gens.

– Dans cette affaire-ci, nous ne devons négliger aucun détail.

– Ce n'est jamais le cas, il me semble.

Wallander se leva.

– Merci d'être revenu. J'aimerais bien avoir la réponse dès demain. Savoir à quoi sert cette boîte en plastique…

Ils se séparèrent devant le commissariat. Wallander rentra chez lui, avala un sandwich et alla se coucher. Il se retourna longtemps entre les draps avant de se relever et de retourner à la cuisine. Il s'assit à la table sans prendre la peine d'allumer. La lueur du lampadaire, dehors, transformait la cuisine en un univers d'ombres bizarres. Il se sentait impatient, agité. Trop de fils épars dans cette enquête. Ils avaient maintenant choisi une piste, mais il s'interrogeait encore. Était-ce la bonne ? Ou avaient-ils négligé un point décisif ? Il repensa au jour où Sten Torstensson était apparu sur la plage de l'île de Jylland. Il se rappelait leur conversation presque mot pour mot. Était-il possible qu'il n'ait pas compris son véritable message ? Se pouvait-il que les paroles de Sten Torstensson aient eu un autre contenu que leur sens explicite ?

Lorsqu'il retourna enfin se coucher, il était plus de quatre heures du matin. Dehors le vent soufflait toujours et la température avait chuté. Il frissonna en se glissant sous les couvertures. Il lui semblait qu'il n'avait guère avancé. Et pas davantage réussi à se convaincre de prendre patience. Ce qu'il exigeait de ses collègues restait comme d'habitude hors de portée pour lui.

Lorsque Wallander arriva au commissariat le lendemain peu avant huit heures, le vent s'était transformé en tempête. À l'accueil, il apprit qu'il y avait un risque d'ouragan dans la matinée. Tout en se dirigeant vers son bureau, il se demanda si le toit de la maison de son père à Löderup tiendrait le coup. Il avait mauvaise conscience parce qu'il n'avait jamais pris le temps de s'occuper de ce toit. En cas de grosse tempête, le risque était réel. Il s'assit en pensant qu'il pouvait au moins téléphoner au vieux ; il ne lui avait pas reparlé depuis l'épisode de la bagarre à Systemet. Il avait déjà la main sur le combiné lorsque le téléphone sonna.

– Quelqu'un cherche à te joindre, dit Ebba qui venait de prendre son service. Tu as vu le vent qu'il fait ?

– Je te rassure, ce n'est qu'un début. Qui est-ce ?

– Château de Farnholm.

Wallander se redressa.

– Je prends, dit-il.

– C'est une dame qui a un nom remarquable. Jenny Lind.

– Ah. Ça ne me paraît pas extraordinaire.

– Je ne dis pas que c'est extraordinaire. Je dis que c'est remarquable. Tu as tout de même entendu parler de la cantatrice Jenny Lind ?

– Passe-la-moi.

La voix qui lui parvint était celle d'une jeune femme. Une des secrétaires, pensa-t-il.

– Commissaire Wallander ?

– C'est moi.

– Vous avez sollicité une entrevue avec le Dr Harderberg.

– Je n'ai rien sollicité, dit Wallander, sentant monter l'énervement. J'ai besoin de lui parler dans le cadre d'une enquête pour meurtre.

– J'ai bien compris. Nous avons reçu ce matin un fax du Dr Harderberg nous informant qu'il doit revenir cet après-midi et qu'il pourra vous recevoir demain.

– D'où provenait ce fax ?

– Quelle importance ?

– Si ça n'en avait pas, je ne vous poserais pas la question.

– Le Dr Harderberg se trouve pour l'instant à Barcelone.

– Je ne veux pas attendre jusqu'à demain. S'il revient en Suède cet après-midi, il devrait pouvoir me recevoir dans la soirée.

– D'après son agenda, il n'a rien de prévu ce soir. Mais je dois m'en assurer auprès de lui.

– Faites comme vous voudrez. Mais dites-lui qu'il aura la visite de la police d'Ystad ce soir à dix-neuf heures.

– Je ne peux pas accepter cela. Le Dr Harderberg décide lui-même de ses rendez-vous.

– Pas dans le cas présent. Nous serons là à dix-neuf heures.

– Dois-je comprendre que vous serez accompagné ?

– Oui.

– Puis-je vous demander le nom de cette personne ?

– Bien sûr. Mais vous n'aurez pas la réponse. Tout ce que je peux vous dire, c'est que ce sera un autre enquêteur de la brigade criminelle d'Ystad.

– Je vais prendre contact avec le Dr Harderberg, dit Jenny Lind. Sachez tout de même qu'il lui arrive de modifier ses projets sans préavis.

– Là, il ne le peut pas, dit Wallander en pensant qu'il était certainement en train d'outrepasser ses prérogatives.

– Je dois dire que vous me surprenez. Un policier peut-il réellement prétendre contrôler l'emploi du temps du Dr Harderberg ?

– Si j'en touche deux mots au procureur, oui certainement.

Au même instant, il s'aperçut de son erreur. Ils avaient décidé d'avancer avec prudence. Alfred Harderberg devait répondre aux questions, tout en restant persuadé qu'on ne lui portait qu'un intérêt routinier. Il essaya de faire marche arrière.

– Le Dr Harderberg n'est bien entendu soupçonné de rien. C'est juste que nous devons lui parler au plus vite dans le cadre de cette enquête. Un citoyen éminent tel que lui ne peut être que désireux d'aider la police à résoudre une affaire complexe.

– Je vais prendre contact avec lui, répéta Jenny Lind.

– Merci d'avoir appelé.

Il raccrocha. Une pensée venait de le frapper. Avec l'aide d'Ebba, il dénicha Martinsson et lui demanda de venir.

– Alfred Harderberg a donné de ses nouvelles. Il se trouve à Barcelone et il s'apprête à rentrer en Scanie aujourd'hui. Je pensais emmener Ann-Britt au château ce soir.

– Elle vient d'appeler, répondit Martinsson. Elle reste chez elle aujourd'hui, un de ses enfants est malade.

– Alors à toi l'honneur.

– Formidable. J'ai envie de voir l'aquarium aux pépites d'or.

– Au fait, dit Wallander, que sais-tu de ses déplacements en avion ?

– Pas grand-chose.

– J'ai eu une idée. Alfred Harderberg possède son propre jet. Un Gulfstream : ne me demande pas ce que c'est. Il doit être enregistré quelque part. Il doit exister des plans de vol qui indiquent ses horaires, ses itinéraires, etc.

– En tout cas, il doit avoir quelques pilotes. Je m'en occupe.

– Non. Tu as d'autres priorités.

– Ann-Britt peut passer des coups de fil de chez elle. Elle sera contente de se rendre utile.

– Elle peut devenir un bon flic, dit Wallander.

– On peut toujours l'espérer. Mais honnêtement, on n'en sait rien. Tout ce qu'on sait, c'est qu'elle s'est bien débrouillée à l'école.

– Tu as raison. L'école n'a pas encore réussi à imiter la réalité.

Martinsson parti, Wallander s'attela à la préparation de la réunion matinale. Au réveil, il avait retrouvé intactes ses pensées de la nuit concernant les fils épars, dans cette enquête ; il avait résolu de les écarter provisoirement. S'il s'avérait que la piste choisie n'était pas la bonne, les fils épars seraient toujours là. Ils s'y intéresseraient le moment venu, mais pas avant.

Wallander repoussa les tas de papiers et prit une feuille vierge. Bien des années plus tôt, Rydberg lui avait enseigné une méthode pour poser un regard neuf sur l'enquête en cours. *On doit changer souvent de tour d'observation*, disait-il. *Autrement, l'idée d'une vue d'ensemble n'a plus de sens. Quelle que soit la complexité d'une enquête, il doit être possible de la raconter à un enfant. On doit porter sur les faits un regard simple, qui ne soit pas pour autant simplificateur.*

Wallander écrivit: *Il était une fois un vieil avocat qui avait rendu visite à un homme riche dans son château. Sur le chemin du retour quelqu'un le tua, en essayant de faire croire à tout le monde que le vieil homme avait eu un accident. Peu de temps après son fils fut tué lui aussi. Soupçonnant que son père n'était pas mort de façon accidentelle, il était en effet allé voir son ami policier pour lui demander son aide. Il avait fait le voyage dans le plus grand secret, en disant à sa secrétaire qu'il partait dans un autre pays, d'où il avait même fait envoyer une carte postale. Quelques jours après sa mort, on essaya de tuer sa secrétaire. Puis on essaya de tuer le policier en faisant sauter sa voiture. Qu'avait-il donc bien pu se passer? Un an avant leur mort, les deux avocats avaient reçu des lettres de menaces. Celui qui les avait envoyées s'était ensuite pendu dans un bois. En réalité, c'était sans doute autre chose: une mise en scène, comme l'accident du vieux père. Mais il n'y avait pas d'explication. Tout ce qu'il y a, c'est une étrange mallette en plastique. Et tout recommence depuis le début. Il était une fois un vieil avocat qui avait rendu visite à un homme riche dans son château...*

Wallander posa son crayon.

Alfred Harderberg, pensa-t-il. Un Chevalier de la Soie de la nouvelle époque. Présent à l'arrière-plan de toutes nos vies. Un Chevalier de la Soie qui survole le monde et conclut ses affaires opaques selon un rituel dont seuls les initiés connaissent les règles.

Il relut ce qu'il avait écrit. Les mots avaient beau être transparents, rien ne jetait une lumière nouvelle sur l'enquête. Surtout, rien n'indiquait qu'Alfred Harderberg fût réellement impliqué.

Ce doit être un truc énorme, pensa-t-il. Si j'ai raison de croire que Harderberg est à l'origine de tout ceci, alors Gustaf Torstensson et Lars Borman ont dû découvrir quelque chose qui menaçait son empire tout entier. Je crois que Sten Torstensson ignorait de quoi il s'agissait. Mais il est venu me chercher, il soupçonnait qu'il était surveillé, et cela s'est révélé exact. «On» n'a pas voulu prendre le risque qu'il divulgue ce qu'il savait peut-être. Et que savait peut-être aussi Berta Dunér.

Wallander alla se chercher un café. Puis il retourna dans son bureau et appela son père.

– Il y a un vent de tempête, dit-il. Je m'inquiète pour ton toit.

– Moi, ça me réjouit.

– Qu'est-ce qui te réjouit ?

– L'idée de voir mon toit disparaître comme une aile par-dessus les champs. Ça ne m'est jamais arrivé.

– J'aurais dû m'en occuper il y a longtemps. Mais je te promets que je le ferai avant l'hiver.

– Ça, j'y crois si je veux. Ça supposerait déjà que tu viennes jusqu'ici.

– Je prendrai le temps. As-tu réfléchi aux événements de Simrishamn ?

– C'est tout réfléchi. J'ai fait ce qu'il était juste de faire.

– On n'a pas le droit de se battre n'importe comment.

– Je ne paierai pas d'amende. Je préfère aller en prison.

– Il n'est pas question de ça, dit Wallander. Je t'appellerai ce soir pour prendre des nouvelles. On annonce un ouragan.

– Je vais peut-être escalader le toit jusqu'à la cheminée.

– Et pourquoi ferais-tu une chose pareille ?

– Pour m'offrir une petite heure de vol.

– Tu vas te tuer. Gertrud n'est pas là ?

– Je l'emmène avec moi, dit le père en raccrochant.

Wallander resta assis, le récepteur à la main. Björk fit son apparition au même moment.

– Si tu as un coup de fil à passer, je peux attendre.

Wallander reposa lentement le combiné sur son socle.

– J'ai appris par Martinsson que le Dr Harderberg avait donné signe de vie…

Wallander attendit en vain une suite.

– C'est une question ? Alors je confirme. À part que Harderberg n'a pas appelé en personne. Il se trouve actuellement à Barcelone, il doit rentrer dans la journée. J'ai demandé un rendez-vous pour ce soir.

Il voyait bien l'embarras de Björk.

– Martinsson m'a dit qu'il t'accompagnait là-bas. Je me demande si c'est une bonne chose.

– Pourquoi ?

– Je n'ai rien contre le fait que Martinsson se déplace. Je me disais juste que je pourrais le remplacer.

– Pourquoi ?

– Le Dr Harderberg n'est pas n'importe qui.

– Tu ne connais pas les détails de l'enquête aussi bien que Martinsson et moi. Ce n'est pas une visite de courtoisie.

– Si je t'accompagnais, ça pourrait avoir un effet apaisant. C'est ce que nous avions convenu. Le Dr Harderberg ne doit pas être alerté.

Wallander réfléchit avant de répondre. Si Björk désirait l'accompagner, c'était uniquement pour vérifier qu'il ne commettrait pas d'impair susceptible de nuire à la réputation de la police. Il le savait, et cela l'exaspérait. Mais cela n'empêchait pas le chef d'avoir raison. Harderberg ne devait pas s'inquiéter.

— Je comprends ton raisonnement, dit-il. Mais ça peut aussi avoir l'effet inverse. Ce serait un peu sensationnel qu'un chef de police assiste à un interrogatoire de routine.

— C'était juste une idée.

— Martinsson fera l'affaire, répliqua Wallander en se levant.

Sur le chemin de la salle de réunion, il pensa qu'il lui faudrait un jour dans sa vie apprendre à être franc. Il aurait dû dire à Björk qu'il ne voulait pas de sa compagnie, qu'il trouvait sa servilité vis-à-vis d'Alfred Harderberg inacceptable. Il décelait dans le comportement de Björk, à propos des relations de pouvoir, une vérité à laquelle il avait à peine réfléchi jusque-là. Pourtant il savait que ce comportement imprégnait toute la société. Il y avait toujours quelqu'un dans la hiérarchie qui dictait les règles du jeu, explicites ou implicites, à ceux qui se trouvaient en dessous. De son enfance, il avait gardé le souvenir des ouvriers qui ôtaient leur casquette au passage du patron. Il pensa au dos courbé de son père face aux Chevaliers de la Soie. Son père continuait à ce jour d'ôter respectueusement une casquette invisible.

Moi aussi j'ai une casquette à la main, pensa Wallander. Et je ne m'en aperçois même pas.

Ils prirent place autour de la table ovale. Svedberg faisait circuler le modèle de nouvel uniforme qui avait été distribué aux différents districts de police.

— Veux-tu voir à quoi nous ressemblerons à l'avenir ?

— On s'en fiche, dit Wallander en s'asseyant. On ne porte jamais l'uniforme de toute façon.

– Ann-Britt n'est pas aussi négative que nous autres, dit Svedberg d'un air morose. D'après elle, la nouvelle tenue ne sera peut-être pas si mal.

Björk abattit ses mains sur la table pour signaler que la réunion commençait.

– Per n'est pas là aujourd'hui, dit-il en préambule. Il essaie de faire tomber les jumeaux braqueurs de l'année dernière.

– Quels jumeaux ? interrogea Wallander.

– Tout le monde sait qu'une agence de Handelsbanken a été cambriolée l'an dernier par deux hommes qui se sont révélés être des jumeaux.

– J'étais absent l'an dernier. Je ne suis pas au courant de l'histoire.

– On a fini par les pincer, expliqua Martinsson. Ils avaient pris des cours d'économie dans l'un des excellents centres de formation continue qui font la gloire de ce pays. Ils avaient besoin de capitaux pour concrétiser leur projet.

– Quel projet ?

– Ils avaient imaginé un parc d'attractions flottant qui se déplacerait le long de la côte sud.

– Ce n'est pas une mauvaise idée, commenta Svedberg pensivement en grattant sa calvitie.

Wallander jeta un regard circulaire.

– Alfred Harderberg a fait appeler, annonça-t-il. Je vais me rendre au château de Farnholm ce soir en compagnie de Martinsson. Il y a une petite possibilité qu'il modifie ses projets. Mais j'ai dit que notre patience avait des limites.

– Ça ne risque pas d'éveiller ses soupçons ? demanda Svedberg.

– J'ai insisté sur le fait que c'était un entretien de routine. C'est tout de même à lui que Gustaf Torstensson avait rendu visite le soir de sa mort.

– Il était temps, dit Martinsson. Il faudra bien se préparer à l'entrevue.

– On a la journée pour ça, dit Wallander. Et on attend la confirmation de son retour.

– Où est-il cette fois ?

– Barcelone.

– Il possède des biens immobiliers importants là-bas, se rappela Svedberg. Il est aussi impliqué financièrement dans un projet de villages de vacances en construction près de Marbella. Tout ça est groupé sous une société du nom de Casaco. J'ai vu un prospectus d'OPA quelque part. Sauf erreur, le tout est géré par une banque de Macao. Ne me demandez pas où ça se trouve.

– Aucune idée. Mais ce n'est pas important dans l'immédiat.

– Macao se trouve au sud de Hong Kong, intervint Martinsson. Vous êtes nuls en géographie ou quoi ?

Wallander se versa un verre d'eau et procéda au tour de table habituel. Chacun rendit compte à tour de rôle du travail accompli depuis la dernière réunion du groupe, en fonction de ses tâches spécifiques. Martinsson leur transmit un message de la part d'Ann-Britt Höglund. L'essentiel était qu'elle allait rencontrer dès le lendemain les enfants de Lars Borman ainsi que sa veuve, de passage en Suède. Quand le tour de Wallander arriva, il commença par leur parler de la mallette en plastique. À l'évidence, ses collègues peinaient à voir l'importance de ce détail précis. Tant mieux, pensa-t-il. Ça met une sourdine à mes espoirs.

Au bout d'une demi-heure environ, on passa à la discussion générale. Tous tombèrent d'accord sur le fait que les fils épars, sans lien direct avec le château de Farnholm, devaient être laissés en attente jusqu'à nouvel ordre.

– Nous attendons toujours la réponse des brigades

financières de Stockholm et de Malmö, dit Wallander alors que la réunion touchait à sa fin. Si la piste de Farnholm se révèle erronée, nous devrons continuer à chercher parmi la clientèle du cabinet. Mais dans l'immédiat, nous nous concentrons sur Harderberg et Lars Borman. Espérons qu'Ann-Britt parviendra à quelque chose avec les enfants et la veuve.

– En est-elle capable ? demanda Svedberg.

– Comment cela ? fit Wallander, surpris.

– Elle manque d'expérience. C'était juste une interrogation.

– Je crois qu'elle s'en chargera très bien. Si vous n'avez rien à ajouter, je propose qu'on en reste là.

Wallander retourna dans son bureau. Il s'attarda un moment près de la fenêtre sans penser à rien. Puis il s'assit et recommença à parcourir tout ce qu'ils avaient réussi à rassembler sur la personne d'Alfred Harderberg et sur ses innombrables activités. Il connaissait déjà la plupart de ces documents, mais il s'appliqua à tout relire soigneusement. Il y avait plein de choses qu'il ne comprenait pas. Le jeu complexe des actions et des émissions d'actions, la manière qu'avaient les sociétés de changer subrepticement de nom ou de contenu, le côté insaisissable des transactions elles-mêmes, tout cela lui donnait la sensation d'entrevoir un monde dont les lois lui étaient complètement étrangères. De temps à autre, il interrompait son travail pour essayer de joindre Nyberg, sans résultat. Il sauta l'heure du déjeuner et resta au commissariat jusque vers quinze heures trente. Nyberg n'avait toujours pas donné signe de vie. Wallander comprit qu'il ne saurait probablement pas à quoi servait la boîte en plastique avant de se rendre au château de Farnholm. Bravant la tempête, il alla manger chez le marchand de kebabs de la place centrale. Il pensait sans cesse à Alfred Harderberg.

Lorsque Wallander revint au commissariat, un message posé sur son bureau l'informait que le Dr Harderberg le recevrait à dix-neuf heures trente au château. Il partit à la recherche de Martinsson. Ils avaient besoin de se préparer, en listant les questions qu'ils devaient poser et celles qu'ils préféraient garder pour eux jusqu'à nouvel ordre. Dans le couloir, il tomba nez à nez avec Svedberg qui s'apprêtait à sortir.

– Martinsson a demandé que tu le rappelles chez lui, dit Svedberg. Il est parti depuis un moment, je ne sais pas pourquoi.

Wallander retourna dans son bureau. Ce fut Martinsson lui-même qui répondit au téléphone.

– J'ai été obligé de rentrer. Ma femme est malade, je n'arrive pas à trouver une baby-sitter. Tu ne pourrais pas emmener Svedberg à ma place ?

– Il vient de sortir. Je ne sais pas où il allait.

– Je regrette.

– Ne t'en fais pas. Je vais me débrouiller.

– Emmène Björk, ironisa Martinsson.

– Tu as raison, répondit Wallander avec sérieux. Je vais y réfléchir.

Au moment de raccrocher, il avait déjà résolu de se rendre seul au château de Farnholm. Au fond, c'était cela qu'il désirait.

Ma plus grande faiblesse en tant que flic, pensa-t-il. Le fait que je préfère travailler seul. Mais avec les années, il était de moins en moins sûr que ce soit vraiment une faiblesse.

Pour mieux se concentrer, il prit sa voiture et quitta la ville. La tempête était violente, les rafales commençaient à atteindre un niveau d'ouragan. La voiture oscillait sur la route, des nuages déchiquetés se pourchassaient à grande vitesse dans le ciel. Il eut une pensée pour le toit de son père à Löderup. Soudain, il sentit que sa musique d'opéra lui manquait. Il s'arrêta et alluma dans l'habitacle. Mais il eut beau chercher, il ne trouva aucune de ses vieilles cassettes. Il se souvint alors seulement que cette voiture n'était pas la sienne, mais une autre qu'on lui avait prêtée. Il continua vers Kristianstad, en essayant de préparer en pensée les questions qu'il poserait à Alfred Harderberg. Mais ce qu'il attendait réellement, c'était la rencontre en elle-même. Dans les innombrables rapports qu'il avait lus, il n'y avait pas eu une seule photographie de l'homme de Farnholm. Ann-Britt avait souligné qu'il évitait farouchement tout contact avec les photographes. Les rares fois où il apparaissait en public, ses collaborateurs faisaient en sorte qu'il n'y ait pas de photographes présents. Une demande auprès de la télévision suédoise avait révélé qu'il n'existait pas un seul document d'archives où Harderberg apparaissait en image.

Wallander repensa à sa première visite au château. Il avait cru deviner alors que les deux signes distinctifs des gens très riches étaient le silence et l'isolement volontaires. Il en ajouta à présent un troisième : l'invisibilité. Des gens sans visage dans de beaux décors.

Peu avant Tomelilla, il heurta un lièvre et le vit tourbillonner dans la lumière des phares. Quand il sortit de la voiture, le vent manqua de le renverser. Le lièvre était couché sur l'asphalte. Ses pattes de derrière s'agitaient désespérément. Wallander finit par trouver une pierre. Mais lorsqu'il revint, le lièvre était déjà mort. Il le repoussa du bout du pied vers l'accotement et retourna à la voiture. Une violente rafale faillit lui arracher la portière des mains. À Tomelilla, il s'arrêta le temps d'avaler un sandwich et un café. Il était dix-sept heures quarante-cinq. Il sortit son bloc et nota quelques questions. Il s'aperçut qu'il était tendu, dans l'expectative. Et que c'était absurde puisque cela signifiait qu'il espérait trouver au château non pas un innocent, mais un assassin.

Il resta là près d'une heure, remplissant plusieurs fois sa tasse et laissant libre cours à ses pensées. Soudain, il s'aperçut qu'il songeait à Rydberg. Un court instant, il eut du mal à voir son visage. Cela lui fit peur. Si je perds Rydberg, pensa-t-il, je perds mon seul véritable ami. Mort ou pas.

Il paya et ressortit. Le panneau à l'entrée avait été renversé par une bourrasque. Des voitures passaient, mais il ne vit aucun piéton. Une vraie tempête de novembre, se dit-il en remontant dans la voiture. L'hiver ouvre ses portes en coup de vent.

Il arriva en vue du domaine à dix-neuf heures vingt-cinq. Il s'attendait à revoir Kurt Ström. Mais personne ne se montra ; le bunker semblait abandonné. Les grilles s'écartèrent en silence. Il prit la direction du château. De puissants projecteurs éclairaient la façade et le parc ; on aurait dit un décor de théâtre illuminé. Une image de la réalité, pas la réalité elle-même.

Il s'arrêta au pied du grand escalier et coupa le moteur. Lorsqu'il sortit de la voiture, une des doubles portes s'ouvrit. Il commença à gravir les marches. Soudain, le vent le déséquilibra et le bloc-notes qu'il tenait à la main fut emporté par la tempête. Il secoua la tête et continua à monter. Une femme qui pouvait avoir vingt-cinq ans, avec des cheveux courts, presque ras, l'attendait là-haut.

– C'était important ? demanda-t-elle.

Wallander reconnut le timbre de sa voix.

– Non, juste un bloc-notes.

– Nous allons envoyer des gens à sa recherche, dit Jenny Lind.

Wallander considéra les lourdes boucles d'oreilles et les mèches bleues qui parsemaient ses cheveux noirs.

– Il n'y avait rien dedans, dit-il.

Elle le fit entrer. La porte se referma derrière lui.

– Vous aviez dit que vous viendriez accompagné...

– Les circonstances en ont décidé autrement.

Wallander découvrit alors les deux hommes immobiles dans l'ombre au fond du hall, de part et d'autre du monumental escalier. Il se rappela leur présence lors de sa première visite. Impossible de distinguer leur visage. Un court instant il se demanda s'ils étaient vivants ou si ce n'étaient pas plutôt deux vieilles armures qui montaient la garde.

– Le Dr Harderberg ne va pas tarder, annonça Jenny Lind. Vous pouvez l'attendre dans la bibliothèque.

Elle le conduisit jusqu'à une porte sur la gauche. Wallander entendait ses propres pas résonner contre les dalles de pierre. Jenny Lind, elle, ne faisait aucun bruit. Il s'aperçut avec stupeur qu'elle n'avait pas de chaussures.

– Vous n'avez pas froid aux pieds ?

– Chauffage au sol, répliqua-t-elle avec insouciance en le faisant entrer dans la bibliothèque. Nous allons vous rapporter vos papiers, commissaire.

Puis elle referma la porte, le laissant seul.

Wallander se trouvait dans une grande pièce ovale aux murs tapissés de livres. Au centre, un groupe de fauteuils en cuir et une table. Les lumières étaient tamisées et, par contraste avec le dallage du hall, le sol était ici couvert de tapis d'Orient. Il s'immobilisa et prêta l'oreille, surpris de ne rien entendre de la tempête qui faisait rage au-dehors. Puis il comprit que la pièce était insonorisée. C'était sans doute ici que Gustaf Torstensson avait rencontré son employeur et quelques inconnus juste avant de mourir.

Wallander fit le tour de la bibliothèque. Derrière une colonne, il découvrit un grand aquarium où des poissons à l'allure singulière se déplaçaient avec de lents mouvements de nageoires. Il se pencha pour mieux voir. Le sable scintillait. Mais était-ce de l'or ? Difficile à dire. Il continua son inspection, en pensant qu'il était sûrement observé. Les caméras doivent être planquées au milieu des livres ; des caméras si sensibles que ce faible éclairage leur suffit largement. Il doit aussi y avoir des micros. Ils croyaient qu'on viendrait à deux. Ils nous auraient laissés seuls un moment pour capter un éventuel échange. Si ça se trouve, ils sont aussi capables de lire dans mes pensées.

Wallander n'entendit pas Harderberg arriver. Soudain, il eut simplement la sensation de ne plus être seul. En se retournant, il vit un homme debout à côté des fauteuils en cuir.

– Commissaire Wallander, dit l'homme en souriant.

Après coup, Wallander réalisa qu'il n'avait pas cessé de sourire un seul instant. Et c'était un sourire qu'il n'oublierait jamais.

– Alfred Harderberg, dit Wallander. Je vous suis très reconnaissant de me recevoir.

– C'est notre devoir à tous d'aider la police.

Sa voix, pensa Wallander, était extrêmement agréable. Ils se serrèrent la main. Harderberg portait un costume à fines rayures, impeccablement coupé et probablement hors de prix. La première impression de Wallander fut que tout chez cet homme était accompli, ses vêtements, ses gestes, sa manière de parler. Et ce sourire perpétuel, qui ne semblait jamais abandonner son visage.

Ils prirent place dans les fauteuils.

– J'ai demandé qu'on nous apporte du thé, dit Harderberg aimablement. J'espère que vous n'y voyez pas d'inconvénient, commissaire ?

– Mais non. Surtout par le temps qu'il fait. Les murs du château doivent être très épais.

– Ah, dit Harderberg. Vous faites allusion au fait

qu'on n'entend pas le vent. C'est tout à fait exact. Les murs de ce château ont été conçus pour opposer la plus grande résistance possible aux soldats ennemis et aux vents déchaînés.

– Vous avez dû avoir des difficultés à vous poser. Avez-vous atterri à Everöd ou à Sturup ?

– Je me sers de l'aéroport de Sturup, répondit Harderberg. De là, on accède immédiatement à l'espace aérien international. Mais l'atterrissage s'est passé au mieux. Mes pilotes sont sélectionnés avec le plus grand soin.

La femme noire que Wallander avait déjà vue lors de sa première visite se détacha de l'ombre. Ils gardèrent le silence pendant qu'elle remplissait leurs tasses.

– C'est un thé spécial, dit Alfred Harderberg.

Wallander se rappela un détail des rapports qu'il avait relus dans l'après-midi.

– Je suppose qu'il provient d'une de vos plantations.

Le sourire inamovible empêcha Wallander de voir si Harderberg était surpris ou non.

– Je vois que vous êtes bien informé. Nous possédons effectivement des parts dans les plantations Lonhro au Mozambique.

– Il est excellent, dit Wallander. Je crois que j'ai du mal à imaginer ce que c'est que de conclure des affaires dans le monde entier. L'existence d'un policier est très différente. Pour vous, le pas a dû être immense. De Vimmerby aux plantations de thé en Afrique.

– En effet.

Wallander s'aperçut que Harderberg venait de mettre un point final invisible à l'échange de politesses. Il posa sa tasse. Il se sentait peu sûr de lui. L'homme assis de l'autre côté de la table basse rayonnait d'une autorité contenue, mais qu'on devinait illimitée.

– Je ne vais pas vous retenir longtemps, dit Wallander après un silence au cours duquel il avait en vain tenté d'entendre la tempête au-dehors. Maître Torstensson, qui est mort en rentrant chez lui après vous avoir rendu visite au château, a été assassiné. L'accident était mis en scène. En dehors de son ou de ses meurtriers, vous êtes une des dernières personnes à l'avoir vu en vie.

– Je dois avouer que tout cela me paraît incompréhensible. Qui pouvait en vouloir à la vie du vieux Torstensson ?

– Et qui était en plus capable de maquiller son crime de sang-froid ? Nous nous posons la question, nous aussi.

– Vous devez avoir une piste.

– Oui. Mais je ne peux pas en parler ici.

– Je comprends. Nous avons naturellement été très affectés par son décès. Le vieux Torstensson était un collaborateur en qui nous avions toute confiance.

– Les choses ne sont pas facilitées par le fait que son fils, Sten Torstensson, a été assassiné à son tour quelques jours plus tard. Le connaissiez-vous ?

– Je ne l'ai jamais rencontré. Mais je suis au courant, bien entendu.

Wallander sentait croître son indécision ; Harderberg paraissait complètement imperturbable. En temps normal, il s'apercevait très vite si on lui mentait ou non. Mais cet homme était différent.

– Vous voyagez dans le monde entier, reprit-il. Vous êtes à la tête d'un empire dont le chiffre d'affaires s'élève à plusieurs milliards. D'après ce que j'ai cru comprendre, vous n'êtes pas loin de figurer parmi les plus grands groupes mondiaux.

– Nous avons le projet de dépasser Kankaku Securities et Pechiney International d'ici à un an, dit Harderberg. Si cela se concrétise, nous ferons effectivement partie des mille premiers.

– Je n'ai jamais entendu les noms que vous venez de citer.

– Kankaku est japonais et Pechiney français, dit Harderberg. Je rencontre à l'occasion le président du conseil d'administration de l'un et de l'autre. Nous nous amusons à faire des pronostics quant à notre date d'entrée dans la liste des mille.

– Ce monde m'est totalement étranger. Il devait l'être aussi pour Gustaf Torstensson, qui avait travaillé toute sa vie comme simple avocat dans une petite ville de province. Pourtant vous avez trouvé place pour lui dans votre organisation…

– Cela peut en effet paraître surprenant. Mais lorsque nous avons décidé de transférer notre QG suédois au château de Farnholm, j'ai eu besoin d'un avocat qui possédait des compétences au niveau local. On m'a proposé Gustaf Torstensson.

– Qui vous l'a proposé ?

– Je ne m'en souviens plus.

Nous y voilà, pensa Wallander. Il s'en souvient très bien. Mais il ne veut pas répondre à cette question.

– Si j'ai bien compris, reprit-il, maître Torstensson s'occupait exclusivement de conseil.

– Il veillait à ce que nos transactions avec l'extérieur obéissent à la législation suédoise. Il était méticuleux. Nous avions la plus grande confiance en lui.

– Le dernier soir, dit Wallander. Je suppose que votre rendez-vous se déroulait dans cette pièce. De quoi avez-vous parlé ?

– Nous avions fait une offre pour quelques immeubles, en Allemagne, qui étaient détenus par une holding canadienne du nom de Horsham Holdings. Je devais rencontrer Peter Munk quelques jours plus tard pour, si possible, conclure l'affaire. Notre idée était de payer une partie de la somme en actions et une autre partie

271

comptant. Nous discutions des éventuels obstacles juridiques qui pourraient se présenter.

– Peter Munk ? Qui est-ce ?

– Le principal actionnaire de Horsham Holdings.

– C'était donc une réunion de travail ordinaire ?

– Oui.

– J'ai été informé de la présence à cette réunion de deux «collaborateurs».

– C'est exact. Il s'agissait de deux responsables de la Banca Commerciale Italiana. Nous avions envisagé de payer avec une partie de nos actions Montedison. La transaction devait se faire par l'intermédiaire de la banque italienne.

– J'aimerais avoir les noms de ces responsables, dit Wallander. Au cas où il serait nécessaire de leur parler aussi.

– Naturellement.

– Ensuite maître Torstensson a quitté le château de Farnholm. Vous n'aviez rien remarqué d'inhabituel chez lui ce soir-là ?

– Rien du tout.

– Vous n'avez aucune idée du motif pour lequel il a pu être assassiné ?

– C'est parfaitement inconcevable. Un vieil homme seul. Qui aurait pu vouloir le tuer ?

– Précisément. Qui le veut ? Et qui va ensuite tuer son fils de trois balles quelques jours plus tard ?

– Il me semblait que la police avait une piste.

– Oui. Mais nous n'avons pas de mobile.

– J'aimerais pouvoir vous aider, dit Harderberg. Et je vous saurais gré de me tenir informé de la suite de l'enquête.

– Il est possible que j'aie bientôt d'autres questions à vous poser, dit Wallander en se levant.

– Je vous répondrai dans la mesure de mes moyens.

Ils se serrèrent la main. Wallander essaya de voir au-delà du sourire, au-delà des yeux d'un bleu glacial. Mais il se heurta à un mur.

– Vous les avez achetés, ces immeubles ?

– Quels immeubles ?

– En Allemagne.

Le sourire s'élargit.

– Bien entendu. Une excellente affaire. Pour nous, j'entends.

Harderberg prit congé de Wallander devant la porte de la bibliothèque. Jenny Lind apparut pour raccompagner le visiteur. Elle était toujours pieds nus.

– Nous avons retrouvé votre bloc, dit-elle.

Les hommes dans l'ombre de l'escalier avaient disparu. Jenny Lind lui remit une enveloppe.

– Je suppose qu'elle contient le nom de deux banquiers italiens, dit Wallander.

Elle sourit.

Tout le monde sourit dans ce château, pensa-t-il. Est-ce vrai aussi des hommes qui se cachent dans l'ombre ?

Dehors, la tempête le cingla comme un fouet. Jenny Lind avait refermé la porte derrière lui. Il reprit sa voiture. Les grilles s'ouvrirent sans bruit à son approche, et il fut soulagé lorsqu'il se retrouva à nouveau dehors.

C'est d'ici qu'est parti Gustaf Torstensson. À peu près à la même heure.

Soudain, la peur l'étreignit. Il jeta un regard par-dessus son épaule pour vérifier qu'il n'y avait personne sur la banquette arrière.

Il était seul.

La tempête secouait la voiture. L'air froid s'insinuait à l'intérieur.

Il pensait à Alfred Harderberg.

Bien sûr que c'est lui. Seul Harderberg sait ce qui est arrivé.

C'est son sourire que je dois percer.

12

L'ouragan quitta la Scanie au cours des petites heures. À l'aube, au terme d'une nouvelle nuit d'insomnie à Mariagatan, Wallander constata que le vent était complètement tombé. Au creux de la nuit, il avait contemplé la rue du haut de sa cuisine. Les vents contraires assaillaient le lampadaire, qui se débattait comme un animal prisonnier sur son fil.

Wallander était revenu du monde en trompe-l'œil qu'était le château de Farnholm avec l'impression diffuse d'avoir été vaincu. Face au sourire d'Alfred Harderberg, il avait joué le même rôle soumis que celui auquel les Chevaliers de la Soie contraignaient autrefois son père. Debout à la fenêtre, il avait pensé que ce château n'était qu'une variante des voitures américaines qui freinaient mollement devant la maison de son enfance. Le Polonais tonitruant était un cousin éloigné du châtelain aux murs insonorisés. Quant à lui, il s'était assis dans le fauteuil de cuir d'Alfred Harderberg, sa casquette invisible à la main, et après coup ça lui avait donné un sentiment de défaite.

C'était un peu exagéré, bien sûr. Il avait fait le nécessaire, il avait interrogé l'homme puissant que peu de gens semblaient avoir rencontré et il l'avait rassuré ; ça, il en était convaincu. Alfred Harderberg n'avait aucune raison de croire qu'il avait cessé d'être, aux yeux de la police, un citoyen au-dessus de tout soupçon.

De plus, il avait maintenant la conviction que leur piste était la bonne. Ils avaient retourné la pierre où ils trouveraient la réponse à l'énigme de la mort des deux avocats et, sous la pierre, il avait vu l'empreinte d'Alfred Harderberg.

Il ne devait pas seulement percer un sourire figé. Il devait abattre un géant.

Au cours de cette longue nuit d'insomnie et de tempête, il avait déroulé mentalement, encore et encore, sa conversation avec Alfred Harderberg. Il revoyait son visage, il tentait d'interpréter les imperceptibles nuances de son sourire comme on décrypte un code. Au moins une fois, il avait pressenti un abîme. C'était lorsqu'il avait demandé d'où était venue l'idée de faire appel à Gustaf Torstensson. Le sourire s'était craquelé à ce moment-là. Pendant une fraction de seconde, mais sans aucun doute possible. Il y avait donc des instants où Harderberg se révélait malgré lui humain, vulnérable, mis à nu. D'un autre côté, cela ne trahissait peut-être rien de plus qu'un accès d'intense fatigue chez ce voyageur international à l'emploi du temps surchargé – la faiblesse imperceptible de quelqu'un qui n'avait soudain plus la force de jouer au jeu de la courtoisie avec un policier de province insignifiant.

Pourtant c'était bien là qu'il devait porter le premier coup, s'il avait réellement l'intention de s'attaquer au géant et de découvrir la vérité concernant les deux avocats. Il ne doutait pas que les enquêteurs de la brigade financière, compétents et obstinés comme ils l'étaient, finiraient par leur procurer les informations nécessaires. Mais au cours de cette nuit, il sentit croître la conviction que c'était Alfred Harderberg lui-même qui devait les mettre sur la voie. S'ils restaient vigilants, l'homme souriant finirait par laisser au moins un indice qu'ils pourraient saisir et retourner contre lui.

Wallander était aussi persuadé que Harderberg n'avait pas tué les avocats de sa main, pas plus qu'il n'était allé enterrer la mine dans le jardin de Mme Dunér. Il n'était pas à bord de la voiture qui les avait suivis, Ann-Britt Höglund et lui, jusqu'à Helsingborg, et ce n'était pas lui qui avait piégé le réservoir d'essence. Cet homme, pensa Wallander, s'exprime systématiquement à la première personne du pluriel. Comme un roi ou un prince. Mais aussi comme un homme conscient de l'importance de s'entourer de collaborateurs loyaux qui ne questionnent jamais les ordres reçus.

Cela donnait à son tour une idée de la raison pour laquelle Alfred Harderberg avait choisi Gustaf Torstensson. On pouvait s'attendre de sa part à une loyauté sans faille. Le vieil avocat saurait toujours rester à sa place. En le prenant à son service, Alfred Harderberg lui avait fait une offre faramineuse, dont il n'aurait même pas pu rêver avant de le connaître.

Peut-être est-ce aussi simple que cela, pensa Wallander en contemplant le lampadaire qui se balançait dangereusement sur son fil. Gustaf Torstensson avait-il lui aussi découvert une faille dans le sourire ? Une faille où il avait soudain pu entrevoir son propre reflet, et le rôle ignoble qui lui avait été dévolu ?

À quelques reprises au cours de cette nuit, Wallander avait quitté sa fenêtre pour s'asseoir à la table de la cuisine. Là, il avait consigné ses réflexions par écrit, en essayant de les classer dans l'espoir de parvenir à une image d'ensemble.

Vers cinq heures du matin, il avait bu un café. Puis il s'était couché et il avait somnolé jusqu'à six heures et demie. Après une douche suivie d'un autre café, il avait

repris le chemin du commissariat. À la tempête succé-
dait ce matin un ciel dégagé mais froid. Wallander se
sentait plein d'énergie malgré le manque de sommeil.
Le second souffle, pensa-t-il en chemin. On n'en est plus
à aborder l'enquête ; on est en plein dedans. Arrivé dans
son bureau, il jeta sa veste sur une chaise, alla se chercher un café et demanda à Ebba de lui dénicher Nyberg.
Pendant qu'il attendait, il rédigea un résumé de sa rencontre avec Alfred Harderberg. Svedberg apparut sur le
seuil et lui demanda comment ça s'était passé.

– Je le dirai tout à l'heure. Mais je suis plus convaincu
que jamais que cette affaire a son origine au château de
Farnholm.

– Ann-Britt Höglund a appelé pour dire qu'elle se
rendait directement à Ängelholm, où elle doit rencontrer la veuve et les enfants de Lars Borman.

– Et l'avion ?

– Elle ne m'a pas parlé de l'avion. J'imagine que ça
prend du temps.

– Je suis impatient. Je ne sais pas pourquoi.

– Tu as toujours été comme ça. Tu ne t'en étais
jamais aperçu ?

Svedberg parti, le téléphone sonna ; Ebba l'informa
que Nyberg arrivait. En l'apercevant, Wallander comprit tout de suite qu'il y avait du nouveau. Il lui fit
signe de fermer la porte.

– Tu avais raison, dit Nyberg. La boîte qu'on a regar-
dée l'autre nuit n'avait vraiment rien à faire dans la voiture d'un vieil avocat.

Wallander se fit violence pour ne pas l'assaillir de
questions.

– C'était bien une glacière, poursuivit Nyberg sans
se presser. Mais pas pour le sang ou les médicaments.
Pour des organes. Un rein par exemple. Dans le cadre
d'une transplantation.

– Tu en es sûr ?

– Je n'ai pas l'habitude de dire des choses en l'air.

– Bien sûr, bien sûr.

Ce n'était pas le moment que Nyberg s'énerve.

– Ces boîtes sont rares. Il ne devrait donc pas être impossible de retrouver l'origine de celle-ci. D'après mes informations, il n'y a qu'une seule entreprise qui les importe en Suède. Elle est basée à Södertälje et elle s'appelle Avanca. Je vais m'en occuper tout de suite.

Wallander hocha lentement la tête.

– N'oublie pas de demander à qui elle appartient.

Nyberg comprit aussitôt.

– Tu veux savoir si Avanca fait partie du groupe Harderberg ?

– Par exemple.

Nyberg s'attarda sur le seuil.

– Que sais-tu des transplantations ? demanda-t-il.

– Pas grand-chose. Je sais que ça existe, que c'est de plus en plus courant, que ça concerne de plus en plus d'organes. J'espère ne jamais y être confronté de près. Ça doit faire bizarre de se retrouver avec le cœur de quelqu'un d'autre dans le corps.

– J'ai parlé à un médecin de Lund du nom de Strömberg, qui m'a donné une vue d'ensemble. Il m'a appris entre autres qu'il existe une face sombre de cette activité. Tu as entendu parler comme tout le monde de gens pauvres du tiers-monde qui vendent leurs organes pour survivre. Mais il a fait allusion à un truc encore pire.

Nyberg s'interrompit et interrogea Wallander du regard.

– J'ai tout mon temps. Continue.

– Ça me paraît encore hallucinant. Mais Strömberg m'a persuadé qu'il n'y a aucune limite à ce que les gens sont prêts à faire pour du pognon.

– Ça, tu le savais déjà, non ? dit Wallander, surpris.

– La frontière recule sans arrêt. Alors qu'on croyait être arrivé au bout du possible.

Nyberg se rassit dans le fauteuil.

– Comme pour tant d'autres choses, il n'y a pas de preuves. Mais Strömberg affirme qu'il existe des réseaux en Amérique du Sud et en Asie qui prennent commande d'organes et qui commettent ensuite des meurtres pour se les procurer.

Wallander ne dit rien.

– Les donneurs adéquats sont repérés, agressés et anesthésiés, dit Nyberg. Puis on les conduit dans une clinique privée où on les ampute de l'organe en question. Le corps est ensuite abandonné dans un fossé. D'après Strömberg, ce sont souvent des enfants qui sont tués de cette manière.

Wallander ferma les yeux.

– Il dit aussi que ce trafic est beaucoup plus répandu qu'on ne le croit. Selon certaines rumeurs, il concernerait aussi l'Europe de l'Est et les États-Unis. Un rein n'a pas d'identité. On tue un enfant en Amérique du Sud et on prolonge la vie d'un Occidental qui a les moyens de payer et qui ne veut pas faire la queue dans la file d'attente. Les intermédiaires gagnent des sommes faramineuses.

– Ce ne doit pas être simple, comme opération. Il faut que de nombreux médecins soient impliqués.

– Pourquoi les médecins auraient-ils une morale supérieure aux autres ?

– J'ai dû mal à y croire.

– Oui, comme tout le monde. Et c'est la raison pour laquelle ce trafic peut continuer en toute impunité.

Il sortit un calepin de sa poche et le feuilleta.

– Strömberg m'a donné le nom d'une journaliste qui fouille dans cette affaire. Lisbeth Norin. Elle habite à Göteborg et elle travaille pour des revues de vulgarisation scientifique.

Wallander nota son nom.

– Risquons une hypothèse invraisemblable, dit-il ensuite en considérant Nyberg avec gravité. Supposons qu'Alfred Harderberg soit mêlé à ce trafic, s'il existe. Imaginons que Gustaf Torstensson l'ait découvert, d'une manière ou d'une autre. Et qu'il ait emporté cette boîte en plastique comme pièce à conviction.

– Tu parles sérieusement ?

– Bien sûr que non. C'est juste une hypothèse invraisemblable.

Nyberg se leva.

– Je vais voir si je peux retracer l'origine de la boîte. Je commence par là.

Une fois seul, Wallander se posta à la fenêtre et réfléchit à ce que venait de lui apprendre Nyberg.

Il conclut que l'hypothèse était réellement invraisemblable. Alfred Harderberg donnait de l'argent à la recherche. En particulier pour des maladies graves qui touchaient les enfants. Wallander croyait aussi se rappeler qu'il avait fait des dons pour améliorer les services de santé dans plusieurs pays d'Afrique et d'Amérique du Sud.

La présence de cette boîte dans la voiture de Gustaf Torstensson devait avoir un autre sens.

Pourtant, il ne put s'empêcher d'appeler les renseignements pour obtenir les coordonnées de Lisbeth Norin. Il tomba sur un répondeur. Il laissa son nom et les différents numéros où on pouvait le joindre.

Le reste de cette journée se passa pour Wallander dans une attente fébrile. Quoi qu'il fasse, les comptes rendus qu'il attendait de la part de Nyberg et d'Ann-Britt étaient plus importants. Après avoir appelé son père – le toit avait résisté à l'ouragan –, il se remit avec une concentration plus ou moins soutenue à parcourir tous les rapports disponibles concernant Alfred Harderberg. Il était fasciné malgré lui par l'étonnante carrière qui avait eu son origine dans l'insignifiante bourgade de Vimmerby. Le génie des affaires d'Alfred Harderberg, qui s'appelait encore à l'époque Alfred Nilsson, s'était manifesté très tôt. À neuf ans, il vendait de petites revues de Noël. Avec ses quelques couronnes d'économies, il avait persuadé l'éditeur de lui revendre le stock des années précédentes. L'éditeur le lui avait cédé pour presque rien, convaincu que seuls les exemplaires de l'année en cours pouvaient avoir la moindre valeur marchande. Mais Alfred Harderberg avait écoulé les vieilles revues avec les nouvelles, en improvisant adroitement ses prix à la tête du client. Alfred Harderberg avait toujours été un *trader*. Il achetait à bas prix et revendait à prix d'or ce que fabriquaient les autres. Il ne créait aucun produit ; son art consistait à repérer la valeur là où personne d'autre ne l'avait encore aperçue. Dès l'âge de quatorze ans, il avait pressenti l'existence d'un marché pour les voitures anciennes. Il avait alors écumé la région de Vimmerby à bicyclette, fouillant les remises et les hangars, achetant aux fermiers les épaves qu'il croyait pouvoir revendre. Plusieurs fois, on les lui avait cédées pour rien. Personne n'avait envie d'arnaquer un innocent jeune homme qui sillonnait la campagne sur son vélo et qui faisait preuve d'un intérêt maniaque pour les bagnoles au rebut. L'argent gagné était en partie économisé, en partie réinvesti. À dix-sept ans, il avait pris le train jusqu'à Stockholm en compagnie d'un camarade un peu plus âgé que lui, un garçon originaire d'un village des environs de Vimmerby qui possédait de surprenants talents de ventriloque. Alfred s'était improvisé manager et il avait payé le voyage du copain. Sa façade souriante, travaillée à la perfection, était déjà bien au point à cette époque, apparemment. Wallander avait lu plusieurs fois un reportage consacré à Alfred et au ventriloque. C'était dans *Bildjournalen*, une revue dont Wallander croyait vaguement se souvenir, et l'auteur de l'article insistait sur le côté avenant du jeune impresario, bien habillé, bien élevé et toujours souriant. Mais il craignait déjà les photographes. Sur la photo accompagnant l'article on voyait le ventriloque, mais pas son manager. Dès son arrivée à Stockholm, Alfred Harderberg avait résolu de se débarrasser de son dialecte du Småland et d'adopter l'accent de la capitale. Il avait investi de l'argent en leçons chez un orthophoniste. Par la suite, le ventriloque avait été renvoyé à Vimmerby et à l'anonymat pendant qu'Alfred se jetait sur de nouveaux projets d'affaires. Dès la fin des années soixante, il était redevable de l'impôt sur la fortune. Mais sa percée décisive eut lieu au milieu des années soixante-dix, grâce à une série de coups de poker boursiers et immobiliers, en Suède et à l'étranger. Il avait déjà passé un certain temps au Zimbabwe, qui s'appelait encore à cette époque la Rhodésie du Sud. En compagnie d'un certain Tiny Rowland, il s'y était livré à plusieurs spéculations réussies portant sur des mines d'or et de cuivre. Wallander supposait que les plantations de thé avaient fait leur apparition dans sa vie à cette époque.

Au début des années quatre-vingt, Alfred Harderberg avait épousé une femme brésilienne du nom de Carmen Dulce da Silva. Le mariage s'était soldé par un divorce sans enfants. Pendant tout ce temps, Alfred Harderberg avait défendu son droit à rester invisible. Il n'était jamais présent lors de l'inauguration de ses diverses fondations hospitalières ; il ne se faisait pas même représenter par un tiers. En revanche, il envoyait des lettres où il remerciait humblement les gens de l'amabilité qu'ils lui témoignaient. Pareil pour ses doctorats honorifiques ; il n'avait jamais reçu ses diplômes en mains propres.

Toute la vie de cet homme, pensa Wallander, ressemble à une absence prolongée. Jusqu'au jour où il surgit subitement en Scanie pour s'établir derrière les murs épais du château de Farnholm, personne ne sait où il est. Il change continuellement de domicile, il possède son propre avion depuis le début des années quatre-vingt…

Il y a pourtant quelques exceptions. L'une d'entre elles paraît plus surprenante que les autres. D'après ce qu'a dit Mme Dunér lors d'un entretien avec Ann-Britt, Alfred Harderberg et Gustaf Torstensson se seraient rencontrés pour la première fois au cours d'un déjeuner à l'hôtel Continental d'Ystad. Elle se souvient que Gustaf Torstensson était revenu de ce déjeuner en lui décrivant Alfred Harderberg comme un homme aimable, bronzé et extrêmement bien habillé.

Pourquoi a-t-il choisi de rencontrer Gustaf Torstensson en public, au restaurant ? Alors que des journalistes célèbres attendent des années l'autorisation de s'approcher de lui ? Cela a-t-il un sens ou pas ? Lui arrive-t-il de changer de tactique pour augmenter la confusion ?

L'incertitude entretenue peut être une cachette. Le monde doit savoir qu'Alfred Harderberg existe. Mais pas où il est.

Vers midi, Wallander rentra chez lui et se prépara à déjeuner. À treize heures trente, il était à nouveau penché sur ses dossiers lorsque Ann-Britt Höglund frappa à la porte.

– Déjà ? fit-il. Je croyais que tu étais à Ängelholm.

– L'entretien avec la famille de Lars Borman n'a pas duré longtemps. Hélas.

L'humeur maussade d'Ann-Britt déteignit aussitôt sur lui. Rien, pensa-t-il. Aucun résultat.

Ann-Britt s'était assise dans le fauteuil.

– Comment va l'enfant malade ?

– Bien, dit-elle. Ça passe vite, en général. Au fait, j'ai du nouveau pour l'avion de Harderberg. Ça m'a fait plaisir de m'en occuper. Les femmes ont toujours mauvaise conscience quand elles ne peuvent pas aller au travail.

– Commence par la famille Borman.

Elle secoua la tête.

– Ça n'a pas donné grand-chose. Ils sont absolument convaincus que c'était un suicide. Et ils ne s'en sont toujours pas remis. J'ai eu l'impression d'entrevoir pour la première ce que ce doit être d'avoir un proche qui s'est suicidé.

– Il n'avait rien laissé ? Aucune lettre ?

– Rien.

– Cela ne coïncide pas avec l'image que nous avons de Lars Borman. Ce n'était certainement pas un homme à se suicider sans laisser une explication.

– Je leur ai posé les questions qui me paraissaient essentielles. Il n'avait pas de soucis d'argent, il ne jouait pas, il n'avait commis aucune irrégularité.

– Tu leur as demandé tout ça ?

– Les questions indirectes peuvent donner lieu à des réponses directes.

Wallander hocha la tête.

– Les gens qui savent qu'ils vont avoir la visite de la police s'y préparent. C'est ce que tu veux dire ?

– Ils avaient décidé de défendre sa réputation. Ils ont fait état de tous ses mérites, sans que j'aie besoin de les interroger sur d'éventuelles faiblesses.

– Mais disaient-ils la vérité ?

– Je crois que oui. Je ne pourrais pas te dire ce qu'il fabriquait éventuellement en cachette. Mais il ne me fait pas l'effet d'un homme qui aurait mené une double vie.

– Continue.

– Ça a été un choc terrible pour eux. Je crois qu'ils ruminent encore jour et nuit le pourquoi de son suicide. Et ils n'ont pas de réponse.

– As-tu laissé entendre que ce suicide n'en était peut-être pas un ?

– Non.

– Bien. Continue.

– Le seul point intéressant pour nous, c'est que Lars Borman et Gustaf Torstensson se connaissaient effectivement. La famille l'a confirmé. Les deux hommes étaient membres d'une association qui se consacrait à l'étude des icônes. Gustaf Torstensson est venu chez eux au moins une fois. Lars Borman s'est aussi rendu au moins une fois chez Gustaf Torstensson à Ystad.

– Ils étaient amis ?

– Je n'irais pas jusque-là. À mon avis, ils n'étaient pas si proches que cela. Et cela rend la chose d'autant plus intéressante.

– Je ne suis pas certain de te suivre.

– Gustaf Torstensson et Lars Borman étaient des solitaires. D'après la famille Borman, ils ne se voyaient pas souvent et quand ils se voyaient, c'était pour parler des icônes. Mais ne peut-on pas imaginer que ces deux hommes seuls, confrontés à une situation d'urgence, se soient confiés l'un à l'autre ? En l'absence de véritables amis ?

– Possible, dit Wallander. Mais cela n'explique pas les lettres de menaces contre l'ensemble du cabinet.

– Sonja Lundin n'était pas comprise dans l'accusation. C'est peut-être plus important qu'on ne le croit.

Wallander se carra dans son fauteuil et la dévisagea avec attention.

– Tu penses à quelque chose.

– Ce ne sont que des hypothèses. Un peu tirées par les cheveux, j'en ai peur.

– Nous n'avons rien à perdre. Je t'écoute.

– Supposons que Lars Borman ait confié à Gustaf Torstensson l'histoire de l'escroquerie contre le conseil général. Nous savons que Borman était déçu de ce qu'il n'y ait pas eu de véritable enquête policière. Supposons encore que Gustaf Torstensson ait été au courant d'un lien entre Alfred Harderberg et STRUFAB. Il peut avoir mentionné le fait qu'il travaillait pour Harderberg. Imaginons alors que Lars Borman ait vu en cet avocat, animé par un sens de la justice semblable au sien, une sorte d'ange gardien. Il lui a demandé son aide. Mais Gustaf Torstensson n'a rien fait. On peut interpréter les lettres de menaces de différentes manières.

– Vraiment ? Ce sont toujours des lettres de menaces.

– Plus ou moins sérieuses, dit-elle. Peut-être avons-nous commis l'erreur d'oublier que Gustaf Torstensson ne les a en effet pas prises au sérieux. Il ne s'est pas adressé à la police, ni au Conseil de l'ordre. Il les a simplement rangées dans un tiroir. Le fait que Sonja Lundin ne soit pas mentionnée tient sans doute à ce que Lars Borman ne connaissait pas son existence.

Wallander hocha la tête.

– Bien raisonné, dit-il. Mais il reste dans ce cas un point essentiel. Le meurtre possible de Lars Borman. Qui rappelle la mort de Gustaf Torstensson. Une exécution qu'on a cherché à maquiller.

– Tu as déjà répondu. Ces deux morts se ressemblent.

Wallander réfléchit.

– Peut-être bien, dit-il. Si nous partons de l'idée que Gustaf Torstensson était déjà suspect aux yeux de Harderberg, pour une raison ou pour une autre. S'il était surveillé. Alors ce qui est arrivé à Lars Borman pourrait être relié à ce qui a failli arriver à Mme Dunér.

– C'est précisément ce que je pense.

Wallander se leva.

– Nous ne pouvons rien prouver, dit-il.

– Pas encore.

– Nous n'avons pas beaucoup de temps. Je soupçonne que Per Åkeson va nous demander d'élargir les
recherches si rien de nouveau n'intervient. Disons que
nous disposons d'un mois pour nous consacrer à la
piste Harderberg.

– On va peut-être y arriver, dit-elle.

– C'est un mauvais jour pour moi. Il me semble que
toute l'enquête va dans tous les sens. Alors ça me fait
du bien de t'écouter. Les enquêteurs à la foi défaillante
n'ont rien à faire dans ce métier.

Ils allèrent se chercher un café.

– L'avion, dit-il quand ils furent de retour. Que
savons-nous ?

– C'est un Grumman Gulfstream Jet qui date de
1974. Sa base suédoise est l'aéroport de Sturup. L'entretien est assuré à Brême, en Allemagne. Alfred Harderberg a engagé deux pilotes. L'un est un Autrichien
du nom de Karl Heider. Il travaille pour Harderberg
depuis très longtemps et il habite à Svedala. L'autre
pilote a été engagé il y a quelques années. Il s'appelle
Luiz Manshino, originaire de l'île Maurice. Il vit à
Malmö.

– Qui t'a fourni tous ces renseignements ?

– Je me suis fait passer pour une journaliste chargée
d'une enquête sur les avions privés des chefs d'entreprise suédois. J'ai parlé au responsable de l'information
de l'aéroport. Je ne pense pas que cela éveillera les
soupçons de Harderberg s'il l'apprend. Mais je n'ai
évidemment pas pu lui demander s'il existait des carnets de vol archivés quelque part.

– Les pilotes m'intéressent. Des gens qui passent tellement de temps à voyager ensemble doivent nouer des

relations très spéciales. Les pilotes savent beaucoup de choses. Au fait, n'est-il pas nécessaire d'avoir une autre personne à bord, genre hôtesse de l'air, pour la sécurité ?

– Apparemment pas.

– Nous devons essayer d'approcher ces pilotes. Et nous procurer les carnets de vol, d'une manière ou d'une autre.

– Je m'en occupe volontiers. Je promets d'être discrète.

– Très bien, dit Wallander. Mais fais vite. Le temps nous file entre les doigts.

Il rassembla le groupe d'enquête en fin d'après-midi. Ils se serrèrent dans le bureau de Wallander, car la salle de réunion était occupée par une rencontre, présidée par Björk, entre différents chefs de district. Après qu'Ann-Britt eut rendu compte de son entrevue avec la famille Borman, Wallander résuma son excursion de la veille au soir au château de Farnholm et sa rencontre avec Alfred Harderberg. L'atmosphère était tendue. Comme si tous essayaient de discerner dans les paroles de Wallander un sens ou une bribe de sens qui aurait pu lui échapper.

– Mon sentiment, à savoir que les meurtres et autres événements sont liés à Alfred Harderberg, a été renforcé par cette entrevue, conclut Wallander. Si vous êtes toujours d'accord, on continue à se concentrer sur cette piste. Mais nous sommes contraints d'admettre que l'enquête piétine et que nous pouvons nous tromper.

– Quelles sont les autres pistes ? demanda Svedberg.

– On peut toujours chercher un fou furieux, dit Martinsson. Un fou furieux qui n'existe pas.

– Il y a trop de sang-froid là-dedans, acquiesça Ann-Britt Höglund. Trop de préméditation.

– Nous devons rester prudents, rappela Wallander.

Nous savons que quelqu'un nous observe, que ce soit Alfred Harderberg ou un autre.

– Imagine si Kurt Ström avait été un type fiable, dit soudain Svedberg. Ce qu'il nous faut, c'est un informateur. Quelqu'un qui puisse se déplacer au milieu des secrétaires sans attirer l'attention.

– Je suis d'accord, répondit Wallander. Le mieux serait de dénicher quelqu'un qui aurait travaillé récemment au château. Et qui n'apprécierait pas particulièrement son ancien employeur.

– D'après les deux brigades financières, intervint Martinsson, il y a très peu de gens dans l'entourage immédiat de Harderberg. Très peu d'anciens collaborateurs. Les secrétaires sont moins importantes. À mon avis, elles ne doivent pas être au courant de grand-chose.

– Et pourtant on devrait avoir quelqu'un sur place, s'entêta Svedberg. Qui pourrait nous renseigner sur les habitudes quotidiennes au château.

La réunion commençait à tourner court.

– J'ai une proposition à vous faire, fit Wallander. Demain, nous irons nous enfermer ailleurs. Nous avons besoin de calme pour examiner à nouveau le matériau de l'enquête et déterminer notre position. Il faut utiliser notre temps de façon efficace.

– L'hôtel Continental est presque vide à cette époque de l'année, répondit Martinsson. Ils nous loueraient sûrement une salle de conférences pour pas cher.

– L'idée me plaît. C'est là que Gustaf Torstensson a rencontré Alfred Harderberg pour la première fois.

Le lendemain, ils étaient rassemblés au premier étage de l'hôtel Continental. La discussion se poursuivit pendant les pauses café et pendant le déjeuner. Le soir venu, ils convinrent de s'accorder un deuxième jour à l'hôtel. Björk avait donné son feu vert. Isolés du monde extérieur, ils se plongèrent une fois de plus dans le dossier de l'enquête. Ils savaient que le temps était compté. On était déjà le vendredi 19 novembre.

Ils ne se séparèrent qu'en fin d'après-midi.

En y repensant, Wallander estima que c'était Ann-Britt Höglund qui avait résumé au mieux l'état de l'enquête.

– J'ai le sentiment que tout est là, avait-elle dit. Mais nous ne voyons pas de quelle manière ça s'assemble. Si c'est bien Alfred Harderberg qui tire les ficelles, c'est du grand art. Dès qu'on a le dos tourné, il mélange tout et on doit recommencer de zéro.

Tous étaient fatigués. Mais ce ne fut pas une armée vaincue qui quitta l'hôtel ce soir-là. Wallander savait qu'ils avaient fait un grand pas. Tous partageaient maintenant les informations de chacun. Et personne n'avait plus à s'interroger quant aux idées ou aux doutes des collègues.

– On s'accorde un week-end de congé, avait dit Wallander en conclusion. On a besoin de se reposer. Lundi, il faudra avoir la force de s'y remettre.

Il se rendit le samedi à Löderup. Il s'occupa de réparer le toit et passa ensuite plusieurs heures dans la cuisine à jouer aux cartes avec son père. Au cours du dîner, Wallander acquit la certitude définitive que Gertrud était heureuse de la vie qu'elle menait avec le vieux. En fin de soirée, il lui demanda si elle connaissait le château de Farnholm.

– On racontait autrefois qu'il était hanté. Mais c'est peut-être ce qu'on dit de tous les châteaux ?

Wallander les quitta vers minuit. La température était tombée en dessous de zéro. La perspective de l'hiver l'inquiétait.

Le dimanche, Wallander dormit longtemps. Puis il fit une promenade jusqu'au port et regarda les bateaux.

L'après-midi, il se consacra au ménage de son appartement. Il pensa que c'était un dimanche de plus dans la longue série des dimanches gaspillés pour rien.

Le lundi 22 novembre, Wallander se réveilla avec la migraine. Cela le surprit, étant donné qu'il n'avait rien bu. Puis il se souvint qu'il avait mal dormi. La nuit avait été pleine de cauchemars : son père était mort, mais, au moment de se pencher sur son cercueil, il se détournait parce qu'il savait que ce n'était plus son père, dans le linceul, mais Linda.

Barbouillé, il se leva et fit fondre quelques comprimés dans un verre d'eau. Le thermomètre affichait encore une température inférieure à zéro. En attendant que le café soit prêt, il pensa que les rêves de la nuit étaient sûrement un prologue de la réunion qu'il devait avoir avec Björk et Per Åkeson ce matin-là. Il savait que ce serait difficile. Per Åkeson leur donnerait sans doute le feu vert pour continuer les recherches autour d'Alfred Harderberg, mais il savait bien que leurs résultats n'étaient guère satisfaisants. L'enquête se dérobait, sans trouver le moindre point d'appui solide. Per Åkeson aurait de bonnes raisons de demander combien de temps encore cette enquête serait autorisée à tenir ainsi en équilibre sur un pied.

Tasse de café à la main, il alla jeter un coup d'œil au calendrier mural. Un peu plus d'un mois jusqu'à Noël. S'ils n'avaient pas de percée décisive d'ici là, ils seraient obligés d'explorer d'autres pistes.

Un mois. Autrement dit, il doit se produire quelque chose très bientôt.

Il fut interrompu dans ses réflexions par la sonnerie du téléphone.

– J'espère que je ne te réveille pas, dit la voix d'Ann-Britt.

– Je prends mon café.

– Est-ce que tu es abonné à *Ystads Allehanda* ?

– Bien sûr. C'est le matin qu'on prend connaissance des nouvelles locales. Pendant que le monde est encore petit. Le reste, on peut s'en occuper l'après-midi ou le soir.

– Est-ce que tu l'as ouvert ce matin ?

– Non. Il doit être sur le tapis de l'entrée.

– Va le chercher, dit-elle. Jette un coup d'œil à la page des petites annonces.

Perplexe, il alla chercher le journal et l'ouvrit, sans lâcher le combiné.

– Qu'est-ce que je dois regarder ?

– Tu trouveras tout seul. Allez, salut.

Elle raccrocha. Au même instant, il découvrit l'annonce. Le château de Farnholm cherchait une palefrenière pour ses écuries. Voilà pourquoi Ann-Britt avait été si brève. Elle ne voulait pas mentionner le nom de Farnholm au téléphone.

Wallander réfléchit. C'était effectivement une possibilité. Dès qu'il serait sorti de la réunion, il appellerait son ami Sten Widén.

Lorsque Wallander se fut installé avec Björk dans le bureau de Per Åkeson, celui-ci demanda à sa secrétaire de ne lui transmettre aucun appel au cours de la demi-heure suivante. Il était très enrhumé ; il se moucha longuement, avec soin.

– Je devrais être au lit. Mais commençons par cette réunion.

Il indiqua la pile de rapports qui encombraient sa table.

– Malgré toute ma bonne volonté, je ne peux qualifier les résultats de satisfaisants. Tout ce que nous avons contre Alfred Harderberg se réduit à de vagues présomptions.

– Nous avons besoin de temps, dit Wallander. C'est une enquête complexe, nous le savons depuis le début. Et c'est notre meilleure piste.

– La question est de savoir si on peut la qualifier de piste. Tu nous as présenté un point de départ qui semblait justifier cette orientation. Mais nous n'avons fait aucun réel progrès depuis. J'ai relu le dossier hier soir ; je dirais carrément que nous piétinons. Vos collègues des brigades financières n'ont rien découvert. En fait, nous n'avons absolument rien qui lie Alfred Harderberg de façon directe ou indirecte au meurtre de Gustaf Torstensson ni à celui de son fils.

– Du temps, répéta Wallander. D'ailleurs, je pourrais inverser l'argument en disant que si nous avions la possibilité d'éliminer définitivement Alfred Harderberg de l'enquête, nous aurions fait un grand pas.

Björk gardait le silence. Per Åkeson considéra attentivement Wallander.

– En réalité, je devrais mettre le holà dès maintenant. Tu le sais. Tu dois donc me convaincre de ne pas le faire.

– Tout est dans le dossier, dit Wallander. Je suis persuadé que nous tenons la bonne piste. Tous les membres du groupe d'enquête sont d'accord avec moi.

– J'estime pourtant que nous devrions envisager de mettre une partie de l'équipe sur d'autres priorités.

– Quelles autres priorités ? Il n'y a rien. Qui prend la peine de maquiller un meurtre en accident, et avec quel mobile ? Qui décide d'éliminer le fils de l'avocat ? Qui pose une mine dans le jardin d'une vieille dame ? Qui fait exploser ma voiture ? Tu veux me faire croire que nous avons affaire à un fou furieux qui aurait décidé sans aucune raison de zigouiller les gens d'un cabinet d'avocats d'Ystad et de neutraliser quelques flics au passage ?

– Vous n'avez pas examiné sérieusement les autres clients du cabinet. Il y a encore beaucoup d'incertitudes.

– Je te demande juste un peu de temps.

– Je vous donne deux semaines, trancha Per Åkeson. Si vous n'avez rien de plus convaincant à me montrer d'ici là, il faudra réorganiser le travail.

– Ce n'est pas assez.

– Trois semaines, dit Per Åkeson avec un soupir.

– Accorde-nous jusqu'à Noël. S'il se produit entre-temps quoi que ce soit qui nous donne des raisons de changer de cap, nous le ferons sur-le-champ. Mais laisse-nous au moins travailler jusqu'à Noël.

Per Åkeson se tourna vers Björk.

– Qu'en penses-tu ?

– Je suis soucieux. Je trouve moi aussi que nous n'arrivons à rien. Ce n'est un secret pour personne que j'ai toujours douté que le Dr Harderberg soit impliqué de près ou de loin dans cette triste affaire.

Wallander voulut protester. Mais il choisit de s'abstenir. Dans le pire des cas, il était prêt à se contenter de trois semaines.

Per Åkeson se mit soudain à fouiller dans les rapports entassés sur son bureau.

– Qu'est-ce que c'est que cette histoire de transplantation ? J'ai lu quelque part que vous auriez trouvé dans la voiture de Gustaf Torstensson une mallette frigorifique destinée au transport d'organes. C'est exact ?

Wallander rendit compte de la découverte de Nyberg et des informations qu'ils avaient réussi à obtenir entre-temps.

– Avanca, dit Per Åkeson pensivement lorsque Wallander eut fini. Elle est cotée en Bourse ? Je n'en ai jamais entendu parler.

– C'est une petite entreprise qui appartient à une

famille du nom de Roman. Ils ont débuté dans les années trente avec l'importation de fauteuils roulants.

– Autrement dit, elle n'appartient pas à Harderberg.

– On n'en sait rien encore.

– Comment pourrait-elle appartenir à la fois aux Roman et à Alfred Harderberg ? Il faut que tu me l'expliques.

– Dès que je le pourrai, dit Wallander. Mais s'il y a bien un truc que j'ai appris au cours des dernières semaines, c'est que l'identité officielle d'une entreprise ne révèle parfois pas grand-chose sur ses propriétaires réels.

Per Åkeson secoua la tête.

– Je vois que tu ne cèdes pas d'un pouce.

Il prit un calendrier sur la table.

– Lundi 20 décembre, on prendra une décision. Si vous n'avez rien de plus à ce moment-là, je ne vous accorderai pas un jour supplémentaire.

– On va employer ce temps de notre mieux. On travaille comme des acharnés, j'espère que tu t'en es aperçu.

– Je sais. Mais en tant que procureur, je ne peux ignorer mon devoir.

L'entretien était clos. Björk et Wallander quittèrent en silence l'aile des procureurs.

– C'est réglo de sa part de te laisser autant de temps, dit Björk dans le couloir.

– À moi ? À nous, tu veux dire…

– Tu sais très bien ce que je veux dire. Ne discutons pas pour rien.

– Tout à fait mon avis, dit Wallander en s'éloignant.

Lorsqu'il eut refermé la porte de son bureau, il se sentit soudain indécis. Sur sa table, quelqu'un avait déposé une photographie du jet de Harderberg, stationné sur une piste de l'aéroport de Sturup. Wallander la regarda distraitement avant de la repousser.

J'ai perdu la maîtrise, pensa-t-il. Toute cette enquête part à vau-l'eau. Je devrais céder la responsabilité à quelqu'un d'autre. Je n'y arrive pas.

Il resta longtemps dans son fauteuil sans rien faire. En pensée il était revenu à Riga et à Baiba Liepa. Lorsque l'inactivité lui devint intolérable, il prit une feuille et lui écrivit une lettre. Il l'invitait à venir passer Noël et le Nouvel An à Ystad. Pour ne pas risquer d'abandonner la lettre dans un tiroir ou de la déchirer carrément, il la glissa aussitôt dans une enveloppe, rédigea l'adresse et alla la remettre à Ebba.

– Cette lettre doit partir aujourd'hui, dit-il. C'est très important.

– Je vais y veiller personnellement, sourit-elle. Tu as l'air épuisé. Tu ne dors pas la nuit ?

– Peut-être pas autant que je le devrais.

– Qui te remerciera si tu te tues à la tâche ? Pas moi, en tout cas.

Wallander ne répondit pas. Il retourna à son bureau.

Un mois, pensa-t-il. Un mois pour percer ce sourire.

Il ne pensait pas que ce serait possible.

Puis il s'obligea à reprendre le travail.

Il composa le numéro de Sten Widén.

En même temps, il prit la décision de racheter quelques cassettes d'opéra. Sa musique lui manquait.

13

Le lundi 22 novembre à l'heure du déjeuner, Kurt
Wallander s'assit dans la voiture de police qui rempla-
çait provisoirement sa Peugeot incendiée et prit vers
l'ouest. Son but était le haras de Stjärnsund où vivait
Sten Widén. Parvenu sur la crête en dehors de la ville,
il s'arrêta, coupa le moteur et regarda la mer. Très loin,
presque sur l'horizon, il devina les contours d'un cargo
en route vers la Baltique.

Soudain il eut un malaise, une espèce de vertige qui
se prolongea quelques secondes. Il pensa avec épou-
vante que c'était le cœur, avant de réaliser que non,
c'était autre chose : il était en train de perdre le contrôle
de sa vie. Il ferma les yeux, renversa la tête en arrière et
essaya de ne penser à rien. Au bout d'une minute, il
rouvrit les yeux. La mer était toujours là, le cargo continuait sa route imperturbable vers l'est.

Je suis épuisé, pensa-t-il. Alors que je viens de passer
le week-end à me reposer. C'est une fatigue plus profonde, dont je ne perçois les causes qu'en partie et
contre laquelle je ne peux rien faire. Plus maintenant
que j'ai décidé de reprendre le travail. Le refuge de
Skagen n'existe plus pour moi. Je l'ai abandonné de
mon plein gré.

Combien de temps resta-t-il ainsi ? Il n'en avait aucune idée. Mais quand il commença à avoir froid, il remit le contact et reprit la route. S'il avait eu le choix, il aurait fait demi-tour et il se serait terré dans son appartement. Au lieu de cela, il prit la sortie vers Stjärn-sund. Au bout d'un kilomètre, la route devenait très mauvaise. Comme toujours lorsqu'il approchait de chez Sten Widén, il se demanda comment les transports de chevaux pouvaient avancer là-dessus.

La route descendait en pente raide jusqu'au vaste corps de ferme flanqué de ses écuries. Il freina dans la cour et sortit de la voiture. Quelques corneilles craillaient dans un arbre.

Il se dirigea vers le bâtiment de briques rouges qui servait à la fois de domicile et de lieu de travail. La porte était entrebâillée ; il entendit Widén parler au téléphone. Il frappa et entra. Comme d'habitude, le désordre était indescriptible, avec une forte odeur de crottin. Deux chats dormaient dans le lit défait. Wallander se demanda une fois de plus comment Widén supportait de vivre ainsi, année après année.

Widén, qui l'avait salué à son entrée sans interrompre sa conversation, était maigre, hirsute, et il avait un eczéma purulent sur le menton. Il n'avait absolument pas changé depuis l'époque où ils se fréquentaient régulièrement, c'est-à-dire quinze ans plus tôt. Sten Widén rêvait alors d'une carrière de chanteur lyrique. Il avait une belle voix de ténor et, ensemble, ils avaient imaginé un avenir où Wallander serait son impresario. Mais le rêve s'était fissuré, ou alors il s'était drainé de l'intérieur, Wallander avait continué son chemin dans la police et Widén avait hérité de l'affaire paternelle, qui consistait à entraîner des chevaux de course. Ils s'étaient éloignés de façon imperceptible, sans vraiment savoir pourquoi, et ce n'est qu'au début des années quatre-vingt-dix, à l'occasion d'une autre enquête longue et difficile, qu'ils avaient renoué le contact.

Autrefois c'était mon meilleur ami, pensa Wallander. Je n'en ai pas eu d'autre depuis. Peut-être restera-t-il toujours le seul véritable ami que j'aie eu dans la vie.

Widén balança sur la table le téléphone sans fil.

— Salopard !

— Quoi, un client ?

— Un bandit. Je lui ai acheté un cheval il y a un mois. Il a une ferme du côté de Höör. Je devais aller le chercher aujourd'hui même. Et voilà que cet abruti a changé d'avis. Je rêve !

— Si tu as déjà payé, il ne peut pas faire grand-chose.

— Juste un acompte. Mais je m'en fiche, j'irai le chercher quand même.

Sten Widén disparut dans la cuisine. Lorsqu'il revint, Wallander perçut tout de suite une odeur d'alcool.

— Tu arrives toujours à l'improviste, dit Sten Widén. Tu veux un café ?

Wallander acquiesça. Ils retournèrent ensemble dans la cuisine. Sten Widén repoussa des piles de vieux programmes de courses pour libérer un espace sur la toile cirée.

— Un petit coup d'aquavit avec le café, ça te dit ?

— Je conduis, répliqua Wallander. Comment vont les chevaux ?

— L'année a été mauvaise. Et la prochaine ne vaudra pas mieux. Il n'y a plus assez d'argent dans ce circuit. Les chevaux se font de plus en plus rares et je suis sans arrêt obligé d'augmenter mes tarifs pour joindre les deux bouts. En fait, j'aurais envie de vendre la ferme. Mais les prix sont trop bas en ce moment. Bref, je suis coincé dans la boue de Scanie.

Il servit le café et s'assit. Wallander s'aperçut que la

main qui tenait la tasse tremblait. Il file un mauvais coton. Je n'ai jamais vu ses mains trembler en plein jour.

– Et toi, qu'est-ce que tu fabriques ces temps-ci ? enchaîna Widén. Tu es toujours en arrêt de travail ?

– Non. J'ai repris le boulot.

Sten Widén posa sa tasse et le dévisagea longuement.

– Ça, je ne l'aurais jamais cru.

– Quoi donc ?

– Que tu retournerais dans la police.

– Je n'avais pas le choix.

– Tu parlais de te faire embaucher par une boîte de surveillance. Ou de trouver une place de responsable de la sécurité dans une entreprise.

– Je ne serai jamais autre chose que flic.

– C'est ça, dit Sten Widén. Et moi, on dirait bien que je ne quitterai jamais cette ferme. D'ailleurs il est bon, ce cheval que j'ai acheté à Höör. Un sacré potentiel. Sa mère, c'est Queen Blue. On a vu pire…

Une fille passa devant la fenêtre, à cheval.

– Combien as-tu d'employées, ces temps-ci ? risqua Wallander.

– Trois. Je n'ai les moyens d'en payer que deux. Mais il m'en faudrait quatre.

– En réalité, c'est pour ça que je suis venu.

– Quoi, tu veux t'engager comme palefrenier ? Je ne pense pas que tu aies les qualifications requises.

– Sûrement pas. Je vais t'expliquer.

Il ne voyait aucune raison de ne pas lui parler d'Alfred Harderberg. Sten Widén était un homme discret. Sur ce point, on pouvait lui faire entière confiance.

– L'idée ne vient pas de moi, conclut Wallander. On a un nouvel enquêteur à Ystad, une femme. C'est elle qui a vu l'annonce et qui m'en a parlé.

– Si je comprends bien, tu veux que j'envoie une de

300

mes palefrenières faire l'espionne au château de Farnholm. Ça me paraît un peu délirant.

– Un meurtre est un meurtre. Je te parle d'une possible ouverture. Ce château est un vrai bunker. Et tu as
dit toi-même que tu avais une employée de trop.

– J'ai dit que j'en avais une de moins qu'il ne m'en
faudrait.

– En tout cas, elle ne doit pas être idiote. Elle doit
avoir de la présence d'esprit et un bon sens de l'observation.

– J'en ai une qui conviendrait parfaitement. Elle est
intelligente et elle n'a pas froid aux yeux. C'est Sofia,
celle que tu as vue passer à cheval à l'instant. Elle a
dix-neuf ans. Mais il y a un problème.

– Lequel ?

– Elle n'aime pas les flics.

– Pourquoi ?

– Comme tu le sais, je prends souvent des filles qui
sont en galère. Je les connais bien. Je travaille avec un
organisme de réinsertion de Malmö. Sofia vient de là.

– Tu n'es pas obligé de lui parler de moi. On peut
imaginer une raison pour laquelle tu tiens à surveiller
ce qui se passe au château. Ensuite, tu me transmets les
informations.

– Non, dit Sten Widén. Je ne veux pas être mêlé à
cette embrouille. Je dirai que c'est toi, sans préciser que
tu es de la police. Si je lui dis que tu es quelqu'un de
bien, elle me fera confiance.

– On peut toujours essayer.

– Elle n'a pas encore obtenu le poste. Je suppose
qu'il y a pas mal de filles que ça intéresse, de travailler
dans un château.

– Va la chercher. Mais ne lui dis pas mon nom.

– Quel nom dois-je dire, alors ?

Wallander réfléchit.

– Roger Lundin.
– C'est qui ?
– C'est moi.

Sten Widén secoua la tête.

– J'espère que tu n'es pas en train de te foutre de moi. Bon, je reviens.

La fille prénommée Sofia était maigre, avec de longues jambes et une tignasse mal peignée. Elle entra dans la cuisine, salua distraitement Wallander, s'assit et finit le café qui restait dans la tasse de Widén. Wallander se demanda si elle faisait partie de celles qui partageaient son lit.

– Écoute-moi, lui dit Sten Widén. Tu sais que je devrais te virer. J'ai plus de palefrenières que je ne peux en payer. On a entendu parler d'un boulot dans un château de l'Österlen qui pourrait te convenir. Si tu l'acceptes – s'ils t'acceptent, plus exactement –, je te promets de te reprendre après.

– C'est quoi, comme chevaux ?

Il jeta un regard à Wallander, qui haussa les épaules.

– En tout cas, dit Sten Widén, c'est pas des percherons. D'ailleurs on s'en fout, c'est provisoire. Et en plus, tu vas aider Roger ici présent, qui est un copain à moi. Il veut que tu gardes les yeux ouverts et que tu observes ce qui se passe au château. Rien de spécial, juste une pointe de vigilance.

– C'est quoi, le salaire ?

– Je ne sais pas, dit Wallander.

Sten Widén s'impatientait.

– C'est un château, merde. Ne fais pas ta difficile.

Il disparut vers la grande pièce et revint avec l'exemplaire du jour d'*Ystads Allehanda*. Wallander retrouva l'annonce.

– On doit se présenter au château. Mais il faut appeler avant.

– On s'en occupe, dit Sten Widén. J'emmènerai Sofia ce soir.

La fille leva soudain les yeux de la toile cirée et regarda Wallander bien en face.

– C'est quoi, comme chevaux ? demanda-t-elle à nouveau.

– Je ne sais pas.

Elle pencha la tête pour mieux l'examiner.

– Je crois que tu es flic.

– Qu'est-ce qui te fait croire ça ?

– Mon intuition.

Sten Widén intervint vite fait.

– Il s'appelle Roger. C'est tout ce que tu as besoin de savoir. Alors arrête de poser des questions et essaie plutôt de t'arranger un peu pour ce soir. Je ne sais pas, moi, lave-toi les cheveux. Et n'oublie pas que Winter Moon a besoin d'un nouveau bandage au postérieur gauche.

Elle quitta la cuisine sans un mot.

– Tu as vu, commenta Sten Widén. On ne lui tape pas sur les doigts, à celle-là.

– Merci pour ton aide. Espérons que ça se passera bien.

– Je la conduirai là-bas ce soir. C'est tout ce que je peux faire.

– Appelle-moi dès que tu sauras si elle a obtenu le poste.

Sten Widén le raccompagna jusqu'à sa voiture. Soudain, il s'immobilisa.

– Tu sais quoi ? dit-il. J'en ai marre de tout.

– Oui, répondit Wallander. Imagine si on avait pu recommencer.

– Parfois je me dis, alors ce n'était que ça finalement, la vie ? Quelques airs d'opéra, plein de mauvais chevaux, des soucis d'argent en permanence.

– Tu ne crois pas que tu exagères ?

– Vas-y, essaie de me convaincre.

– On va se voir plus souvent maintenant. On aura l'occasion d'en reparler.

– Elle n'a pas encore obtenu le poste.

– Je sais. Appelle-moi ce soir.

Wallander monta dans la voiture et démarra, après un signe de la tête à Sten Widén. La journée était encore jeune. Il résolut de faire une autre visite dans la foulée.

Une demi-heure plus tard, il se garait sur un emplacement interdit derrière l'hôtel Continental et sonnait à la porte de la maison rose de Mme Dunér. Aucune voiture de police à proximité. Il avait pourtant demandé que la maison soit placée sous protection permanente. Son irritation céda la place à l'inquiétude. La mine qui avait explosé dans son jardin n'était pas une plaisanterie. Si elle avait marché dessus, elle aurait eu les jambes arrachées, ou pire encore. Il venait de prendre la décision d'appeler Björk sur-le-champ lorsqu'elle entrouvrit la porte. En le reconnaissant, son visage s'éclaira.

– Désolé de ne pas vous avoir avertie de ma visite, dit-il.

– Le commissaire est toujours le bienvenu.

Il accepta un café, bien qu'il en eût déjà trop bu ce jour-là. Pendant qu'elle vaquait dans la cuisine, Wallander observa le jardin par la baie vitrée. La pelouse était à nouveau impeccable. Il se demanda si elle croyait que la police lui remplacerait son annuaire.

Dans cette enquête, pensa-t-il, j'ai sans cesse l'impression que tout s'est passé il y a très longtemps. Pourtant, ça ne fait même pas trois semaines que j'ai vu ce jardin exploser.

Elle servit le café. Wallander prit place dans le canapé fleuri.

– Je n'ai pas vu de voiture de police devant chez vous, dit-il.

– Ils viennent de temps en temps. C'est variable.

– Je vais m'en occuper.

– Est-ce bien nécessaire ? Croyez-vous vraiment qu'on me veuille encore du mal ?

– Il ne faut pas s'inquiéter. Mais on n'est jamais trop prudent.

– Si seulement je pouvais comprendre…

– C'est pour ça que je suis venu. Vous avez eu le temps de réfléchir. Parfois on a besoin d'un moment, comment dire, pour se réchauffer la mémoire.

Elle hocha la tête.

– J'ai essayé, dit-elle. Jour et nuit.

– Revenons quelques années en arrière. Quand Gustaf Torstensson a été contacté pour la première fois par Alfred Harderberg. Vous ne l'avez jamais rencontré ?

– Jamais.

– Mais vous lui avez parlé au téléphone.

– Même pas. C'était toujours une secrétaire.

– Un client tel que lui devait représenter une aubaine incroyable pour le cabinet ?

– Bien entendu. Il y a eu soudain bien plus d'argent qu'avant. On a pu rénover toute la maison.

– Même si vous n'avez jamais parlé à Alfred Harderberg, vous deviez avoir une impression. J'ai noté que vous aviez bonne mémoire.

Elle réfléchit. Wallander observa une pie qui sautillait sur la pelouse.

– C'était toujours urgent, dit-elle. Quand il appelait au cabinet, il fallait tout laisser en plan pour répondre à sa demande.

– Autre chose ?

Elle secoua la tête.

– Gustaf Torstensson a dû vous parler de son client, reprit Wallander. Et de ses visites au château.

– Je crois qu'il était très impressionné. Et inquiet en

même temps à l'idée de commettre une sottise. Je me souviens qu'il a dit plusieurs fois qu'il n'avait pas droit à l'erreur.

– Qu'entendait-il par là ?

– Que M. Harderberg se tournerait immédiatement vers un autre avocat.

– Il a dû vous en parler, insista Wallander. D'Alfred Harderberg, du château... Vous n'étiez pas curieuse ?

– Si, bien sûr. Mais il ne disait pas grand-chose. Il était impressionné, et discret. Il a dit un jour que la Suède avait bien des raisons d'être reconnaissante à M. Harderberg.

– Il n'a jamais rien dit de négatif à son sujet ?

La réponse fut inattendue.

– Si. Ça m'est resté, car ce n'est arrivé qu'une seule fois.

– Qu'a-t-il dit ?

– Je m'en souviens mot pour mot. «Le Dr Harderberg possède un humour macabre.» Voilà ce qu'il a dit.

– Qu'entendait-il par là, à votre avis ?

– Je n'en sais rien. Je ne lui ai pas posé la question et il ne s'est pas expliqué.

– «Le Dr Harderberg possède un humour macabre» ?

– Précisément.

– Quand était-ce ?

– Il y a un an environ.

– Quel était le contexte ?

– Il revenait d'une visite au château. Une réunion de travail comme il y en avait beaucoup. Rien de remarquable.

Wallander comprit qu'il n'en apprendrait pas plus. Gustaf Torstensson était resté discret sur ses relations avec le grand homme.

– Parlons d'autre chose, dit-il. Le travail d'un avocat implique pas mal de paperasserie. Or, les représentants de l'Ordre nous ont dit avoir trouvé très peu de documents sur les missions effectuées pour le compte d'Alfred Harderberg.

– J'attendais cette question. C'est vrai qu'on avait des consignes particulières pour tout ce qui concernait M. Harderberg. Nous avions instruction de ne rien copier, de ne rien conserver, à moins que ce ne soit absolument indispensable. Tous les documents étaient rapportés au château. C'est pour ça qu'il y en a si peu dans les archives.

– Cela a dû vous paraître très curieux…

– Les affaires de M. Harderberg étaient sensibles. Je n'avais aucune raison de mettre en cause les consignes tant que nous n'enfreignions pas les règles.

– Gustaf Torstensson s'occupait de «conseil». Puis-je vous demander des détails ?

– Je ne sais presque rien, sinon qu'il s'agissait de contrats complexes entre des banques et des entreprises dans le monde entier. Les documents étaient rédigés par les secrétaires de M. Harderberg. Gustaf Torstensson me demandait très rarement de saisir quoi que ce soit. En revanche, il écrivait beaucoup lui-même.

– Et ce n'était pas le cas pour les autres clients ?

– Jamais.

– Comment l'expliquez-vous ?

– Je suppose que c'était tellement sensible que même moi, je ne devais pas y avoir accès, répondit-elle avec franchise.

Wallander refusa un deuxième café.

– Parmi les documents que vous avez pu voir, vous souvenez-vous d'avoir lu le nom Avanca ?

Il la vit faire un effort de mémoire.

– Non. C'est possible, mais je ne m'en souviens pas.

– Alors il ne me reste qu'une seule question. Étiez-vous au courant de l'existence de lettres de menaces ?

– Oui, Gustaf Torstensson me les a montrées. Il a précisé qu'il ne fallait pas les prendre au sérieux. C'est pour cela qu'elles n'ont pas été archivées. Je pensais qu'il les avait jetées.

– L'auteur des lettres était un certain Lars Borman.

– Oui. J'ignore qui c'est.

– Gustaf Torstensson le connaissait, lui.

– Ah ? C'est une surprise.

– Ils se fréquentaient dans le cadre d'une association qui se consacre à l'étude des icônes.

– Je savais qu'il était membre de cette association. Mais pas que l'auteur des lettres l'était aussi.

Wallander se leva.

– Bon, eh bien, je ne vais pas vous déranger plus longtemps.

Elle resta assise.

– Vous n'avez vraiment rien de plus à me dire ? fit-elle.

– Nous ne savons toujours pas pour quelle raison les Torstensson ont été tués, ni par qui. Lorsque nous le saurons, nous saurons aussi le pourquoi de ce qui s'est passé dans votre jardin.

Mme Dunér se leva à son tour.

– Vous devez retrouver ces gens, dit-elle en le saisissant par le bras.

– Oui. Mais ça risque de prendre du temps.

– Je dois savoir qui c'était. Avant de mourir.

– Dès que j'aurai quelque chose à vous dire, je vous promets que je le ferai.

Cette réponse, pensa-t-il, devait lui paraître vraiment dérisoire.

De retour au commissariat, il partit à la recherche de Björk. Ayant appris que le chef se trouvait à Malmö, il alla dans le bureau de Svedberg et lui demanda de se renseigner sur les défaillances dans la protection de Mme Dunér.

– Tu crois vraiment qu'il y a un risque ?

– Je ne crois rien. Ce qui s'est déjà produit me suffit amplement.

Il allait partir lorsque Svedberg lui remit un bout de papier.

– Quelqu'un a appelé pour toi. Une certaine Lisbeth Norin. Elle a dit que tu pouvais la joindre à ce numéro jusqu'à dix-sept heures.

Wallander s'aperçut que c'était un numéro à Malmö et non à Göteborg. Il alla téléphoner dans son bureau. Un homme âgé lui répondit. Quelques instants plus tard, il eut Lisbeth Norin au bout du fil. Il se présenta.

– Je suis à Malmö pour quelques jours, expliqua-t-elle. Je rends visite à mon père qui s'est cassé le col du fémur. J'ai eu votre message en appelant mon répondeur.

– J'aimerais vous parler. Mais de préférence pas au téléphone.

– De quoi s'agit-il ?

– J'ai quelques questions en rapport avec une enquête. C'est un médecin de Lund du nom de Strömberg qui m'a passé votre numéro.

– Je peux vous voir demain, dit-elle. Mais il faudra que ce soit ici.

– Je viendrai. Dix heures, ça vous va ?

– Parfait.

Elle lui donna une adresse dans le centre de Malmö. Après avoir raccroché, Wallander resta assis à se demander comment un vieil homme qui s'était cassé le col du fémur pouvait répondre au téléphone.

Puis il s'aperçut qu'il était affamé. L'après-midi touchait à sa fin ; il résolut de continuer à travailler chez lui. Il avait encore pas mal de choses à lire concernant Harderberg. Il dénicha un sac plastique dans un tiroir et fourra les dossiers dedans. En passant devant le guichet de l'accueil, il dit à Ebba qu'il était joignable à son domicile.

Il s'arrêta dans un supermarché et remplit un panier. Au bureau de tabac voisin, il acheta cinq billets de jeux à gratter.

Rentré chez lui, il but une bière et fit griller du boudin. Sans grande conviction, il essaya de dénicher le pot de confiture d'airelles qu'il croyait avoir quelque part dans un placard.

Après avoir mangé, il lava la vaisselle et gratta ses billets. Il n'avait pas gagné. Il résolut de ne plus boire de café ce jour-là et s'allongea un moment sur son lit défait pour se reposer avant de s'attaquer au contenu du sac plastique.

Il fut réveillé par la sonnerie du téléphone. Un coup d'œil au réveil lui apprit qu'il avait dormi plusieurs heures. Il était vingt et une heures dix.

— Je t'appelle d'une cabine, dit la voix de Sten Widén. Sofia a eu le boulot, elle commence demain.

Wallander se réveilla tout à fait.

— Bien. Qui l'a embauchée ?

— Une femme du nom de Karlén.

Wallander se rappela sa première visite au château de Farnholm.

— C'est ça, dit-il. Anita Karlén.

— Elle est censée s'occuper de deux chevaux. Et crois-moi, ce ne sont pas des percherons. Le salaire non plus n'est pas mal. Et elle est logée dans un studio à côté des écuries. Bref, je crois que ta cote auprès de Sofia a plutôt grimpé depuis ce matin.

— Parfait, dit Wallander.

— Elle doit me rappeler dans quelques jours. Il n'y a qu'un problème. Je ne me souviens plus de ton nom.

Wallander dut réfléchir.

— Roger Lundin.

— Je vais le noter.

– Je devrais le faire aussi. Au fait, elle ne doit pas téléphoner du château, mais d'une cabine, comme toi. C'est important.

– Et pourquoi donc ? Elle a le téléphone dans son studio.

– Il peut être sur écoute.

Wallander entendit la respiration de Sten Widén à l'autre bout du fil.

– Je crois que tu es complètement marteau, dit Sten enfin.

– En réalité, je devrais faire attention avec mon propre téléphone.

– Qui est Alfred Harderberg ? Un monstre ?

– Un homme aimable, bronzé, souriant, très élégant. Les monstres peuvent avoir différents aspects.

Un bip strident les avertit que la communication allait être coupée.

– Je te rappellerai, dit Sten Widén.

Wallander envisagea d'appeler Ann-Britt chez elle pour l'informer de la nouvelle. Mais il laissa tomber. Il était déjà tard.

Il passa le reste de la soirée penché sur les dossiers qu'il avait rapportés du commissariat. Vers minuit, il alla chercher son vieil atlas d'écolier et repéra sur la carte quelques-uns des lieux exotiques où l'empire Harderberg étendait ses tentacules. Il commençait à prendre la mesure de l'ampleur inouïe des activités de cet homme. Au même moment, il sentit remonter une inquiétude sournoise à l'idée qu'il conduisait ses collaborateurs dans une impasse.

Vers une heure du matin, il alla se coucher en songeant que cela faisait longtemps que Linda n'avait pas donné de ses nouvelles. D'un autre côté, il aurait dû l'appeler lui-même depuis belle lurette.

Le mardi 23 novembre se présenta comme une journée d'automne limpide et ensoleillée. Wallander s'était autorisé à dormir plus longtemps que d'ordinaire. Vers huit heures, il appela le commissariat pour dire qu'il se rendait à Malmö. Puis il s'attarda dans son lit jusqu'à neuf heures avec un café. Après une douche rapide, il quitta l'appartement et prit la route. L'adresse que lui avait donnée Lisbeth Norin se trouvait en plein centre-ville. Il laissa sa voiture dans le parking souterrain derrière l'hôtel Sheraton et, à dix heures pile, il sonna à la porte. La femme qui lui ouvrit pouvait avoir à peu près son âge. Elle portait un survêtement aux couleurs vives et Wallander crut tout d'abord qu'il s'était trompé d'étage. Elle ne correspondait pas du tout à l'image qu'il s'était forgée d'elle d'après sa voix au téléphone, pas plus qu'avec l'image générale, pleine de préjugés, qu'il se faisait des journalistes.

– C'est vous, le policier ? dit-elle joyeusement. Je m'attendais à voir un type en uniforme.

– Désolé de vous décevoir.

Elle le fit entrer dans un appartement ancien, très haut de plafond. Elle le présenta à son père qui était assis dans un fauteuil, une jambe dans le plâtre. Wallander remarqua le téléphone sans fil posé sur ses genoux.

– Je vous reconnais, dit le père. Il y a un an, on a beaucoup parlé de vous dans les journaux. À moins que je ne vous confonde avec un autre.

– Sûrement.

– Une histoire de voiture qui avait brûlé sur le pont de l'île d'Öland. Je m'en souviens parce que j'étais marin à l'époque où on n'était pas encore gêné par ce pont. Il me semble qu'on vous décrivait comme un policier au palmarès exceptionnel.

– Les journaux exagèrent.

– Mais si, dit Lisbeth Norin. Maintenant je vous remets. Vous n'avez pas participé à un débat télévisé ?

– Sûrement pas, dit Wallander. Vous devez confondre.

Lisbeth Norin comprit qu'il souhaitait clore le chapitre.

– Allons dans la cuisine, proposa-t-elle.

Le soleil entrait à flots par la haute fenêtre. Wallander vit un chat endormi, roulé en boule parmi les pots de fleurs. Il accepta un café.

– Mes questions ne seront pas très précises, commença-t-il. Vos réponses seront sûrement beaucoup plus intéressantes. Laissez-moi juste vous dire que nous sommes sur une enquête pour meurtre, où il semblerait que le transport et la vente illégale d'organes humains puissent jouer un rôle. Je ne peux malheureusement pas vous en dire plus.

Il lui sembla qu'il parlait comme une machine. Pourquoi ne suis-je pas capable de m'exprimer simplement ? On dirait une parodie de flic.

– Ah, je comprends mieux pourquoi Lasse Strömberg vous a donné mon nom.

L'intérêt de Lisbeth Norin s'était manifestement éveillé.

– J'ai cru comprendre que vous vous intéressiez de près à ce trafic, poursuivit Wallander. Si vous pouviez m'en donner une image d'ensemble, cela m'aiderait beaucoup.

– Ça prendrait toute la journée. Et la soirée aussi. En plus, vous verriez bientôt que chacune de mes phrases est assortie d'un point d'interrogation. C'est un business qui craint la lumière. Personne n'a encore osé s'y attaquer, mis à part quelques journalistes américains. En Scandinavie, je dois être la seule à fouiller là-dedans.

– Je suppose que ça ne va pas sans risques…

– Ici, en ce qui me concerne, je ne sais pas. Mais je

connais personnellement un des journalistes américains, Gary Becker, de Minneapolis. Il s'est rendu au Brésil pour enquêter sur des rumeurs au sujet d'une filière à São Paulo. Il a reçu des menaces de mort. Et un soir on lui a tiré dessus au moment où son taxi s'arrêtait devant l'hôtel. Il est rentré par le premier avion.

— Avez-vous jamais eu accès à des informations suggérant que des intérêts suédois puissent être en jeu ?

Il faut que j'arrête de parler comme ça, pensa-t-il.

— Non, dit-elle. Est-ce le cas ?

— C'est juste une question.

Elle le dévisagea en silence. Puis elle se pencha par-dessus la table.

— Si nous devons continuer à parler, vous et moi, il faut que vous me disiez la vérité. Je suis journaliste. Vous êtes de la police. Je ne vous demanderai donc pas de payer. Mais je veux la vérité.

Wallander réfléchit.

— Il existe une petite possibilité que tel soit le cas. Voilà tout ce que je peux vous dire.

— Bien, répliqua-t-elle. Je vois qu'on se comprend. Alors, deuxième point : si jamais le lien était avéré, je veux être la première journaliste informée.

— Je ne peux pas vous faire cette promesse. Ça irait à l'encontre de toutes nos pratiques.

— Je n'en doute pas. Mais tuer des gens pour les amputer, ça va à l'encontre de choses bien plus graves.

Wallander réfléchit. Il se réclamait de règles qu'il avait depuis longtemps cessé de suivre aveuglément. En tant que policier, il vivait dans un pays frontière où l'efficacité de son intervention était le seul critère des « pratiques » qu'il acceptait ou non d'observer. Pourquoi aurait-il soudain changé de position ?

— Vous serez la première à savoir. Mais je vous demanderai de ne pas citer vos sources.

– Bien, dit-elle à nouveau. Nous nous comprenons encore mieux comme ça.

Lorsqu'il repenserait par la suite aux heures passées en compagnie de Lisbeth Norin dans la cuisine silencieuse à côté du chat toujours endormi parmi les pots de fleurs pendant que la lumière du soleil se déplaçait lentement sur la toile cirée pour disparaître à la fin entièrement, il s'étonnerait toujours de ce que cette journée lui eût semblé si courte. Ils avaient commencé à parler vers dix heures ; lorsque Wallander se leva enfin pour partir, il faisait nuit. Entre-temps, il y avait eu quelques pauses ; elle leur avait préparé à déjeuner et son père l'avait régalé de récits tirés de son expérience de capitaine sur un caboteur de la Baltique, parsemée de rares traversées vers les États baltes et la Pologne. Après ces interruptions, ils s'étaient à nouveau enfermés dans la cuisine et elle avait continué à lui parler de son travail. Wallander s'aperçut à un moment donné qu'il l'enviait. Tous les deux faisaient un métier d'enquêteur, ils côtoyaient le crime et la misère humaine. Mais elle cherchait à dévoiler la vérité dans un but préventif, tandis que Wallander, lui, passait son temps à faire le ménage une fois le mal accompli.

Surtout, il se souviendrait de cette journée dans la cuisine comme d'un voyage dans un pays inconnu, où les êtres humains avaient été définitivement transformés en marchandises sur un marché où tout scrupule moral semblait avoir disparu. Si elle avait raison dans ses conjectures, ce trafic d'organes humains était d'une ampleur presque inimaginable. Mais ce qui le secoua plus que tout le reste, c'est que Lisbeth Norin affirmait pouvoir comprendre ceux qui tuaient des gens en bonne santé, souvent très jeunes, pour vendre telle ou telle partie de leur corps.

– C'est une image du monde, lui dit-elle. C'est à ça que ressemble le monde, que nous le voulions ou pas. Quand on est suffisamment pauvre, on est prêt à tout pour défendre sa vie, aussi misérable soit-elle. Comment pourrions-nous condamner ces gens-là au nom de principes moraux ? Alors que leurs conditions de vie nous sont complètement étrangères ? Dans les bidonvilles de Rio, de Lagos, de Calcutta ou de Madras, tu peux te poster au coin d'une rue et brandir trente dollars en disant que tu veux rencontrer quelqu'un qui est prêt à tuer. En l'espace d'une minute, tu as devant toi toute une file de bourreaux volontaires. Ils ne posent aucune question. L'identité de la victime, le pourquoi du comment, rien du tout. Ils sont prêts à le faire pour vingt dollars, peut-être même pour dix. En fait, je devine un abîme face à ce que j'entreprends. Je comprends ma propre indignation, mon désespoir. Mais je vois aussi que ce travail que je fais est d'une certaine manière dépourvu de sens aussi longtemps que le monde ressemblera à cela.

Wallander était resté silencieux. De loin en loin, il posait une question pour mieux comprendre. C'était elle qui parlait, et il eut la conviction qu'elle tentait vraiment de partager ses connaissances avec lui, ou plutôt ses suppositions, vu qu'il était si difficile de prouver quoi que ce soit.

– Voilà tout ce que je sais, dit-elle pour finir. Si cela peut vous aider, c'est bien.

– Je ne sais même pas si je suis sur la bonne piste, répondit Wallander. Si oui, ce business atroce a effectivement des ramifications en Suède. Et dans ce cas, je suppose que c'est une bonne chose d'y mettre un terme.

– Bien sûr, dit-elle. Un cadavre mutilé en moins dans un fossé d'Amérique du Sud, c'est plus important que tout.

Wallander quitta l'appartement vers dix-neuf heures. Il aurait dû appeler le commissariat depuis belle lurette pour dire où il était. Mais la conversation avec Lisbeth Norin l'avait complètement captivé.

Elle l'avait raccompagné jusqu'au parking.

— Vous m'avez consacré une journée entière, dit Wallander. Et je n'ai rien à vous offrir en échange.

— C'est comme ça. Plus tard, peut-être.

— Je vous rappellerai.

— J'y compte bien. Je suis à Göteborg en général. Quand je ne voyage pas.

Wallander s'arrêta devant un kiosque à saucisses près de Jägerso. Tout en mangeant, il continua à réfléchir à ce qu'elle lui avait appris, en essayant vainement de situer Alfred Harderberg dans cette perspective inédite.

Soudain il se demanda s'il résoudrait jamais l'énigme de la mort des deux avocats. Les affaires non résolues lui avaient été épargnées jusqu'à présent. Mais là, il se tenait peut-être devant une porte qui resterait définitivement fermée.

Il reprit la direction d'Ystad avec une sensation de fatigue lancinante dans tout le corps. La seule perspective un peu réjouissante était le coup de fil qu'il avait l'intention de passer à Linda sitôt rentré chez lui.

Mais à l'instant où il franchit le seuil de son appartement, il sentit que quelque chose n'était pas à sa place. Il s'immobilisa, aux aguets, tout en pensant que la fatigue lui jouait des tours. Mais son intuition résistait. Il alluma dans le séjour, s'assit et jeta un regard circulaire. Rien n'avait disparu, rien n'avait bougé. Il jeta un coup d'œil dans la chambre à coucher et vit le lit défait tel qu'il l'avait laissé au matin, la tasse à moitié vide posée à côté du réveil sur la table de chevet. Puis il alla dans la cuisine en se disant une fois de plus qu'il se faisait des idées.

Ce fut en ouvrant le réfrigérateur pour prendre un bout de fromage qu'il comprit qu'il ne s'était pas trompé.

Il considéra attentivement le paquet de boudin noir ouvert. Il avait une mémoire quasi photographique des détails. Il savait qu'il l'avait laissé sur la troisième étagère du frigo.

Le paquet se trouvait maintenant sur l'étagère en dessous.

Il comprit aussitôt comment les choses avaient dû se passer. Quelqu'un avait ouvert la porte du réfrigérateur ; le paquet avait pu tomber, vu qu'il l'avait posé au bord de l'étagère. L'intrus l'avait replacé par erreur à un autre endroit.

Il était sûr de son fait.

Quelqu'un était entré dans son appartement pendant la journée. Cette personne avait ouvert son frigo pour y chercher – ou y dissimuler – quelque chose et avait déplacé par mégarde le paquet de boudin.

Au début, cela lui parut presque comique.

Puis il referma très vite la porte du frigo et sortit de l'appartement.

Il s'aperçut qu'il avait peur.

Pourtant il s'obligea à réfléchir clairement.

Ils sont tout près d'ici. Je vais leur laisser croire que je suis encore chez moi.

Il descendit au sous-sol. Au fond du local à poubelles, il y avait une porte qui donnait sur l'arrière de l'immeuble. Il l'ouvrit avec précaution et observa un instant le parking désert. Tout était très silencieux. Il referma doucement la porte derrière lui. Puis il se faufila dans l'obscurité en rasant l'immeuble. Très lentement, il s'approcha du mur pignon, s'agenouilla à l'abri de la gouttière et risqua un coup d'œil.

La voiture, moteur et phares éteints, était garée derrière la sienne, à une dizaine de mètres de distance. Il distingua la silhouette d'un homme à la place du conducteur. Impossible de voir s'il était seul.

Il se releva. Le bruit d'un téléviseur branché à plein volume lui parvenait de loin.

Il se demanda fébrilement ce qu'il devait faire.

Puis il prit une décision.

Il se mit à courir sur le parking.

Au premier croisement, il prit à gauche et disparut.

14

Kurt Wallander crut à nouveau qu'il allait mourir. Parvenu à Blekegatan, il était déjà à bout de souffle. En partant de Mariagatan, il avait pris par Oskarsgatan. Ce n'était pas une longue distance et il n'avait pas couru très vite. Pourtant, le vent froid lui déchirait les poumons. Il s'obligea à ralentir, de peur que son cœur ne le lâche. Cette sensation d'être à bout de forces le paniqua soudain bien plus que la certitude d'avoir reçu la visite, à son insu, de quelqu'un qui le surveillait maintenant à bord d'une voiture, dans sa rue. Mais il repoussa cette pensée ; c'était la peur qui le bouleversait en réalité, la peur qu'il reconnaissait, celle de l'année d'avant, qu'il ne voulait plus jamais revivre. Il lui avait fallu plus d'un an pour s'en libérer, pour se convaincre qu'elle avait été enterrée une fois pour toutes sur la plage de Skagen. À présent, elle était de retour.

Il se remit à courir. La maison de Lilla Norregatan où vivait Svedberg n'était plus très loin. Il longea l'hôpital, bifurqua vers le centre-ville, dépassa les gros titres à moitié déchiquetés qui battaient au vent à la devanture du kiosque de Stora Norregatan, tourna à droite, puis à nouveau à gauche, et il vit alors que les fenêtres de Svedberg, ses fenêtres sous les toits, étaient éclairées.

Wallander savait que les lampes y brûlaient souvent jusqu'au matin. Svedberg avait peur du noir, c'était même pour cela qu'il avait choisi à l'origine d'entrer dans la police, dans l'espoir de vaincre sa peur. Mais son appartement restait encore éclairé la nuit, le métier ne l'avait aidé en rien.

Tout le monde a peur, pensa-t-il, policier ou pas policier. Il entra dans l'immeuble et grimpa l'escalier. Parvenu au dernier étage, il s'arrêta un long moment pour reprendre haleine. Puis il sonna. Svedberg lui ouvrit presque aussitôt. Il avait des lunettes de lecture repoussées sur le front et un journal du soir à la main. Wallander savait qu'il le prenait par surprise. Depuis toutes ces années qu'ils travaillaient ensemble, Wallander lui avait peut-être rendu visite deux ou trois fois au maximum, et jamais sans avoir auparavant convenu d'un rendez-vous.

– J'ai besoin de ton aide, dit-il quand Svedberg l'eut fait entrer.

– Tu es dans tous tes états, ma parole. Qu'est-ce qui se passe ?

– J'ai couru. Je veux que tu m'accompagnes. Il n'y en a pas pour longtemps. Elle est où, ta voiture ?

– Dans la rue en bas.

– On va aller chez moi, à Mariagatan. Tu me laisseras descendre un peu avant. Tu sais à quoi ressemble la bagnole qu'on m'a prêtée. Une Volvo de la police.

– La bleue ou la rouge ?

– La bleue. Tu verras qu'il y a une autre voiture derrière. Tu ne peux pas te tromper. Je veux que tu vérifies en passant si le conducteur est seul. Puis tu reviens à l'endroit où tu m'as laissé. C'est tout. Après tu pourras lire ton journal.

– On va arrêter quelqu'un ?

– Surtout pas. Je veux juste savoir combien ils sont.

Svedberg avait posé son journal et ôté ses lunettes.

– Qu'est-ce qui se passe ? demanda-t-il à nouveau.

– Mon immeuble est surveillé. Mais ils croient que je suis encore à l'appartement. Je suis sorti par-derrière.

– Je ne suis pas sûr de te suivre. Ça ne serait pas mieux de les arrêter ? On peut appeler des renforts.

– Tu sais ce qu'on a décidé. Si c'est lié à Alfred Harderberg, on doit faire semblant d'être détendus.

Svedberg restait sceptique.

– Ça ne me plaît pas, dit-il.

– Tu dois juste faire le détour par Mariagatan et observer un truc. C'est tout. Puis je remonte chez moi. Je t'appellerai au besoin.

– C'est à toi de voir, dit Svedberg en ramassant ses chaussures et en s'asseyant sur un tabouret pour nouer les lacets.

Ils redescendirent l'escalier. Svedberg prit le volant de l'Audi ; il traversa la place centrale, longea Hamngatan et tourna à gauche dans Österleden. Arrivé à Borgmästaregatan, il tourna de nouveau à gauche. Wallander lui demanda de s'arrêter au coin de Tobaksgatan.

– Je t'attends ici. La voiture se trouve à une dizaine de mètres de ma Volvo.

Cinq minutes plus tard, Svedberg était de retour. Wallander remonta à ses côtés.

– Il est seul, dit Svedberg.

– Tu en es certain ?

– Le conducteur, c'est tout.

– Merci. Tu peux y aller maintenant. Je vais rentrer à pied.

Svedberg le considéra avec une expression soucieuse.

– Pourquoi est-ce si important de savoir combien ils sont ?

Wallander n'avait pas prévu cette question. Il était si concentré sur ce qu'il avait à faire qu'il n'avait pas songé une seconde aux interrogations légitimes de Svedberg.

– J'ai déjà vu cette voiture, mentit-il. Il y avait deux hommes dedans à ce moment-là. Si le conducteur est seul, ça peut vouloir dire que l'autre traîne dans le coin.

Son explication sonnait creux. Mais Svedberg n'insista pas.

– FHC 803, dit-il. Mais je suppose que tu l'avais déjà noté ?

– Oui. Je m'occupe de vérifier, ne t'inquiète pas pour ça. Rentre chez toi. On se voit demain matin.

– Tu es sûr que ça ira ?

– Oui. Merci du coup de main.

Il sortit de la voiture et attendit que Svedberg eût disparu dans Österleden. Puis il prit la direction de Mariagatan. Maintenant qu'il était à nouveau seul, il sentait remonter la panique, la sensation repoussante d'être affaibli par la peur.

Il passa une fois de plus par l'arrière de l'immeuble et évita de tourner le bouton de la minuterie. Revenu chez lui, il grimpa sur la lunette des WC et se haussa sur la pointe des pieds pour observer la rue par la lucarne. La voiture était toujours là. Wallander alla à la cuisine. S'ils avaient voulu me faire sauter, pensa-t-il, ce serait déjà fait. Maintenant ils attendent juste que j'aille me coucher. Ils attendent que les lumières s'éteignent.

Il patienta jusqu'à minuit. De temps à autre, il retournait à la lucarne pour vérifier que la voiture était encore là. Puis il éteignit dans la cuisine et alluma dans la salle de bains. Dix minutes plus tard, il éteignit dans la salle de bains et alluma dans la chambre à coucher. Dix minutes plus tard encore, il éteignit la lumière dans la chambre. Puis il quitta l'appartement en vitesse, ressortit sur le parking par la porte de service et se tapit derrière la gouttière pour attendre. Il regretta de ne pas avoir enfilé un pull plus chaud. Le vent lui gelait les os. Il bougea un peu d'un pied sur l'autre, le plus discrètement possible. À une heure du matin, il ne s'était rien produit de nouveau, sinon que Wallander avait dû pisser contre le mur de l'immeuble. Tout était très silencieux, hormis les rares voitures de passage dans le quartier.

Il était deux heures moins vingt lorsqu'il se figea sur place. Un bruit, dans la rue. Il risqua un œil. La portière côté conducteur venait de s'ouvrir. Aucune lumière dans l'habitacle. Quelques secondes plus tard, l'homme sortit et referma doucement la portière. Il se déplaçait avec la plus grande prudence, sans quitter des yeux les fenêtres de l'appartement.

Il portait des vêtements sombres. À cette distance, Wallander ne pouvait distinguer les traits de son visage. Pourtant, il était certain d'avoir déjà vu cette silhouette. L'homme traversa rapidement la rue et franchit la porte de l'immeuble. Au même instant, Wallander se rappela où il l'avait vu : dans la pénombre du grand escalier du château. Une des ombres d'Alfred Harderberg. Et à présent, cet homme montait vers son appartement, peut-être pour le tuer. Il eut aussitôt la sensation d'être couché dans son lit, alors qu'il se trouvait dehors dans la rue.

Je suis en train d'assister à ma propre mort.

Il se colla contre la gouttière et attendit. Il était deux heures passées de trois minutes lorsque la porte de l'immeuble s'ouvrit sans bruit. L'homme apparut et jeta un regard à la ronde. Wallander recula. Puis il entendit la voiture démarrer en trombe.

Il va faire son rapport à Alfred Harderberg, pensa Wallander. Mais il ne dira pas la vérité, puisqu'il aura du mal à lui expliquer comment je peux à la fois aller me coucher et disparaître.

Il ne pouvait cependant exclure que l'homme eût laissé quelque chose à l'appartement. Il prit donc sa voiture et se rendit au commissariat. Le planton de nuit le salua, stupéfait. Wallander dénicha un matelas au sous-sol et l'installa par terre dans son bureau. Il était trois heures du matin. Il était épuisé. Il savait qu'il devait dormir s'il voulait être à nouveau capable de réfléchir. Mais l'homme au manteau sombre le suivit dans son sommeil.

Wallander se réveilla en sueur d'un cauchemar confus. Cinq heures du matin. Il resta allongé sur son matelas en repensant à ce que lui avait raconté Lisbeth Norin. Puis il alla se chercher un café – très amer, vu que la cafetière électrique avait été laissée allumée toute la nuit. Il ne voulait toujours pas retourner chez lui. Il prit une douche dans les vestiaires. Peu après sept heures, il se mit au travail. On était le mercredi 24 novembre. Il se rappela les paroles d'Ann-Britt quelques jours plus tôt : « J'ai le sentiment que tout est là. Mais nous ne voyons pas de quelle manière ça s'assemble. »

Voilà ce que nous allons faire maintenant, pensa Wallander. Assembler les pièces.

Il appela Sven Nyberg à son domicile.

– Il faut qu'on se voie.

– Je t'ai cherché hier, répliqua Nyberg. Personne ne savait où tu étais. Mais on a du nouveau.

– Qui ça, « on » ?

– Ann-Britt Höglund et moi.

– Sur Avanca ?

– Oui. Je lui ai demandé son aide. Je suis technicien, pas enquêteur.

– On se retrouve dans mon bureau. J'appelle Ann-Britt.

Nyberg et Ann-Britt Höglund arrivèrent une demi-heure plus tard. L'instant d'après, Svedberg frappait à la porte.

– Vous avez besoin de moi ?

– FHC 803, dit Wallander. Tu peux t'en occuper ? Je n'ai pas eu le temps.

Svedberg acquiesça et sortit.

– Avanca, dit Wallander. Allons-y.

– Ne t'attends pas à des nouvelles sensationnelles, commença Ann-Britt Höglund. Nous n'avons eu que la journée d'hier pour examiner la société et ses propriétaires. Une chose est sûre : ce n'est plus une entreprise familiale. La famille Roman contribue par son nom et sa renommée, et elle détient encore une part des actions. Mais Avanca fait partie depuis quelques années d'un consortium d'entreprises liées à l'industrie pharmaceutique et aux équipements hospitaliers. Il s'agit d'un montage très complexe, mais ce qui nous intéresse, c'est que ce consortium appartient à une holding basée au Liechtenstein. Cette holding, qui s'appelle Medicom, a elle-même plusieurs propriétaires, entre autres une entreprise brésilienne spécialisée dans la production et l'exportation de café. Détail intéressant, Medicom entretient des relations financières directes avec la Bayerische Hypotheken-und-Wechsel-Bank.

– En quoi est-ce intéressant ? demanda Wallander, qui croyait déjà avoir perdu la trace d'Avanca.

– Alfred Harderberg possède une usine à Gênes qui produit des bateaux à moteur rapides, en plastique.

– Je t'arrête. Je suis perdu.

– Attends ! L'entreprise génoise, qui s'appelle CFP, ne me demande pas ce que ça veut dire, aide ses clients à financer leurs achats par l'intermédiaire de contrats de leasing.

– Restons-en à Avanca. Les bateaux en plastique italiens ne m'intéressent pas dans l'immédiat.

– Tu as tort. Les contrats de leasing de la CFP s'établissent en partenariat avec la Bayerische Hypotheken-

und-Wechsel-Bank. Autrement dit, on a un lien avec le groupe de Harderberg. Le premier qu'on ait découvert jusqu'à présent, note bien.

– Ça me paraît complètement irréel.

– Il peut y avoir un lien encore plus étroit. Nous aurons besoin des experts de la brigade financière sur ce coup-là. Je comprends à peine moi-même de quoi je m'occupe.

– Moi, je suis impressionné, dit Nyberg qui n'avait rien dit jusque-là. Nous devrions peut-être nous demander si cette usine de plastique de Gênes fabrique autre chose que des bateaux à moteur.

– Par exemple des glacières destinées au transport d'organes.

– Par exemple.

Le silence se fit. Les trois policiers échangèrent un regard. Tous comprenaient la signification de la remarque de Nyberg. Wallander réfléchit avant de poursuivre.

– Si tout cela est confirmé, cela signifie qu'Alfred Harderberg est impliqué à la fois dans la fabrication et dans l'importation de ces mallettes en plastique. Il contrôle peut-être toute la chaîne, malgré les apparences. Mais des producteurs de café brésiliens peuvent-ils réellement avoir quelque chose à voir avec une petite entreprise de Södertälje ?

– Ce n'est pas plus étrange que le fait que certains fabricants automobiles américains produisent aussi des fauteuils roulants, dit Ann-Britt Höglund. Les voitures entraînent des accidents qui entraînent à leur tour un besoin accru de fauteuils.

Wallander frappa dans ses mains et se leva.

– On va mettre le turbo. Toi, Ann-Britt, tu demandes aux experts financiers de nous dresser un tableau lisible des activités de Harderberg. Je veux que tout y soit. Les bateaux en plastique de Gênes, les chevaux du château de Farnholm, tout. Toi, Nyberg, tu t'occupes de la boîte en plastique. D'où elle vient, comment elle a pu se retrouver dans la voiture de Gustaf Torstensson.

– Dans ce cas, on dévie de notre plan initial, objecta Ann-Britt. Si on commence à s'intéresser de près à l'une de ses entreprises, Alfred Harderberg sera forcément alerté.

– Pas du tout, dit Wallander. Il s'agit d'une simple vérification. Rien de spectaculaire. Par ailleurs, je vais dire à Björk et à Åkeson qu'il serait temps d'organiser une conférence de presse. Ce sera la première fois que je prends une telle initiative. Mais je crois que nous devrions aider l'automne à répandre quelques bancs de brouillard.

– J'ai entendu dire que Per était encore au lit à cause de son rhume.

– Je vais l'appeler. Maintenant, on accélère. Il faut qu'il vienne, enrhumé ou pas. Préviens Martinsson et Svedberg qu'on se retrouve à quatorze heures.

Wallander avait résolu d'attendre la réunion quotidienne du groupe pour leur faire part des événements de la nuit.

– C'est parti, dit-il.

Nyberg quitta le bureau. Wallander retint Ann-Britt, le temps de l'informer que Sten Widén et lui avaient réussi à placer une palefrenière au château de Farnholm.

– Ton idée était bonne, dit-il. On verra bien si ça donne quelque chose.

– Pourvu qu'il n'arrive rien à la fille.

– Elle doit s'occuper des chevaux et garder les yeux ouverts, c'est tout. Nous ne devons pas nous laisser gagner par l'hystérie. Alfred Harderberg ne peut tout de même pas soupçonner toutes les personnes de son entourage d'être des flics déguisés.

– J'espère que tu as raison.

– Où en es-tu pour les carnets de vol ?

– J'y pense. Mais hier, Avanca a pris tout mon temps.

– Tu as fait du bon travail.

Il s'aperçut qu'elle était contente. Nous sommes beaucoup trop avares de compliments dans cette équipe, pensa-t-il. Pour les critiques et les ragots par contre, on est d'une générosité inépuisable.

– C'était tout, dit-il.

Resté seul, il se posta à la fenêtre en se demandant ce qu'aurait fait Rydberg à sa place. Mais pour une fois, il eut le sentiment qu'il n'avait pas le temps d'attendre la réponse. Fallait-il qu'il soit persuadé que sa manière de diriger l'enquête était la bonne.

Pendant le reste de cette matinée, Wallander déploya une énergie rageuse. Il convainquit Björk de l'urgence d'organiser une conférence de presse pour le lendemain et lui promit aussi de s'occuper lui-même des journalistes, après concertation avec Per Åkeson.

– Ça ne te ressemble pas de convoquer la presse de ton plein gré, dit Björk.

– Je suis peut-être en train de m'améliorer. Il paraît qu'il n'est jamais trop tard.

Puis Wallander appela Per Åkeson à son domicile. Ce fut sa femme qui répondit ; elle refusa de lui passer le malade.

– Il a de la fièvre ?

– Quand on est malade, on est malade.

– Tant pis. Je dois lui parler.

Quelques minutes plus tard, il entendit la voix fatiguée de Per Åkeson.

– J'ai une grippe intestinale. J'ai passé la nuit aux toilettes.

– Je ne te dérangerais pas dans ton lit si ce n'était pas important. Il faut que tu viennes un moment cet après-midi. On peut t'envoyer une voiture.

– Je serai là. Mais je prendrai un taxi.

– Tu veux que je m'explique ?

– Tu sais qui les a tués ?

– Non.

– Tu as besoin de mon feu vert pour arrêter Alfred Harderberg ?

– Non.

– Dans ce cas, ça peut attendre quatorze heures.

Wallander raccrocha avec le doigt et appela le château de Farnholm. Une voix de femme inconnue lui répondit. Wallander se présenta et demanda à parler à Kurt Ström.

– Il ne reprend le service que ce soir. Mais vous pouvez l'appeler chez lui.

– Je suppose que vous ne voulez pas me donner son numéro…

– Et pourquoi pas ?

– Je pensais que cela irait sans doute à l'encontre de vos règles de sécurité.

– Pas du tout.

Elle lui donna le numéro.

– Saluez M. Harderberg de ma part, dit Wallander. Et remerciez-le pour l'entrevue de l'autre jour.

– Il est actuellement à New York.

– Alors vous pourrez lui transmettre le message quand il reviendra. Il n'est peut-être pas parti pour longtemps ?

– Nous attendons son retour pour après-demain.

Après avoir raccroché, Wallander resta un moment songeur, en pensant que quelque chose avait bougé. Alfred Harderberg avait-il donné l'ordre de traiter les demandes de la police de façon avenante, et non plus avec la réserve habituelle ?

Wallander composa le numéro de Kurt Ström. Pas de réponse. Il appela la réception et demanda à Ebba de dénicher son adresse. En attendant, il alla se chercher un café. Il se souvint qu'il n'avait toujours pas appelé Linda. Il le ferait ce soir.

À neuf heures trente, il quitta le commissariat. Kurt Ström habitait une petite ferme des environs de Glimmingehus. Ebba, qui connaissait bien la région d'Ystad et la campagne de l'Österlen, lui avait même dessiné un itinéraire. Kurt Ström n'avait pas répondu au téléphone ; Wallander avait pourtant l'intuition qu'il le trouverait à la ferme. En traversant Sandskogen, il pensa à ce que leur avait appris Svedberg sur les circonstances du départ de Kurt Ström de la police. Il essaya d'imaginer la réaction que provoquerait sa visite. À de rares occasions, il avait eu affaire à des policiers impliqués dans des histoires criminelles. Cela lui inspirait le plus grand malaise. Mais la confrontation était inévitable.

L'itinéraire dessiné par Ebba était excellent. Il freina devant une traditionnelle longère de Scanie blanchie à la chaux, située un peu à l'écart, à l'est de Glimmingehus. La maison était nichée au creux d'un jardin qui devait être très joli en été. Deux bergers allemands enfermés dans un chenil aboyèrent à son arrivée. Il avait vu juste : on apercevait une voiture dans le garage. Il ne dut pas attendre longtemps. Kurt Ström apparut au coin de la maison, vêtu d'un bleu de travail, une truelle à la main. En reconnaissant Wallander, il s'immobilisa net.

– J'espère que je ne te dérange pas. J'ai essayé d'appeler, mais tu ne répondais pas.

– Je suis en train de combler des fissures dans le soubassement. Et toi ?

Il était visiblement sur ses gardes.

– J'ai quelque chose à te demander. Est-ce que ce serait possible de faire taire les chiens ?

Kurt Ström cria un ordre aux deux bergers allemands, qui cessèrent aussitôt d'aboyer.

– On peut aller à l'intérieur, si tu veux.

– Pas la peine. Je n'en ai pas pour longtemps.

Il indiqua d'un geste le petit jardin.

– C'est joli, chez toi. Rien à voir avec un appartement à Malmö.

– La ville me plaisait bien. Mais ici je suis plus près
du boulot.

– Tu vis seul ? Je croyais me souvenir que tu étais
marié.

Kurt Ström lui jeta un regard froid.

– Ma vie privée ne te regarde pas.

Wallander fit un geste d'excuse.

– Bien sûr que non. Mais tu sais ce que c'est, entre
collègues. On prend des nouvelles de la famille.

– Je ne suis pas ton collègue.

– Tu l'as été.

Wallander avait changé de ton. Il cherchait la confrontation. Kurt Ström était quelqu'un qui ne respectait que
la dureté.

– Je suppose que tu n'es pas venu me voir pour me
parler de ma famille.

Wallander sourit.

– En effet. C'est par pure politesse que je t'ai rappelé
que nous étions autrefois collègues.

Kurt Ström était devenu livide. Un court instant, Wallander crut qu'il était allé trop loin et que l'autre allait
le frapper.

– Oublions ça, dit-il. Parlons plutôt du 11 octobre.
Un lundi soir, il y a six semaines. Tu vois lequel ?

Kurt Ström hocha la tête sans répondre.

– En fait, je n'ai qu'une seule question. Mais avant,
laisse-moi préciser un détail. Je n'accepterai pas le prétexte des règles de sécurité en vigueur à Farnholm. Si
tu ne réponds pas, je vais te préparer une vie d'enfer
dont tu n'as même pas idée.

– Tu ne peux rien contre moi.

– Tu en es sûr ? Je peux t'embarquer à Ystad, je peux appeler le château dix fois par jour en demandant à parler à Kurt Ström. Ils vont avoir l'impression que la police s'intéresse un peu trop à leur gardien-chef. À mon avis, ils ne savent rien de ton passé. Ils seraient embêtés de le découvrir. Je ne pense pas que M. Harderberg ait envie de voir troublée la paix de Farnholm.

– Va te faire foutre. Disparais avant que te jette dehors.

– Je veux juste que tu répondes à une question concernant la soirée du 11 octobre, poursuivit Wallander, imperturbable. Je te promets que ça restera entre nous. Tu veux vraiment prendre le risque de tout gâcher ? Si j'ai bonne mémoire, tu étais plutôt content de ton sort quand je t'ai croisé devant les grilles du château.

Kurt Ström parut hésiter. Son regard était encore chargé de haine. Mais Wallander comprit qu'il obtiendrait sa réponse.

– Une seule question, dit-il. Et une réponse qui ne soit pas un mensonge ou un faux-fuyant. Ensuite, je partirai. Tu pourras continuer à réparer ton mur et oublier que j'ai jamais mis les pieds ici. En ce qui me concerne, tu peux bien continuer à surveiller les grilles du château de Farnholm jusqu'à ta mort.

Un avion passa dans le ciel. Wallander pensa que c'était peut-être le Gulfstream de Harderberg qui revenait de New York.

– Qu'est-ce que tu veux savoir ? demanda enfin Kurt Ström.

– Le soir du 11 octobre. Gustaf Torstensson a quitté le château à vingt heures quatorze exactement, d'après le rapport informatisé que j'ai eu l'occasion de voir, à supposer que ce rapport n'ait pas été falsifié. Peu importe, d'ailleurs. On sait que maître Torstensson est venu au château ce soir-là. Ma question est très simple. Une autre voiture a-t-elle quitté Farnholm entre l'arrivée de Gustaf Torstensson et son départ ?

Kurt Ström ne dit rien. Puis il hocha la tête.

– C'était la première partie de la question. Maintenant j'en viens à la deuxième, qui est aussi la dernière. Qui a quitté le château ?

– Je ne sais pas.

– Mais tu as bien vu une voiture ?

– J'ai déjà répondu à deux questions.

– N'essaie pas de m'embrouiller, Ström. C'est toujours la même question. Qu'est-ce que c'était, comme voiture ?

– Une voiture du château. Une BMW.

– Qui était à bord ?

– Je ne sais pas.

Wallander n'eut pas besoin de feindre la rage. Elle surgit de nulle part.

– Tu vas me répondre, oui ou merde !

– C'est la vérité. Je ne sais pas qui était dans cette voiture.

Kurt Ström disait la vérité. Wallander se rappela son premier entretien avec lui. Il aurait dû comprendre tout de suite.

– Parce qu'elle avait des vitres teintées, c'est ça ?

Kurt Ström acquiesça en silence.

– Je t'ai donné ta réponse. Maintenant tu peux aller au diable.

– Ça fait toujours plaisir de croiser un ancien collègue, répondit Wallander. Et tu as raison, il est plus que temps pour moi de prendre congé. Merci de m'avoir accordé ces quelques minutes.

Les chiens se remirent à aboyer dès qu'il eut tourné le dos pour rejoindre sa voiture. Kurt Ström, immobile au milieu de la cour, le suivait du regard. La chemise de

Wallander était trempée de sueur. Kurt Ström pouvait se montrer violent, il le savait.

D'un autre côté, il avait obtenu une réponse possible à la question qui le tracassait depuis longtemps. Le fond de l'énigme. Ce qui avait bien pu se passer ce fameux soir d'octobre où Gustaf Torstensson était mort sur la route. Il croyait maintenant entrevoir un scénario. Pendant que le vieil avocat discutait dans la bibliothèque avec Harderberg et les deux banquiers italiens, une voiture avait quitté le château pour s'apprêter à le cueillir sur le chemin du retour. D'une manière ou d'une autre, par la violence ou la ruse, on l'avait contraint à s'arrêter sur cette portion de route isolée, choisie avec soin. Wallander ignorait si la décision d'empêcher Gustaf Torstensson de rentrer chez lui ce jour-là avait été prise le soir même ou longtemps auparavant. Mais il lui semblait à présent voir les contours d'une explication.

Il pensa aux deux hommes postés dans l'ombre du grand escalier du château.

Soudain un frisson involontaire le parcourut tout entier, au souvenir des événements de la nuit.

Sans même s'en apercevoir, il appuya à fond sur l'accélérateur. À l'approche de Sandskogen, il roulait si vite qu'un contrôle l'aurait immédiatement privé de permis. Il freina brutalement. De retour à Ystad, il s'arrêta au salon de thé Fridolfs Konditori et but un café. Il savait quel conseil lui aurait donné le vieux. *Patience. Quand les pierres commencent à rouler, ne te précipite surtout pas à leur suite. Ne te laisse pas entraîner, reste où tu es, regarde-les dévaler la pente et vois où elles tombent.* Voilà ce que lui aurait dit Rydberg.

Précisément, pensa Wallander.

C'est précisément ce qu'on va faire.

Au cours des jours suivants, Wallander s'aperçut une nouvelle fois qu'il était entouré de collaborateurs qui n'hésitaient pas à payer de leur personne quand la situation l'exigeait. Ils travaillaient déjà d'arrache-pied, mais lorsque Wallander annonça qu'il fallait accélérer le rythme, personne ne protesta. Tout avait commencé lors de la réunion du mercredi après-midi, en présence d'un Per Åkeson fiévreux et plein de crampes. Le groupe était unanime sur le fait qu'il fallait continuer à se concentrer sur Harderberg. À un moment donné, Per Åkeson téléphona aux deux brigades financières, celle de Malmö et celle de Stockholm. Les collègues furent surpris de l'entendre souligner la priorité qu'il fallait accorder à cette affaire, à croire presque que la survie du royaume était en jeu. Lorsqu'il raccrocha, il y eut des applaudissements spontanés. Sur ses conseils, les enquêteurs avaient aussi résolu de continuer à s'occuper eux-mêmes d'Avanca, sans empiéter pour autant sur le travail des experts. Wallander en profita pour désigner Ann-Britt comme responsable de cette partie de l'enquête. Il n'y eut aucune objection ; à compter de cet instant, Ann-Britt Höglund cessa d'être une jeune recrue pour devenir un membre du groupe à part entière. Svedberg fut chargé de poursuivre les recherches sur les carnets de vol du Gulfstream. Il y eut une discussion entre Wallander et Per Åkeson à ce sujet : cette source d'information méritait-elle vraiment autant d'efforts ? Wallander affirma qu'ils auraient tôt ou tard besoin de connaître de façon précise les déplacements de Harderberg, en particulier le jour du meurtre de Sten Torstensson. Per Åkeson rétorqua que l'homme de Farnholm, à supposer qu'il soit impliqué, avait accès aux moyens de communication les plus avancés. Autrement dit, il pouvait toujours rester en contact avec le château, qu'il soit au-dessus de l'Atlantique à bord de son Gulfstream ou bien, pour ne prendre qu'un exemple, dans le désert australien où il possédait de gros intérêts miniers. Wallander était sur le point de se rendre aux arguments d'Åkeson lorsque celui-ci écarta les mains et dit qu'il voulait juste exprimer son opinion, et non pas entraver un travail déjà engagé. Concernant l'entrée en scène de l'espionne Sofia, Wallander fit une présentation pour laquelle Ann-Britt Höglund le complimenta plus tard, en tête-à-tête. Wallander avait compris que tous, non seulement Björk et Åkeson, mais aussi Martinsson et Svedberg, risquaient de protester contre ce recours imprévu à un élément étranger. Il opta donc pour une semi-vérité, en leur signalant simplement qu'ils disposaient désormais d'une source d'information supplémentaire à Farnholm, grâce à une jeune femme que Wallander connaissait personnellement et qui venait par coïncidence d'être engagée en tant que palefrenière aux écuries. Il lâcha cette nouvelle comme en passant alors qu'une assiette de sandwiches venait de faire son apparition sur la table et que les autres ne l'écoutaient plus que d'une oreille. En croisant le regard d'Ann-Britt, il comprit qu'elle avait déjoué sa manœuvre.

Ensuite, une fois les sandwiches dévorés et la pièce aérée, Wallander leur raconta ce qui s'était passé la nuit précédente. Il omit de préciser que l'homme qui le surveillait depuis une voiture s'était introduit dans son appartement. Il craignait que Björk n'en profite pour mettre un frein sécuritaire à la suite du travail. Svedberg leur apprit alors que la voiture appartenait, contre toute attente, à un habitant d'Östersund qui était agent de surveillance dans une station de montagne du Jämtland. Wallander insista : l'homme devait être contrôlé, tout comme la station. Rien n'empêchait qu'Alfred Harderberg, en plus de ses affaires australiennes, eût aussi des intérêts dans le business suédois des sports d'hiver. La réunion prit fin avec le compte rendu que fit Wallander de sa visite à Kurt Ström. Un long silence s'ensuivit.

C'était le détail dont on avait besoin, dirait Wallander par la suite à Ann-Britt Höglund. Les policiers sont des gens pragmatiques. Qu'une voiture ait quitté le château de Farnholm avant que Gustaf Torstensson n'entame son dernier voyage, c'est le petit point d'appui qui nous manquait, dans cette masse confuse d'événements. Le détail qui confirmait le caractère prémédité du meurtre de Gustaf Torstensson. À partir de là, on avait la certitude qu'il n'y avait rien de fortuit dans cette affaire. On pouvait oublier les coïncidences et les emballements spectaculaires. Dès cet instant, on savait tout simplement où ce n'était plus la peine de chercher.

La réunion s'acheva dans une ambiance de détermination farouche. C'était précisément ce qu'avait espéré Wallander. Avant de regagner son lit, Per Åkeson s'attarda avec Björk pour discuter de la conférence de presse du lendemain. De l'avis de Wallander, ils devaient affirmer qu'ils tenaient une piste, mais qu'ils ne pouvaient être plus précis pour l'instant, pour des raisons techniques, etc.

– Cette piste, avait dit Per Åkeson. Comment comptes-tu la décrire ?

– Une tragédie qui aurait son origine dans la vie privée.

– Ça ne me paraît pas très crédible. Et on ne voit pas en quoi ça justifie une conférence de presse. Si tu veux un conseil, prépare-toi soigneusement. Tu devras avoir des réponses fermes et naturelles à toutes les questions possibles et imaginables.

Wallander rentra chez lui après la réunion. Il s'était demandé s'il y avait un risque que tout explose à l'instant où il tournerait la clé dans la serrure. Mais selon lui, l'homme n'était pas resté assez longtemps là-haut pour placer une charge. Et il ne transportait rien quand il était monté à l'appartement, c'était là une certitude pour Wallander.

Il n'était cependant pas très à l'aise. Il entreprit de démonter son téléphone pour voir s'il y avait un micro à l'intérieur. Il ne trouva rien. Il résolut néanmoins qu'il ne prononcerait plus le nom d'Alfred Harderberg lorsqu'il appellerait de chez lui.

Puis il prit une douche et se changea.

Il alla dîner dans une pizzeria de Hamngatan. Le reste de la soirée fut consacré à préparer la conférence de presse.

De temps à autre, il allait à la fenêtre pour observer la rue. Mais sa voiture était seule en bas.

La conférence de presse se déroula plus facilement que prévu. Il s'avéra que le meurtre de Sten Torstensson ne présentait guère d'intérêt, aux yeux des médias. Les représentants de la presse écrite étaient peu nombreux, la radio locale se montra discrète, et la télévision carrément absente.

– Cela devrait rassurer Alfred Harderberg, dit Wallander à Björk lorsque les journalistes eurent quitté le commissariat.

– S'il ne devine pas notre tactique.

– Il peut spéculer. Mais il ne peut pas avoir de certitude.

De retour dans son bureau, il trouva un message lui demandant de rappeler Sten Widén. Le téléphone sonna longtemps à Stjärnsund avant que son ami ne décroche.

– Salut, dit Wallander. Tu as essayé de me joindre.

– Salut, Roger. Notre amie Sofia m'a passé un coup de fil de Simrishamn tout à l'heure. Ça devrait t'intéresser.

– Alors ?

– Elle va se retrouver très bientôt au chômage.

– Qu'est-ce que ça veut dire ?

– Il semblerait qu'Alfred Harderberg s'apprête à quitter le château de Farnholm.

Wallander resta muet, le combiné collé contre l'oreille.

– Tu es encore là ?

– Oui, dit-il. Je suis là.

– Bon, eh bien c'est tout, fit Sten Widén.

Wallander s'assit dans son fauteuil.

La sensation d'urgence était plus forte que jamais.

15

Lorsque l'inspecteur de police Ove Hanson refit son apparition au commissariat d'Ystad le 25 novembre dans l'après-midi, il avait été absent pendant plus d'un mois. Il avait passé ce mois à Halmstad, où il participait à un stage de formation organisé par la direction centrale sur le thème des techniques informatiques appliquées à la lutte antigang. Après le meurtre de Sten Torstensson, il avait contacté Björk pour lui demander s'il devait tout laisser tomber et revenir à Ystad. Mais le chef lui avait dit de rester où il était, et l'avait informé au passage du retour de Wallander. Hanson avait alors appelé Martinsson chez lui, depuis son hôtel de Halmstad, pour lui demander si c'était vrai. Martinsson avait confirmé. Il lui avait aussi confié son sentiment personnel, que la vitalité de Wallander semblait plus grande que jamais.

Pourtant, Hanson n'était en rien préparé à ce qui l'attendait cet après-midi-là en frappant à la porte du bureau qu'il s'était approprié en l'absence de Wallander, et qui était entre-temps revenu à son précédent occupant. Il entra sans attendre la réponse. Mais, en apercevant le commissaire, il battit précipitamment en retraite. Car Wallander était planté au milieu de la pièce, une chaise levée au-dessus de la tête, et le fixait d'un regard dément. Tout alla très vite, Wallander reposa immédiatement la chaise et retrouva un air à peu près normal. Mais l'image resta gravée dans la mémoire de Hanson. Pendant longtemps, il ne dit rien aux collègues ; mais intérieurement, il attendait le moment où la folie de Wallander éclaterait au grand jour.

– Je vois que je tombe mal. Je voulais juste te dire bonjour et te signaler que j'étais de retour.

– Désolé si je t'ai fait peur. Je viens de recevoir un coup de fil qui m'a énervé. Tu es tombé à pic. J'allais balancer la chaise contre le mur.

Ils s'assirent, Wallander dans son fauteuil et Hanson sur la chaise qui venait d'échapper à la destruction. Hanson était celui des enquêteurs que Wallander connaissait le moins, alors qu'ils travaillaient ensemble depuis de longues années. Ils étaient trop différents, par le caractère et les habitudes, et se retrouvaient souvent piégés par des discussions qui dégénéraient en disputes consternantes. Pourtant, Wallander respectait Hanson en tant que flic. Malgré son côté brusque et cassant, qui rendait difficile toute collaboration avec lui, c'était un professionnel méticuleux et têtu, capable à l'occasion de surprendre ses collègues par une analyse habile leur permettant de sortir d'une impasse collective. Au cours du mois écoulé, Wallander avait pensé plusieurs fois que Hanson leur manquait et il avait même failli demander à Björk de le rapatrier ; mais c'était resté à l'état de projet.

Il savait aussi que Hanson était celui de ses collègues qui aurait le moins regretté son départ définitif. Hanson était ambitieux, ce qui n'était pas nécessairement un défaut. Mais il n'avait jamais accepté le fait que Wallander occupe la place laissée vacante par Rydberg. Dans son idée, cette place aurait dû lui revenir à lui. Mais les circonstances en avaient décidé autrement, et Hanson, pensait Wallander, n'avait sans doute jamais tout à fait réussi à surmonter son ressentiment.

Wallander nourrissait lui aussi certains griefs vis-à-vis de Hanson. Par exemple, il s'exaspérait de son habitude invétérée, pour ne pas dire enragée, de jouer aux courses, y compris pendant ses heures de travail. Son bureau était encombré de journaux et de pronostics. Parfois, il lui semblait que Hanson consacrait la moitié du temps passé au commissariat à essayer de calculer la manière dont quelques centaines de chevaux sur tous les champs de courses du pays risquaient se comporter les uns par rapport aux autres au cours des semaines à venir. Et Hanson, de son côté, ne faisait pas mystère de son aversion pour l'opéra. Pour ne prendre qu'un exemple.

Mais maintenant ils étaient assis face à face, et le plus important, pensa Wallander, était le fait que Hanson soit de retour. Il représentait un renfort et il augmenterait leur capacité de travail. Tout le reste était secondaire.

— Aux dernières nouvelles, dit Hanson, tu devais démissionner.

— J'ai changé d'avis après le meurtre de Sten Torstensson.

— Et puis tu découvres que le père a été assassiné lui aussi. Alors qu'on avait classé l'affaire.

— Le meurtre était habilement maquillé. En fait, c'est un pur coup de chance que j'aie retrouvé ce pied de chaise.

— Quel pied de chaise ?

— Il faudra que tu prennes le temps de lire le dossier. Mais je peux te dire que tu es très attendu. En particulier après le coup de fil que je venais de recevoir quand tu es arrivé.

— C'était à quel sujet ?

– Il semblerait que l'homme sur lequel nous concentrons tous nos efforts a l'intention de déménager. Et ça va nous poser de gros problèmes.

Hanson le dévisagea en silence.

– Je vais lire le dossier, dit-il ensuite.

– J'aimerais bien te faire une synthèse détaillée, mais je n'en ai pas le temps. Va voir Ann-Britt. Elle est douée pour séparer l'essentiel de l'accessoire.

– Vraiment ?

Wallander haussa les sourcils.

– Vraiment quoi ?

– Douée. Ann-Britt Höglund.

Wallander se rappela le commentaire de Martinsson, selon lequel Hanson se sentait menacé par l'arrivée d'Ann-Britt.

– Oui, répliqua-t-il. Elle est d'ores et déjà excellente. Et ce n'est qu'un début.

– J'ai du mal à le croire, dit Hanson en se levant.

– Tu verras. Ou pour dire les choses autrement : Ann-Britt Höglund est venue ici pour y rester.

– Je crois que je préfère aller voir Martinsson.

– Tu fais comme tu veux.

Hanson était presque sorti lorsque Wallander lui posa une autre question.

– Qu'est-ce que tu as fabriqué à Halmstad ?

– J'ai lu dans l'avenir, grâce aux bons soins de la direction centrale. Un avenir où les polices du monde entier chasseront les criminels devant leurs ordinateurs. On sera tous reliés par un réseau mondial où les informations rassemblées par les collègues de différents pays seront accessibles via des bases de données extraordinairement ingénieuses.

– Ça me paraît effrayant, dit Wallander. Et ennuyeux.

– Mais efficace. Si ça peut te rassurer, on sera sûrement à la retraite toi et moi à ce moment-là.

– Ann-Britt Höglund le vivra, elle. Y a-t-il des courses à Halmstad ?

– Un soir par semaine.

– Et alors ? Ça a donné quoi ?

Hanson haussa les épaules.

– Comme d'habitude. Certains chevaux courent comme ils sont censés le faire et d'autres pas.

Hanson sortit. Wallander pensa à la fureur qui l'avait submergé à l'improviste en apprenant qu'Alfred Harderberg s'apprêtait à déménager. Il était rare qu'il se mette dans des états pareils. À vrai dire, il ne se rappelait pas quand il s'était emporté pour la dernière fois au point de commencer à jeter des objets.

Il essaya de réfléchir posément. Ce déménagement n'était peut-être qu'un changement de domicile comme l'homme en avait connu beaucoup au cours de sa vie. Ce n'était pas nécessairement une fuite. Qu'aurait-il cherché à fuir ? Et comment ? En allant où ? Au pire, cela ne ferait que compliquer le travail des enquêteurs. D'autres districts de police seraient impliqués, selon le lieu où il comptait s'établir.

Mais il y avait aussi une autre possibilité. Wallander voulait en avoir le cœur net sans attendre. Il appela Sten Widén. Une palefrenière répondit. Une fille très jeune, d'après sa voix.

– Sten est aux écuries, lui apprit-elle. Le maréchal-ferrant est arrivé.

– Il a un téléphone là-bas. Passe-le-moi.

– Le téléphone des écuries est cassé.

– Alors il faudra que tu ailles le chercher. Dis-lui que c'est de la part de Roger Lundin.

Il dut attendre près de cinq minutes.

– Qu'est-ce qui se passe encore ? dit Sten, à l'évidence mécontent d'avoir été dérangé.

– Sofia ne t'aurait pas raconté par hasard où Alfred Harderberg comptait déménager ?

– Comment veux-tu qu'elle le sache ?

– Je te pose une question, c'est tout. Il n'avait pas l'intention de quitter le pays ?

– Je t'ai répété ce qu'elle m'avait dit.

– Je dois la voir. Aujourd'hui. Dès que possible.

– Elle a un boulot, au cas où tu ne le saurais pas.

– Trouve un prétexte. Elle était employée chez toi avant. Des papiers à remplir, je ne sais pas, moi. Ça ne devrait pas être si compliqué.

– Je n'ai pas le temps. Le maréchal-ferrant est là. Le vétérinaire arrive. J'ai plusieurs rendez-vous avec des propriétaires de chevaux.

– C'est important, crois-moi.

– Je vais essayer. Je te rappelle.

Wallander raccrocha. Déjà quinze heures trente. Il attendit. Au bout d'un quart d'heure, il alla se chercher un café. Cinq minutes plus tard, Svedberg frappait à sa porte.

– On peut oublier le type d'Östersund, annonça Svedberg. Sa voiture immatriculée FHC803 a été volée il y a une semaine quand il était à Stockholm. Il n'y a aucune raison de ne pas le croire. En plus, il est conseiller municipal.

– Depuis quand un conseiller municipal est-il plus crédible qu'un autre ? Je veux savoir où la voiture a été volée, et quand. Demande une copie de sa déclaration.

– C'est vraiment important ?

– Peut-être. Et ce n'est pas un travail gigantesque. Tu as vu Hanson ?

– En vitesse. Il est avec Martinsson, en train de prendre connaissance du dossier.

– Demande-lui de s'en occuper. C'est un bon petit début.

Svedberg partit. Il était seize heures quinze et Sten Widén n'avait toujours pas rappelé. Wallander alla aux toilettes après avoir dit à Ebba de lui signaler d'éventuels appels. Quelqu'un avait laissé un journal du soir, qu'il feuilleta distraitement. À seize heures trente-cinq, il était à nouveau dans son fauteuil. Il avait démantibulé douze trombones lorsque Sten Widén rappela enfin.

— Ça y est, j'ai inventé une histoire à dormir debout. Tu peux la voir dans une heure, à Simrishamn. Je lui ai suggéré de prendre un taxi, que tu paierais la note. Il y a un salon de thé dans la rue du port. Tu vois lequel ?

Wallander connaissait l'endroit.

— Elle n'aura pas beaucoup de temps, dit Sten Widén. Apporte quelques papiers qu'elle pourra faire semblant de remplir.

— Tu crois qu'ils se méfient d'elle ?

— Comment veux-tu que je le sache, merde !

— Bon. Merci en tout cas.

— Tu devras aussi payer le retour en taxi jusqu'au château.

— Je pars tout de suite.

— Qu'est-ce qui se passe ?

— Je te raconterai dès que je le saurai. Je te rappelle.

Wallander quitta la ville. Arrivé à Simrishamn, il laissa sa voiture sur le port et remonta à pied vers le salon de thé. Comme il l'espérait, Sofia n'était pas encore arrivée. Il ressortit, traversa la rue et longea le trottoir jusqu'à une vitrine à laquelle il fit semblant de s'intéresser tout en surveillant l'entrée du salon. Il était dix-huit heures et huit minutes lorsqu'il la vit arriver, à pied, du côté du port où le taxi avait dû la laisser. Elle entra dans le salon de thé. Wallander continua d'observer les passants. Lorsqu'il fut à peu près certain que personne ne l'avait suivie, il retraversa la rue en regrettant de n'avoir pas amené quelqu'un qui aurait pu l'aider à surveiller les alentours. Elle s'était assise dans un coin de la salle. Elle le regarda approcher sans un mot.

– Désolé pour le retard, dit-il.

– Moi aussi. Qu'est-ce que tu veux ? Je dois retourner au château. Tu as l'argent du taxi ?

Wallander sortit son portefeuille et lui donna un billet de cinq cents couronnes.

Elle secoua la tête.

– Il me faut un billet de mille.

– Quoi ? Tu prétends que l'aller-retour à Simrishamn coûte mille couronnes ?

Il lui tendit un deuxième billet de cinq cents, énervé à l'idée qu'elle était sans doute en train de l'arnaquer. Mais il n'avait pas le temps de discuter.

– Qu'est-ce que tu prends ? demanda-t-il.

– Un café. Et une brioche.

Wallander alla commander au comptoir, réclama un reçu et retourna à la table avec le plateau.

Elle le dévisageait avec une expression où il discerna du mépris.

– Je ne sais pas ton nom, dit-elle, et je m'en fiche. Mais tu ne t'appelles pas Roger Lundin. Et tu es flic.

Wallander prit rapidement une décision.

– Tu as raison. Je ne m'appelle pas Roger Lundin. Et je suis de la police. Mais tu n'as pas besoin de connaître mon vrai nom.

– Pourquoi ?

– Parce que je te le dis, répliqua Wallander, très sérieux.

Elle parut remarquer son changement d'attitude et le considéra avec, lui sembla-t-il, un regain d'intérêt.

– Maintenant tu vas m'écouter attentivement, enchaîna-t-il. Un jour je t'expliquerai tous ces mystères. Pour l'instant, je peux seulement te dire que je suis effectivement de la police et que j'enquête sur une série de meurtres particulièrement brutaux. Juste pour que tu comprennes que ce n'est pas un jeu. C'est clair ?

– Peut-être.

– Tu vas donc répondre à mes questions. Ensuite tu pourras retourner au château.

Il se rappela les papiers qu'il avait fourrés dans sa poche au commissariat. Il les posa sur la table et lui donna un crayon.

– Quelqu'un t'a peut-être suivie. Tu vas donc faire semblant de remplir ces formulaires. Écris ton nom.

– Et qui ça serait ? demanda-t-elle en jetant un coup d'œil inquiet à la salle.

– Regarde-moi ! Si quelqu'un t'a suivie, tu peux être sûre qu'il te voit. Mais toi tu ne le verras pas.

– Comment sais-tu que c'est un homme ?

– Je n'en sais rien.

– C'est complètement délirant.

– Bois ton café, mange ta brioche, écris ton nom et regarde-moi. Si tu ne m'obéis pas, sois sûre que tu ne retourneras jamais chez Sten Widén.

Elle obtempéra, à croire qu'elle prenait la menace au sérieux.

– Maintenant, réponds-moi. Pourquoi crois-tu qu'ils vont déménager ?

– On m'a dit que je ne travaillerais qu'un mois. Ensuite ce serait fini parce qu'ils quitteraient le château.

– Qui t'a dit cela ?

– Un type est venu aux écuries.

– À quoi ressemblait-il ?

– Il avait un côté sombre.

– Quoi, un Noir ?

– Non. Mais il était habillé tout en noir, et il avait les cheveux noirs.

– Un étranger ?

– Il parlait suédois.

– Avec un accent ?
– Peut-être.
– Tu connais son nom ?
– Non.
– Tu sais ce qu'il fait ?
– Non.
– Mais il travaille au château ?
– Je suppose que oui.
– Qu'a-t-il dit d'autre ?
– Il ne m'a pas plu, dit-elle. Il était inquiétant.
– Pourquoi ?
– Il a fait le tour des écuries. Puis il m'a observée pendant que j'étrillais un des chevaux. Il m'a demandé d'où je venais.
– Qu'as-tu répondu ?
– Que j'avais postulé au château parce que Sten Widén ne pouvait plus me garder.
– Il t'a demandé autre chose ?
– Non.
– Que s'est-il passé ensuite ?
– Il est parti.
– Pourquoi était-il inquiétant ?
Elle réfléchit avant de répondre.
– J'ai eu l'impression que c'était un interrogatoire, et qu'il ne voulait pas que je m'en aperçoive.
Wallander hocha la tête. Il croyait comprendre.
– As-tu rencontré quelqu'un d'autre au château ?
– Juste celle qui m'a embauchée.
– Anita Karlén ?
– Oui, je crois qu'elle s'appelait comme ça.
– Personne d'autre ?
– Non.
– Y a-t-il d'autres employés aux écuries ?
– Non, je suis seule. Deux chevaux, ce n'est pas le bout du monde.

– Qui s'en occupait auparavant ?

– Je n'en sais rien.

– T'ont-ils dit pourquoi ils avaient soudain besoin d'une nouvelle palefrenière ?

– Karlén m'a dit que quelqu'un était tombé malade.

– Mais tu n'as parlé à personne ?

– Non.

– Qui as-tu vu ?

– Quoi ?

– Tu as dû voir des gens. Des allées et venues, des voitures.

– L'écurie est un peu à l'écart. Je ne peux voir qu'un pignon du château, de là où je suis. La prairie des chevaux est encore plus loin. Et je n'ai pas le droit de m'approcher du château.

– Qui a dit ça ?

– Anita Karlén. Elle m'a expliqué que je serais virée illico si je faisais un truc interdit. En plus, je dois demander la permission avant de quitter le domaine.

– Où le taxi est-il venu te prendre ?

– Devant les grilles.

– As-tu vu ou entendu autre chose qui pourrait être important ?

– Comment veux-tu que je sache ce qui est important pour toi ?

Soudain, il eut l'impression qu'il y avait bien autre chose, mais qu'elle hésitait à en parler. Il laissa un silence avant de poursuivre, prudemment, comme on avance à tâtons dans le noir.

– Reprenons, dit-il. L'homme qui t'a rendu visite aux écuries. Il n'a rien dit de plus ?

– Non.

– Par exemple qu'ils allaient quitter Farnholm et partir à l'étranger ?

– Non.

351

Elle dit la vérité, pensa Wallander. Et je ne pense pas qu'elle ait mauvaise mémoire. C'est autre chose.

– Parle-moi des chevaux.

– Ce sont des chevaux de promenade magnifiques. Il y a une jument baie de neuf ans qui s'appelle Aphrodite. L'autre, Jupitess, a sept ans. Il est noir. Ils n'avaient pas été montés depuis longtemps.

– À quoi le remarque-t-on ? Je ne suis pas très calé en chevaux.

– Oui, j'avais cru comprendre.

Son ironie fit sourire Wallander. Mais il ne dit rien, attendant qu'elle poursuive.

– Ils étaient fous de joie quand je suis arrivée avec les selles. On voyait bien qu'ils n'attendaient que ça.

– Alors tu les as montés ?

– Oui.

– Dans le parc ?

– On m'avait montré les sentiers où je pouvais aller.

Un changement imperceptible dans sa voix aiguisa l'attention de Wallander. Il touchait au but.

– Alors tu es partie…

– J'ai commencé par Aphrodite. Jupitess était en prairie pendant ce temps-là.

– Combien de temps, avec Aphrodite ?

– Une demi-heure. Le parc est immense.

– Et ensuite ?

– J'ai lâché Aphrodite dans la prairie et j'ai sellé Jupitess. Une demi-heure plus tard, j'étais de retour.

Wallander comprit immédiatement. L'incident s'était produit au cours de cette deuxième promenade. Elle avait parlé trop vite, comme pour franchir l'obstacle d'un seul élan. Il ne lui restait plus qu'à insister ; il n'avait pas le choix.

– Tout ce que tu me racontes est sûrement vrai, dit-il sur son ton le plus aimable.

– Je n'ai rien à ajouter. Je dois y aller maintenant. Si j'arrive en retard au château, je serai virée.

– Tout de suite. Juste deux ou trois questions encore. Revenons aux écuries et à l'homme qui t'a rendu visite. Je crois que tu ne m'as pas tout dit. Je crois qu'il t'a précisé qu'il y avait certains endroits du parc dont tu ne devais t'approcher sous aucun prétexte.

– C'est Anita Karlén qui me l'a dit.

– Elle aussi, peut-être. Mais ce type-là t'en a reparlé, d'une manière qui t'a fait peur. Pas vrai ?

Elle baissa les yeux. Puis elle acquiesça d'un signe de tête.

– Mais en partant avec Jupitess, tu t'es trompée de sentier. Peut-être exprès, par curiosité. J'ai cru remarquer que tu aimais bien n'en faire qu'à ta tête. N'est-ce pas ?

– Je me suis trompée de sentier.

Elle l'avait dit si bas que Wallander dut se pencher pour l'entendre.

– Je te crois, dit-il. Raconte-moi plutôt ce que tu as vu.

Il y eut un silence.

– Jupitess s'est cabré brusquement. Je suis tombée. C'est après seulement que j'ai vu ce qui lui avait fait peur. On aurait dit que quelqu'un était tombé sur le sentier. J'ai cru qu'il était mort. Mais quand je me suis approchée, j'ai vu que c'était un mannequin.

Elle semblait encore sous le coup de l'effroi. Wallander pensa aux propos de Gustaf Torstensson rapportés par Mme Dunér. *Le Dr Harderberg possède un humour macabre.*

– Moi aussi, j'aurais eu peur à ta place. Mais il ne va rien t'arriver. Pas si tu maintiens le contact avec moi.

– Les chevaux me plaisent beaucoup, dit-elle. Mais pas le reste.

– Alors consacre-toi à eux. Et ne te trompe plus de sentier.

Il vit qu'elle était soulagée de lui avoir raconté l'histoire.

— Vas-y, dit-il. Je reste un peu. Tu as raison, il ne faut pas se mettre en retard.

Elle obéit. Wallander attendit deux minutes avant de se lever à son tour. Il supposait qu'elle était redescendue vers le port pour prendre un taxi. Et en effet, il la vit de loin monter dans une voiture, à côté du kiosque. Le taxi démarra. Il attendit jusqu'à être certain que personne ne la suivait. Alors seulement il monta dans sa propre voiture et prit la route d'Ystad. En chemin, il réfléchit à ce qu'elle venait de lui apprendre. On n'avait aucune certitude quant aux intentions réelles d'Alfred Harderberg.

Les pilotes, pensa Wallander. Les carnets de vol. S'il a le projet de disparaître hors des frontières, il faut qu'on ait une longueur d'avance sur lui.

Il pensa que le temps était venu de faire une nouvelle visite au château. Il voulait revoir Alfred Harderberg.

À dix-neuf heures quarante-cinq, Wallander était de retour au commissariat. Dans le couloir, il tomba sur Ann-Britt Höglund qui lui adressa un bref signe de tête avant de disparaître dans son bureau. Wallander en fut interloqué. Pourquoi cette brusquerie ? Il frappa à sa porte. « Entrez. » Il ouvrit et resta planté sur le seuil.

— On a l'habitude de se dire bonjour dans cette maison, commença-t-il.

Au lieu de répondre, elle se plongea dans ses dossiers.

— Qu'est-ce qui t'arrive ?

Elle leva les yeux.

— C'est toi qui me le demandes ?

— Je ne comprends rien, dit Wallander en entrant dans le bureau. Qu'est-ce que j'ai fait ?

— Rien. Je croyais que tu n'étais pas comme les autres. Apparemment, je me suis trompée.

– Explique-toi, s'il te plaît, parce que là, je ne te suis plus du tout.

– Je n'ai rien à dire. J'aimerais que tu t'en ailles.

– Pas avant d'avoir obtenu une explication.

Elle semblait sur le point d'exploser de rage ou alors de fondre en larmes.

– Je croyais qu'on était en train de devenir amis, ajouta-t-il.

– Moi aussi. Mais plus maintenant.

– Explique-toi, nom d'un chien !

Elle leva les yeux.

– Écoute, je vais être franche. Tout le contraire de ce que tu as été avec moi. Je pensais pouvoir te faire confiance. Je vois que je ne le peux pas. Il me faudra un moment pour m'y habituer.

Wallander écarta les mains.

– Je ne comprends toujours rien.

– Hanson est revenu aujourd'hui. Tu dois le savoir, puisqu'il est venu me parler de la conversation qu'il a eue avec toi.

– Qu'a-t-il dit ?

– Que tu étais content de le voir de retour.

– Mais oui, je le suis.

– Vu entre autres que je te décevais.

– C'est ce qu'il t'a raconté ?

– J'aurais préféré que tu me le dises en face.

– Mais ce n'est pas vrai ! Je lui ai même dit tout le contraire.

– Il était très convaincant.

Wallander sentit la rage l'envahir d'un coup.

– Salopard de Hanson ! C'est bon, je l'appelle tout de suite et je lui dis de venir. Tu dois tout de même comprendre qu'il n'y a pas un mot de vrai là-dedans !

– Alors pourquoi l'a-t-il dit ?

– Parce qu'il a peur de toi.

– Il a *peur de moi* ?

– Pourquoi crois-tu qu'il passe son temps en formation ? Parce qu'il a peur de se faire distancer, pardi. Ça le rend malade d'imaginer que tu ailles te révéler plus compétente que lui.

Il vit qu'elle commençait à le croire. Autant en rajouter une couche, pensa-t-il.

– C'est la pure vérité. Demain, nous parlerons à Hanson, ensemble. Et ça ne va pas être un moment agréable pour lui, je te le garantis.

Après un silence, elle leva à nouveau les yeux.

– Je suppose que je te dois des excuses.

– Hanson, oui. Toi non.

Mais le lendemain matin, vendredi 26 novembre, alors que les arbres devant le commissariat étaient couverts de givre, Ann-Britt vint le voir et lui demanda de ne pas soulever le sujet avec Hanson. Elle avait réfléchi pendant la nuit, et elle était parvenue à la conclusion qu'elle préférait s'en occuper elle-même, plus tard, quand elle aurait pris du recul. Wallander, convaincu d'avoir regagné sa confiance, accepta sa décision sans pour autant oublier l'incident. En cette matinée où chacun semblait enrhumé et déprimé – à l'exception de Per Åkeson qui s'était remis de façon spectaculaire –, Wallander rassembla ses collaborateurs et leur fit part de sa rencontre avec Sofia à Simrishamn, sans que cela parût les égayer le moins du monde. Svedberg en profita pour faire circuler une carte détaillée du domaine de Farnholm, qui se révélait plus gigantesque encore que prévu. Svedberg leur raconta que le parc avait été créé à la fin du XIXe siècle, alors que le château appartenait à un roturier du nom de Mårtensson. L'homme avait fait fortune en construisant des immeubles à Stockholm, et il avait ensuite réalisé un rêve de châtelain qui frôlait la mégalomanie. Lorsque Svedberg eut épuisé le sujet du château, ils continuèrent à rayer de leurs listes les points qui pouvaient être écartés, ou tout du moins remis à plus tard. Ann-Britt Höglund avait enfin trouvé le temps de parler à Kim Sung-Lee, la femme de ménage du cabinet. Comme prévu, celle-ci n'avait rien eu d'important à leur communiquer et un contrôle avait révélé que ses papiers étaient en règle. De sa propre initiative, Ann-Britt avait ensuite eu une conversation approfondie avec Sonja Lundin, la jeune juriste du cabinet. Wallander constata avec satisfaction que Hanson contenait à grand-peine l'hostilité que lui inspirait cette preuve d'autonomie. Hélas, Sonja Lundin n'avait pas grand-chose à signaler, elle non plus. Ils biffèrent quelques points supplémentaires sur leurs listes. Alors que l'abattement général se répandait comme une brume grise sur la salle de réunion, Wallander essaya de leur faire reprendre courage en leur suggérant de s'occuper du Gulfstream. Il proposa aussi que Hanson interroge discrètement les deux pilotes. Mais il ne réussit pas à dissiper la mauvaise ambiance, qui le préoccupait, et il pensa que leur seul espoir dans l'immédiat était que les experts financiers attelés à leurs ordinateurs se révèlent capables d'insuffler une énergie nouvelle à l'enquête. Leur compte rendu détaillé avait été initialement promis pour ce jour-là ; mais ils avaient entre-temps réclamé un délai supplémentaire. Le prochain rendez-vous avec eux était fixé au lundi suivant, le 29 novembre.

Wallander venait de prendre la décision de conclure lorsque Per Åkeson leva la main.

– Per ?

– On doit réévaluer la situation. Je sais que j'ai donné mon feu vert pour un mois encore. Je ne peux cependant oublier que nous travaillons sur la base d'indices très vagues concernant Harderberg. J'ai l'impression que chaque jour qui passe nous éloigne du but au lieu de nous en rapprocher. Il me semble donc que nous ferions bien de déterminer notre position de façon simple et claire, en nous basant sur les faits et rien d'autre.

Tous les regards se tournèrent vers Wallander. Les paroles d'Åkeson n'étaient pas une franche surprise, même s'il avait espéré ne pas avoir à les entendre.

– Tu as raison, dit-il. Les résultats du travail des experts nous manquent malheureusement encore.

– Ces résultats n'auront peut-être aucun lien avec le ou les meurtres.

– Je sais. Mais nous ne disposerons pas d'une image complète tant que nous n'y aurons pas accès.

– Il n'y a pas d'image complète, dit Martinsson. Il n'y a même pas un semblant d'image.

Wallander comprit qu'il fallait intervenir fermement s'il ne voulait pas que la situation lui glisse complète-ment des mains. Pour se donner le temps de rassembler ses idées, il proposa quelques minutes de pause pen-dant lesquelles on pourrait aérer la pièce. Lorsqu'ils furent à nouveau assis autour de la table, il prit la parole.

– Je vois pour ma part une image possible. Mais choi-sissons pour commencer une autre voie, en essayant de déterminer ce qu'elle *n'est pas*. Rien n'indique l'œuvre d'un désaxé. Un psychopathe intelligent est capable de préméditer et de camoufler un meurtre. Mais il n'y a aucun mobile. Dans la perspective d'un psychopathe, le meurtre de Sten Torstensson ne colle pas avec celui de son père, pas plus qu'avec l'attentat contre Mme Dunér ou celui dirigé contre moi. L'image que j'entrevois, pour ma part, inclut bien le château de Farnholm. Je vous propose de remonter un peu dans le temps. Jus-qu'au jour, il y a de cela environ cinq ans, où Gustaf

Torstensson a été contacté pour la première fois par M. Harderberg.

À ce moment, Björk fit son entrée et s'assit à sa place habituelle en bout de table. Wallander devina que Per Åkeson avait profité de la courte pause pour lui demander de venir.

– Gustaf Torstensson commence donc à travailler pour le compte d'Alfred Harderberg, reprit-il. C'est une circonstance curieuse, dans la mesure où on voit mal qu'un avocat de province puisse présenter le moindre intérêt pour un magnat de cette envergure. On peut imaginer que Harderberg ait choisi d'utiliser à son avantage les limites mêmes de Torstensson, dans le sens où il ne devait pas être trop difficile de le manipuler. Il s'agit là évidemment d'une pure spéculation de ma part. Mais, en cours de route, il se produit un événement inattendu. Gustaf Torstensson commence à manifester des signes d'inquiétude, ou du moins de préoccupation. Son fils s'en aperçoit, sa secrétaire également. Celle-ci a même affirmé que le vieux Torstensson avait peur. À peu près à la même époque, nous savons qu'il y a eu autre chose : une tension entre Lars Borman et Gustaf Torstensson. Nous pouvons supposer que c'est lié à Harderberg, puisque celui-ci est présent à l'arrière-plan d'une escroquerie dont a été victime le conseil général de Malmöhus Län, pour lequel travaillait Borman. La question essentielle demeure : pourquoi Gustaf Torstensson a-t-il changé d'attitude ? Ma réponse est qu'il avait mis le doigt sur un secret, dans le cadre de son travail pour Alfred Harderberg. Peut-être celui-là même qui avait causé aussi l'émoi de Lars Borman, dont le suicide reste à prouver. Ensuite Gustaf Torstensson est assassiné. Le crime est camouflé en accident ; on peut imaginer le scénario d'après les renseignements fournis par Kurt Ström. Sten Torstensson vient me trouver à

Skagen pour me faire part de ses soupçons. Deux jours plus tard, il est tué à son tour. Il devait se sentir menacé, puisqu'il a tenté de faire croire à son entourage qu'il était parti en Finlande. Peine perdue ; je suis convaincu qu'il a été suivi jusqu'au Danemark, et que notre rencontre sur la plage était observée. Ces gens-là, quels qu'ils soient, redoutaient que le vieil avocat ait révélé quelque chose à son fils. Mais ils n'ont pas entendu ce que Sten Torstensson avait à me dire. Ils ignoraient aussi ce que savait Mme Dunér. C'est pour cela que Sten Torstensson est mort, pour cela qu'on a essayé de tuer Mme Dunér et tenté de me tuer, moi aussi. C'est aussi la raison pour laquelle je suis surveillé, contrairement à vous autres. Tous ces éléments nous ramènent en dernière instance à ce qu'avait bien pu découvrir Gustaf Torstensson. Nous essayons de déterminer un lien éventuel avec la boîte frigorifique retrouvée dans sa voiture. Pour l'instant, on ne sait rien à ce sujet. Mais cela nous donne cependant une image qui commence par un meurtre prémédité, celui de Gustaf Torstensson. Quant à son fils, il a scellé son destin le jour où il a pris la décision de me rendre visite à Skagen. C'est cette image que nous devons déchiffrer. À l'arrière-plan, nous n'avons rien d'autre que les affaires de M. Harderberg. Et sa personne.

Le silence se fit autour de la table. Il essaya de l'interpréter. Son discours avait-il accentué l'accablement général ? Ou était-ce le contraire ?

– Tu esquisses un tableau saisissant, dit Per Åkeson lorsque le silence se fut prolongé un peu trop longtemps. On peut imaginer que tu aies raison. Le seul problème, c'est que nous n'avons pas la moindre preuve.

– C'est pour cela que nous devons nous concentrer sur cette boîte frigorifique, dit Wallander. C'est-à-dire sur la fameuse société Avanca. Il doit bien y avoir dans cet écheveau un fil sur lequel on peut tirer.

– Je me demande si nous ne devrions pas mettre la pression à ce Kurt Ström, dit Per Åkeson. Ces hommes qui gravitent autour de Harderberg… Qui sont-ils ?

– J'y ai pensé, dit Wallander. Si ça se trouve, Kurt Ström peut en effet nous fournir d'autres éclaircissements. Mais si nous commençons à nous intéresser de trop près au château, Alfred Harderberg comprendra immédiatement qu'il est soupçonné. Et dans ce cas, je doute que nous puissions jamais avancer dans cette affaire. Avec les ressources dont il dispose, il peut facilement recouvrir ses traces. Par contre, je crois que je vais lui rendre à nouveau visite afin d'insuffler un peu de vie à notre fausse piste.

– Tu devras être convaincant. Il risque de flairer la manœuvre.

Per Åkeson posa sa serviette sur la table et commença à y ranger ses dossiers.

– Kurt a résumé notre position. Elle est tenable en théorie, mais il n'y a, encore une fois, aucune preuve. J'accepte d'attendre jusqu'à la réunion de lundi avec les experts. Nous verrons à ce moment-là comment il faudra poursuivre.

Le groupe se dispersa. Wallander sentit revenir l'inquiétude ; ses propres paroles résonnaient encore dans son esprit. Per Åkeson avait raison. Sa synthèse était peut-être saisissante, mais il n'en demeurait pas moins que cette piste qu'il avait choisi de suivre risquait fort de les conduire à l'abîme.

Il faut qu'il se passe un truc, pensa-t-il.

Il faut qu'il se passe un truc très bientôt.

Lorsqu'il lui arriverait par la suite de songer aux semaines qui suivirent cette réunion, Wallander penserait toujours qu'elles avaient été parmi les pires de sa carrière. Contrairement à ce qu'il avait espéré, il ne se passa absolument rien. Les experts firent des exposés interminables qui revenaient tous en fin de compte à dire qu'il leur fallait plus de temps. Wallander réussit à refréner son impatience, ou peut-être sa déception, en se répétant que ces types travaillaient vraiment de leur mieux. Lorsqu'il essaya de reprendre contact avec Kurt Ström, il apprit que celui-ci était parti à l'enterrement de sa mère à Västerås. Au lieu d'aller le voir là-bas, Wallander résolut d'attendre. Hanson ne réussit pas à joindre les deux pilotes du Gulfstream, puisque ceux-ci étaient sans cesse en mission auprès de Harderberg. La seule percée, au cours de cette période désespérante, fut l'accès, enfin, aux carnets de vol de l'appareil. On s'aperçut alors qu'Alfred Harderberg avait un programme de voyages ébouriffant. Svedberg calcula que les seuls frais de carburant devaient s'élever chaque année à plusieurs millions de couronnes. Les experts financiers en reçurent une copie pour tenter de faire coïncider ces voyages avec les affaires conclues par Harderberg à un rythme frénétique. Wallander revit Sofia à deux reprises, toujours au salon de thé de Simrishamn, sans qu'elle eût quoi que ce soit d'intéressant à lui apprendre.

On était entré dans le mois de décembre et Wallander pensait de plus en plus que l'enquête allait faire naufrage. Si ce n'était déjà fait.

Il ne se passait rien. Absolument rien. Rien du tout.

Le samedi 4 décembre, Ann-Britt Höglund invita Wallander à dîner. Son mari était de passage pour quelques jours, entre deux périples autour de la terre pour réparer des pompes défectueuses. Wallander but beaucoup trop ce soir-là. L'enquête en cours ne fut pas mentionnée une seule fois. Lorsqu'il se décida enfin à rentrer, il eut la présence d'esprit de ne pas reprendre sa voiture. Parvenu au bureau de poste de Kyrkogårdsgatan, il s'appuya contre le mur et vomit. De retour à Mariagatan il resta longtemps assis, la main sur le téléphone, avec le désir d'appeler Baiba. Mais il se domina et composa plutôt le numéro de sa fille à Stockholm. En reconnaissant sa voix, Linda s'énerva et lui demanda de la rappeler le lendemain. Wallander devina qu'elle n'était pas seule. Cela le remplit d'une espèce de malaise qui, pour ne rien arranger, lui faisait honte. Lorsqu'il la rappela le lendemain, il ne lui posa aucune question. Elle lui parla de son travail d'apprentie dans un atelier de tapissier et il crut comprendre que ça lui plaisait. En revanche, il fut déçu d'apprendre qu'elle n'avait pas l'intention de descendre en Scanie pour Noël. Elle avait loué avec des amis une petite maison dans les montagnes de Västerbotten. Pour finir, elle lui demanda ce qu'il devenait.

– Je chasse un Chevalier de la Soie.

– Quoi ?

– Un jour je t'expliquerai ce que c'est.

– Ça me paraît chouette.

– Ça ne l'est pas. Dans mon métier, on chasse rarement des trucs chouettes.

Rien. Toujours rien. Le jeudi 9 décembre, Wallander fut sur le point de tout laisser tomber. Le lendemain, il proposerait à Per Åkeson de changer d'orientation sans plus attendre.

Mais le vendredi 10 décembre, il se passa enfin quelque chose. Il ne le savait pas encore, mais la période de désespérance venait de s'achever. En arrivant à son bureau le matin, il trouva un message lui demandant de rappeler Kurt Ström le plus vite possible. Il ôta sa veste, s'installa dans son fauteuil et fit le numéro. Kurt Ström décrocha immédiatement.

– Je veux te voir, dit-il.

– Où ? Ici ou chez toi ?

– Ni l'un ni l'autre. J'ai une baraque à Sandskogen. Dans Svarta Vägen, au numéro 12. Une petite maison rouge. Tu peux y être dans une heure ?

– J'arrive.

Kurt Ström avait raccroché. Wallander regarda par la fenêtre.

Puis il se leva, remit sa veste et quitta le commissariat.

16

Des nuages menaçants se pourchassaient dans le ciel d'automne. Wallander était nerveux. En sortant de la ville, il avait pris vers l'est; parvenu à Jaktpaviljong-svägen, il tourna à droite et s'arrêta sur le parking de l'auberge de jeunesse. Malgré le froid et le vent, il descendit jusqu'au rivage désert. Il se crut soudain transporté deux mois en arrière. La plage sur laquelle il marchait était celle de Skagen, il était de retour dans son district venteux, rendu à ses patrouilles solitaires.

Mais cette sensation le quitta aussi vite qu'elle était venue. Il n'avait pas le temps de rêvasser. Il essaya d'imaginer ce qui avait pu pousser Kurt Ström à reprendre contact avec lui. Son inquiétude tenait à l'espoir que Ström puisse lui donner quelque chose – la fameuse percée dont il avait si désespérément besoin. Mais c'était un vœu pieux, dépourvu de sens. Kurt Ström ne le détestait pas seulement lui, Wallander, il haïssait toute la corporation qui l'avait renvoyé dans le froid et la solitude. On ne pouvait s'attendre à aucune aide de sa part. L'intention de Kurt Ström demeurait une énigme.

Il se mit à pleuvoir. Wallander regagna sa voiture, mit le contact et brancha le chauffage. Une femme apparut avec un chien en laisse et s'éloigna en direction de la plage. Wallander se rappela la femme au chien qu'il avait si souvent croisée à Skagen. Il lui restait presque une demi-heure avant son rendez-vous avec Ström dans Svarta Vägen. Il reprit la route de la côte en direction du bourg avant de bifurquer et de commencer à chercher son chemin parmi les maisons de vacances de Sandskogen. Il n'eut aucun mal à trouver la petite construction rouge décrite par Ström. Il gara sa voiture et entra dans le jardin. La bicoque ressemblait à une maison de poupée mal entretenue. Dans la mesure où il n'avait vu aucun autre véhicule dans la rue, Wallander crut qu'il était le premier. Mais soudain, Kurt Ström ouvrit la porte.

– Je n'ai pas vu ta voiture, dit Wallander. J'ai cru que tu n'étais pas encore arrivé.

– Laisse tomber ma voiture. Ça ne te regarde pas.

Ström le fit entrer. Dès le seuil, une odeur de pommes lui picota les narines. Les rideaux étaient tirés et les meubles recouverts de draps blancs.

– Tu as une jolie maison, commenta Wallander.

– Qui te dit qu'elle m'appartient ?

Kurt Ström ôta les draps de deux fauteuils.

– Je n'ai pas de café, reprit-il. Il faudra faire avec. Ou plutôt sans.

Wallander s'assit. La pièce était froide et humide. Kurt Ström s'installa en face de lui. Il portait un costume chiffonné sous un épais pardessus.

– Tu voulais me voir, dit Wallander. Me voici.

– J'ai pensé qu'on pourrait faire affaire, toi et moi. Disons que j'ai quelque chose dont tu as besoin.

– Je ne fais pas d'affaires.

– Ne parle pas trop vite. À ta place, j'écouterais.

Il avait raison. Wallander lui fit signe de poursuivre.

– Je suis parti quinze jours, dit Ström. Pour l'enterrement de ma mère. Ça m'a donné le temps de réfléchir.

En particulier aux raisons pour lesquelles la police s'intéressait tellement à Farnholm. Après ta visite chez moi, j'ai évidemment compris que vous soupçonniez un lien entre le château et les deux avocats. Le problème, c'est juste que je ne vois pas lequel. Le fils n'est jamais venu au château. C'était le vieux qui travaillait avec Harderberg. Celui dont on disait qu'il avait eu un accident de voiture.

Il le regarda, comme s'il attendait un commentaire.

— Continue, dit Wallander.

— Quand j'ai repris le boulot, je ne pensais plus du tout à ta visite. Mais soudain les faits me sont apparus sous un autre jour.

Kurt Ström fouilla dans les poches de son pardessus et en sortit un briquet et des cigarettes. Il tendit le paquet à Wallander, qui fit non de la tête.

— La vie m'a appris une chose, dit Ström. On doit garder une certaine distance avec ses amis. Ses ennemis, par contre, il faut les garder tout contre soi.

— Je suppose que c'est la raison pour laquelle je suis ici.

— Peut-être. Tu dois savoir que je ne t'aime pas, Wallander. Tu représentes pour moi la conscience vertueuse de la pire espèce, celle qu'on trouve à la pelle dans la police suédoise. Mais on peut faire affaire avec ses ennemis. De très bonnes affaires, même.

Ström disparut dans la cuisine et revint avec une soucoupe où il fit tomber sa cendre. Wallander attendait.

— Un autre jour, donc, répéta Ström. À mon retour, j'ai en effet appris une mauvaise nouvelle. Qu'on me donnerait mon congé à Noël. Je ne m'y attendais pas du tout. Mais apparemment, Harderberg a décidé de déménager.

Avant, c'était le Dr Harderberg, pensa Wallander. Maintenant c'est Harderberg tout court, et encore, sur quel ton…

– Ça m'a mis en colère, évidemment, poursuivait Ström. Quand j'ai accepté le boulot de responsable de la sécurité, on m'avait promis un poste fixe. Personne ne m'a dit que Harderberg aurait un jour l'intention de bouger. Le salaire n'était pas mal. J'ai acheté une maison. Tout à coup, j'allais me retrouver au chômage une fois de plus. Ça ne m'a pas plu.

Wallander comprit qu'il s'était trompé. Il était tout à fait possible que Kurt Ström eût un renseignement intéressant à lui fournir.

– Personne n'est ravi de perdre son boulot, dit-il.

– Qu'est-ce que tu en sais ?

– Pas grand-chose. Moins que toi, c'est évident.

Kurt Ström écrasa son mégot dans la soucoupe.

– Je propose qu'on parle clair, dit-il. Tu as besoin d'informations en provenance du château. Des informations que tu ne peux pas te procurer sans te démasquer. Et tu n'y tiens pas. Sinon Harderberg aurait déjà été interrogé au commissariat. Je ne veux pas connaître tes raisons. Ce qui compte, c'est que je suis le seul à pouvoir te fournir ces informations. Mais je veux quelque chose en échange.

Wallander se demanda rapidement si ce pouvait être un piège. Kurt Ström était-il envoyé par Harderberg ? Il pensait que non. Le risque était trop grand qu'il déjoue la manœuvre.

– Alors ? fit-il. Que veux-tu en échange ?

– Peu de chose. Un papier.

– Quel papier ?

– Je dois penser à mon avenir. S'il existe, c'est dans le business de la surveillance privée. Quand j'ai obtenu le poste au château, j'ai eu l'impression que mes mauvaises relations avec la police suédoise constituaient un avantage. Dans une autre situation, ça pourrait être un inconvénient. Hélas.

– Alors, ce papier ?

– Je veux une lettre de recommandation. Sur papier à en-tête de la police. Avec la signature de Björk en bas à droite.

– Impossible. Tu n'as jamais travaillé à Ystad. La moindre vérification auprès de la direction centrale révélerait que tu as été viré.

– Non. Si tu voulais me fournir une attestation, c'est évident que tu pourrais le faire. Les archives de la direction centrale, je m'en occupe.

– Comment ?

– C'est mon affaire. Tout ce que je te demande, c'est un papier.

– Comment veux-tu que je persuade Björk de signer une fausse lettre de recommandation ?

– Ça, c'est ton problème. On ne pourra jamais remonter jusqu'à toi, de toute façon. Le monde est plein de faux documents.

– Dans ce cas, tu peux te le procurer sans mon aide. La signature de Björk n'est pas difficile à imiter.

– Bien sûr. Mais il faut qu'elle figure dans les fichiers. L'informatique, tu vois ? C'est là que j'ai besoin de toi.

Wallander savait que Ström avait raison. Il avait un jour établi lui-même un faux passeport. Mais l'idée ne lui plaisait pas du tout.

– Je te promets d'y réfléchir, dit-il. Je vais te poser quelques questions. Tes réponses feront office de test. Ensuite je te dirai si je suis d'accord ou pas.

– C'est moi qui décide quand j'arrête de répondre. Et on doit arriver à un accord avant que tu ne repartes d'ici.

– C'est bon.

Kurt Ström alluma une autre cigarette et attendit.

– Pourquoi Alfred Harderberg va-t-il déménager ? commença Wallander.

– Aucune idée.

– Où ira-t-il ?

– Sais pas. Mais à l'étranger, c'est probable.

– Qu'est-ce qui te fait croire ça ?

– Cette dernière semaine, plusieurs agents immobiliers étrangers sont venus en visite au château.

– D'où venaient-ils ?

– D'Amérique du Sud. D'Ukraine. De Birmanie.

– Le château va-t-il être mis en vente ?

– Alfred Harderberg a pour habitude de conserver ses anciens logements. Il ne vendra pas Farnholm. Ce n'est pas parce que lui-même n'y habite plus qu'il a envie de laisser la place à quelqu'un d'autre. Il rangera le château dans la naphtaline, et voilà.

– Quand va-t-il partir ?

– Personne ne le sait. Lui, personnellement, est capable de s'en aller dès demain. Mais je soupçonne que le déménagement proprement dit aura lieu bientôt, sans doute avant Noël.

Wallander se demanda fébrilement comment poursuivre. Ses questions étaient trop nombreuses. Il n'arrivait pas à établir des priorités.

– Les hommes de l'ombre, dit-il enfin. Qui sont-ils ?

Kurt Ström hocha la tête.

– C'est une bonne description.

– J'ai vu deux hommes au pied de l'escalier, dans le grand hall, à chacune de mes deux visites. Qui sont-ils ?

Kurt Ström contemplait pensivement la fumée de sa cigarette.

– Je vais répondre, dit-il ensuite. Et ce sera la fin du test.

– Si la réponse est bonne. Qui sont-ils ?

– Le premier s'appelle Richard Tolpin. Il est né en Afrique du Sud. Soldat, mercenaire. Je ne pense pas qu'il existe un conflit ou une guerre en Afrique, au cours des vingt dernières années, auxquels il n'ait pas participé. Toujours du même côté.

– Lequel ?

– Celui qui payait le mieux pour l'occasion. Mais sa carrière a failli tourner court dès le départ. Quand les Portugais ont été chassés d'Angola, en 1975, une vingtaine de mercenaires ont été capturés et traînés en justice. Quinze d'entre eux ont été condamnés à mort. Richard Tolpin faisait partie du lot. On en a exécuté quatorze. J'ignore pourquoi Tolpin a eu la vie sauve. Faut croire qu'il avait réussi à démontrer sa valeur à ses nouveaux maîtres.

– Quel âge a-t-il ?

– Petite quarantaine. Excellent entraînement. Expert en karaté. Tireur d'élite.

– Et l'autre ?

– Maurice Obadia. Il vient de Belgique. Soldat lui aussi. Plus jeune que Tolpin. Trente-quatre ou trente-cinq ans, c'est tout ce que je sais.

– Que font-ils au château ?

– Ils se font appeler les «conseillers spéciaux». Mais en pratique, ils ne sont rien de plus que les gardes du corps de Harderberg. On trouve difficilement sur le marché des gardes du corps plus compétents ou plus dangereux. En plus, Harderberg a l'air d'apprécier leur compagnie.

– Comment le sais-tu ?

– Parfois la nuit, ils se livrent à des exercices de tir dans le parc. Avec des cibles très spéciales.

– Raconte !

– Des mannequins à figure humaine. Ils visent toujours la tête. Et la plupart du temps, ils l'atteignent.

– Alfred Harderberg participe à ces séances ?

– Oui. Ils sont capables d'y passer des nuits entières.

– Sais-tu si Tolpin ou Obadia possède un pistolet Bernadelli ?

– Je me tiens aussi loin que possible de leurs armes, dit Ström. Il y a certaines personnes qu'il vaut mieux éviter de façon générale.

– Mais ils doivent avoir une licence.

Kurt Ström sourit.

– S'ils séjournaient en Suède, oui.

Wallander haussa les sourcils.

– Que veux-tu dire ? Farnholm se trouve en Suède, que je sache.

– Les « conseillers spéciaux » ont une particularité. Ils ne sont jamais entrés en Suède. Alors, on ne peut pas dire qu'ils y séjournent.

Ström écrasa soigneusement son mégot avant de poursuivre.

– Tu as sûrement remarqué la dalle en béton à côté du château. Parfois les projecteurs s'allument. Cela se passe toujours la nuit. Un hélicoptère atterrit, parfois deux. Ils se posent, et ils repartent avant l'aube. Des hélicoptères qui volent à basse altitude, hors de portée des radars. Quand Harderberg part en voyage à bord de son Gulfstream, Tolpin et Obadia ont pris le large la nuit d'avant, en hélicoptère. Ils se donnent rendez-vous Dieu sait où. Peut-être à Berlin. Les hélicoptères sont enregistrés là-bas. À leur retour, ça se passe pareil. Ils ne franchissent jamais les frontières.

Wallander hocha la tête, pensif.

– Une dernière question. Comment sais-tu tout cela ? Toi qui es enfermé dans ton bunker, près des grilles. Je suppose que tu n'es pas autorisé à te déplacer librement dans le domaine.

– Là-dessus, tu n'auras pas de réponse. Disons que c'est un secret professionnel que je n'ai pas envie de partager avec toi.

– Bien, dit Wallander. Je vais m'occuper de ton attestation.

– Parfait, dit Ström en souriant. Alors, qu'est-ce que tu veux ? Je savais bien qu'on arriverait à s'entendre.

– Tu n'en savais rien du tout. Quand dois-tu reprendre le service au château ?

– Je travaille trois nuits d'affilée. À compter de ce soir, dix-neuf heures.

– Je reviendrai tout à l'heure, dit Wallander. À quinze heures. J'ai un truc à te montrer. Je te poserai ma question à ce moment-là.

Ström se leva et jeta un coup d'œil entre les rideaux.

– Tu es surveillé ? demanda Wallander.

– On n'est jamais assez prudent. Je croyais que tu le savais.

Wallander se hâta de regagner sa voiture et retourna tout droit au commissariat. En apercevant Ebba, il lui demanda de rassembler sur-le-champ le groupe d'enquête.

– Tu as l'air un peu stressé, dit Ebba. Il s'est passé quelque chose ?

– Oui. Enfin ! N'oublie pas Nyberg. Je veux qu'il soit là.

Vingt minutes plus tard, ils étaient réunis. Ebba n'avait pas réussi à joindre Hanson, qui avait quitté le commissariat en début de matinée sans dire où il allait. Per Åkeson et Björk arrivèrent au moment précis où Wallander venait de prendre la décision de commencer sans plus attendre. Il ne dit évidemment rien du pacte conclu avec Kurt Ström, mais rendit compte de son entrevue dans la maison de Svarta Vägen. La lourdeur qui avait caractérisé les réunions de ces derniers temps sembla soudain un peu moins oppressante, même si Wallander voyait bien l'hésitation de ses collègues. Il se fit l'effet d'un entraîneur chargé de convaincre ses joueurs qu'ils allaient remporter une victoire extraordinaire alors qu'ils venaient de perdre tous les matches des derniers six mois.

– J'y crois, conclut-il. Kurt Ström peut nous apporter ce dont nous avons besoin.

Per Åkeson secoua la tête.

– Ça ne me plaît pas. Voilà un vigile, autrefois viré de la police, subitement promu au rôle de sauveur de cette enquête.

– Avons-nous le choix ? objecta Wallander. En plus, je ne vois pas ce que nous commettons d'illégal. C'est lui qui est venu me voir, pas le contraire.

Björk fut encore plus catégorique dans son rejet.

– Il n'est pas question que nous utilisions comme informateur un type qui a été renvoyé de la police. Si nous échouons et que l'affaire s'ébruite, ce sera un scandale sans précédent. Le patron va me bousiller si j'autorise un truc pareil.

– Il pourra me bousiller, moi, dit Wallander. Je suis convaincu que la proposition de Ström est sérieuse. Aussi longtemps qu'on ne fait rien d'illégal, il ne peut pas y avoir de scandale.

– Je vois d'ici les titres des journaux. Ils ne vont pas nous ménager.

– Moi, j'en vois d'autres, rétorqua Wallander. Des titres annonçant que la police d'Ystad a résolu deux nouveaux meurtres.

Martinsson, voyant que la discussion menaçait de chavirer, intervint.

– Cela m'étonne qu'il ne t'ait rien demandé en contrepartie. Peut-on vraiment croire que sa colère d'avoir perdu son boulot suffise à lui donner envie d'aider une corporation qu'il déteste ?

– Il hait la police, c'est vrai. Mais je crois qu'il est sérieux.

Le silence se fit autour de la table, pendant que Per

Åkeson débattait intérieurement en se triturant la lèvre supérieure.

– La question de Martinsson, dit-il enfin. Tu n'y as pas répondu.

– Il ne m'a rien demandé en échange, mentit Wallander.

– Et que veux-tu qu'il fasse au juste ?

Wallander désigna Nyberg, assis en silence à côté d'Ann-Britt.

– Les balles qui ont tué Sten Torstensson provenaient d'un pistolet de la marque Bernadelli, dit-il. Nyberg affirme qu'il s'agit d'une arme rare. Je veux que Kurt Ström se renseigne pour savoir si un de ces gardes du corps possède un Bernadelli. Dans ce cas, on pourra faire une perquisition au château.

– On peut la faire d'ores et déjà, répliqua Per Åkeson. Des gens armés séjournant de façon illégale dans ce pays, ça me suffit. Peu importe la marque des armes.

– Mais ensuite ? dit Wallander. On les arrête. On leur demande de quitter le pays. Et alors ? Ça revient à mettre tous nos œufs dans le même panier et à le laisser tomber par terre. Avant de désigner ces hommes comme des tueurs potentiels, il faudrait au moins savoir si l'un d'entre eux possède une arme qui pourrait être la bonne.

– Les empreintes, dit soudain Nyberg. Ce serait bien. Alors on pourra faire une recherche via Interpol et Europol.

Wallander hocha la tête. Il avait oublié les empreintes.

Per Åkeson continuait à se triturer la lèvre.

– Tu penses à autre chose, Kurt.

– Non, dit Wallander. Pas dans l'immédiat.

Il savait qu'il était en équilibre sur un fil dont il pouvait chuter d'un instant à l'autre. S'il allait trop loin, Per Åkeson mettrait son veto à tout contact ultérieur avec Ström. Et une discussion prolongée entraînerait un retard proportionnel. C'est pourquoi Wallander résolut de ne pas rendre compte de son raisonnement jusqu'au bout.

Pendant que Per Åkeson réfléchissait toujours, Wallander capta le regard de Nyberg et d'Ann-Britt. Elle lui sourit. Nyberg lui fit un signe de tête imperceptible. Ils ont compris, pensa Wallander. Ils devinent le fond de ma pensée. Et ils sont avec moi.

Åkeson sembla enfin être parvenu à un accord avec lui-même.

– Va pour cette fois-ci. Mais ce sera la dernière. Pas d'autres entrevues avec Kurt Ström sans mon autorisation. Je dois savoir ce que vous avez l'intention de lui demander avant d'accepter d'autres interventions de sa part. Vous devez aussi vous attendre à ce que je refuse.

– Bien sûr, dit Wallander. Je ne suis même pas certain qu'une autre entrevue soit nécessaire, après celle de cet après-midi.

À la fin de la réunion, Wallander entraîna Nyberg et Ann-Britt dans son bureau.

– J'ai vu que vous aviez suivi l'idée, dit-il lorsqu'il eut fermé la porte. Comme vous n'avez pas bronché, je suppose que vous êtes d'accord pour que nous fassions un pas de plus, par rapport à ce que j'ai raconté à Åkeson.

– La boîte en plastique, dit Nyberg. Si Ström pouvait en dénicher une semblable au château, je serais content.

– Exactement, dit Wallander. Cette boîte est l'indice le plus important qu'on ait. Ou le seul, si on choisit de voir les choses ainsi.

– Comment pourra-t-il en voler une sans que cela se remarque ? demanda Ann-Britt Höglund.

Wallander et Nyberg échangèrent un regard entendu.

– Je crois que la boîte que nous avons trouvée dans la voiture a été prise au château. Je me disais qu'on pourrait l'échanger contre une autre.

– J'aurais dû comprendre, fit-elle. Je suis trop lente.

– Parfois, je crois que c'est Wallander qui réfléchit trop vite, dit Nyberg tranquillement.

– J'aurais besoin de cette boîte assez rapidement, dit Wallander. Je dois revoir Ström à quinze heures.

Ann-Britt s'attarda après le départ de Nyberg.

– Qu'est-ce qu'il a demandé en échange ? s'enquit-elle.

– Il a dit qu'il se contenterait d'une attestation comme quoi il n'était pas un si mauvais policier que cela. Mais il cache autre chose.

– Quoi ?

– Je ne le sais pas encore. J'ai des doutes. Il se peut que je me trompe.

– Tu ne veux pas m'en faire part, j'imagine ?

– Pas tout de suite. Pas avant d'avoir une certitude.

Peu après quatorze heures, Nyberg revint avec la boîte empaquetée dans des sacs-poubelle.

– N'oublie pas les empreintes, dit-il. Des verres, des tasses, des journaux, n'importe quoi.

À quatorze heures trente, Wallander posa le paquet sur la banquette arrière de sa voiture et prit la route de Sandskogen. La pluie avait forci et tombait par rafales, venant de la mer. À son arrivée, Ström l'attendait déjà à la porte. Wallander vit qu'il avait revêtu son uniforme. Il prit la boîte et le suivit dans la maison.

– C'est quoi, comme uniforme ? demanda-t-il.

– Celui du château de Farnholm. Je ne sais pas qui l'a dessiné.

Wallander déballa la boîte de ses sacs-poubelle.

– As-tu déjà vu cet objet ?

Ström fit non de la tête.

– Quelque part à Farnholm, il doit y en avoir d'autres, exactement semblables. Je veux que tu fasses un échange. As-tu la possibilité d'entrer dans le château proprement dit ?

– Oui. Je fais des rondes de nuit.

– Tu es certain de n'avoir jamais vu une boîte comme celle-ci ?

– Jamais. Je ne sais même pas où je dois chercher.

Wallander réfléchit.

– Je ne suis pas certain d'avoir raison. Mais il y a peut-être un congélateur quelque part.

– À la cave, dit Ström.

– Alors cherche à la cave. Et n'oublie pas le Bernadelli.

– Ça, ça risque d'être plus difficile. Ils ont toujours leur arme sur eux. Je crois même qu'ils dorment avec.

– Il nous faudrait aussi les empreintes de Tolpin et d'Obadia. C'est tout. Ensuite tu auras ton attestation. Si c'est vraiment ce que tu veux.

– Qu'est-ce que je pourrais vouloir d'autre, à ton avis ?

– Je crois qu'au fond tu veux démontrer que tu n'es pas un si mauvais flic que ça.

– Tu te trompes. Je dois penser à mon avenir.

– C'était juste une idée.

– Quinze heures demain, dit Ström. Ici.

– Dernière chose. Si ça devait capoter, je nierai en bloc. Je n'ai jamais eu le moindre contact avec toi.

– Je connais les règles. Si c'est tout, je propose que tu t'en ailles.

Wallander regagna sa voiture en courant sous la pluie. Il s'arrêta dans une pâtisserie et avala un sandwich, avec un café. Le fait de n'avoir pas dit toute la vérité au cours de la réunion le mettait mal à l'aise. Mais il savait qu'il était prêt à falsifier une attestation. Il pensa à Sten Torstensson, qui était venu lui demander son aide. Il l'avait repoussé. La moindre des choses qu'il puisse faire maintenant était de découvrir qui l'avait tué.

De retour dans la voiture, il resta un moment assis sans mettre le contact. Tout en contemplant les gens qui se hâtaient sous la pluie, il se rappela l'épisode survenu quelques années plus tôt, lorsqu'il avait été arrêté ivre mort sur la route de Malmö. Cette fois-là, il n'avait pas été un citoyen ordinaire, mais un policier protégé par sa corporation. Rien n'avait filtré. Au lieu de faire leur devoir, de lui retirer son permis et de dresser un PV qui aurait pu aboutir à son renvoi pur et simple, Peters et Norén – les deux collègues qui avaient mis un terme discret à sa conduite incertaine – avaient pris un gage de loyauté de sa part. Que se passerait-il le jour où l'un ou l'autre lui demanderait de rembourser sa dette ?

Kurt Ström, pensa Wallander, a tout au fond de lui le désir de retrouver sa place. Sa haine n'est que surface. En fait, il rêve de pouvoir redevenir un jour policier.

Wallander retourna au commissariat et se rendit dans le bureau de Martinsson, qui était au téléphone. Après avoir raccroché, il lui demanda tout de suite comment s'était passée l'entrevue.

– Bien, dit Wallander. Il va chercher un pistolet italien et des empreintes.

– J'ai encore du mal à comprendre qu'il fasse ça pour rien.

– Moi aussi. Mais nous devons peut-être nous dire que même un Kurt Ström a ses bons côtés.

– Sa première erreur a été de se faire prendre, dit Martinsson. La deuxième, c'est d'avoir vu trop grand et trop grossier. Au fait, tu savais qu'il a une fille gravement malade ?

Wallander fit non de la tête.

– Il s'est séparé de la maman alors que sa fille était toute petite. Il a eu sa garde pendant plusieurs années. Elle a une espèce de maladie musculaire. Pour finir, son état a tellement empiré qu'elle ne pouvait plus rester à la maison. Elle a été placée en institution. Mais il passe son temps à lui rendre visite.

– Comment sais-tu tout cela ?

– J'ai appelé Roslund à Malmö et je l'ai interrogé. Je lui ai raconté que j'avais croisé Ström par hasard. Je ne pense pas que Roslund sache qu'il travaille au château de Farnholm. Je n'en ai rien dit, bien sûr.

Wallander était resté debout ; il regardait par la fenêtre.

– On ne peut pas faire grand-chose, reprit Martinsson. Il faut attendre.

Wallander ne répondit pas. Il pensait à autre chose.

– Qu'est-ce que tu viens de dire ?

– Tout ce que l'on peut faire maintenant, c'est attendre.

– Oui. Et il n'y a rien de plus difficile pour moi.

Wallander retourna dans son bureau, s'assit dans son fauteuil et contempla le diagramme de l'empire Harderberg mis au point par la brigade financière de Stockholm. Il l'avait épinglé au mur avec le plus grand soin.

En fait, pensa-t-il, c'est presque un atlas mondial que j'ai sous les yeux. Les frontières nationales sont remplacées par les limites mouvantes d'entreprises dont l'influence et le chiffre d'affaires dépassent de loin le budget de bien des pays. Il fouilla dans les papiers qui encombraient son bureau jusqu'à trouver la liste des dix premières entreprises mondiales, jointe à l'un des innombrables envois de la brigade financière. Parmi ces dix entreprises, six étaient japonaises et trois américaines. S'y ajoutait la société Royal Dutch Shell, qui était à la fois anglaise et néerlandaise. Sur les dix, il y avait quatre banques, deux entreprises téléphoniques, un fabricant automobile, une firme pétrolière, plus General Electric et Exxon. Il essaya de se représenter la puissance qu'incarnaient ces dix géants. Mais il lui était impossible de comprendre la portée réelle d'une telle concentration. Comment l'aurait-il pu, alors qu'il n'était même pas capable de saisir les dimensions de l'empire Harderberg, bien que celui-ci fût, dans ce contexte, comme une souris à l'ombre d'un pied d'éléphant ?

Autrefois, Alfred Harderberg s'appelait Alfred Hansson. De ses origines obscures à Vimmerby, il était passé au rang de l'un des Chevaliers de la Soie qui dominaient le monde, sans cesse engagé dans de nouvelles croisades où il s'agissait de vaincre ses concurrents par la ruse ou par la force. En surface, il observait scrupuleusement les lois et les règles. C'était un homme respecté, bardé de titres honorifiques ; sa générosité était immense, les donations ne cessaient d'affluer de ses sources multiples et apparemment intarissables.

Björk l'avait décrit comme un homme d'honneur, un atout pour la Suède. Il ne faisait ainsi qu'exprimer une opinion généralement admise.

Ce que j'affirme, moi, c'est qu'il existe une tache. Qu'il faut démolir ce sourire parce qu'il y a, derrière, un tueur en liberté. J'affirme quelque chose qui est tout simplement impensable. Alfred Harderberg n'a pas de tache. Son bronzage, son sourire… nous devons en être fiers. Rien d'autre.

Wallander quitta le commissariat vers dix-huit heures. Dehors, il avait cessé de pleuvoir et le vent était tombé. En arrivant chez lui, il trouva parmi les publicités qui jonchaient le sol de l'entrée une lettre de Riga. Il la posa sur la table de la cuisine et but une bière avant d'ouvrir l'enveloppe et de découvrir ce que Baiba lui avait écrit. Pour s'assurer qu'il n'avait pas tout compris de travers, il la relut immédiatement. C'était bien ça. Elle lui avait vraiment donné une réponse. Il reposa la lettre en doutant encore. Puis, face au calendrier mural, il compta les jours. Il ne se rappelait pas quand il s'était senti aussi exalté pour la dernière fois. Il prit un bain et se rendit à la pizzeria de Hamngatan. Il commanda une bouteille de vin avec le repas et, au moment de payer, alors qu'il était déjà un peu gris, il s'aperçut qu'il n'avait pas pensé une seule fois à Alfred Harderberg ni à Kurt Ström. Il quitta le restaurant en fredonnant une mélodie improvisée. Puis il flâna dans les rues du centre jusqu'à minuit. De retour chez lui, il relut une fois de plus la lettre de Baiba, de crainte d'avoir tout compte fait mal compris.

Sur le point de s'endormir, il repensa à Kurt Ström. Soudain, il était complètement réveillé. Attendre, avait dit Martinsson. C'est la seule chose à faire. Il se releva et alla s'asseoir dans le canapé du séjour.

Et qu'est-ce qu'on fait si Ström ne découvre aucun pistolet italien ? Si la boîte se révèle être une fausse piste ? Peut-être pourrons-nous chasser quelques gardes du corps étrangers qui séjournent illégalement dans le pays. Mais ce sera bien tout. Alfred Harderberg quittera Farnholm dans son beau costume, avec son beau sourire, et nous, nous resterons ici avec sur les bras les débris d'un naufrage. Nous devrons repartir de zéro, et ce sera très pénible. De devoir contempler une fois de plus les événements comme si c'était la première fois.

Ce fut là, dans son canapé, que Wallander résolut d'abandonner la direction de l'enquête. Martinsson prendrait le relais. Ce n'était pas seulement raisonnable, c'était inévitable. Il avait exigé que l'enquête se concentre sur la piste unique qui avait pour nom Alfred Harderberg. Il coulerait donc avec elle, et, le temps qu'il refasse surface, Martinsson reprendrait le commandement.

Il finit par se recoucher. Il dormit d'un sommeil inquiet. Les rêves se fragmentaient, se mélangeaient, réunissant dans la même image le sourire d'Alfred Harderberg et la toujours aussi grave Baiba Liepa.

Il était sept heures lorsqu'il se réveilla. Il fit du café en repensant à la lettre de Baiba. Puis il s'assit à la table de la cuisine et parcourut les annonces automobiles d'*Ystads Allehanda*. Il n'avait encore aucune nouvelle de la compagnie d'assurances. Mais Björk lui avait promis qu'il pourrait garder la voiture de la police aussi longtemps que nécessaire. Peu après neuf heures, il quitta l'appartement. Le ciel était sans nuages ; trois degrés au-dessus de zéro. Il consacra quelques heures à faire le tour des concessionnaires de la ville. Il flâna longuement au milieu des voitures, et examina une Nissan qu'il aurait bien aimé pouvoir s'offrir. Puis il se rendit chez le disquaire de Stora Östergatan, dont la sélection de musique classique ne valait pas grand-chose. À contrecœur, il se contenta d'une compilation d'airs d'opéras célèbres. Puis il fit ses courses au supermarché et rentra chez lui pour attendre son rendez-vous avec Kurt Ström.

Il était quinze heures moins trois minutes lorsque Wallander se gara devant la maison de poupée de Sandskogen. Il frappa à la porte. Personne. Il se promena un petit moment dans le jardin. À quinze heures trente, l'inquiétude le saisit pour de bon. Il se doutait instinctivement de quelque chose. Il attendit jusqu'à seize heures quinze. Puis il écrivit un message à l'intention de Ström sur une enveloppe déchirée trouvée dans la voiture et le glissa sous la porte. Il y avait noté son numéro de téléphone personnel et celui du commissariat. Il reprit la route de la ville en se demandant que faire. Kurt Ström savait qu'il devait se débrouiller seul. Wallander ne doutait d'ailleurs pas de sa capacité à affronter des situations difficiles. Pourtant, son inquiétude grandissait. Il retourna dans son bureau après s'être assuré qu'aucun membre du groupe d'enquête ne se trouvait au commissariat. Il appela Martinsson chez lui. Sa femme lui apprit qu'il s'était rendu à la piscine avec une de leurs filles. Il s'apprêtait à composer le numéro de Svedberg lorsque, changeant d'avis, il fit plutôt celui d'Ann-Britt Höglund. Ce fut son mari qui décrocha. Quand il eut enfin Ann-Britt au bout du fil, Wallander lui dit que Kurt Ström ne s'était pas présenté au rendez-vous.

– Qu'est-ce que cela signifie ?

– Aucune idée. Mais je suis inquiet.

– Où es-tu ?

– Dans mon bureau.

– Tu veux que je vienne ?

– Ce n'est pas nécessaire. Je te rappelle s'il y a du nouveau.

Il raccrocha et continua d'attendre. À dix-sept heures trente, il retourna à Svarta Vägen. Il éclaira le bas de la porte avec sa lampe torche. Le bout de l'enveloppe y pointait. Ström n'était pas encore revenu. Il composa le numéro de Glimmingehus sur le téléphone qu'il avait emporté. Aucune réponse. Il était maintenant certain que quelque chose s'était produit. Il résolut de retourner une fois de plus au commissariat et de prendre contact avec Per Åkeson.

Il était à l'arrêt devant un feu rouge d'Österleden lorsque son téléphone bourdonna.

– Un certain Sten Widén a cherché à te joindre, dit le policier de garde. Tu as son numéro ?

– Oui. Je le rappelle tout de suite.

Le feu était passé au vert ; un automobiliste klaxonna derrière lui. Wallander se rangea le long du trottoir et fit le numéro de Widén. Une jeune fille lui répondit.

– C'est vous, Roger Lundin ?

– Euh, oui.

– Je suis chargée de vous dire que Sten est en route vers chez vous.

– Quand est-il parti ?

– Il y a un quart d'heure.

Wallander démarra en trombe à l'orange et retourna dans le centre-ville. Il était maintenant certain qu'il y avait un problème. Kurt Ström n'était pas revenu ; et Sofia avait dû dire un truc sensationnel à Sten pour que celui-ci prenne l'initiative de se rendre illico chez lui. Mais en arrivant à Mariagatan, il n'aperçut nulle part la vieille Volvo Duett de son ami. Il attendit, tout en essayant fébrilement de comprendre ce qui avait pu arriver à Kurt Ström. Et ce qui avait bien pu pousser Sten Widén à se jeter dans sa voiture toutes affaires cessantes. Lorsque la Duett apparut enfin, Wallander bondit. Il ouvrit la portière avant même que Sten Widén ne coupe le moteur.

– Qu'est-ce qui se passe ?
– Sofia a appelé. Elle paraissait complètement hystérique.
– Pourquoi ?
– Tu veux vraiment qu'on parle dans la rue ?
– Je suis inquiet.
– Pour Sofia ?
– Pour Ström.
– Qui c'est, celui-là ?
– Viens, dit Wallander. Tu as raison, on ne peut pas rester dans la rue.

Ils montèrent l'escalier. Sten Widén puait l'alcool à deux mètres. Wallander pensa qu'il devait lui parler sérieusement. Un jour, plus tard, quand ils auraient identifié le meurtrier des deux avocats.

Ils s'assirent à la table de la cuisine, où se trouvait encore la lettre de Baiba.

– Qui est Kurt Ström ? répéta Sten Widén.
– Toi d'abord. Sofia ?
– Elle a appelé il y a environ une heure, dit Sten Widén avec une grimace. Je n'ai pas compris ce qu'elle disait, elle était complètement hystérique.

– D'où appelait-elle ?

– De son studio à côté des écuries.

– Et merde !

– Elle ne pouvait pas faire autrement. Si j'ai bien compris, elle était partie à cheval. Il y avait un manne-quin sur le sentier. Tu as entendu l'histoire des manne-quins ?

– Elle m'en a parlé, dit Wallander. Continue.

– Le cheval s'est arrêté. Il ne voulait plus avancer. Sofia a sauté à terre pour tirer le mannequin sur le talus. Le truc, c'est que ce n'était pas un mannequin.

– Oh non…

– On dirait que ça ne te surprend pas.

– Je t'expliquerai après. Continue.

– C'était un homme. Couvert de sang.

– Mort ?

– Je ne lui ai pas posé la question. Je suppose que oui.

– Et ensuite ?

– Elle est partie au grand galop et elle m'a appelé.

– Que lui as-tu conseillé de faire ?

– Je ne sais pas si c'était la bonne réaction. Mais je lui ai dit de ne rien faire du tout dans l'immédiat.

– C'est bien, dit Wallander.

Sten Widén s'éclipsa. Wallander entendit un bruit de capsule. Lorsqu'il revint, il lui parla de Kurt Ström.

– Alors tu crois que c'est lui qu'elle a trouvé sur le sentier, dit Widén quand il eut fini.

– Je le crains.

Widén parut brusquement perdre les pédales. Il fit un grand geste ; la lettre de Riga tomba par terre.

– Mais vous devez intervenir ! Qu'est-ce qui se passe dans ce château ? Je ne veux pas que Sofia reste là-bas une minute de plus !

– C'est ce qu'on va faire, répondit Wallander en se levant.

– Je rentre chez moi. Appelle-moi dès que tu auras réussi à tirer Sofia de là.

– Non. Tu restes ici. Tu as trop bu, je ne te laisse pas repartir. Tu peux dormir ici si tu veux.

Sten Widén le regarda comme s'il n'avait pas bien entendu.

– Tu prétends que je suis ivre ?

– Non, répondit Wallander posément. Mais tu as bu. Je ne veux pas qu'il t'arrive un truc.

Sten Widén avait posé ses clés de voiture sur la table. Wallander les prit et les rangea dans sa poche.

– Par mesure de sécurité, dit-il. Je ne veux pas que tu changes d'avis en mon absence.

– Tu délires. Je ne suis pas bourré.

– On en reparlera à mon retour.

– Je me fiche de Kurt Ström. Mais je ne veux pas qu'il arrive quelque chose à Sofia.

– Je suppose qu'il t'arrive de dormir avec elle ?

– Oui. Mais ce n'est pas pour ça.

– Ça ne me regarde pas, de toute manière.

– Non.

Wallander dénicha dans sa penderie une paire de chaussures de sport flambant neuves. Plusieurs fois il avait pris la décision de commencer à courir. Mais ça n'avait jamais rien donné. Il enfila un gros pull, un bonnet. Il était prêt à partir.

– Je te laisse te débrouiller, dit-il à Sten Widén qui avait posé sa bouteille de whisky sur la table sans plus se gêner.

– Occupe-toi de Sofia, et fous-moi la paix.

Wallander claqua la porte derrière lui. Dans l'obscurité de la cage d'escalier, il se demanda que faire. Si Kurt Ström était mort, tout allait échouer. Il eut soudain l'impression d'être revenu à l'année précédente. À la mort qui l'attendait dans le brouillard… Les hommes de Farnholm étaient dangereux, qu'ils soient souriants comme Alfred Harderberg ou qu'ils se cachent dans la pénombre comme Tolpin et Obadia.

Il faut sauver Sofia. Il faut que je prévienne Björk. Alerte maximale. Au besoin, on fait appel à tous les districts de Scanie.

Il alluma la minuterie et dévala l'escalier. Dans la voiture, il fit le numéro de Björk.

Mais en entendant la voix du chef, il raccrocha.

Je dois me débrouiller seul. Je ne veux pas que des policiers se fassent tuer.

Il fit le détour par le commissariat pour récupérer son arme de service. Puis il se rendit dans le bureau de Svedberg et chercha la carte détaillant le domaine de Farnholm. Il la plia, la rangea dans sa poche et remonta en voiture. Il était dix-neuf heures quarante-cinq. Il prit par Malmövägen et s'arrêta devant chez Ann-Britt. Son mari lui ouvrit. Wallander refusa d'entrer ; il voulait juste lui transmettre un message. Elle apparut, en peignoir.

– Écoute-moi bien, lui dit-il. J'ai l'intention de m'introduire dans le château.

Elle comprit tout de suite que c'était sérieux.

– Kurt Ström ?

– Je crois qu'il est mort.

Elle tressaillit et devint toute pâle. Wallander crut qu'elle allait se trouver mal, mais elle retrouva très vite son sang-froid.

– Tu ne peux pas y aller seul.

– Il le faut.

– Pourquoi ?

– Je dois me débrouiller, dit-il, exaspéré. Ne me pose pas de questions. Écoute-moi.

– Je t'accompagne.

Il vit qu'elle avait pris sa décision. Ça n'avait pas de sens d'entamer une discussion.

– D'accord. Mais tu attendras dehors. J'ai besoin de quelqu'un pour assurer le contact radio.

Elle disparut dans l'escalier. Son mari fit signe à Wallander d'entrer et referma la porte.

– Elle m'avait mis en garde, sourit-il. Quand je suis à la maison, c'est elle qui s'en va.

– On n'en a pas pour longtemps, répondit Wallander.

Il constata lui-même qu'il n'était pas très convaincant. Quelques minutes plus tard, Ann-Britt reparut. Elle avait enfilé un survêtement.

– Ne m'attends pas, dit-elle à son mari.

Et moi ? pensa Wallander. Qui m'attend ? Personne, pas même un chat endormi sur un appui de fenêtre.

Ils repassèrent par le commissariat pour prendre deux talkies.

– Je devrais peut-être être armée…

– Non. Tu attendras dehors. Et que le diable t'emporte si tu ne m'obéis pas.

Ils laissèrent Ystad derrière eux. La nuit était froide et claire. Wallander conduisait vite.

– Qu'as-tu l'intention de faire ? demanda-t-elle.

– Découvrir ce qui s'est passé.

Je suis transparent. Elle sait que je n'ai aucune idée de ce que je vais faire en réalité.

Ils continuèrent en silence jusqu'à la sortie vers Farnholm. Vingt et une heures trente. Wallander s'arrêta sur un emplacement pour tracteurs, coupa le moteur et éteignit les phares. Ils restèrent assis dans le noir.

– Je prendrai contact avec toi d'heure en heure, dit Wallander. Si deux heures s'écoulent sans nouvelles, tu appelles Björk et tu lui demandes de déclencher l'alerte maximale.

– Tu ne devrais pas faire ça.

– Toute ma vie, j'ai fait ce que je ne devais pas. Pourquoi j'arrêterais maintenant ?

Ils réglèrent les talkies.

– Pourquoi as-tu choisi de devenir flic au lieu de pasteur ? demanda-t-il lorsqu'il aperçut le visage d'Ann-Britt à la lueur des appareils.

– J'ai été violée. Voilà. La seule chose que je pouvais envisager après ça, c'était d'entrer dans la police.

Wallander resta un instant silencieux. Puis il sortit de la voiture et referma doucement la portière.

Ce fut comme d'entrer d'un coup dans un autre monde. Ann-Britt Höglund n'était plus à côté de lui.

La nuit était très silencieuse. Sans savoir pourquoi, il pensa que dans deux jours à peine ce serait la Sainte-Lucie. Il s'abrita sous un arbre, déplia la carte, l'éclaira avec sa lampe torche et essaya de mémoriser l'essentiel. Puis il éteignit la lampe, rangea la carte dans sa poche et se mit à courir le long de l'allée qui conduisait aux grilles du château. Franchir la double clôture serait impossible. Il n'y avait qu'une seule entrée, et elle passait par le grand portail.

Après dix minutes, il s'arrêta pour reprendre haleine. Puis il reprit sa course jusqu'à apercevoir les projecteurs qui éclairaient les grilles et le bunker du gardien.

Je dois les prendre par surprise, pensa-t-il. Le truc auquel ils ne s'attendent pas. Un homme seul qui essaie de pénétrer dans le domaine.

Il ferma les yeux et inspira plusieurs fois profondément. Il tâta son pistolet.

Derrière le bunker, il y avait un petit espace plongé dans l'ombre.

Il regarda sa montre. Vingt et une heures cinquante-sept.

Puis il s'élança.

17

Le premier appel arriva après trente minutes à peine.

Elle l'entendait très clairement, comme s'il ne s'était pas éloigné de la voiture, comme s'il était encore tout près, dans l'ombre.

– Où es-tu ?

– Dans le domaine. Prochain contact dans une heure.

– Qu'est-ce qui se passe ?

Mais elle n'obtint aucune réponse. Elle crut que le contact avait été rompu et attendit un nouvel appel. Le récepteur demeura silencieux. Elle comprit alors que c'était Wallander lui-même qui avait coupé la communication sans répondre à sa question.

Wallander, lui, avait la sensation de s'être glissé dans la vallée de l'ombre de la mort. Pourtant, s'introduire dans le domaine avait été plus simple qu'il n'osait l'espérer. À sa grande surprise, il avait découvert une petite fenêtre dans le bunker. Sur la pointe des pieds, il avait jeté un coup d'œil à l'intérieur. Une seule personne s'y trouvait, devant un terminal d'écrans d'ordinateur et de téléphones. Une femme. En train de tricoter. Abasourdi, Wallander constata qu'elle confectionnait un pull d'enfant. Le contraste avec ce qui se passait de l'autre côté des grilles qu'elle était chargée de surveiller devenait trop grand, impossible à saisir. À l'évidence, cette femme ne s'attendait pas du tout à se retrouver confrontée à un homme armé. C'est pourquoi il contourna très calmement le bunker et frappa deux coups qu'il essaya de rendre le plus aimables possible. Ainsi qu'il l'avait espéré, elle ouvrit la porte – pas en l'entrebâillant avec prudence mais en grand, comme si aucun danger ne la guettait. Son tricot à la main, elle considéra Wallander avec des yeux écarquillés. Il n'avait même pas eu l'idée de sortir son arme. Il se présenta, commissaire Wallander de la brigade criminelle d'Ystad. Il exprima même ses regrets de la déranger ainsi. Cela tout en la repoussant gentiment vers l'intérieur du bunker et en refermant la porte. Il chercha une éventuelle caméra de surveillance, mais n'en découvrit aucune. Il lui demanda de se rasseoir dans son fauteuil. Alors seulement, elle comprit ce qui se passait et se mit à hurler. Wallander avait sorti son pistolet. La douleur de tenir une arme était si forte qu'il eut immédiatement un atroce mal au ventre. Il évita de la braquer sur la femme, lui ordonna simplement de se taire. Elle semblait terrorisée. Il aurait aimé pouvoir la rassurer, lui dire qu'elle pouvait continuer son ouvrage, apparemment destiné à un petit-fils ou à une petite-fille. Puis il pensa à Kurt Ström et à Sofia, il pensa à Sten Torstensson et à la mine dans le jardin de Mme Dunér. Il lui demanda si elle faisait son rapport au château en continu. Elle répondit que non.

L'étape suivante était décisive.

– C'est Kurt Ström qui aurait dû être là ce soir, dit-il.

– Le château m'a appelée ; je devais le remplacer parce qu'il était tombé malade.

– Qui a appelé ?

– Une des secrétaires.

– Répétez ses paroles mot pour mot.

– *Kurt Ström est malade*. C'est tout.

Pour Wallander, ce fut la confirmation que tout avait capoté. Kurt Ström avait été dénoncé et les hommes de Harderberg lui avaient arraché la vérité ; il ne se faisait aucune illusion là-dessus.

Il considéra la femme affolée qui se cramponnait à son tricot.

– Il y a un autre homme dehors, dit-il en montrant la fenêtre. Il est armé. Si vous donnez l'alerte, vous n'aurez pas l'occasion de finir ce tricot.

Il vit qu'elle prenait la menace au sérieux.

– Quand les grilles s'ouvrent, c'est enregistré au château, n'est-ce pas ?

Elle hocha la tête.

– Et s'il y a une coupure de courant ?

– Un générateur prend le relais.

– Est-ce qu'il est possible d'ouvrir les grilles manuellement ? Sans que ce soit enregistré par les ordinateurs ?

Elle hocha à nouveau la tête.

– Alors vous allez couper le courant. Ensuite vous allez écarter puis refermer les grilles. Vous le rebrancherez tout de suite après.

Elle acquiesça. Il était certain qu'elle obéirait. Il sortit et cria à son complice inexistant que tout allait bien. Elle prit une clé et ouvrit une armoire où il y avait une manivelle. Quand l'entrebâillement fut suffisant, il se faufila entre les grilles.

Il se retourna vers elle.

– Faites ce que je vous ai dit et il n'arrivera rien.

Puis il traversa le parc au pas de course, en se fiant à la carte qu'il avait mémorisée. Tout était silencieux. Lorsqu'il aperçut la lumière des écuries, il s'arrêta et prit contact avec Ann-Britt. Mais à sa première question, il coupa court et reprit son avancée prudente. Il resta long-temps à l'ombre de quelques arbres, à contempler les écuries et leurs alentours. De temps à autre, il captait un bruit provenant des boxes des chevaux. La lumière était allumée dans l'annexe. Il essaya de réfléchir lucidement. Le meurtre de Kurt Ström ne signifiait pas nécessairement qu'on avait fait le lien entre lui et la nouvelle palefrenière. Et l'appel téléphonique de Sofia à Sten Widén n'avait peut-être pas été entendu. Cette incertitude était son seul espoir. Il se demanda s'ils étaient parés à l'éventualité de l'intrusion d'un homme seul dans le domaine.

Il s'attarda encore quelques minutes à l'ombre des arbres. Puis il s'élança, courbé en deux, vers la porte de l'annexe, en s'attendant à tout instant à recevoir une balle. Il frappa en même temps qu'il tâtait la poignée. La porte était verrouillée. Puis il entendit la voix effrayée de Sofia. Il dit son nom, Roger, l'ami de Sten Widén. Le nom de famille qu'il s'était inventé lui échappait tout à coup. Mais elle lui ouvrit, et il lut sur son visage une surprise mêlée de soulagement. L'appartement se composait d'une petite cuisine et d'une pièce équipée d'une alcôve. Ils s'attablèrent dans la cuisine. Les bruits de l'écurie s'entendaient très distinctement.

– Je n'ai pas beaucoup de temps, dit-il, et je ne peux pas t'expliquer pourquoi je suis là. Alors contente-toi de répondre à mes questions.

Il déplia la carte sur la table.

– Tu as découvert un homme mort sur le sentier. Montre-moi l'endroit.

Elle se pencha, examina la carte et dessina avec l'ongle un petit cercle au sud des écuries.

– Là, dit-elle. À peu près.

– Je comprends que c'était affreux. Mais je dois te demander si tu avais déjà vu cet homme auparavant.

– Non.

– Comment était-il habillé ?

– Je ne sais pas.

– Il portait un uniforme ?

Elle secoua la tête.

– Je ne sais pas. Je ne me souviens de rien.

Il aurait été absurde de lui mettre la pression. La peur paralysait sa mémoire.

– S'est-il passé autre chose aujourd'hui ?

– Non.

– Personne n'est venu te parler ?

– Non.

Wallander essaya de comprendre ce que cela signi-fiait. Mais l'image de Kurt Ström sur le sentier effaçait tout le reste.

– Je vais m'en aller, maintenant. Si quelqu'un vient, tu ne dois pas dire que je suis venu.

– Tu reviendras ?

– Je ne sais pas. Mais ne t'inquiète pas. Il ne va rien t'arriver.

Il jeta un coup d'œil par l'interstice des rideaux. Pourvu que cette assurance qu'il venait de lui donner ne soit pas un mensonge. Puis il ouvrit la porte et cou-rut vers les ombres. Une brise légère s'était levée. Entre les arbres, il apercevait au loin la façade rouge sombre du château violemment éclairée par les projecteurs. Il y avait de la lumière à plusieurs fenêtres, à différents étages.

Il frissonna.

Après avoir une fois de plus comparé la réalité du ter-rain à la carte qu'il avait mémorisée, et après avoir éva-lué les distances, il repartit, lampe torche à la main. Il dépassa un étang artificiel vidé. Puis il bifurqua vers la gauche et commença à chercher le sentier. Il vit à sa montre qu'il avait quarante minutes devant lui avant de rappeler Ann-Britt.

Juste au moment où il crut s'être égaré, il découvrit le sentier. Il était large d'un mètre à peu près ; il vit des empreintes de fers. Immobile, il prêta l'oreille. Mais tout était silencieux, seul le vent semblait peu à peu gagner en puissance. Il continua avec précaution, s'attendant à être intercepté d'une seconde à l'autre.

Après cinq minutes, il s'arrêta. Si l'indication de Sofia était correcte, il était allé trop loin. Avait-il pris un autre sentier? Il résolut de poursuivre encore un peu, lentement.

Cent mètres après, il eut la certitude d'avoir dépassé l'endroit qu'elle lui avait montré sur la carte.

Il s'immobilisa.

Kurt Ström avait disparu. Le corps avait dû être déplacé. Il rebroussa chemin en essayant de prendre une décision. Il avait besoin d'uriner. Il s'enfonça dans les taillis. Puis il sortit la carte de sa poche pour s'assurer qu'il ne s'était pas trompé de sentier. Il alluma la lampe torche. Le cercle de lumière frappa la terre. Wallander vit un pied nu. Il tressaillit et lâcha la lampe qui s'éteignit en heurtant le sol du sous-bois. Il crut qu'il avait rêvé.

Puis il se baissa pour chercher sa lampe à tâtons. Lorsqu'il réussit à l'allumer à nouveau, le faisceau éclaira le visage de Kurt Ström. Livide, les lèvres étroitement serrées. Le sang s'était figé sur ses joues. Il avait été tué d'une balle dans le front. Wallander pensa à ce qui était arrivé à Sten Torstensson. Puis il fit volte-face et s'enfuit. Appuyé contre un arbre il vomit, avant de reprendre sa course affolée. Il parvint à l'étang. Un oiseau s'envola du faîte d'un arbre. Il sauta dans l'étang vide et s'y recroquevilla. Comme dans un tombeau. Il crut entendre des pas approcher et sortit son arme. Mais il n'y avait personne. Il inspira profondément et s'obligea à réfléchir. La panique était toute proche. Dans quatorze minutes, il devait rappeler Ann-Britt Höglund. Mais non, il devait l'appeler tout de suite et lui demander de prendre contact avec Björk. Kurt Ström était mort. Il avait été abattu. Rien ne pourrait lui rendre la vie. Il fallait lancer l'alerte. Il les attendrait aux grilles. Ce qui se passerait ensuite, il n'en avait aucune idée.

Mais il ne le fit pas. Il attendit quatorze minutes. Alors seulement il alluma l'émetteur radio. Elle répondit aussitôt.

– Quoi de neuf ?

– Rien encore. Je te rappelle dans une heure.

– Tu as trouvé Ström ?

Il avait déjà coupé. Il était à nouveau seul dans l'obscurité. Il avait pris une décision, mais ne savait pas laquelle. Il s'était accordé une heure. Dans quel but ? Il se releva avec précaution et s'aperçut alors seulement qu'il avait froid. Il quitta l'étang et se dirigea vers la lumière visible entre les arbres. Il s'arrêta à l'orée du bois, à l'endroit où commençait la vaste pelouse qui s'élevait en pente douce jusqu'au château.

Une forteresse imprenable. Pourtant, Wallander avait l'idée confuse qu'il devait franchir ces murs d'une manière ou d'une autre. Il ne pouvait pas être tenu pour responsable de la mort de Kurt Ström. Pas plus que de celle de Sten Torstensson. Pour Wallander, la culpabilité tenait à autre chose : la sensation qu'il était en train de perdre pied une fois de plus, alors qu'il était peut-être tout près d'une solution. Et puis il y avait tout de même une frontière quelque part. Ils ne pouvaient pas l'abattre, lui, un policier d'Ystad qui essayait seulement de faire son travail. C'était impossible. Ou peut-être n'y avait-il aucune limite pour ces gens-là ? Il essaya de formuler une réponse valable. Mais il ne la trouva pas. Alors il commença à décrire un grand arc de cercle pour atteindre l'arrière du château, qu'il n'avait encore jamais vu. Cela lui prit dix minutes, et pourtant il se déplaçait vite, pas seulement à cause de la peur mais parce qu'il avait maintenant tellement froid qu'il en tremblait. L'arrière du château s'ornait d'une terrasse en demi-lune formant une avancée dans le parc. La partie gauche de cette terrasse était dans l'ombre ; l'un des projecteurs invisibles avait dû tomber en panne. Un escalier en pierre descendait vers la pelouse. Il courut de toutes ses forces jusqu'à être à nouveau protégé par l'obscurité et commença à gravir les marches, l'émetteur dans une main, la lampe torche dans l'autre, le pistolet dans sa poche.

Il s'immobilisa. Quoi ? Au même instant, il comprit que son alarme intérieure venait de se déclencher. Il y a un truc qui cloche, pensa-t-il fébrilement. Il prêta l'oreille. Mais tout était silencieux, à part le vent. C'est en rapport avec la lumière. Je suis attiré par l'ombre, et voilà que l'ombre se présente, presque comme si elle m'attendait... Il comprit qu'il s'était fait piéger ; mais trop tard. Il venait de faire volte-face pour disparaître en bas des marches. Soudain, il fut aveuglé. Une lumière blanche, brutale, l'inonda. Il avait été attiré dans le piège de l'ombre, et le piège se refermait sur lui. Il se protégea les yeux avec la main qui tenait l'émetteur. Au même instant, quelqu'un l'empoigna par-derrière. Il essaya de se dégager. Puis sa tête explosa et il plongea dans le noir.

Malgré la douleur, il restait vaguement conscient de ce qui lui arrivait. Des mains s'emparaient de lui et le soulevaient, une voix dit quelque chose, il y eut un rire. Une porte claqua. Écho des pas contre les dalles en pierre. Il était à l'intérieur, peut-être lui avait-on fait gravir un escalier. Puis il fut déposé sur une surface molle. Lorsqu'il ouvrit les yeux, il était à moitié allongé sur un canapé, dans une pièce immense. Il y avait un sol en pierre, peut-être était-ce du marbre. Sur une table rectangulaire, il vit des ordinateurs aux écrans allumés. Il entendit le bruit d'un ventilateur. Il évita de bouger la tête ; la douleur à l'oreille droite était intense. Soudain une voix s'adressa à lui dans son dos, tout contre lui. Une voix qu'il reconnut immédiatement.

— L'instant de la folie… Lorsqu'un être humain commet un acte qui ne peut que le blesser, voire le détruire.

Wallander pivota lentement sur lui-même pour le regarder. Harderberg souriait. Derrière lui, là où la lumière ne portait pas, il devina la silhouette de deux hommes immobiles.

Harderberg contourna le canapé et lui tendit l'émetteur. Son costume était impeccable, ses chaussures noires brillaient.

— Il est minuit passé de trois minutes, dit-il. Quelqu'un a essayé de vous joindre il y a un instant. Je ne sais pas qui, et je ne tiens pas à le savoir. Mais je suppose que cette personne attend de vos nouvelles. Il vaut mieux que vous lui en donniez. Je n'ai pas besoin de préciser qu'il serait dommage pour vous de tenter d'envoyer un signal de détresse. Restons-en là, pour la folie.

Wallander enfonça une touche. Ann-Britt répondit immédiatement.

— Tout va bien, dit-il. Je te rappelle à une heure.

— Tu as trouvé Ström ?

Il hésita. Il vit alors qu'Alfred Harderberg l'encourageait d'un signe de tête.

— Je l'ai trouvé. Prochain appel à une heure.

Wallander posa l'émetteur sur le canapé.

— Votre collègue, dit Harderberg. Je suppose qu'elle n'est pas loin. Nous pourrions aller la chercher. Mais nous ne le ferons pas.

Wallander serra les dents. Il se leva avec effort.

— Je suis venu, dit-il, vous informer que vous êtes soupçonné de complicité dans plusieurs crimes graves.

Harderberg le dévisageait d'un air pensif.

– Je renonce à la présence d'un avocat. Veuillez poursuivre, commissaire Wallander.

– Vous êtes soupçonné de complicité dans le meurtre de Gustaf Torstensson et dans celui de son fils, Sten. Et maintenant aussi dans celui de votre gardien-chef, Kurt Ström. S'ajoutent à cela la tentative d'homicide contre la secrétaire du cabinet, Mme Dunér, et une autre contre moi et ma collègue Ann-Britt Höglund. Il existe plusieurs autres chefs d'accusation, dont celui qui concerne la mort de l'auditeur Lars Borman. Il appartiendra au procureur de trancher.

Harderberg s'assit posément dans un fauteuil.

– Voulez-vous suggérer par là que je suis en état d'arrestation ?

Wallander, sentant qu'il allait s'évanouir, se rassit sur le canapé.

– Je ne dispose pas d'un mandat d'amener. Mais cela ne change rien sur le fond.

Harderberg s'était légèrement penché, le menton appuyé dans la main. Puis il se renfonça dans son fauteuil.

– Je vais vous faciliter les choses, dit-il. J'avoue.

Wallander le regarda, médusé.

– Vous avez parfaitement entendu. Je me reconnais coupable de tous les chefs d'accusation que vous avez énumérés.

– Y compris pour Lars Borman ?

– Bien entendu.

Wallander sentit la peur revenir, tel un reptile, plus froide, plus menaçante que jamais. La situation lui échappait complètement. Il devait quitter le château avant qu'il ne soit trop tard.

Alfred Harderberg l'observait avec attention, paraissant suivre son cheminement intérieur. Pour se donner le temps de réfléchir – à la manière de transmettre à Ann-

Britt un signal de détresse incompréhensible pour Harderberg –, Wallander commença à poser des questions,
comme s'il se trouvait dans une salle d'interrogatoire.
Mais il ne comprenait toujours pas où Harderberg voulait en venir. Avait-il été averti de sa présence dans l'en-
ceinte du parc depuis l'instant où il avait franchi les
grilles ? Qu'avait-on réussi à extorquer à Kurt Ström
avant de le tuer ?

– La vérité, coupa soudain Alfred Harderberg. Existe-
t-elle pour un policier suédois ?

– Bien sûr. Distinguer le mensonge de la réalité des
faits, c'est la base de tout travail policier.

– Bonne réponse, dit Harderberg avec un hochement
de tête approbateur. Pourtant elle est fausse. Parce qu'il
n'existe pas de vérité absolue, pas plus qu'il n'existe de
mensonge absolu. Il n'existe que des accords qui peuvent
être conclus, défendus ou modifiés selon les besoins.

– Si quelqu'un se sert d'une arme à feu contre un
tiers, ce n'est pas autre chose qu'un fait réel, il me
semble, dit Wallander.

Harderberg laissa percer une légère irritation.

– Ne discutons pas l'évidence. Je cherche une vérité
plus profonde.

– La mort me suffit. Gustaf Torstensson était votre
avocat. Vous l'avez fait tuer. Le camouflage a échoué.

– Comment vous en êtes-vous aperçu ? Ça m'intéresse.

– Un pied de chaise dans un champ. Le reste de la
chaise dans le coffre. Le coffre fermé à clé.

– Tiens donc. Une simple négligence…

Harderberg jeta un regard aux deux hommes dans son
dos. Sans la moindre gêne.

– Pourquoi l'avez-vous fait ? interrogea Wallander.

– Gustaf Torstensson avait vu ce qu'il n'aurait pas dû
voir. Nous avons été contraints de nous assurer de sa

loyauté une fois pour toutes. Ici, au château, nous nous amusons de temps à autre à des exercices de tir. Nous utilisons des mannequins en guise de cibles. On a placé un mannequin sur la route. Il s'est arrêté. Il est mort.

– Et cela vous a assuré de sa loyauté ?

Harderberg hocha la tête avec distraction. Puis il se leva vivement et se mit à examiner des colonnes de chiffres sur un écran. Wallander devina qu'il s'agissait de cotations boursières dans un coin du monde où il faisait déjà jour. Mais un dimanche…

La Bourse fonctionnait-elle le dimanche ? Il s'agissait peut-être de tout autre chose.

Harderberg se rassit.

– Nous ne pouvions être sûrs de ce que savait le fils, reprit-il, imperturbable. Nous l'avons placé sous surveillance. Il vous a rendu visite sur l'île de Jylland. Que vous a-t-il dit ? Et qu'avait-il confié à sa secrétaire ? Nous l'ignorions. De votre côté, commissaire, vous avez décrypté la situation avec un certain talent. Mais vos écrans de fumée, je veux dire, votre pseudo-désintérêt pour nous, manquaient décidément de finesse. C'est un peu vexant d'être sous-estimé à ce point.

Wallander s'aperçut qu'il avait la nausée. La froideur nue que dégageait l'homme assis dans ce fauteuil… il n'en avait jamais encore fait l'expérience. Mais la curiosité le poussa à continuer.

– Nous avons retrouvé une boîte en plastique dans la voiture de Gustaf Torstensson. D'après nos techniciens, cette boîte n'avait jamais rien contenu. Or son contenu potentiel nous intéressait beaucoup.

– Ah ! Qu'est-ce que cela aurait bien pu être, à votre avis ?

– N'inversez pas les rôles.

– Il est tard, dit Harderberg. Pourquoi ne donnerionsnous pas à cette conversation – en tout état de cause insignifiante – un tour… plus ludique ?

– Il est question de meurtres. Je soupçonne que cette boîte servait au transport d'organes humains destinés à des transplantations. Des organes prélevés sur des morts. Assassinés.

Harderberg se figea imperceptiblement. Ce fut très rapide, mais Wallander avait perçu sa réaction. Il ne s'était donc pas trompé.

– Je prends les affaires là où elles se trouvent. S'il y a un marché pour les reins, pour ne citer que cet exemple, alors j'achète des reins. Et je les revends.

– D'où proviennent-ils ?

– De gens décédés.

– Tués par vous.

– Je n'ai jamais fait autre chose qu'acheter et vendre, dit Alfred Harderberg patiemment. Les circonstances précédant le moment où la marchandise se retrouve entre mes mains ne m'intéressent pas. Je ne suis même pas au courant.

Wallander en resta sans voix.

– Je ne croyais pas qu'il pouvait exister des gens comme vous, dit-il enfin.

Alfred Harderberg se pencha.

– Là, vous mentez. Vous savez parfaitement que nous existons. Et même, tout au fond de vous, vous nous enviez.

– Vous êtes fou à lier, dit Wallander, sans chercher à masquer son aversion.

– Fou de bonheur, fou de rage, oui. Mais pas seulement fou, commissaire. Vous devez comprendre que je suis un homme passionné. J'adore ça. Voir un concurrent mordre la poussière, accroître ma fortune et ne rien me refuser, jamais. Il est possible que je ressemble à un vaisseau fantôme lancé dans une quête éperdue. Mais avant tout, je crois être un païen au sens pur et originel de ce terme. Avez-vous lu Machiavel ?

Wallander fit non de la tête.

– Selon ce penseur italien, le chrétien affirme voir le bien suprême dans l'humilité, le renoncement et le mépris de toutes choses terrestres. Le païen, en revanche, place le souverain bien dans la grandeur spirituelle, la force physique et toutes les facultés qui peuvent accroître la puissance d'un homme. Ce sont des paroles sages, que je médite en permanence.

Wallander ne répondit pas. Harderberg fit un signe vers l'émetteur radio et tapota sa montre. Il était une heure du matin. Wallander s'exécuta. Une fois de plus, il dit à Ann-Britt que tout allait bien, et qu'il la recontacterait à deux heures.

La nuit s'écoula, d'appel en appel, sans que Wallander parvienne à lui faire comprendre qu'elle devait organiser l'assaut. Il avait compris qu'ils étaient seuls dans l'immense bâtisse. Alfred Harderberg attendait l'aube, le moment où il quitterait son château et son pays en compagnie des ombres immobiles. Ses instruments de mort, prêts à lui obéir au doigt et à l'œil. Il ne restait sur place que Sofia et la gardienne des grilles. Les secrétaires étaient parties. Peut-être l'attendaient-elles déjà dans un autre château, quelque part dans le monde ?

La douleur à la nuque avait diminué. Mais Wallander était à bout. Et malade à l'idée d'avoir échoué si près du but. Ils le laisseraient au château, peut-être ligoté, et le temps qu'on vienne le délivrer, les coupables seraient déjà loin. Les paroles prononcées au cours de la nuit seraient réfutées une à une par les excellents avocats qu'Alfred Harderberg alignerait sans difficulté pour sa défense. Les hommes armés, les ombres tueuses qui

n'avaient jamais pénétré sur le territoire suédois, reste-
raient des fantômes insaisissables pour n'importe quel
procureur. Ils ne pourraient rien prouver, le dossier
s'effriterait entre leurs doigts et Alfred Harderberg
continuerait à être ce qu'il avait toujours été : un homme
unanimement respecté. Un homme au-dessus de tout
soupçon.

Wallander détenait la vérité. Il avait même appris que
Lars Borman avait effectivement été tué, lui aussi,
parce qu'il avait mis au jour le lien entre Alfred Harderberg et l'affaire du conseil général. Mais cette vérité
resterait inerte et finirait par se dévorer elle-même puisqu'il ne serait jamais possible d'imputer ce crime, pas
plus que les autres, à qui que ce soit.

Mais ce que Wallander se rappellerait surtout par la
suite, et qui se grava en lui comme un rappel atroce de ce
qu'*était* réellement Alfred Harderberg, ce fut un petit
commentaire, quelques paroles en passant, alors qu'il
était presque cinq heures du matin et qu'ils abordaient
une fois de plus la question de la boîte en plastique et des
gens qu'on assassinait pour leur voler tel ou tel organe.

– Vous devez bien comprendre qu'il s'agit d'une
activité tout à fait marginale. Mais mon métier, commissaire, consiste à acheter et à revendre. J'apparais sur
une scène qui est celle du marché. Je ne néglige aucune
possibilité, aussi insignifiante soit-elle.

L'insignifiante vie humaine, pensa Wallander. C'est
ça la vérité, le point de départ du monde qui est celui de
Harderberg.

Ils n'avaient plus rien dit, après cela. Alfred Harderberg éteignit ses ordinateurs l'un après l'autre et inséra
quelques documents dans un broyeur à papier. Wallander cherchait fébrilement une issue, mais les ombres
immobiles à l'arrière-plan n'avaient pas bougé d'un
pouce. Il était vaincu.

Alfred Harderberg effleura ses lèvres du bout des doigts, comme pour vérifier que le sourire était encore en place. Puis il jeta un dernier regard à Wallander.

– Nous devons tous mourir, dit-il sur un ton qui laissait entendre qu'il y avait cependant une exception – lui-même. Le temps de chacun est mesuré. Dans le cas qui nous concerne, par mes soins.

Il regarda sa montre.

– L'aube approche. Un hélicoptère ne va pas tarder à atterrir. Mes collaborateurs repartiront à son bord. Vous les accompagnerez. Mais seulement pour un petit bout de voyage. Ensuite vous aurez l'occasion de tester votre aptitude au vol.

Harderberg avait parlé sans le quitter du regard. Il veut que je le supplie, pensa Wallander. Il peut toujours courir. Quand la peur atteint un certain degré, elle se transforme en son contraire.

– Cette faculté a été étudiée de près au cours de la regrettable guerre du Vietnam, poursuivit Harderberg. On lâchait les prisonniers de très haut. Un court instant, ils retrouvaient leur liberté de mouvement… avant de s'écraser au sol et de rejoindre la plus grande de toutes les libertés.

Il se leva du fauteuil et rajusta son veston.

– Mes pilotes sont très adroits. Je crois qu'ils réussiront à vous lâcher pile au-dessus de la place centrale d'Ystad. L'événement restera gravé à jamais dans les annales de la ville.

Il est fou à lier, pensa Wallander. Il veut que je le supplie. Mais je ne le ferai pas.

– Nos chemins se séparent ici, conclut Harderberg. Nous nous serons rencontrés à deux reprises ; je crois que je me souviendrai de vous. Il y a eu des instants où vous avez presque fait preuve d'intelligence. Dans d'autres circonstances, j'aurais pu vous proposer un poste.

– La carte postale, dit soudain Wallander. Celle que Sten Torstensson a fait envoyer de Finlande alors qu'il était au Danemark, avec moi.

– Cela m'amuse d'imiter l'écriture des gens, répondit distraitement Harderberg. Je suis même assez doué pour ça. J'étais à Helsinki pour quelques heures le jour où Sten Torstensson s'est rendu sur l'île de Jylland. Une réunion, ratée d'ailleurs, avec un directeur de chez Nokia. C'était un jeu, comme de remuer une fourmilière avec un bâton. Un petit jeu, pour semer la confusion. C'est tout.

Il tendit la main à Wallander, qui fut tellement surpris qu'il la serra sans réfléchir.

Puis il tourna les talons et disparut.

Wallander eut la sensation que son départ créait comme un appel d'air. La présence de Harderberg dominait complètement son entourage. Maintenant que la porte s'était refermée sur lui, il ne restait plus rien.

Tolpin, appuyé contre une colonne, observait Wallander. Obadia s'était assis, le regard vacant.

Il fallait faire quelque chose. Il refusait encore de croire que ce puisse être vrai, que Harderberg eût donné l'ordre qu'on le… jette d'un hélicoptère au-dessus d'Ystad.

Les minutes passaient. Les deux hommes n'avaient pas bougé.

Il serait donc jeté vivant. Il s'écraserait sur les toits de la ville, ou peut-être sur les pavés de la grande place. Cette perspective provoqua soudain une panique paralysante, qui se répandit comme un poison dans son corps. Il avait du mal à respirer. Il cherchait désespérément une issue.

Puis Obadia leva la tête. Wallander perçut un bruit de moteur. L'hélicoptère arrivait. Tolpin lui fit signe, il était temps d'y aller.

Lorsqu'ils sortirent dans l'aube grise où ne filtrait encore aucune lumière, l'hélicoptère était déjà posé sur la dalle de béton. Ses pales fouettaient l'air. Le pilote attendait juste que les passagers embarquent pour repartir. Wallander avançait derrière Tolpin. Obadia marchait quelques pas derrière lui. Ils étaient presque arrivés à l'hélicoptère. Les lames des rotors découpaient l'air froid du petit matin. Wallander découvrit subitement qu'ils approchaient d'un tas de vieux ciment fragmenté. Quelqu'un avait réparé des fissures dans la dalle et n'avait pas pris la peine de faire le ménage. Sans réfléchir il se pencha et, se servant de ses mains comme de pelles, il en ramassa le plus possible et le balança de toutes ses forces vers les pales. Il y eut une suite de détonations ; les débris de ciment tourbillonnaient.

Dans la seconde de confusion qui s'ensuivit, et avec toute l'énergie du désespoir, Wallander se jeta sur Obadia et réussit à s'emparer de son pistolet. En voulant reculer, il tomba à la renverse. Tolpin avait déjà dégainé son arme. Wallander visa. Il l'atteignit à la cuisse. Au même instant, il vit Obadia se précipiter sur lui. Wallander tira à nouveau, sans voir ce qu'il faisait. Mais Obadia s'écroula avec un cri de douleur.

Wallander se releva en pensant que le pilote pouvait être armé lui aussi. Mais lorsqu'il braqua son arme vers l'ouverture de l'hélicoptère, il ne vit qu'un jeune homme épouvanté, les mains levées au-dessus de la tête. Wallander jeta un regard aux deux autres. Ils étaient vivants. Il prit l'arme de Tolpin et la jeta le plus loin possible. Puis il avança jusqu'à l'hélicoptère. Le pilote n'avait toujours pas baissé les mains. Wallander lui fit signe de partir. Puis il recula de quelques pas et regarda l'hélicoptère s'élever à la verticale et s'éloigner au-dessus du toit du château, tous feux allumés. Tout se brouillait devant ses yeux. Il découvrit soudain qu'il avait la joue en sang. Les projections de ciment l'avaient atteint au visage sans qu'il s'en aperçoive.

Puis il se dirigea vers les écuries. Sofia était en train de nettoyer un box. En le voyant arriver, elle poussa un hurlement. Il essaya de sourire, mais le sang caillé lui figeait le visage.

– Tout va bien, fit-il, hors d'haleine. Mais tu dois appeler une ambulance. Il y a deux types blessés sur la pelouse devant le château. Quand tu auras fait ça, je ne te demanderai plus rien.

Puis il pensa à Alfred Harderberg. Les minutes étaient comptées.

– Appelle l'ambulance, répéta-t-il. Tout est fini.

En quittant les écuries, il trébucha dans la boue piétinée par les chevaux. Il se releva. Puis il courut vers les grilles en se demandant s'il arriverait à temps.

Ann-Britt, qui était sortie de la voiture pour se dégourdir les jambes, le vit débouler en trombe. À son air effaré, il comprit qu'il devait avoir une sale tête. Mais il n'avait pas le temps de s'expliquer, tout son être était concentré sur un seul objectif. Empêcher Alfred Harderberg de quitter la Suède. Il lui cria de remonter dans la voiture. Elle n'avait pas encore fermé sa portière qu'il démarrait en marche arrière dans l'allée. Il malmena la boîte de vitesses, écrasa l'accélérateur et ignora le stop au moment de s'engager sur la route à quatre voies.

– Il y a une carte dans la boîte à gants. Quel est le plus court chemin jusqu'à Sturup ?

Elle lui indiqua l'itinéraire.

On n'y arrivera pas, pensa-t-il. C'est trop loin ; il a pris trop d'avance.

– Appelle Björk.

– Je n'ai pas son numéro chez lui.

– Mais appelle le commissariat, merde ! Sers-toi de ta tête !

Elle obéit. Quand le policier de garde lui demanda s'il n'était pas possible d'attendre l'arrivée du chef, elle se mit à crier à son tour. Dès qu'elle eut connaissance du numéro, elle le composa.

– Que dois-je lui dire ?

– Qu'Alfred Harderberg s'apprête à quitter le pays à bord de son avion. Qu'il doit l'en empêcher. Tout de suite.

Elle répéta le message à Björk, mot à mot. Il y eut un silence.

– Il veut te parler, dit-elle.

Wallander prit le téléphone en relâchant un peu la pression de son pied sur l'accélérateur.

– C'est quoi, cette histoire de stopper l'avion de Harderberg ? fit la voix râpeuse de Björk.

– Il est responsable de la mort de Gustaf et de Sten Torstensson. Et de Kurt Ström.

– Tu es sûr de ce que tu avances ? Où es-tu, d'ailleurs ? Pourquoi est-ce que je t'entends si mal ?

– Je suis dans la voiture, je reviens du château de Farnholm. Je n'ai pas le temps de discuter. Il est en route vers l'aéroport. Il faut l'arrêter à tout prix. Si cet avion quitte l'espace aérien suédois, on ne le capturera jamais.

– Tout cela me paraît très étrange. Que fabriquais-tu au château de Farnholm à une heure pareille ?

Le scepticisme de Björk était justifié. Wallander se demanda comment lui-même aurait réagi à sa place.

– Je sais que ça paraît délirant. Mais tu dois prendre le risque de me croire.

– Il faut au moins que j'en discute avec Per Åkeson.

Wallander gémit.

– On n'a pas le temps ! Il y a des policiers à Sturup. Ils doivent arrêter Harderberg.

– Rappelle-moi dans un quart d'heure, dit Björk. Je contacte Åkeson tout de suite.

Wallander était dans un tel état de rage qu'il faillit perdre le contrôle de la voiture.

– Baisse ta putain de vitre ! hurla-t-il.

Ann-Britt s'exécuta. Wallander balança le téléphone dans la nuit.

– Vas-y, tu peux la remonter. On s'occupera de Harderberg nous-mêmes.

– Tu es certain que c'est lui ? Que s'est-il passé ? Tu es blessé ?

Wallander ignora les deux dernières questions.

– J'en suis certain. Et je sais aussi qu'on ne le coincera jamais s'il quitte la Suède.

– Que comptes-tu faire ?

– Aucune idée. Il faudra inventer quelque chose.

Mais en arrivant à l'aéroport quarante minutes plus tard, il n'avait encore aucun plan d'action, pas la moindre idée de ce qui allait se produire. Il freina dans un hurlement de pneus devant les grilles, à droite du terminal, et grimpa sur le toit de la Volvo pour mieux voir les pistes. Tout autour, les voyageurs matinaux s'étaient immobilisés pour observer le spectacle. Wallander avait la vue bouchée par une camionnette de service stationnée sur le tarmac. Wallander se mit à gesticuler en criant pour que le chauffeur l'aperçoive et se pousse un peu. Mais le chauffeur était plongé dans son journal et ne prêtait pas la moindre attention au type qui hurlait sur le toit de sa voiture. Alors Wallander sortit son pistolet et tira en l'air, semant la panique parmi les curieux, qui s'égaillèrent dans tous les sens en abandonnant leurs bagages sur le trottoir. Mais le chauffeur leva les yeux et comprit que Wallander lui demandait de déplacer son véhicule.

Le Grumman Gulfstream de Harderberg était toujours là. La lumière pâle des projecteurs éclairait le fuselage de l'avion.

Les deux pilotes qui se dirigeaient vers l'appareil s'étaient immobilisés en entendant le coup de feu. Wallander sauta du toit pour ne pas être repéré. Son épaule heurta durement le bitume. La douleur exaspéra sa rage. Alfred Harderberg devait encore se trouver quelque part dans le bâtiment jaune, et il n'avait pas l'intention de le laisser s'échapper. Il s'élança vers les portes du terminal, en trébuchant sur les valises et les chariots, Ann-Britt sur ses talons. Il tenait encore son arme. Il se précipita vers les bureaux de la police des frontières. En cette heure matinale du dimanche, il n'y avait pas grand monde dans l'aéroport. Une seule file s'était formée du côté des comptoirs d'enregistrement ; un charter à destination de l'Espagne. Mais quand Wallander, ensanglanté et boueux, fit irruption dans le hall, ce fut le chaos. Ann-Britt Höglund cria qu'il n'y avait aucun danger, mais sa voix fut noyée sous les hurlements. Un policier qui venait de s'acheter un journal aperçut au même moment Wallander qui fonçait, l'arme au poing. Il jeta son journal et composa fébrilement le code de la porte du poste de police. Mais Wallander était déjà sur lui.

— Wallander, de la police d'Ystad ! hurla-t-il en l'empoignant. Il faut arrêter un avion. Le Gulfstream d'Alfred Harderberg. Il n'y a pas une minute à perdre.

— Ne tirez pas ! supplia le policier, terrorisé.

— Ça va pas, la tête ? Je suis flic comme toi. T'entends pas ce que je dis ?

— Ne tirez pas, répéta le policier.

Puis il s'évanouit.

Wallander, complètement incrédule, regarda l'homme étendu à ses pieds. Puis il se mit à tambouriner des deux poings sur la porte. Ann-Britt intervint.

— Laisse-moi essayer.

Wallander regardait autour de lui comme s'il s'attendait d'un instant à l'autre à apercevoir Alfred Harderberg. Puis il se précipita vers les immenses baies vitrées donnant sur les pistes.

Alfred Harderberg gravissait les marches conduisant à l'appareil. Il se pencha en avant, fit un dernier pas et disparut. La porte de l'avion se referma.

– Trop tard ! cria Wallander à Ann-Britt.

Il ressortit en courant du terminal. Elle le suivit. Un véhicule de service était en train de franchir les grilles. Rassemblant ses dernières forces, Wallander réussit à passer juste avant que la porte ne se referme. Il cogna sur le coffre en criant au conducteur de s'arrêter. Mais celui-ci accéléra et prit la fuite, paniqué. Ann-Britt, elle, était restée de l'autre côté des grilles.

Wallander écarta les mains dans un geste d'impuissance. Le Gulfstream se dirigeait vers la piste d'envol. Il n'avait plus qu'une centaine de mètres à parcourir. Dès que les pilotes auraient reçu le feu vert, l'appareil décollerait.

Ce fut alors qu'il aperçut un tracteur à bagages stationné au bord de la piste. Il n'avait plus le choix. Il grimpa dans la cabine, fit démarrer le moteur et commença à rouler vers la piste. Alerté par le bruit, il jeta un coup d'œil au rétroviseur et constata qu'un immense serpent de chariots le suivait. Il n'avait pas vu qu'il y en avait tant. Mais il était trop tard pour s'arrêter. Le Gulfstream approchait de sa position de décollage. Wallander prit le seul raccourci qui s'offrait à lui, et traversa la bande d'herbe rase qui séparait les pistes de la zone de stationnement. Plusieurs chariots se renversèrent au cours de la manœuvre.

Il se retrouva enfin sur la piste d'envol, où les traces noires de freinage des avions faisaient comme de larges fissures dans l'asphalte. Il se dirigeait droit vers le Gulfstream, qui avait le nez pointé dans sa direction. Encore deux cents mètres à parcourir. L'avion commença à rouler sur la piste. Mais Wallander comprit soudain qu'il avait réussi. L'avion ne parviendrait pas à prendre suffisamment de vitesse. Les pilotes seraient obligés d'arrêter l'appareil pour ne pas entrer en collision avec le tracteur.

Wallander voulut freiner. Il malmena les pédales, puis les manettes, sans aucun résultat. Impossible d'arrêter l'engin. Il n'était pas lancé à grande vitesse, mais il y avait tout de même de quoi casser le nez du Gulfstream. Wallander se jeta hors du tracteur, pendant que les chariots se détachaient en s'entrechoquant sur la piste.

Les pilotes avaient coupé les moteurs pour ne pas risquer l'incendie. Wallander, qui avait heurté un chariot dans sa chute, se releva tout étourdi. Il voyait comme au travers d'un brouillard, à cause du sang qui lui coulait devant les yeux. Mais, pour une raison mystérieuse, il avait encore son pistolet à la main.

Lorsque la porte de l'avion s'ouvrit et que la passerelle se déplia, Wallander entendit une armada de sirènes dans son dos.

Il attendit.

Alfred Harderberg apparut dans l'ouverture et descendit sur la piste.

Wallander pensa que quelque chose avait changé.

Puis il comprit ce que c'était.

Le sourire avait disparu.

Ann-Britt Höglund sauta de la première voiture de police à parvenir sur la piste d'envol. Wallander était à ce moment-là en train d'essuyer le sang sur son visage à l'aide de sa chemise en lambeaux.

– Tu es blessé ?

Wallander fit non de la tête. Il s'était mordu la langue et avait du mal à parler.

– Tu devrais peut-être appeler Björk, dit-elle.

Wallander la dévisagea longuement.

– Non. C'est toi qui le feras. Et qui t'occuperas de Harderberg.

Il se détourna et s'éloigna. Elle le rattrapa.

– Où vas-tu ?

– Je rentre me coucher. Je suis fatigué. Et aussi je suis triste. Même si ça s'est bien terminé.

Quelque chose dans sa voix fit qu'elle n'insista pas.

Wallander partit.

Étrangement, personne ne chercha à l'en empêcher.

18

Le jeudi 23 décembre au matin, Kurt Wallander se rendit sur le marché d'Österport en traînant les pieds pour s'acheter un sapin de Noël. C'était une journée brumeuse. Ce Noël 1993 en Scanie allait manquer de neige et d'ambiance. Il erra longtemps parmi les sapins sans trop savoir ce qu'il voulait, et finit par en choisir un qui pouvait tenir sur une table. Après l'avoir traîné jusqu'à Mariagatan et avoir cherché en vain un petit pied de sapin qu'il croyait posséder, mais qui avait dû disparaître dans la tourmente du divorce avec Mona, il s'attabla dans la cuisine et fit la liste de tout ce qu'il devait encore acheter en prévision de Noël. Il s'aperçut qu'il avait vécu toutes ces dernières années dans un état d'indigence totale. Il lui manquait presque tout. La liste finit par occuper une page entière de son bloc-notes. Lorsqu'il voulut attaquer la page suivante, il s'aperçut qu'il y avait déjà inscrit quelque chose. Le nom *Sten Torstensson*, précédé de celui de son père.

C'était la première notation qu'il avait faite ce matin-là au début du mois de novembre, presque deux mois plus tôt, lorsqu'il avait repris le travail. Il se revit dans cette même cuisine, découvrant l'annonce de la mort de Sten dans *Ystads Allehanda*. En deux mois, tout avait changé. Ce matin de novembre lui paraissait brusquement très loin. Il appartenait à un autre temps.

Alfred Harderberg avait été arrêté. Ses deux ombres aussi. Après le congé de Noël, il s'attellerait de nouveau à cette enquête qui risquait de durer encore longtemps.

Il se demanda distraitement ce qu'il adviendrait du château de Farnholm.

Il pensa aussi qu'il devait appeler Sten Widén pour savoir si Sofia s'était remise de ses expériences traumatisantes au château.

Il alla dans la salle de bains et s'examina dans le miroir. Il avait maigri. Mais il avait aussi vieilli. Personne, en le voyant, ne pouvait plus douter qu'il approchait sérieusement de la cinquantaine. Il ouvrit la bouche en grand et inspecta ses dents. Sans savoir ce qu'il éprouvait au juste, abattement ou irritation, il résolut de prendre rendez-vous chez le dentiste à la nouvelle année. Puis il retourna dans la cuisine, barra les noms de Sten et de Gustaf Torstensson et nota qu'il devait s'acheter une nouvelle brosse à dents.

Il lui fallut ensuite trois heures, sous une pluie battante, pour acheter tout ce qu'il avait noté sur sa liste. Entre-temps, il avait dû retourner deux fois au distributeur. Le prix des choses l'épouvantait. Vers treize heures, lorsqu'il eut enfin traîné tous les sacs jusque chez lui, il se rassit à la table de la cuisine avec sa liste pour vérifier qu'il avait bien pensé à tout. Il s'aperçut alors qu'il avait oublié le pied de sapin.

Le téléphone sonna. Comme il était de congé pendant toute la période de Noël, il ne songea pas un instant que l'appel puisse venir du commissariat. Puis il reconnut la voix d'Ann-Britt Höglund.

– Je sais que tu es en vacances, dit-elle. Je ne t'aurais pas appelé si ce n'était pas important.

– Au début de ma carrière, il y a très longtemps, j'ai appris qu'un policier n'était jamais en vacances. Qu'en pense-t-on aujourd'hui à l'école de police ?

– Le professeur Persson nous a dit un truc là-dessus une fois. Mais je ne m'en souviens plus.

– Qu'est-ce que tu me veux ?

– Je t'appelle du bureau de Svedberg. Le mien est occupé par Mme Dunér. Qui veut absolument te parler.

– De quoi ?

– Elle ne me l'a pas dit.

Wallander se décida aussitôt.

– Dis-lui que j'arrive. Elle peut patienter dans mon bureau.

– D'accord. À part ça, tout est calme. Il n'y a que Martinsson et moi au commissariat. Les autres se préparent à affronter Noël. Le peuple de Scanie va souffler dans les ballons cette année.

– C'est bien. L'ivresse au volant est en pleine recrudescence. Il faut la combattre.

Elle éclata de rire.

– Parfois tu parles comme Björk.

– Mais non, c'est impossible.

Il était effaré.

– Dans ce cas, répliqua-t-elle, peux-tu me citer une seule forme de criminalité qui ne soit pas en pleine recrudescence ?

Il réfléchit.

– Le vol des téléviseurs en noir et blanc.

Il raccrocha en se demandant ce que pouvait bien lui vouloir Mme Dunér. Il ne trouva aucune réponse satisfaisante.

Wallander arriva au commissariat peu après quatorze heures. Un sapin décoré scintillait dans le hall d'accueil ; il pensa qu'il n'avait toujours pas acheté de fleurs à Ebba. Il passa par la cafétéria et souhaita un joyeux Noël à la ronde. Puis il frappa à la porte d'Ann-Britt. Pas de réponse.

Mme Dunér l'attendait dans son bureau. Il vit que l'accoudoir gauche du fauteuil menaçait de se détacher. À son entrée, elle se leva pour lui serrer la main. Il ôta sa veste avant de s'asseoir. Mme Dunér paraissait fatiguée.

– Vous vouliez me parler ? dit-il sur un ton aimable.

– J'avais peur de vous déranger. On oublie toujours que la police a beaucoup à faire.

– Là, tout de suite, j'ai du temps. Que vouliez-vous ?

Elle se pencha vers un sac plastique posé à ses pieds et en sortit un paquet qu'elle lui tendit.

– C'est un cadeau, dit-elle. Vous pouvez l'ouvrir aujourd'hui ou demain.

– Mais pourquoi ? demanda Wallander, surpris.

– Parce que je sais maintenant ce qui est arrivé à mes employeurs. Et parce que le coupable a été arrêté grâce à vous.

Wallander secoua la tête.

– Pas du tout. C'était un travail d'équipe, vous n'avez pas à me remercier pour ça.

Sa réponse le prit au dépourvu.

– Monsieur Wallander, dit-elle sur un ton sévère. Vous ne devriez pas faire le faux modeste. Tout le monde sait que ça s'est fait grâce à vous.

Ne sachant que répondre, Wallander entreprit d'ouvrir le paquet. Il contenait une des icônes qu'il avait aperçues dans la cave de Gustaf Torstensson.

– Je ne peux pas l'accepter, dit-il. Si je ne m'abuse, cette icône appartient à la collection de maître Torstensson.

– Plus maintenant. Il me les a léguées. Et je tiens à vous en offrir une.

– Elle est sûrement très précieuse. En tant que policier, je ne peux l'accepter. Il faut au moins que j'en parle à mon chef.

Elle le surprit une fois de plus.

– C'est déjà fait. Il a dit que vous pouviez l'avoir.

– Vous avez parlé à Björk ?

– J'ai pensé que c'était le mieux.

Wallander contempla l'icône. Elle lui rappelait Riga. La Lettonie. Mais surtout Baiba Liepa.

– Elle n'est pas aussi précieuse que vous semblez le croire, dit Mme Dunér. Mais elle est belle.

– Oui. Elle est très belle. Mais je ne la mérite pas.

– Ce n'est pas seulement pour cela que je suis venue.

Elle fit une pause.

– Je voulais vous poser une question.

– Je vous écoute.

– N'y a-t-il vraiment aucune limite à la méchanceté des hommes ?

– Je ne suis pas bien placé pour répondre à cela.

– Qui peut répondre, si la police ne le peut pas ?

Wallander reposa l'icône avec précaution. La question qu'elle lui posait aurait pu venir de lui.

– Je suppose que vous pensez à ce trafic d'organes. Je ne sais pas quoi vous répondre. C'est aussi incompréhensible pour moi que pour vous.

– Mais alors où va le monde ? Alfred Harderberg était un homme qu'on était censé respecter. Comment peut-on financer des bonnes œuvres d'une main et tuer les gens de l'autre ?

– Nous devons résister de notre mieux. Essayer, du moins. C'est la seule chose que nous puissions faire.

– Comment résister à ce qui est incompréhensible ?

– Je ne sais pas. Mais on doit le faire.

La conversation s'éteignit d'elle-même. Ils restèrent silencieux un long moment. Dans le couloir, il reconnut le rire joyeux de Martinsson. Mme Dunér se leva.

– Je ne vais pas vous déranger plus longtemps.

– Je regrette de n'avoir pas pu vous donner une meilleure réponse, dit Wallander en lui tenant la porte.

– Au moins, vous êtes honnête.

Wallander se rappela soudain qu'il avait lui aussi quelque chose à lui donner. Il retourna à sa table et sortit d'un tiroir la carte postale qui représentait un lac finlandais au coucher du soleil.

– Je vous avais promis de vous la rendre. Je n'en ai plus besoin.

– Je l'avais oubliée, dit Mme Dunér en la rangeant dans son sac à main.

Il la raccompagna jusqu'à l'accueil.

– Eh bien, dit-elle. Joyeux Noël, alors.

– À vous aussi, répondit Wallander. Je vais prendre soin de l'icône.

Il retourna à son bureau. Cette visite l'avait rendu inquiet. Elle lui rappelait la mélancolie avec laquelle il avait lui-même vécu si longtemps. Alors il la repoussa, prit sa veste et sortit. Maintenant, il était en congé. Pas seulement de son travail, mais aussi de toutes les pensées déprimantes.

Je ne méritais pas cette icône, pensa-t-il. Mais je mérite quelques jours de répit.

Il rentra chez lui à travers le brouillard.

Il fit le ménage dans son appartement. Puis il bricola un pied de fortune et décora le sapin.

L'icône avait trouvé place sur le mur de sa chambre.

Avant d'éteindre la lampe de chevet, il resta longtemps allongé à la contempler.

Le protégerait-elle ?

Le lendemain était le 24 décembre.

Le ciel de Scanie demeurait brumeux et gris.

Kurt Wallander avait toutefois le sentiment de vivre

dans une réalité où il ne pouvait permettre à la grisaille de l'abattre.

Il partit pour l'aéroport dès quatorze heures, alors que l'avion ne devait atterrir qu'à quinze heures trente. Ce fut avec un profond sentiment de malaise qu'il s'approcha du bâtiment jaune, après avoir laissé sa voiture sur le parking. Il lui semblait que tout le monde le regardait.

Pourtant, il ne put s'empêcher de s'approcher des grilles et de jeter un regard aux pistes d'envol.

Le Gulfstream était invisible. Il ne l'aperçut nulle part.

C'est terminé, pensa-t-il. Je mets le point final, ici et maintenant.

Le soulagement fut immédiat.

L'image de l'homme souriant s'estompait.

Il entra dans le hall des départs et en ressortit aussitôt, avec une nervosité qu'il reconnaissait, qui le ramenait tout droit au temps de son adolescence. Il se mit à compter les pavés du trottoir, puis à répéter des phrases en anglais, sans cesser un seul instant de penser à ce qui l'attendait.

Quand l'avion atterrit, il était toujours dehors. Il se précipita dans le hall d'arrivée et alla se poster à côté du kiosque à journaux.

Elle fut parmi les derniers passagers à sortir.

Mais c'était bien elle. Baiba Liepa.

Elle était exactement comme dans son souvenir.

Meurtriers sans visage
Christian Bourgois, 1994, 2001
et « Points Policier », n° P1122

La Société secrète
Flammarion, 1998
et « Castor Poche », n° 656

Le Secret du feu
Flammarion, 1998
et « Castor Poche », n° 628

Le Guerrier solitaire
prix Mystère de la Critique
Seuil, 1999
et « Points Policier », n° P792

La Cinquième Femme
Seuil, 2000
et « Points Policier », n° P877

Le chat qui aimait la pluie
Flammarion, 2000
et « Castor Poche », n° 518

Les Morts de la Saint-Jean
Seuil, 2001
« Points Policier », n° P971

La Muraille invisible
prix Calibre 38
Seuil, 2002
et « Points Policier », n° P1081

Comedia Infantil
Seuil, 2003
et « Points », n° P1324

L'Assassin sans scrupules
L'Arche, 2003

Le Mystère du feu
Flammarion, 2003
et « Castor Poche », n° 910

Les Chiens de Riga
prix Trophée 813
Seuil, 2003
et « Points Policier », n° P1187

Le Fils du vent
Seuil, 2004
et « Points », n° P1327

La Lionne blanche
Seuil, 2004
et « Points Policier », n° P1306

Avant le gel
Seuil, 2005
et « Points Policier », n° P1539

Ténèbres, Antilopes
L'Arche, 2006

Le Retour du professeur de danse
Seuil, 2006
et « Points Policier », n° P1678

Tea-Bag
Seuil, 2007
et « Points », n° P1887

Profondeurs
Seuil, 2008
et « Points », n° P2068

Le Cerveau de Kennedy
Seuil, 2009
et « Points », n° P2301

Les Chaussures italiennes
Seuil, 2009
et « Points », n° P2559

Meurtriers sans visage
Les Chiens de Riga
La Lionne blanche
Seuil, « Opus », 2010

L'Homme inquiet
Seuil, 2010

Dans quel ordre lire les enquêtes de Wallander ?

Chacune des aventures du commissaire Wallander peut se lire isolément, mais certains lecteurs préféreront les découvrir dans l'ordre de parution original : le voici.

Meurtriers sans visage

Les Chiens de Riga

La Lionne blanche

L'homme qui souriait

Le Guerrier solitaire

La Cinquième Femme

Les Morts de la Saint-Jean

La Muraille invisible

Avant le gel

L'Homme inquiet

La Cinquième Femme
Henning Mankell

Des meurtres à donner froid dans le dos se succèdent : un homme est retrouvé empalé dans un fossé, un autre ligoté à un arbre et étranglé, un troisième noyé au fond d'un lac. Et si le crime était la vengeance d'une victime contre ses bourreaux ? Dans ce cas, Wallander doit se hâter pour empêcher un autre meurtre tout aussi barbare.

« La Cinquième Femme *passionne par la subtilité de son intrigue et de ses personnages, bouleverse par son humanité, dérange par la profondeur de son regard. Du très grand art.* »

Télérama

Funestes Carambolages
Håkan Nesser

Il ne voulait pas renverser ce garçon, c'était un accident. Il a bien fallu se débarrasser du témoin, il n'avait pas le choix. Peut-on être coupable de meurtre sans être un meurtrier ? Le commissaire Van Veeteren, accablé par l'assassinat de son unique fils, reprend du service pour démasquer le coupable. Entre deuil et culpabilité, ces deux hommes que tout oppose se retrouvent unis par le vacarme de la mort.

Prix Clé de verre du meilleur polar scandinave

« *Ce qui, au départ, se présentait comme une intrigue policière classique devient une méditation poignante sur le deuil.* »

Le Monde des livres

Le Temps de la sorcière
Arni Thorarinsson

Muté dans le nord de l'Islande, Einar, le sarcastique reporter du *Journal du soir*, se meurt d'ennui. D'autant qu'il ne boit plus une goutte d'alcool ! Tout ceci deviendrait vite monotone... si ce n'étaient ces étranges faits divers qui semblent se multiplier : un étudiant disparaît, des adolescents se suicident... Einar voit d'un autre œil cette micro-société gangrenée par la corruption et la drogue.

« Un polar enlevé, écrit entre chien et loup, inquiétant comme les paysages islandais. »

Télérama

La Femme en vert
Arnaldur Indridason

Dans un jardin sur les hauteurs de Reykjavik, un bébé mâchouille un objet étrange... Un os humain! Enterré sur cette colline depuis un demi-siècle, le squelette mystérieux livre peu d'indices au commissaire Erlendur. L'enquête remonte jusqu'à la famille qui vivait là pendant la Seconde Guerre mondiale, mettant au jour les traces effacées par la neige, les cris étouffés sous la glace d'une Islande sombre et fantomatique...

Grand Prix des lectrices de ELLE 2007

« Explorateur des angles morts de l'humanité, Arnaldur Indridason toque doucement à la porte de nos consciences. La douleur est cuisante. »

Le Magazine littéraire

Les Soldats de l'aube
Deon Meyer

Inconsolable depuis la mort de son coéquipier, l'ex-policier «Zet» van Heerden traîne sa culpabilité de bar en bar. Un jour, une avocate vient lui proposer un petit travail: retrouver le testament d'un riche antiquaire, un certain Smit. Celui-ci a reçu une balle dans la nuque après avoir été torturé à la lampe à souder. Zet découvre que la victime cachait des secrets sur des affaires aux relents racistes... Pour lui, le jeu de pistes ne va pas tarder à virer au cauchemar.

Grand Prix de littérature policière 2003

« Meyer est un horloger du scénario, un spécialiste de l'issue fatale. Son style charrie du sang, de la sueur et des larmes. »

Elle

Éditions Points

Le catalogue complet de nos collections est sur Le Cercle Points, ainsi que des interviews de vos auteurs préférés, des jeux-concours, des conseils de lecture, des extraits en avant-première…

www.lecerclepoints.com

Collection Points Policier

Collection Points

DERNIERS TITRES PARUS

COMPOSITION : PAO ÉDITIONS DU SEUIL

Cet ouvrage a été imprimé en France par
CPI Bussière
à Saint-Amand-Montrond (Cher)
en février 2011.
N° d'édition : 86474-12. - N° d'impression . 110040.
Dépôt légal . avril 2006.